KB005852

명랑한 은둔자

명랑한
은둔자

캐럴라인 냅

김명남 옮김

바다출판사

옮긴이의 말

책이 사람을 바꿀 수 있을까? 아니라고 말하고 싶지만(나는 책이 좋고 책 만드는 것이 일이지만 그렇다고 해서 책을 인생보다 혹은 인생만큼 대단하게 여기고 싶지는 않다), 책은 사람을 바꿀 수 있다. 내게 그런 경험이 있다. 최소한 하나의 사례를 아는 셈이어서, 아니라고 말할 수 없다.

나를 바꾼 책은 이 책《명랑한 은둔자》의 저자 캐럴라인 냅이 쓴 《드링킹: 그 치명적 유혹Drinking: A Love Story》이다.《드링킹》을 읽었을 때 나는 서른두어 살이었다. 직장을 그만두고 프리랜서 전업 번역가로 살기 시작한 참이었고, 나쁜 연애를 끝내야지 다짐하면서도 집착하던 중이었다. 무엇보다도 나는 고기능 알코올 의존자가 되어가는 중이었다. 하지만 그때는 '고기능 알코올 의존자'라는 말을 몰랐다. 매일 밤 혼자 술을 마시고, 낮에는 오로지 그 시간을 기다리는 마음으로 견디고, 마시는 양이 점점 늘고, 술 없이 잠들 수 없게 되었으면서도, 내가 알코올에 의존하고 있다는 생각은 들지 않았다. 나는 힘들고 우울해서 마시는 것뿐이었다. 일을 꼬박꼬박 해내니 괜찮다고 여겼다.

내가 선택한 술은 처음에 맥주였다가 다음에는 포도주였다. 차가운 백포도주가 특히 좋았다. 종일 이것저것 참다가 밤이 되어 찬 술을 마시는 순간이면, 낮의 불안과 불행이 시시하게 느껴졌다. 이대로 영원히 내일이 오지 않을 듯한 기분, 내일이 오더라도 지금 이 낙천적인 기분으로는 어떤 문제라도 해결할 수 있을 듯한 기분, 그러니까 지금은 일단 좀 더 마셔도 될 것 같은 기분. 그런 기분은 물론 근거 없는 환상이었다. 이튿날 아침이면 숙취와 자괴감을 남긴 채 사라질 환상이었다. 하지만 술이 그런 환상을 자아낸다는 것은 사실이었으므로, 환상에 의지했던 그 시기의 내가 술을 마시지 않을 이유가 없었다. 하루에 두세 잔이 이내 한 병으로 늘었다. 마시다가 술이 떨어지면 애타니까 쟁여두었다. 그래도 떨어지면 새벽에 편의점을 찾았다. 어느 날은 하룻밤에 세 번 편의점에 갔는데, 취중에도 세 번 다 다른 곳을 찾아갔다. 마음 깊은 곳에서는 내 음주가 문제적이고 그래서 부끄럽다고 느끼고 있었던 것이다. 더한 문제는 그렇게 마셔봐야 고민과 불안은 그대로라는 점이었다.

그러던 중에 읽은 《드링킹》에서 본 것이 '고기능 알코올 중독자'라는 표현이었다. 그것은 저자 냅이 알코올 중독을 겪던 30대 초반의 자신을 묘사한 표현이었다. 나는 그 책에 쉴 새 없이 밑줄을 그었다. 내가 쓴 글 같다고 생각했고, 하지만 난 냅처럼 심각하진 않으니까 냅보다 낫다고 생각했고, 하지만 난 냅처럼 자신의 상태를 그렇게 명료하게 분석하고 쓸 줄 모르니까 역시 내가 더 한심하다고 생각했다. 그리고 냅의 그 섬세한 문장. 얼음처럼 냉정한 시선. 넌더리 나도록 솔직한 표현. 그것은 숙취와 자기 연민에 빠진 내 머리로도 알 수 있을 만큼 특별한 글이었다. 냅의 터닝포인트는 자신이 처음에는 불행해서 술을 마셨지만 그러다 보니 이제 술을 마셔서 불행한 상태가 되었음을 깨달은 순간이었는데, 나는 냅 덕분에 냅보다는 수월하게 그 순간에 도달했다. 나는 얼마 후 술을 끊었다. 책은 때로 사람을 바꾼다.

캐럴라인 냅은 2002년에 42세의 나이로 사망한 미국 작가다. 1959년 정신분석학자 아버지와 화가 어머니에게서 태어나 매사추세츠주 보스턴 위성도시 케임브리지에서 자랐고, 브라운 대학교를 졸업한 뒤 그 도시(프로비던스)에서 기자로 일하기 시작했고, 다시 보스턴으로 돌아가서 전업 작가로 살다가 폐암으로 죽었다. 《보스턴 비즈니스 저널》과 《보스턴 피닉스》에서 처음에는 취재기자로, 다음에는 편집기자로 일했고, 29세이던 1988년부터 《보스턴 피닉스》에 칼럼을 쓰기 시작하여 이후 10년 동안 매주 썼다. 《드링킹》을 낸 것은 37세이던 1996년이었다. 그의 두 번째 책인 《드링킹》은 《뉴욕 타임스》 베스트셀러 목록에 오래 올라 있었다. 39세에 낸 《남자보다 개가 더 좋아 Pack of Two》도 베스트셀러가 되었다. 이 책은 남자와의 불만족스러운 연애에 괴로워하던 냅이 개 루실을 입양한 뒤 그 관계에서 진정한 사랑을 배우는 이야기다. 그 밖에 《보스턴 피닉스》 연재 칼럼 중 초기작을 묶어서 낸 첫 책 《앨리스 K.의 인생 상담 Alice K's Guide to Life》, 유고로 출간된 《세상은 왜 날씬한 여자를 원하는가 Appetites: Why Women Want》(20대에 겪었던 거식증을 회고하면서 여성의 식욕뿐 아니라 성욕, 인정 욕구, 애착 욕구 등을 사회·문화적으로 살펴본 책으로, 냅의 '페미니즘 책'이라고도 부를 만하다), 역시 유고로 출간된 이 책이 있다.

생전에 세 권의 책과 사후에 두 권의 책. 냅의 글은 그게 전부다. 모든 글이 회고록의 성격을 띠는 에세이다. 냅은 주로 자신이 20대와 30대에 겪었던 극심한 거식증과 알코올 의존증에 대해서 말한다. 자신이 그로부터 어떻게 빠져나왔는지를 말한다. 부모와의 어려웠던 관계, 하지만 냅이 33세였던 해에 아버지가 뇌종양으로 사망하고 그로부터 일 년 뒤에 어머니도 암으로 사망하는 과정에서 느꼈던 슬픔, 자신을 사랑하지 않는 남자에게 집착하면서 느꼈던 자기혐오와 분노, 그보다 나은 남자와 무한히 더 나은 개를 만나서 느낀 애정과 평화, 혼자 살고 혼자 일하는 여성으로서 겪는 세상의 답답함에 대해서 말한다. 자신의 강박적 성격과 책상물림의 유약함을 유쾌하게 비웃고, 값비싼 시행착오를 통해 깨우친 사소한 삶의 요령들을 소중하게 기록한다. 두렵고 벅찬 과제처럼 느껴지지만 이따금 우정, 자기 이해, 성숙과 같은 소중한 선물을 안기는 세상을 크게 또 작게 들여다본다. 냅은 가볍고 진지하다. 웃기고 슬프다. 시작은 지나치게 예민하고 결말은 어이없이 관대하다. 자의식이 강하지만, 자기 연민이나 자아 비대는 없다. 그리고 늘 글 쓰는 자신에게 정직하다.

냅의 그런 여러 양면들을 한자리에서 볼 수 있는 것이 이 책《명랑한 은둔자》다. 냅이 30세부터 42세까지《보스턴 피닉스》《살롱》등에 썼던 글들을 모은 이 책은 나머지 네 책들의 통합·요약본이라고도 할 수 있다.(다만 번역서는 원서와는 약간 다르게 구성했다. 우선, 원서의 글 63편 중 46편만을 골라서 번역서에 실었다. 내용이 겹치는 글들이 더러 있었기에, 재미가 덜하거나 너무 옛날이야기가 되어버린 글을 뺐다. 주제별로 5부로 나눈 구조는 유지하되 순서를 바꾸었다. 표제작〈명랑한 은둔자〉

가 포함된 부를 맨 앞으로 가져오고 그 뒤에는 원래대로 나열했다.)

그리고 이 책에서 비로소 두드러지는 점이 있다. 이전에 나는 넵의 글을 하나의 키워드로 요약하라면 '중독'이 그 키워드가 될 것이라고 생각했지만,《명랑한 은둔자》를 옮기고 나니 그 생각이 바뀌었다. 넵의 글은 늘 변화에 관한 이야기였다. 과거의 악습이나 고정관념에서 벗어나려고 애쓴 이야기, 느닷없이 닥친 상실이나 깨달음을 수용하려고 애쓴 이야기였다. 단순히 중독을 극복한 성공담이 아니었다. 사람은 누구나 언제나 조금은 달라질 수 있고, 달라지기를 포기하지 않는 한 점점 더 편안한 (더 자유롭고, 더 즐겁고, 더 자신다운) 자신이 될 수 있다고 증언하는 글이었다.(물론, 넵이 중독에 대해서 누구보다 예리하게 쓴 작가라는 것은 분명한 사실이다. 나는《드링킹》을 읽고 술을 끊은 뒤에 여성이 쓴 술 이야기를 술 없이 읽는 취미를 들였는데, 내가 읽은 한 거의 모든 책들에 "이 분야에 관해서는 이미 캐럴라인 넵이 쓴《드링킹》이라는 걸작이 있지만" 하는 말이 나왔다.)

실수와 결함투성이지만 조금씩 달라지는 자신을 늘 직시하고 용감하게 썼던 작가. 이렇게 생각하니, 넵이 일찍 세상을 뜬 것이 더욱더 아쉽다. 서른 즈음에 넵을 처음 읽었던 나는 이제 넵이 죽었을 때의 나이를 넘어섰다. 살아 있었다면 올해 만 60세였을 넵은 40대에도 50대에도 좋은 글을 썼을 것이다. 중노년 여성의 삶을 누구보다 솔직하게 들려줬을 것이다. 넵이 만약 폐암에서 살아남았다면, 마지막까지 끊지 못한 최후의 중독이었던 담배마저 끊고 그 이야기를 또 책으로 썼을지 모른다. 넵은 비혼과 비출산을 결심하고 살았으나 살날이 얼마 남지 않았다는 사실을 알고 연인이었던 사진가 마크 모렐리와 결혼했는데, 그러니 만약 살아 있었다면 결혼에 대해서도 누구보다 날카롭게 썼을지 모른다.(냅은 2002년 4월에 폐암 진단을 받았고, 5월에 결혼했고, 6월에 죽었다.) 나는 그 글들이 필요하다. 냅이 3, 40대에 쓴 글에서 내가 내 3, 40대의 주제들을 발견하고 변화의 단초와 공감의 위안을 얻었던 것처럼, 냅이 5, 60대에 쓴 글이 있었다면 나는 그 글에 내 5, 60대의 삶을 포개어 또 무언가를 얻었을 것이다. 하지만 그는 없다. 나는 이미 여러 번 읽었던 이 글들을 하릴없이 다시 뒤적일 뿐이다. 그러면서 늘 새삼스럽게 다시 웃는다.

적어도 그와 비슷한 성향을 지닌 독자들에게, 냅은 친구로 느껴지는 작가다. 절친하지는 않아도 퍽 오래 상대의 민망한 꼴이며 어려운 사정 따위를 지켜보아온 덕분에 서로 자신의 못난 모습을 보이더라도 괜찮다고 생각하는 친구다.(우리는 흔히 독자가 작가를 일방적으로 평가한다고 생각하지만, 사실은 작가도 독자를 평가한다. 읽으면 알 수 있다.) 내가 옮긴이의 후기치고 지나치게 사적이고 남부끄러운 이야기를 쓴 것도 그런 느낌 때문일 것이다. 또 냅을 읽은 경험이 나와 비슷한 독자들이 많다는 사실을 익히 들어 알기 때문이다. 이제 와서 생각해보니, 이 긴 글은 다음의 한 문장으로 줄여도 괜찮을 듯싶다. 자, 여기 잭으로 서를 (아주 조금이지만) 바꾼 작가를 소개합니다, 그럽고 기쁜 마음으로.

2020년 여름
김명남

차례

떠나보냄

•

바깥

•

안
●

홀로

•

고독, 수줍음, 외로움

혼자 있는 시간

속삭임은 두 주째, 혹은 세 주째쯤에 시작된다.

처음에는 이렇게 지적한다. '너 요즘 혼자 보내는 시간이 엄청 많구나. 안 그래?'

그러고는 이렇게 말한다. '맘 편한 일이야. 그렇지? 보호받는 느낌, 안전한 느낌이 들잖아.'

마지막으로 이렇게 유혹한다. '더. 이 편안하고 고독한 상태를 더 이어가자. 바깥세상은 무섭고 위험이 가득해. 그러니까 그냥 여기 있자. 혼자서. 안전한 곳에.'

이것은 고립의 목소리, 설득력 있고 음흉한 목소리다.

나는 이 목소리를 많이 듣는다.

전화가 울린다. 받을까 말까 망설인다. 으, 사람들이랑 이야기하는 건 에너지가 너무 많이 든단 말이야. 자동응답기가 받게 내버려두자.

저녁 약속이 일주일 뒤로 다가온다. 마음 한구석에선 가고 싶으면서도, 나는 빠져나갈 계획을 짠다. 어떻게 하지? 아픈 척할까?

느닷없이 집에 손님이 오게 되었다고 할까? 어떻게 빠져나가지?

아무런 사교 활동 계획이 없는 또 한 번의 고독한 밤. 그 전망에 나는 안도감에 막연한 압박감이 섞인 기분으로 마음이 흔들린다. 내가 은둔의 밤을 하루 더 견딜 수 있을까? 친구에게 전화를 걸어서 약속을 잡아야 하나? 다섯 번 중 네 번은—다섯 밤 중 네 밤은—고립의 목소리가 이긴다. 집에 머무르는 것이 더 쉬우니까. 외롭겠지, 하지만 더 안심된다. 훨씬 더 안심된다.

우리는 고립을 지리와 상황의 결과로 여기곤 한다. 혼자가 된 과부, 남편은 죽고 아이들은 다 자란 여자, 그는 고립된 사람이다. 늙고 쇠약한 사람, 아예 물리적으로 바깥세상에 나갈 수 없는 사람, 그들은 고립된 사람이다. 하지만 고립은 또한 마음의 상태일 수 있고, 실제로 종종 그렇다. 칩거해야 한다는 생각이 선택을 결정짓는 상태인 것이다. 마치 당신이 심연으로 추락하는 것처럼, 나는 고립으로 추락한다. 어둡고 비자발적인 추락은 가속이 붙어, 내가 저지하기 거의 불가능한 상태가 된다. 나는 혼자 있기를 선택하고, 그 선택을 연속 열 번이나 열다섯 번이나 스무 번쯤 하고 나면, 더는 다른 선택을 할 수 없는 상태가 되어버리는 것이다.

얼마 전, 오랜 친구 하나가 내가 사는 도시로 와서 우리 집에서 커피를 한잔했다. 친구는 내 상황을 보고 '사치'니 '편안함'이니 하는 말로 묘사하기 시작했다. 나는 혼자 산다. 내가 모든 가구를 직접 고르고, 모든 그림을 직접 걸고, 모든 잡동사니를 정확히 내가 원하는 위치에 두고 있는 집에서. 친구는 둘러보고는 말했다. 정말

사치스러운 일이야! 친구는 내가 혼자 일하는 작고 단정한 작업실을 들여다보았다. 나 한 사람 외에는 다른 사람이 들어설 여지도 없는 방이지만, 그곳에는 내가 일하는 동안 내 소매를 잡아당길 사람이 없고, 방해할 사람도, 모임이나 회의에 가자고 끌어낼 사람도 없다. 얼마나 편할까! 친구는 결혼했고, 풀타임으로 일하고 있고, 어린 두 아이의 엄마다. 마지막으로 혼자 밤을 보낸 게 언제였는지 기억도 안 난다고 했다. 나로 말하면, 혼자 밤을 보낼 수 없었던 게 언제였는지 기억도 잘 안 난다. 친구는 중얼거렸다. "늘 혼자 있다니. 얼마나 즐거울까."

글쎄, 그렇기도 하고 아니기도 하다. 내가 누리는 이런 수준의 고독이 즐거운 것은 사실이다. 사치와 안도감이 있다는 것도, 엄청난 자유가 있다는 것도 사실이다. 하지만 나는 친구가 잠시 벗어난 시간과 혼자 있는 시간을, 쉴 시간과 빈 시간을, 고독과 고립을 헷갈리고 있다는 것도 안다. 마치 내가 일하지 않는 동안은 만면에 미소를 띠고 집 안을 어슬렁거리며, 빵을 굽고, 끝도 없이 거품 목욕을 하기라도 하는 것처럼, 친구는 이 시간에서 끝없는 평온과 고요만을 보았다. 나로 말하면, 이 시간에서 그보다 좀 더 걱정스러운 것, 그보다 분명 더 어려운 것을 본다. 내가 이렇게 많은 시간을 혼자 보내는 것은 그 시간을 늘 혹은 틀림없이 즐기기 때문이 아니다. 내게 그런 시간이 필요한 것 같기 때문이다.

고립은―고립되고 싶은 충동은―두려움과 자기 보호에 관련된 일이다. 고립은 고치를 만드는 것, 매혹적으로 편한 나머지 벗어나기가 어려워지는 장소를 만드는 것이다. 엄밀히 따지자면, 고립은 고독과는 무관하다. 물론 고독한 시간을 쉽게 얻을 수 있는 것은 확실하지만 말이다. 그러나 나는 사회적 의무로 꽉꽉 채워진 주중에 참석한 파티에서, 방 안 가득한 스물다섯 명의 사람들 속에서도 고립될 수 있다. 고립되었다고 느낄 수 있다. 그것은 도망치고 싶은 기분, 거리를 두고 싶은 기분, 내가 겉모습 너머에서는 얼마나 두려워하는지, 혹은 문제투성이인지 아무도 모르게 하기 위해서 장벽을 세우고 그 뒤에 숨고 싶은 강박과 관계된 느낌이다. '날 여기서 꺼내줘.' 그런 기분이다. '나는 불편해. 혼자 있고 싶어.'

고립은 또한 음흉하다. 우울증과 똑같은 방식으로. 그것은 잡초처럼 슬금슬금 자라나서 당신을 붙들고는 다시는 놓아주지 않는 어떤 마음 상태다. 당신은 한동안 혼자 지내며, 그저 고독할 뿐인데…… 그러다 어느새 고립된다. 당신은 만족하고 있는데…… 그러다 어느새 외롭다. 당신은 스스로 잘 통제하고 있다고 믿는데…… 그러다 어느새 스스로 어쩔 수 없는 상태에 갇힌다. 고독과 고립의 경계선은 무척 가늘고 모호하며, 우리의 마음속에 존재하는 것이기에 제대로 알아보기 힘들다.

내 친구 그레이스는 한때 고립되었지만 지금은 그냥 고독한 사람이다. 그러니까 그레이스가 혼자 보내는 시간이 많지만 그것은 두려움에서 나오는 행동이 아니라 자신의 필요를 깊이 이해하고 선택한 행동이라는 뜻이다. 5년 전, 10년 전만 해도 그레이스는 자기 집에 숨어 살았다. 친구는 있었지만, 대부분의 관계가 광적이고 복잡해서 만나고 나면 진이 빠지고, 뭔가 다친 것 같고, 이해받지 못한 기분이었다. 그레이스는 이 친구 아니면 저 친구를 만나서 저녁을 먹고는 집으로 돌아와서 문을 꼭 닫고 그 속에서 안도감을 느꼈으며, 품고 있던 의혹이 사실로 확인되었다고 느꼈다. 너무 힘들어! 너무 화나거나, 실망스럽거나, 지쳐! 혼자 있는 게 훨씬 더 쉬워! 그래서 그레이스는 고립되었다. 전화를 거의 받지 않았고, 초대는 극히 드물게만 받아들였으며 그럴 때도 늘 두려운 마음이었다. 그렇게 자신의 세상을 깎아서 줄여나갔다. 그러면서 걱정했다. "금요일 밤에 저기 앉아서, 맛있는 닭 요리와 샐러드를 저녁으로 먹고 TV를 보면서, 이렇게 생각했지. '이게 삶일까? 나는 앞으로 40년 동안 계속 이렇게 살게 될까?'"

지금 마흔여섯인 그레이스는 여전히 금요일 밤에 혼자 닭 요리로 저녁을 먹고 TV를 보면서 보내는 날이 많다. 하지만 걱정은 누그러졌다. 그를 은둔으로 몰아넣었던 두려움, 자신이 세상으로부터 무방비 상태로 보호받지 못하고 있다는 느낌이 누그러들었기 때문이다. 그레이스는 예전보다 더 바람직하고 더 풍요로운 친구 관계를 유지하고 있다. 흥미로운 데다가 생계가 되어주는 일을 갖고 있다. 좋은 심리치료사 덕분에 자신을 훨씬 더 잘 인식하게 되었고, 자신에게는 혼자 보내는 시간이 필요할 뿐 아니라 그것을 자신이 즐긴다는 사실도 더 또렷하게 느끼게 되었으며, 그 시간에서 공허함이 아니라 뿌듯함을 느끼는 능력도 더 기르게 되었다. 이것이 바로 고독과 고립의 차이다. 고독은 차분하고 고요하지만, 고립은 무섭다. 고독은 우리가 만족스럽게 쬐는 것이지만, 고립은 우리가 하릴없이 빠져 있는 것이다.

그러나 이 차이가 늘 분명하거나 선명하게 구분되어 있는 것은 아니며, 두 상태가 늘 배타적인 깃도 아니다. 고독은, 내 경험상, 자칫하면 미끄러지는 경사로다. 처음에는 안락하게 느껴지지만, 종종 아무런 경고도 자각도 없이 훨씬 더 어두운 것으로 변신할 수 있는 상태다.

얼마 전 7월 말의 화창한 일요일, 나는 집에서 차로 약 30분 거리인 자연보호 지구로 가서 개와 단둘이 달렸다. 이전 몇 주 동안 혼자 보낸 시간이 아주 많았다. 그나마 정기적으로 만나는 몇 안 되는 사람들은 마침 다들 휴가를 가거나 출장을 간 터였다. 나는 내 시각이 바뀌는 것을 느끼고 있었고, 고독하게 보내는 시간과 나날과 활동이 너무 많이 쌓이면서 내 정신에 뭔지 모를 침식 작용을 일으키고 있다는 것, 내가 약간 미쳐가고 있다는 것을 느끼고 있었다. 늘 이런 식이다. 혼자 보내는 시간이 좀 되다 보면―며칠 밤을 연속으로 혼자 보내거나, 며칠 동안 아무런 방해도 받지 않고 연속으로 일하거나―한동안은 기분이 괜찮고, 편안하고, 만족스럽다. 그러나 그러다가 무언가가 변하고, 이상한 자의식이 스멀스멀 마음에 깃든다. 자신이 완전한 문장으로 생각한다는 것을 깨닫는다. 난 이렇게 혼자 저녁 식사를 만들고 있네. 난 이렇게 혼자 이를 닦고 있네. 혼자 있는 집이 안식처가 아니라 감옥처럼 느껴지기 시작하는데, 하지만 사교 생활이란 낯설고 혼란스러운 것으로 느껴지기 시작한다. 어떻게 하는 건지 까맣게 잊어버린 활동처럼 느껴진다.

고독은 우리를 보호해주는 형제, 아니면 연상의 친한 친구와 같다. 너무 잘 알기에 침묵조차 공유할 수 있는 사람이다. 고독은 기분 좋은 메시지를 속삭이며 우리를 달랜다. '여기 앉아, 긴장 풀어, 정신없는 일에서 잠시 벗어나렴. 넌 그래도 돼.' 그러나 고립은 고독의 사악한 쌍둥이, 아니면 못된 친척이다. 그것은 예고도 없이 들이닥쳐서 우리를 비난하기 시작한다. '넌 바깥세상을 제대로 다룰 수 없어. 넌 무능하고, 열등하고, 달라. 맨날 그렇게 혼자 지내는 것도 당연하지.' 혹은 더 나쁘게도 우리에게 거짓말을, 그 유혹적인 속삭임을 늘어놓기 시작한다. '네 삶에 다른 사람들은 별로 필요 없어, 너도 알잖아. 넌 혼자로도 완벽하게 괜찮아.' 이것은 자족감으로 가장한 두려움의 목소리, 독립성으로 가장한 고립의 충동이다. 사실 내 마음 깊숙한 곳에는 친구 그레이스가 한때 압도당했던 것과 같은 불안이 담겨 있다. 바깥세상은 무섭고 위험으로 가득한 곳이라는 느낌, 다른 사람들이 너무 가까이 다가오도록 허락하면 그들이 반드시 나를 실망시키거나 다치게 할 것이라는 확신, 스스로가 취약해지는 것이 너무 싫다는 생각. 이것은 모두 지극히 인간적인 두려움들이고, 더구나 지극히 강력한 두려움들이라, 내가 너무 많은 시간을 혼자 보내기 시작하면 그들의 목소리가 점점 더 크게 울리기 시작한다. '혼자 있도록 해. 집에 있도록 해. 안전한 곳에.' 이 목소리들에 이끌려 나는 저녁 초대를 거절하고, 친구들에게 전화할까 하다가 그만두고, 서서히 아래를 향해 추락하기 시작한다. 고독은 외로움이 되고, 외로움은 의기소침이 되고, 의기소침은 무기력과 절망이 된다. 나는 문득 고개를 든다. 이미 나는 고립되어 있다.

　나는 달리면서 골똘히 이런 생각을 했다. 고독이 얼마나 쉽게 고립으로 변하는지, 마음을 달래던 사족감이 얼마나 쉽게 소격감으로 대체되는지, 일단 세상에서 한발 물러나고 나면 도로 돌아가기가 얼마나 어려운지, 마치 어쩌다 외계의 궤도에 진입해버렸는데 아무리 해도 정상적인 궤도로, 인간의 궤도로 다시 들어갈 수 없는 것처럼. 고독은 평화와 고요를 키우는 일이다. 하지만 고립은 두려움에 굴복하는 일이고, 우리가 두려움에 더 많이 굴복할수록 우리를 붙잡은 그것의 손아귀 힘은 더 세진다.

그래서 우리는 더 물러나고, 혼자라도 완벽하게 괜찮다고 스스로를 설득하며 합리화하기 시작한다. 그날 달리면서 나는 생각했다. '봤지? 난 이렇게 내 개와 함께 숲속을 달리고 있어. 즐겁고 건전한 활동, 내가 행복하게 독립적인 상태라는 걸 보여주는 증거야.' 우리는 달리고 또 달렸다. 엔도르핀의 도시를. 그러다가 속도를 줄여 느긋하게 걸으며, 호숫가에서 어슬렁거렸다. 나는 작대기를 집어서 던졌고, 개가 그걸 물고 헤엄쳐서 돌아오는 모습을 보면서 미소 지었다. 기분이 밝아지고, 빛이 돌아왔다. 차로 돌아가면서 생각했다. '난 할 수 있어. 이렇게 내내 혼자 지내면서도 이 시간을 즐길수 있어.' 그리고 내 손을 내려다본 순간, 내가 어디선가 열쇠를 잃어버렸다는 사실을 알아차렸다. 인간의 궤도에서 너무 멀리 벗어나면 꼭 이렇다. 시각이 왜곡되고, 방향을 잃은 듯한, 내 나름의 방식으로 살짝 미친 듯한 느낌이 드는 것이다. 나는 달리는 동안 손에 열쇠들을 쥐고 있었는데, 멍하니 넋이 나간 상태에서, 슬금슬금 의기소침해지는 상태에서, 그것들을 그냥 떨어뜨리고 말았던 것이다. 차 열쇠, 집 열쇠, 모든 열쇠를. 열쇠를 찾는 걸 도와줄 사람은 아무도 없었다. 여벌 열쇠를 갖고 있는 사람은 단 한 명도 떠오르지 않았다. 나는 그렇게 거기 혼자 있었다.

고독의 즐거움과 고립의 절망감. 이 이미지는 며칠 동안 뇌리에서 지워지지 않았다.

60세 이후 삶에 관한 에세이를 모은 《시간의 마지막 선물The Last Gift of Time》에서 작가 캐럴린 하일브런은 자신이 삶에서 달성하고자 평생 애써온 이상이 무엇인지를 이야기한다. 그것은 "사적인 공간이 충분하되 지속적인 교유가 있는" 상태다. 하일브런에게 사적인 공간은 시골의 작은 집이라는 형태로 실현되었고, 교유는 가족과 소규모의 친밀한 친구들로 충족되었다. 하지만 하일브런의 글을 읽다 보면, 이 조합은―우정으로 조절된 프라이버시―물리적이고 구체적인 것을 넘어선 일이라는 느낌, 그 조합을 키워내는 일은 오히려 주로 감정적인 작업이었다는 느낌이 든다. 자신에게는 시골의 작은 집이 필요하다는 사실을 깨닫고 그 집을 찾아내는 일, 또한 공감해주는 남편과 친밀한 친구들과 심장과 영혼을 모두 사로잡는 일을 찾아내는 일, 이것은 가공할 만한 작업이고, 종종 평생 추구해야만 하는 작업이며, 하일브런도 60세를 훌쩍 넘기고서야 비로소 적절한 균형을, 혼자 있는 시간과 남들과 함께하는 시간의 적절한 혼합을 달성했던 것이다.

그 적절한 혼합을 발견하는 것은 대단히 사적인 문제다. 혼자 있는 시간은 얼마쯤이면 충분할까? 얼마나 많으면 지나칠까? 안전하게 자신을 보호하는 상태는 언제 자신을 제약하는 상태로 변할까? 당신의 경우, 고독한 행복이 언제 변질하기 시작하여 고립된 절망으로 변형되는가? 하루가 지나면? 열흘? 한 달? 세상을 차단해버리고 싶은 충동은 언제 닥치며, 그 진정한 동기는 무엇인가? 당신이 혼자 시간을 보내는 것은 낫기 위해서인가, 숨기 위해서인가?

내가 고립되고자 하는 충동에 본격적으로 굴복하기 시작한 것은 약 2년 전 술을 끊은 뒤였다. 이전까지 내가 너무 오랫동안 술로 무디게 누그러뜨려왔던 감정들이—두려움, 오래된 상처와 실망, 너무 오래되거나 갓 생겨난 터라 그 근원을 확인하기도 어려웠던 슬픔—그때 온 기세로 돌아와 들이닥쳤다. 그러니 내가 고분고분 웅크리기 시작한 것은, 고립의 목소리가 너무나 유혹적으로 나를 부르기 시작한 것은 놀라운 일이 아니었다. 하지만 나는 종종 그 충동에 탐닉하는 것이 과연 건강한 일인지, 아니면 자기 파괴적인 일인지 헷갈린다. 한동안 숨어 있어도 괜찮은 걸까? 이 안전한 공간에 매일 밤 안락하게 웅크리고 있어도 괜찮을까? 아니면 더 활기차게 사교 생활에 몸을 던져야 하나? 성장이 저지된 사회생활을 하면서도 다른 종류의 성장은 저지되지 않도록 하는 것이 가능한 일일까?

혼자 있는다는 것, 그 모든 다양한 형태는—혼자 살거나, 싱글이거나, 배우자나 가족이나 친구들과 떨어져 지내는 시간을 갖거나—연습이 필요한 기술이다. 고독은 어려운 일이다. 자신을 돌볼 의욕이 있어야 하고, 자신을 달래고 즐겁게 하는 능력이 있어야 한다. 사교적인 생활을 가꾸는 것도 역시 어려운 일이다. 위험을 감

수해야 하고, 기꺼이 취약해질 줄 알아야 한다. 캐럴린 하일브런이
그 쌍둥이 기술을 터득하는 데는 60년이 걸렸다. 내 친구 그레이스
는 40대 중반인 지금 그 목표에 다가가고 있다. 20년 동안 혼자 살
아온 그는 이제 프라이버시와 교유의 균형을 예전보다 더 자주 달
성할 줄 안다. 나로 말하면, 이제 겨우 시작했을 뿐이다.

(1997년)

수줍음의 옹호

그래서 내 이웃들은 나를 거만하고 차갑고 못된 여자로 생각한다는 것이다. 2년 전, 동네에서 포틀럭 저녁 모임이 열렸을 때 이웃들은 우리 집 바로 뒤 파티 주최자의 집 안마당에 모여서 내가 얼마나 고상한 척하는 인간인지 험담했다는 것이다. 그 여자는 아무하고도 얘기를 나누지 않아요. 얼마나 도도하게 구는지.

물론, 내가 그 대화를 직접 들은 건 아니다. 나는 그 자리에 없었으니까. 초대를 받았을 때("오세요! 함께 놀아요! 이웃들을 사귀어보세요!") 나는 주최자들에게 그날 밤에 선약이 있다고 말했고(가족 행사라서 빠질 수 없거든요, 정말 미안해요), 당일에는 차를 집에서 멀찌감치 세운 뒤 살그머니 집으로 들어가 거실에 숨었다. 불을 켜지 않고, 커튼을 빈틈없이 치고.

그로부터 일 년쯤 흐른 뒤, 나는 옆집에 사는 여자와 친해졌고, 그로부터 그날 밤 사람들이 나에 대해서 그다지 호의적이지 않은 대화를 나눴다는 사실을 전해 들었다.

나는 아연실색했다.

"내가 고상한 척한다고 생각한다고요? 도도하게 군다고? 내가 그냥 수줍음이 많아서 그런다는 걸 왜 모르죠?"

이웃 여자는 어깨를 으쓱하며 말했다. "사람들은 그걸 잘 모르는 것 같아요. 수줍음을 다른 걸로 이해하죠."

여자는 잠시 후 덧붙였다. "수줍음이 많은 사람들은 좀 헷갈려요."

이 대화는 이후 몇 달 동안 내 머릿속에 박혀서 꼭 심하지 않지만 사라지지 않는 가려움처럼 나를 괴롭혔다. 나는 평생 수줍음을 탔다. 나는 늘 남들 앞에서 말문이 막히고 남들을 과하게 의식하는 사람이었다. 어릴 때는 선생님에게 지목되어 교실 앞으로 나가서 말해야 할 때마다 심장이 쿵쾅거렸다. 10대 때는 매력적인 남자아이가 곁에 있기만 해도 두려움에 말문이 막혀서 목소리를 잃었다. 권위 있는 사람과―대학교수나 심리치료사나 아빠와―눈을 마주치면 내가 단숨에 작아지는 기분이었다. 이제는 수줍음의 확연한 증상들을(입이 마른다거나 손바닥에 땀이 난다거나) 어느 정도 극복했지만―최소한 숨기는 법을 터득했지만―그런 증상들의 핵심에 있는 기분은 극복하지 못했다. 낯선 사회적 환경에 처할 때, 낯선 사람들이 가득한 파티장에 들어가야 할 때, 사람들 앞에서 말해야 할 때 내가 맨 먼저 본능적으로 보이는 반응은 이 한마디로 요약된다. 아악! 머릿속에서 녹음테이프가 큰 소리로 돌아가기 시작하고(너무 무서워, 넌 마땅히 할 말을 찾지 못할 거야, 사람들이 널 나쁘게 평가할 거야), 머릿속 화면에 뻣뻣하고 불편한 자세로 얼굴에 어색한 미소를 가면처럼 쓴 내 모습이 등장한다. 도망치고 싶은 충동이 인다. 빠져나갈 방법을 찾고, 변명을 지어내고, 차를 먼 곳에 세우고 집으로 숨어들고 싶다.

나만 이런 것은 절대 아니다. 이 주제에 관해서 연구하는 전문가들의 말이 옳다면, 나와 비슷한 사람들은 오히려 점점 더 많아지고 있다. 타인과의 접촉을 차단해주고 가끔은 더 나아가 우리를 고립시키기도 하는 기술 덕분에 세상은 수줍음 많은 사람들에게 점점 더 편안한 곳이 되었다. 우리는 이제 동료들, 판매원들, 은행 직원들, 심지어 친구들과도 직접적인 접촉을 피할 수 있다. 대화 기술 따위는 엿이나 먹으라지. 이제 우리는 대화 대신 인터넷, 이메일, 자동화 기계를 통해서 접촉할 수 있다. 그리고 (놀랍지 않게도) 그 결과 우리는 수줍음을 점점 더 많이 타게 된다. 자신이 만성적으로 수줍음을 탄다고 응답한 사람의 수는 지난 20년 동안 전체 인구의 40퍼센트에서 50퍼센트로 늘었다. 미국에서 선구적인 수줍음 연구자 중 한 명으로 꼽히는 필립 짐바르도에 따르면, 과반수의 사람들은(55퍼센트) 인생의 어느 시점에 스스로를 수줍음이 많은 사람이라고 여겼던 경험이 있거나 특정 상황에(수줍음을 유발하는 인물 목록의 상위에는 연애 감정이 드는 사람과 권위자로 여겨지는 사람이 있다) 수줍음을 탄다고 말한다. 미국인 중에서 단 한 번도 수줍음을 느껴본 적이 없다고 답하는 사람은 5퍼센트에 불과하다.

수줍음을 타는 사람들 중 대부분은 나와 비슷한 수준이지만—천성적으로 내성적이고, 낯선 사회적 환경에 처하면 저절로 최악의 상황을 상상한다—수줍음 척도에서 극단에 놓일 만한 사람들도 점점 더 많아지는 듯하다. 미국인을 대상으로 한 조사를 보면, 인생의 한 시점에서라도 사회 공포증(대인 기피증)을—고질적인 수줍음에 시도 때도 없이 시달리는 바람에 일상을 정상적으로 영위하기 힘든 경우를 말한다—경험하는 사람이 여덟 명 중 한 명 꼴이다. 그래서 수줍음은 세 번째로 흔한 정신 장애로 꼽힌다.

나는 평생 내 머리카락을 당연시하고 산 것과 비슷하게 거의 평생 수줍음과 함께 살아왔다. 내 머리카락은 예나 지금이나 곧고 가늘다. 내가 설령 굵고 굽슬굽슬한 머리카락을 갖기를 바라더라도, 머리카락의 신들은 내게 그 대신 지금의 이 머리카락을 주었다. 마찬가지로, 내가 설령 자신감 있고 사교적이고 외향적인 사람이 되기를 바라더라도, 성격의 신들은(유전학자, 뇌 화학자, 환경론자로 구성된 팀인 듯하다) 나를 조용하고 내성적인 사람으로 만들기로 결정했다. 어쩔 수 없는 현실이고, 끝난 이야기다.

의식적으로 떠올린 생각이라곤 할 수 없지만, 나는 늘 남들도 그 사실을 받아들여서 내 수줍음을 나라는 사람의 핵심적이고 변치 않는 속성으로 이해해주기를 기대했다. 쟬 다그치지 마, 수줍음이 많아서 그래, 하고. 내가 새로 사귄 친구나 애인에게 엄청 적극적으로 굴거나 감정을 한껏 드러내지 않더라도, 상대가 그 사실을 어쨌게 여기진 않기를 기대한다. 쟤한테 시간을 줘, 그러면 쟤도 차차 풀어질 거야, 하고. 내가 옆집 여자와의 대화를 자꾸만 곱씹었던 것은 아마 이 때문이었으리라. 나는 내 수줍음이 내게만 영향을 미친다고 여기며 40년 가까이 살아왔다. 이 문제로 불편한 사람은 나야, 자의식과 불안으로 괴로워하는 사람은 나야, 나보다 덜 수줍어하는 사람들은 나보다 편안하니까 그들이 나를 봐줘야 해, 하고 생각했다. 하지만 수줍음이 많은 사람들은 좀 헷갈린다는 이웃의 말을 듣고 보니 좀 까다로운 의문들이 떠올랐다. 수줍어하는 사람들이 비록 부지불식간이기는 해도 특수한 형태의 힘을 휘두르는 게 아닌가 하는 의문, 어떤 사람의 수줍음을 본인만 경험하는 게 아니라 그의 주변 사람들도(수줍음을 타든 안 타든) 경험하는 게 아닌가 하는 의문.

수줍음이 많은 사람들은 종종 암호로 말한다. 내 어머니는 대단히 과묵하고 뼛속까지 수줍어하는 사람이었다. 하지만 어머니에게는 엷은 온기가 있었고, 어머니의 인생에서 중요한 사람들은 다들 그 온기를 알아차리는 법을 익혔다. 어머니의 애정 표현은 분명하지도 직접적이지도 않았다.(어머니는 안아주거나 달래주거나 "사랑해" 하고 말하는 법이 없었다.) 대신 그 애정은 지극히 조용한 몸짓과 단서에서 드러났다. 슬쩍 마주친 시선에서, 한 잔의 차에서, 만약 상대가 그 속에 담긴 메시지를 포착할 줄 아는 사람이라면 틀림없이 전달될 깊은 걱정이나 자랑스러움을 실은 목소리에서. 나와 어머니가 소통하는 방식을 지켜본 제삼자라면 어머니를 차갑고 표현에 소극적이고 무심한 사람으로 묘사했을 수도 있겠지만, 내게는 어머니의 그런 스타일이 아주 정상적인 것으로 느껴졌다. 내가 좀 커서 친구들의 집에서 자고 와도 된다고 허락받았을 때, 나는 다른 어머니들이 거리낌 없이 감정을 표현한다는 점에, 그들이 자식을 보듬고 등을 쓸어주거나 머리카락을 쓰다듬어준다는 점에 매번 놀랐다. 그런 행동이 생경했고, 심지어 채신없어 보였다. 이런 해석은 애정에 대한 내 기대치가 몹시 낮았다는 사실을 보여주는 것이겠지만, 또한 내가 일찍부터 내 어머니를 해독하는 법을 익혔다는 것, 어머니의 과묵함에서 행간을 읽고 그로부터 온기를 포착하는 법을 익혔다는 것을 보여주기도 한다.

내 수줍음은 물려받은 성질일 가능성이 있다. 아니, 그럴 가능성이 높다. 흰 피부나 건강한 치아 같은 육체적 특징처럼 내가 어머니로부터 물려받은 성질일 것이다. 수줍음은 사람의 성격에서 가장 한결같고 오래가는 특징들 중 하나인 듯하다. 뿌리 깊은(그리고 대체로 고칠 수 없는) 생물학적 원인에서 비롯하는 성질인 듯하다. 사회 공포증은 유전되는 듯하고, 최초의 징후는 심지어 출생 전부터 감지된다.(태아 때 심장박동이 빨랐던 아기는 커서 징징거리고 바스대는 아이가 되기 쉽고, 성인이 되어서는 불안증과 내향성을 갖기 쉽다.) 그리고 숫기 없는 성격을 갖고 태어난 사람은(하버드 대학의 심리학자 제롬 케이건은 그런 성격을 "행동학적으로 내성적인" 기질이라고 부른다) 평생 그 성격으로 살 가능성이 높다. 수줍음 연구의 할아버지 격인 케이건은 2세 아기들을 조사하여 내성적 기질과 내성적이지 않은 기질로 나눈 뒤 그 아이들이 7세가 되었을 때, 그리고 12세에서 14세 사이일 때 다시 조사했는데, 그 결과 아기 때 수줍음 많은 성격으로 평가되었던 아이들 중 75퍼센트는 7세가 되어서도 조심성 많고 진지하고 조용했고, 10대가 되어서도 그런 행동 패턴이 뚜렷했다.

케이건은 우리 뇌에서 생물학적 두려움 반응을 일으키는 부위인 편도가 행동학적으로 내성적인 아이들에게서는 좀 더 일찍 활성화하는지도 모른다는 가설을 세웠다. 한편 또 다른 연구자들은 전두엽을 원인으로 지목했다.(전두엽은 부정적 감정을 제어하는 데 관여한다고 여겨지는 부위로, 수줌음이 많은 아이들은 대담한 아이들보다 전두엽이 더 활발하게 활동하는 듯하다.) 요즘은 또 신경전달물질인 세로토닌과 도파민이 자주 범인으로 여겨지는데, 태생적으로 내성적인 사람들은 두 물질의 혈중 농도가 여느 사람들보다 낮은 듯하다. 아마 이 물질들의 농도를 높이거나 낮추는 데 관여하는 어떤 유전자―이른바 수줌음 유전자―때문일 것이다.

사람의 성격이 본성과 양육이 결합한 결과라면―즉 우리가 타고난 속성과 우리가 태어나서 접한 환경의 결과물이라면―나는 어머니에게서 생물학적 수줌음 이외에도 더 많은 것을 물려받았을 것이다. 어머니가 자신의 내성적인 성격을 다루었던 방식, 암호에 의존했던 방식도 물려받았을 테고, 내가 어머니를 해독하는 법을 익혔듯이 남들도 나를 해독할 줄 알 테고 기꺼이 그렇게 해주리라는 기대도 물려받았을 것이다.

내가 남자친구의 부모님을 만나는 경우를 생각해보자. 남자친구의 부모님이란 나로 하여금 숫기 없는 성격을 드러내게끔 만드는 사람들의 목록에서 늘 상위를 차지하는 존재였고, 늘 내게 두려움을 일으키는 존재였다.(나쁜 평가를 받을지도 모른다는 두려움, 그들과 잘 어울리지 못할 것이라는 두려움, 그들 눈에 자식의 파트너로서 부족해 보일지도 모른다는 두려움.) 나는 이런 불편함과 침묵을 내가 수줌은 꼬마였을 때 가족 모임에서 행동했던 방식으로 행동함으로써,

즉 착한 아이로 보이는 요령들을 부려서 착한 아이로 보이기를 기대함으로써 보완하려고 했다. 저녁 식사 중에는 입을 꾹 다물고 있었더라도 식전에 식탁을 차렸고, 식후에 냉큼 일어나 그릇을 치웠다. 수줍어하는 미소를 띤 채 남들의 기분을 맞춰주고자 하는 태도를 최대한 실행해 보였다. 제가 얼마나 도움이 되는 사람인지 보셨어요? 얼마나 착한지, 남들을 기쁘게 하려고 얼마나 애쓰는지 보셨어요?

놀랍게도, 이 방법이 늘 통하지는 않았다. 사실은 단 한 번도 통하지 않았다. 남자친구들의 부모님은 보통 나를 무심하고, 쌀쌀맞고, 속을 알 수 없는 사람으로 보았다. 한번은 예전 남자친구의 부모님 댁에서 열린 주말 가족 모임에 사흘이나 참석했는데, 그동안 침대를 정리하고 아침 식사를 만들고 장작까지 패면서 내 불편한 침묵을 벌충하려 애썼건만, 나중에 남자친구가 털어놓는 걸 들으니 그의 어머니는 나를 뻔뻔하리만치 무례한 사람으로 여겼다고 했다.

수줍음이 곤란한 것은—수줍어하는 사람에게도, 그와 소통하는 사람들에게도 마찬가지다—그것이 진공 상태에 존재하지 않는다는 점이다. 수줍음은 사람의 성격이라는 스튜에 들어 있는 한 가지 재료일 뿐이다. 수줍음은 다른 특징들과 섞여 있고—그리고 종종 다른 특징들에 가려져 있다—이것이 수줍음이 헷갈리게 느껴지는 한 이유다. 수줍어하는 사람 본인에게는 수줍음이 자신의 행동을 결정하는 가장 지배적인 성격적 특질로 느껴질 테지만, 다른 사람들의 눈에는 그 사실이 늘 그렇게 분명해 보이지는 않는다. 예를 늘어, 내 친구 그레이스는 수줍음을 무척 많이 타지만 그러면서도 아주 다정하고 호기심이 많은 성격이다. 그레이스는 이른바 '숫기 없는 외향적' 성격이다. 낯선 사회적 상황에서 스스로는 자신감이 없고 겁나겠지만 그 사실을 친근한 태도로 상대에게 이것저것 묻고 시선을 자주 마주치는 행동으로써 훌륭하게 숨긴다는 뜻이다. 한마디로, 그레이스에게는 남들을 편하게 만드는 겉모습이 있다. 또 다른 친구 베스는 상냥하고 섬세한 모습, 우리가 수줍음 많은 사람이라고 할 때 전형적으로 떠올리는 모습을 갖고 있다. 베스는 불편한 자리에서 얼굴을 붉히고, 눈길을 아래로 깐다. 그래서 숫기 없지만 정말 착한 사람으로 보인다. 반면 내 수줍음은 전혀 다르게 드러난다. 나는 숫기 없는 것과는 별도로 기본적으로 침착한 사람이다. 그래서 스스로 침착하다고 느끼지 않는 순간에도 겉으로는 침착해 보이는 법을 터득했다. 수줍어서 말이 나오지 않고 떨리는 나를 꺼버리고 상당히 침착한 나를 내세워서 그 뒤에 숨는다는 뜻이다. 하지만 수줍음과 침착함은 골치 아픈 결합이다. 두 가지가 함께하면 어떤 무표정한 모습, 냉담함으로 해석되기 쉬운 딱딱한 모습이 연출된다. 내 친구 샌디도—아주 예민하고 아주 수줍어하지만 체구가 당당하고 겉보기에는 약간 퉁명스럽다—비슷한 오해를 받는다. 사람들은 샌디를 무심하고 무서운 사람으로 여기는 편이고, 샌디는 이 때문에 미치려고 한다. "수줍어서 그런다는 게 뻔하구먼, 대체 왜 무서운 사람이라고 해석하는 거야?"

해석. 물론 이것이 핵심이고, 착각에 이르는 문이다. 수줍어하는 사람들은 과묵함의 망토 뒤에 숨은 채 상대가 스스로 관계에 대해서 품는 두려움이나 편견이나 자기 인식을 투사하는 빈 화면으로 기능한다. 만약 그 상대가(대부분의 사람이 그렇듯이) 타인에게 호감을 사고 싶다고 걱정하는 사람이라면, 수줍어하는 사람의 태도가 그에게는 자신을 무시하는 것처럼 보일 수 있다. 만약 그 상대가 자신이 타인의 기대에 부합하는지 혹은 매력적으로 보이는지 걱정하는 사람이라면, 수줍어하는 사람의 불편함이나 과묵함이 그에게는 자신이 지루해서 그러는 거라고 보일 수 있다. 수줍음은 오해로 통하는 문을 활짝 열어젖힌다. 수줍음을 타는 내 친구 하나는 이렇게 한마디로 요약했다. "침묵은 로르샤흐 테스트야."

내가 지금 사는 집으로 이사해온 것은 4년 전이다. 이후 한동안은 이웃들이 내 태도에 자신들의 해석을 투사하기는커녕 나라는 존재를 인식조차 못했을 것 같다. 나는 기척을 거의 내지 않고 드나들었고, 완벽한 투명인간처럼 수줍어하는 삶을 살았다. 조용한 여자분이네, 이웃들이 이렇게 말했을 수는 있다. 혼자 있길 좋아하나 봐. 내가 도도한 인간이라는 평판은 문제의 파티 후에야 나타난 듯한데, 그 파티는 내 두 번째 책인 《드링킹》이 출간된 직후에 열렸다. 《드링킹》은 잘 팔렸고, 베스트셀러 목록에 상당 기간 올라 있었고, 기사도 많이 났다. 그래서 그해 여름에 이웃들은 내가 촬영팀을 데리고 집을 드나드는 모습을 가끔 봤을 텐데, 내게 그 상황은 엄청나게 부끄러운 상황이었다. 만약 그때 누가 보고 있는 걸 보면, 나는 살짝 찡그리고 시선을 돌렸다. 내 내면의 감각은 나 자신에게는 그 이상 명확할 수 없었다. 나는 남들의 관심이 불편해서 달리 어쩔 줄 모르고 수줍어하는 것이었다. 하지만 창피해서 찡그린 딱

낙한 얼굴이 외면적으로는 전혀 다르게 읽혔다. 책이 출간되기 전에는 눈에 띄지 않거나 간과하기 쉬웠을 듯한 내 과묵함이 이제는 유명함, 전문성, 성공에 대한 사람들의 감정이 투사되는 빈 화면이 되었다. 나는 남을 의식하거나 불안해하는 사람이 아니라 콧대 높고 차가운 사람으로 보이게 되었다. 자기가 남들보다 잘난 줄 아는 베스트셀러 작가, 이웃들의 저녁 모임에 납실 마음 따위는 없는 사람으로.

그렇지만 내가 지금 그들을 비난하는 것은 아니다. 내가 수줍음에 익숙하기는 해도, 나라고 해서 수줍음을 타지 않는 여느 사람들보다 타인의 수줍음을 더 잘 읽어내거나 더 잘 참는 것은 아니다. 얼마 전 어느 모임에서, 나보다 더 숫기 없는 사람과 대화해야 하는 상황에 처했다. 그 젊은 여성은 사교의 자리가 불편해서 몸을 꼬고 있었다. 내가 그에게 질문을 던지면—어떤 일을 하시나요? 어디 사세요?—그는 한참 대답할 말을 찾다가 최대한 짧게 대답하고는(음…… 아직 학생이에요) 다시 바닥을 내려다보고 손가락으로 머리카락을 꼬면서 내 반응을 기다렸다. 나는 그와의 대화가 괴로웠다. 그가 받는 스트레스가 내게도 너무 익숙한 것이기 때문이었지만 그보다 좀 더 복잡한 감정, 짜증이랄까 심지어 분개심이라고도 할 만한 감정 때문이기도 했다. 어색한 침묵이라면 나도 익히 알지만—그게 뭔지 알고, 그걸 두려워하고, 그걸 미워한다—내가 그 침묵을 메우는 사람이 되는 것은 익숙하지 않다. 그리고 침묵을 메우는 데는—한가한 잡담을 나누든 진심으로 관계를 맺는 대화를 나누든—노력이 든다. 나는 그 젊은 여성의 어깨를 움켜쥐고 흔들면서 이렇게 말하고 싶은 기분도 들었다. 이봐요, 이런 상황이 힘들다는 건 알아요, 나도 수줍음이 많으니까, 하지만 당신도 내가 이 곤경에서 벗어나도록 도와줘야 해요.

냉혹한 진실인바, 수줍음을 타는 사람들은 함께 있기가 힘들 수 있다. 스스로 의도한 것은 아니지만 그들은 주변 사람들에게 관계에 활력을 불어넣는 일을 도맡게끔, 관계 맺기에 선행하는 지루한 일을 도맡게끔 만든다. 이 젊은 여성이 아직 몰랐던 사실은—나도 이제야 조금 알게 된 사실인데—그가 수줍음 탓에 스스로는 남들에게 아무런 영향을 끼치지 못하고 무력한 존재라고 느낄 테지만 실제로는 적잖은 힘을 갖고 있다는 점이다. 그는 남들과 한방에 있는 것만으로도 그들에게 어떤 감정을 일으킬 능력이 있다. 스스로는 남들에게 주목받지 못하는 존재라고 느끼거나 남들을 두려워하겠지만, 그럼에도 불구하고 그들에게 영향을 미친다. 그에게는 또한 선택지가 있다. 입을 열 수도 있고, 아니면 침묵을 지킬 수도 있다. 남들에게 자신을 알릴 수도 있고, 아니면 닫힌 채로 있을 수도 있다. 관계 맺기에 필요한 일을 얼마간 맡을 수도 있고, 아니면 그 일을 타인의 손에 완전히 맡길 수도 있다.

수줍음 많은 사람들을 닦달하고 싶은 건 아니다. 그렇기는커녕 나는 우리 문화가 수줍음에 곧잘 동반되는 예민한 감수성을 인정하고 높이 사는 문화이기를 바란다. 사교적이고 자신만만한 성격에만 지속적으로 보상하는 문화가 아니었으면 하고 바란다. 수줍음 많은 사람들에게 자력으로 구제해야 한다고, 더 노력하라고, 그런 것쯤은 **극복하라고** 밀하고 싶은 깃도 아니다. 수줍음을 다는 것, 자신이 과한 자의식에 휘둘리며 그 탓에 제대로 기능하지 못한다고 느끼며 사는 것은 쉬운 일이 아니다.(내 친구 하나는 이것을 "만성적 감정 변비" 상태라고, 그다지 은근하지 않게 표현했다.) 수줍음 타는 사람들은 이 사실을 뼈저리게 인식하고 있다. 수줍음이 자신으로부터 많은 기회를 앗아간다는 사실, 수줍음 때문에 파티장에 들어가거나 동료들 앞에서 발표하거나 하는 간단하기 짝이 없는 일들마저 어렵게 느껴진다는 사실을 뼈저리게 알고 있다.

하지만 나는 우리가 수줍음으로부터 개인의 책임에 관하여, 우리가 주변 사람들에게 미치는 영향에 관하여 깨달음을 얻어야 한다고도 생각한다. 지난여름에 나는 점심마다 개를 데리고 산책하면서 어느 은퇴자 부부가 사는 집을 지나갔다. 헬렌과 프랭크라고, 열성적으로 정원을 가꾸는 부부다. 나는 그 집을 지나갈 때마다 그들에게 뭐든지 친근하고 상냥한 말을 건네겠다고 다짐했다. 전통적인 좋은 이웃의 이미지를 좀 드러냄으로써 콧대 높은 속물이라는 평판을 희석하겠다고 다짐했다. 나는 부부가 키운 장미를 칭찬했고, 부부가 기르는 고양이들에 대해 물었고, 어색한 순간을 이겨내면서, 날씨 이야기를 나누었다. 여름이 끝날 무렵에는 일주일간 뉴햄프셔에 갔다가 돌아온 뒤에 그들에게 블루베리 파이를 선물했다. 그들은 차츰 나를 좋아하게 되었다.

얼마 전, 프랭크가 우리 집에 찾아와서 언제 자기네 집에서 저녁을 함께 먹자고 초대했다. 대답할 말을 찾느라 뜸 들이면서 나는 겉모습과 영향의 문제, 개인의 힘과 선택의 문제를 곱씹었다. 이건 내가 옳은 일을 할 수 있는 기회야, 수줍음의 동굴을 나가서 이웃과 어울리려고 애써볼 기회야, 하는 생각이 들었다. 내가 두려워하는 잡담을 나눠야 한다는 사실과 내가 탐내는 유대감을 얻을 수 있다는 사실을 놓고 저울질해보았다. 내가 평생 불안에 지배당한 채 살아왔다는 사실, 두려움을 안고 사는 것이 삶을 제약한다는 사실, 변화란 어려운 일이라는 사실을 떠올렸다.

나는 심호흡을 했다.

그리고 내 입에서 이런 말이 흘러나왔다. "저야 정말 좋죠. 초대해주셔서 고맙습니다!"

함께 날짜와 시간을 정한 뒤, 나는 프랭크에게 안녕히 가시라고 인사하고 문을 닫았다. 내가 용감하고 자신감 있는 사람이 된 기분이었다. 내가 훌륭한 일을 해냈다는 것, 두려움과 고독 대신 위험과 친목에 표를 던졌다는 것을 나도 알았다. 그리고 약속한 날이 오자(잊지 말길 바란다. 변화는 어렵다! 생물학이 운명이다!), 나는 몸을 가눌 수 없을 만큼 심한 독감에 걸려서 몸져누웠다.

나는 정말 아팠다. 혹은 아픈 척했을지도 모른다.(요즘 독감이 도나 봐요, 저도 갑자기 걸렸지 뭐예요!) 아무튼 그것은 기분 좋은 일이었다. 아주아주 좋았다.

(1999년)

명랑한 은둔자

밤 9시 45분. 나는 부엌에 서서 제일 좋아하는 저녁 식사 메뉴를 만드는 중이다. 밀플레이크, 뮤즐릭스 시리얼, 건포도를 섞은 이 맛있는 음식은 내게 위안이 되어준다. 목요일이니 15분 뒤에 드라마 〈ER〉이 방영될 테고, 시청률 조사 기간인 5월 중순이니 나는 기대감에 젖어 있다. 그렇다, 새 에피소드가 방영되는 날이다. 기분은 평온하다. 나는 찢어진 레깅스, 티셔츠, 목욕 가운을 입고 있다. 내 개는 거실 소파에 흡족하게(그리고 말없이) 웅크리고 앉아 있다. 전화 자동응답기에 메시지가 몇 통 와 있다고 불이 깜박이는데, 내가 일부러 받지 않은 전화들이고 내일이 되어야 응답할 생각이다. 이때 어떤 생각 하나가 떠오른다. 단순한 사실적 진술 하나가 완전한 문장의 형태로 머릿속에 떠오른다. 나는 그 말을 듣는다.

나는 명랑한 은둔자야.

이것은 정말 마술적이고 변혁적인 순간이다. 이것은 일종의 만화경 같은 변화랄까, 나 자신에 대한 기정사실들이 저절로 모습을 바꾸더니 새로운 질서에 따라, 놀랍고 신선한 시각에 따라 재구성

되어 내 내면이 삽시간에 재편되는 듯한 순간이다. 오래된 생각이 새로운 생각으로 바뀐다. 기존의 정의가 새로운 전개를, 새로운 분위기를, 새로운 의미를 취한다.

나는 명랑한 은둔자야. 이 말을 다시 들어보라. 산뜻하고 멋지게 들리지 않는가? 만약 누군가가 어제—한 시간 전, 10분 전이라도 마찬가지다—내게 내 존재를 한 문장으로 설명해보라고 말했다면, 나는 전혀 다른 대답을 내놓았을 것이다. 나는 독신 여성이에요. 이렇게 말했을지도 모른다. 서른여덟 살이고, 좀 외톨이처럼 살아요. 이 말이 슬픈 노처녀를 연상시킨다는 사실을 알고 있다는 듯이 내 목소리에 변명의 기미가 어려 있었을지도 모른다. 그리고 아휴, 미안해요, 어쩌다 보니 이렇게 됐어요, 지금이면 진작 결혼했어야 하는 건데, 하고 말하는 듯이 약간 멋쩍게 어깨를 으쓱했을지도 모른다. 하지만 내가 시리얼 그릇을 앞에 두고 서 있던 순간, 내 정신의 만화경이 살짝 돌아가더니 변명은 흐릿해지고 대신 새로운 장면이 눈앞에 나타났는데, 그 새로운 장면은(감히 이렇게 말해도 될까?) 행복과 아주 비슷해 보였다.

행복하게 혼자라고? 은둔하는데 명랑하다고? 그런 모순이 어딨어! 그건 불가능해! 안타깝게도, 이런 개념을 이해하지 못하는 사람이 많다.

최근에 이혼했지만 새로 연애를 시작한 내 친구 하나는 얼마 전 함께 저녁을 먹을 때 내게 물었다. "그래서," 친구는 걱정스러운 표정이었다. "아무도 안 사귀고 지내는 건 어떤 기분이야?" 나는 어렴풋이 동정하는 듯한 친구의 말투를 무시하려고 애썼고, 내 개를 가리키면서 이렇게 대답할 때 짐짓 농담인 척했다. "하지만 나는 지금 사귀는 중인걸. 나한텐 얘가 있잖아." 친구는 말이 안 되지만 마지못해 웃는다는 듯이 웃고는 심문을 이어갔다. 외롭지 않은지? 집안일을 모두—요리도, 쇼핑도, 자질구레한 일들과 공과금 납부도—혼자 처리해야 하는 게 버겁지 않은지? 혼자 늙어갈 미래가 걱정되지 않은지? 누군가를 만나게 될까 아닐까 걱정되진 않은지?

나는 잠시 생각해보았다. 답하기 어려운 질문들이었다. 하지만 대답이 복잡해서 그런 것은 아니었다.(물론 복잡하긴 하다.) 우리가 연애 관계를 아주 중시하고, 파트너가 있다는 사실을 정신 건강과 정상적 사회성의 척도로 여기는 문화에서 살고 있기 때문이었다. 만약 긍정하는 답을 내놓으면(응, 외로워. 응, 혼자라는 게 스트레스로 느껴지고 걱정스러울 때도 있어), 나는 처량하고 약간 불쌍한 아웃사이더로 보일 것이다. 그렇다고 해서 부정하는 답을 내놓으면(아니, 물어봐줘서 고맙지만 난 아주 만족스러워), 나는 폐쇄적이고, 인간적 행복으로 가는 길을 따를 능력이 없고, 비정상적으로 초연한 사람으로 보일 것이다. 하지만 사실 오늘날 미국 성인 인구의 25퍼센트는—35년 전보다 두 배로 는 숫자다—혼자 살고 있다. 모종의 불행한 이유로 혼자 살게 되는 사람이 많긴 하지만(이혼, 두려움, 지리, 그 밖에도 갖가지 운명과 타이밍과 상황의 장난으로), 그렇다고 해서 혼자라는 사실이 본질적으로 안타까운 상태인 양, 더 나은 선택지가 있다면 당연히 취하지 않을 상태인 양 가정하는 것은 지나치게 단순하고 잘못된 시각이다.

나는 친구에게도 그렇게 말했다. "물론 단점은 있어. 하지만 난 혼자 사는 게 정말로 좋아." 장점도 몇 가지 꼽아 보였다. 내 시간을 내 맘대로 보내고, 생활 규칙을 알아서 정하고, 내 취향을 맘껏 탐닉할 자유. 내가 원하지 않는다면 아무하고도 소통하거나 협상하거나 타협하지 않아도 된다는 안도감. 나의 물리적, 정신적 공간을 스스로 구축하는 설계자라는 사실이 안겨주는 주기적인 작은 성취감. 나는 말했다. "이건 선택의 문제, 스타일의 문제야. 그리고 나는 이 스타일이 편해."

친구는 진지하게 끄덕이면서 들었다. 하지만 내 말을 전혀 믿지 않는다는 걸 알 수 있었다.

이런 대화가 그렇게 잦지만 않아도 크게 신경 쓰이진 않을 것이다. 나는 종종 아침에 개를 산책시킬 때 웬디라는 친구와 함께 걷는다. 웬디는 19년 동안 함께해온 파트너가 있다. 웬디의 일정표는 어찌나 빽빽하게 채워져 있는지, 나는 현기증이 날 지경이다. 파티와 포틀럭 저녁 식사 모임, 영화관과 극장 나들이, 휴가와 다른 도시에서 놀러 온 방문객이 쉼 없이 이어진다. 웬디는 금요일마다 내게 주말에 뭘 할 계획이냐고 묻고, 나는 금요일마다 어물거린다. "뭐, 별 계획 없어." 혹은 "늘 하던 대로 그냥 있지, 뭐." 솔직히 나는 주말 약속을 거의 잡지 않는다. 최소한 사람을 만나는 약속은 잡지 않는다. 내가 금요일 밤에 행복을 느끼기 위해서 찾는 레시피는 《뉴욕 타임스》 십자말풀이와 〈호머사이드〉 새 에피소드다. 토요일과 일요일은 개와 숲을 산책하는 일 위주로 돌아간다. 인간 동행이 함께할 때도 있지만 늘 그렇진 않다. 내가 인간 혐오자라서 그런 건 아니다. 나는 작지만 세심하게 키워온 사교 생활을 즐기고 있다. 한 줌의 소중한 친구들이 있고, 사랑하는 언니가 있다. 그들의 존재와 지지는 내게 세상에서 가장 중요한 것이다. 하지만 웬디는 조용한 삶과 공허한 삶을 잘 구별하지 못하고, 내 생활 양식이 심란하다고 여긴다. 내가 주말 계획을 얼버무리면, 웬디는 마치 내가 48시간 동안 세상과 단절되어 슬프게 지낼 거라고 예상하는 듯이 은근히 불편해하는 표정을 떠올린다. 그래서 나는 웬디를 달래려고 가끔 없는 얘기를 지어낸다. 저녁 약속이 있다고 말하고, 영화를 볼 거라고 말하고, 여자친구와 쇼핑하러 갈 거라고 말한다. 그러면 웬디는 늘 한시름 놓았다는 반응을 보이는데, 꼭 엄마 같은 그 태도가 나를 약간 내려다보는 것처럼 느껴지곤 한다. "아, 정말 잘됐네!"

나는, 홀로 걸어가며 속으로 방어적인 태도를 취하는 나는, '우리의 나라'에서 살아가는 외톨이 은둔자다.

우리라는 단어, 이것은 꽤 무거운 단어다.

얼마 전, 내가 다니는 체육관 탈의실에서 어느 여자가 다가오는 자신의 결혼식에 대해서 조잘거리는 것을 엿들었다. 우리는 신혼여행을 하와이로 갈 생각이에요, 그는 말했다. 우리는 블루밍데일 백화점에 결혼 선물 목록을 등록해둘 거예요. 우리는 새 차를 살 거예요. 우리는 A, B, C를 할 거예요. 우리는, 우리는, 우리는. 나는 그 말을 들으면서 내가 내 인생의 사건을 묘사할 때 복수 대명사를 쓰는 경우가 드물다는 사실을 떠올렸다. 그러자 내가 부적응

자라는 낯익은 괴로움이 느껴졌고, 우선순위와 사회적 가치에 관한 의문이 무의식을 긁어대는 게 느껴졌다. 홀로 있음의 폭넓은 스펙트럼 중에서도 나는 극단에 기우는 편이다. 나는 혼자 살 뿐 아니라 혼자 일하므로, 하루 종일 타인에게 "안녕하세요" 같은 말조차 건네지 않고 지내기도 한다. 하루에 나눈 대화가 동네 스타벅스에서 말한 다섯 마디, "카페라테 라지로 한 잔 주세요"가 전부일 때도 있다. 나는 또 혼자 운동하고, 혼자 장을 봐서 혼자 요리하고 먹고 TV를 보고, 개를 논외로 친다면(나는 그러지 않지만 많은 사람들이 그런다) 밤에도 혼자 자고 아침에도 혼자 일어난다. 대체로 이런 상태를 문제로 여기지 않고 지내지만—그냥 이런 거니까—체육관에서 그 여자의 말을 들으면서 머릿속에서 그의 삶을 생생하게 그려보았더니(그에게는 체육관 옆 스테어마스트에서 운동하는 단짝 친구가 있을 테고, 회사 동료들이 있을 테고, 집에는 약혼자가 있을 테고, 결혼식에 올 친구들과 친척들이 200명쯤 있을 테고, 그로부터 이삼 년 뒤에는 아이들이 생길 것이다) 내가 외계인처럼 느껴졌다. 내가 탈의실에서 옷을 갈아입은 뒤 나만의 어둡고 외로운 동굴로 조용히 돌아가는 돌연변이 종족처럼 느껴졌다.

나는 왜 그것을 원하지 않을까? 자연히 이런 질문이 따라 나온다. 나는 왜 그런 판타지를—남편, 가족, 아이들—매력적인 꿈으로 느끼지 않고 고달픈 일이라고 여길까? 내게 문제가 있나? 내 삶도 삶인가?

체육관의 여자는 곧 기혼자가 될 테지만, 사실은 그렇다고 해서 그가 나보다 더 '정상적'인 삶을 향해 나아가고 있다고는 말할 수 없다. 현재 미국은 역사상 처음으로 일인 가구수가 부부와 자식으로 구성된 가구수에 맞먹을 만큼 늘었다. 하지만 저런 순간을 겪을 때면, 우리의 문화적 기준과 기대가 아직 숫자를 따라잡지 못했다는 생각이 든다. 인구 통계야 어떻든, 만약 당신이 혼자 살기로 선택한 사람이라면 당신은 그 이유를 고민하는 데 적잖은 시간을 쓸 수밖에 없을 것이다.

내 경우 그 이유는 내면적인 것, 기질적인 것, 섹슈얼리티처럼 대단히 개인적인 것이다. 대부분의 여자들처럼 나도 어릴 때는 언젠가 내가 결혼할 거라고 생각했다. 가족을 이룰 것이라고, 아이가 갖고 싶어질 것이라고 생각했다. 그런데 일부 여자들(또한 남자들)처럼, 세월이 아무리 흐르고 또 흘러도 그런 일은 일어나지 않았다. 내 안에서 그럴 마음이 들어야 하는데 아무리 기다려도 들지 않는 듯했다. 인생의 많은 결정들이 이런 식이다. 우리가 고를 선택지가 처음부터 빤히 보이고, 해답은 우리가 기대했던 것보다 훨씬 더 소극적으로 나타난다. 나는 문득 내가 성인이 된 뒤 대부분의 기간을―지난 18년 중 15년을―혼자 살았다는 사실을 깨닫고 좀 놀란다. 그 기간 동안―부엌에서 예의 명랑하고 작은 깨달음을 얻었던 날까지―대체로 나는 혼자라는 상태를 일시적인 상태로 여겼던 것 같다. 스타일의 문제라기보다는 상황의 산물이라고. 하지만 사실 나는 이유가 있어서 이렇게 살아왔던 게 아닌가 싶다. 내가 선택한 고독의 수준이 어떤 면에서든 내게 좋았기 때문에, 나와 내가 잘 맞았기 때문에 그래 왔을 것이다.

이런 시각에서 보자면, 우리가 물어야 할 "왜?"는 "왜 혼자 지내는가?"가 아니라 그보다 더 흥미로운 질문으로 바뀐다. 왜 혼자 지내지 않는단 말인가? 나는 늘 혼자 있는 걸 좋아했다. 내가 스스로 만들어내는 생활의 속도와 리듬에서 사치스러운 안도감 같은 걸 느꼈다. 나는 하루 종일 아침만 먹는데—아침에는 머핀을, 점심에는 스콘을, 저녁에는 시리얼을 먹는다—남들에게는 이것이 이상해 보일지라도 내게는 만족스럽다. 나 자신의 선택이라는 이유밖에 없더라도. 나는 내 난장판을 다스리는 자이고, 내 텔레비전 리모컨의 왕이고, 중요한 일이건 엉뚱한 일이건 내 생활의 모든 세부 사항을 손수 쓰는 작가다. 사람이 앉을 때가 거의 없는 내 차의 조수석은 늘 카세트테이프와 다 마신 커피 컵과 치우지 않은 개 장난감이 수북한 재난 지역이다. 내 시계는 매일 아침 정확히 6시 2분에 NPR 라디오 채널을 큰 소리로 틀어서 나를 깨운다. 내 재떨이는(내 집에서는 항시 흡연이 허용된다) 다행히도 늘 꽉 차 있고 악취를 풍긴다. 홀로 있는 상태는 개성의 온상이고, 나는 홀로 있는 상태가 그렇게 변덕을 맘껏 발산하도록 해준다는 점이 좋다.

물론, 혼자 살다 보면 정신이 이상해질 것 같은 때도 있다. 나는 슈퍼마켓에서 종종 돌아버릴 것 같다. 패밀리 사이즈가 아닌 식재료를 찾아 헤맬 때, 포도를 열 알만 살 수 있다면 나머지 80알이 냉장고에서 썩지 않아도 될 텐데 하고 바랄 때, 내가 밀플레이크에 환장한다는 사실을 계산대 직원이 눈치챘을까 궁금해할 때. 대체 인력이 없다는 점은 혼자 사는 사람을 너무 힘들게 할 수 있다. 삶의 두려운 과제들에 맞닥뜨렸을 때(조립 설명서를 해독한다거나, 거미를 죽인다거나 할 때) 특히 그렇다. 생각에 골똘하게 빠진 상황에서 벗어나게끔 해주는 외부 요소가 없고, 그래서 물리 공간과의 관계가 근본적으로 틀어져서, 가끔은 자신이 미쳤나 싶어진다. 요전날 밤, 나는 조리대에서 타일 바닥으로 두 번이나 쩽그랑 떨어진 숟가락에게 나도 모르게 이렇게 말하고 있었다. "야! 그만해!" 그런 뒤에 고개를 절레절레 흔들면서, 내 내면에서 모기가 앵앵대는 소리처럼 작지만 끈질기게 울리는 질문을 의식했다. 이게 **정상일까? 진짜?**

내 경우, 가장 중요한 과제는 고독과 고립의 경계선을 잘 유지하는 것이다. 실제로 그 둘은 종이 한 장 차이다. 사회적 기술은 근육과도 같아서 위축될 수 있고, 내가 경험한 바로도 육체적 건강을 유지하는 것처럼 사람과의 접촉을 유지하려고 애쓸 필요가 있다. 타인과의 접촉을 일정 수준 이상으로 유지하지 않으면, 지극히 간단한 사회적 행동마저도—누구를 만나서 커피를 마신다거나, 외식을 한다거나—엄청나고 무섭고 피곤한 일처럼 보이기 시작한다. 프랑스까지 헤엄쳐서 가려고 시도하는 것 못지않게 버거운 일로 느껴진다. 고독은 종종 다른 사람들과의 관계를 배경으로 두고 즐길 때 가장 흡족하고 가장 유익하다. 적절한 균형을 지키지 못하면, 삶이 약간 비현실적인 것이 된다. TV 등장인물들을 현실의 사람들처럼 생각하게 되고, 집에 들어온 파리가 친구 삼을 만한 상대로 느껴지고, 남들은 더없이 일상적인 일로 생각하는 작은 사건들이(집에 손님이 온다거나, 추리닝 바지보다 더 점잖은 옷을 입어야 하는 상황이라거나) 기이하고 불가해한 일로 느껴지기 시작한다.

그런데도 나는 스스로 쌓아 올린 나만의 이 작은 세계를 여간 해서는 떠날 마음이 들지 않을 것이다. 지금까지 나는 '우리의 나라'에서 살아왔고, 이따금 나도 걱정과 필요에 쫓겨서 그곳의 문을 쾅쾅 두드리면서 들여보내달라고 청하곤 했다. 함께 저녁을 먹던 친구가 내게 아무도 사귀지 않는 것은 어떤 기분이냐고 물었을 때, 나는 혼자라는 상태에 절망하고 혼자 있는 것은 무섭고 열등한 상태라고 생각했던 시절의 기분이 어땠는지가 생생하게 떠올랐다. 주말에 계획이 없다는 말에 친구 웬디가 불편해하는 것을 볼 때, 나는 한때 내가 아무 계획 없는 시간을 얼마나 겁냈는지, 그냥 가만히 앉아서 내 안의 감정이 밖으로 나오도록 여유를 주는 일을 얼마나 어려워했는지 새삼 떠올린다. 그리고 체육관에서 만난 여자처럼 사람들이 '우리'라는 단어를 수시로 입에 올리는 걸 들을 때, 나는 마치 타인과 결부되지 않은 나는 존재 가치가 없다는 듯이 남들과의 관계로만 나 자신을 정의하려고 애썼던 고통스러운 시절을 떠올린다.

　그날 밤 부엌에서 켈로그 만찬을 준비하며 내 집의 단정함과 조용함을 즐길 때, 그 시간이 고마운 선물이자 일종의 승리로 느껴졌다. 예전에 내가 애쓰며 괴로워했던 일들이 과거로 좀 더 멀리 물러났다는 걸 알 수 있었다. 나는 원래 숫기 없는 성격이다. 타인과의 소통을 늘 부담스럽게 느껴왔고, 앞으로도 아마 어느 정도는 계속 그럴 것이다. 따라서 나는 혼자 있는 걸 늘 대단히 편하게 여겼지만, 그러면서도 그 상태를 만끽할 줄은 잘 몰랐다. 혼자 방에 앉아 있으면서도 초조해지지 않는 것, 연애의 틀 밖에서도 안락과

위로와 인정을 얻을 수 있다고 느끼는 깃, 내가 가진 자원만으로
도—나라는 사람, 내가 하는 선택만으로도—고독의 어두운 복도
를 끝까지 걸어서 밝은 곳으로 나아갈 수 있다고 믿는 것, 이런 것
은 잘하지 못했다.

　나는 시리얼 그릇을 들고 거실로 가서 TV 앞에 자리 잡고 앉
았다. 그리고 생각했다. 정말로 명랑하게. 이게 내 집이야.

(1998년)

함께

·

우정, 가족, 사랑, 루실

쌍둥이로 산다는 것

쌍둥이 언니와 내가 태어나기 전, 의사는 우리의 심장박동 소리를 확인하고는 하나만 알아들었다. "아기는 한 명뿐입니다." 의사는 우리 어머니에게 이렇게 장담했다. 하지만 어머니는 자기 몸속에서 발버둥 치는 팔다리가 넷 이상이라는 걸 느낌으로 확신하고 있었다. "한 명뿐입니다. 저를 믿으세요." 의사는 말했다.

2.7킬로그램의 여자아이로 먼저 태어난 것은 리베카였다. 의사는 리베카를 여봐란듯이 척 들어 보이면서 분만이 끝났다고 선언하고 방을 나갔다. 엄마는 아기가 하나 더 있다고 믿었던지라 그대로 누워서 끙끙 산통을 앓았는데, 하지만 간호사도 엄마를 믿지 않았다. "몸이 태반을 배출하는 거예요. 작은 여진 같은 거죠." 간호사는 말했다. 몇 분 뒤, 간호사가 등을 돌리고 있었을 때, 내 머리가 산도를 쑥 빠져나왔다. 뒤로 돌아선 간호사는 비명을 질렀고 거의 실신할 뻔했다.

언니와 나는 이 이야기를 귀에 못이 박히도록 듣고 자랐다. 그리고 시간이 흐르자 이 이야기는 신화의 기색마저 띠게 되었다. 그러니까 우리 둘은 심장이 둘로 구분되지 않을 만큼 하나로 뛰는 사이였다는 것이다. 우리는 쌍둥이였고, 그래서 우리의 관계는 특별했다.

쌍둥이로 살아온 지 35년이 흐른 지금에 와서 보아도 저 논리에는 일말의 진실이 담겨 있다. 리베카와 나는 서로에게 특수한 유대감이랄까 깊은 친밀감을 품고 있는데, 이것은 다른 관계에서는 모방하기가 거의 불가능한 수준이다. 유난히 가까운 순간이라면, 우리는 사람들이 쌍둥이에게 곧잘 기대하는 일들을 정말로 다 해낸다. 우리는 감정의 속기라고 부를 만한 언어로 소통한다. 한쪽이 무슨 말을 시작하면 다른 쪽이 그 문장을 맺고, 단순하기 그지없는 몸짓으로 많은 뜻을 전한다. 눈썹을 쓱 치키는 것은 웃기다는 뜻이고, 쓴웃음을 짓는 것은 이해했다는 뜻이다. 일 년에 몇 번, 내가 수화기를 들고 리베카에게 전화를 걸면 저쪽이 통화 중인데, 정확히 같은 순간에 리베카가 내게 전화를 걸었기 때문이다. 나는 통화 중 신호를 잠깐 듣다가 말한다. "베카?" 저쪽에서도 말한다. "캐럴라인?" 우리는 우리 둘이 타이밍을 이렇게 잘 맞춘 데 놀란다. 그럴 때 우리의 심장은 여전히 하나로 뛴다고 말해도 괜찮을 것이다.

하지만 우리가 완벽하게 가까운 사이라는 이 신화 같은 생각은 신화이기도 하다. 대단히 유혹적이지만 실제로는 충족시키기 어려운 환상이라는 말이다. 아무튼 쌍둥이라는 관계는 정체성에 대한 의문을 불러일으키기 마련이다. 사실 친밀한 자매를 둔 사람들이라면 누구나 어느 정도는 고민할 법한 의문이다. 만약 내가 듣는 심장 소리가 나만의 것이 아니라면, 나는 과연 누구일까?

우리는 일란성 쌍둥이는 아니다. 나는 이 사실을 늘 다행으로 여겼다. 리베카는 나보다 먼저 태어났을 뿐 아니라(인생을 결정지을 만큼 어마어마한 7분 차이로 먼저 태어났고 그래서 늘 언니였다) 나보다 (5센티미터가) 더 크고 (7킬로그램이) 더 무겁고 더 거무스름하다. 모르는 사람이 우리를 길에서 본다면 '자매'라고는 생각하겠지만 '쌍둥이'라고 생각하지는 않을 수 있다. 이 사실이 우리는 둘 다 좋았다. 그 덕분에 우리가 너무 하나처럼 느끼지 않을 수 있는 것 같았다. 자매를 봤을 때 거울을 보는 것과 같은 건 상상만 해도 으스스하다. 너무 가까워서 좀 불편할 것 같다.

이란성 쌍둥이인 것만 해도 충분히 가깝다. 이란성 쌍둥이라도 자라면서 똑같은 질문을 지겹도록 받고 대꾸해야 하고—어른들은 늘 몸을 숙이면서 묻는다. "네가 누구니?"—그러다 보면 저절로 자신도 똑같은 의문을 품게 된다. 그러게, 내가 누구지? 쌍둥이들이 자신들을 각자 다른 사람으로 정의하고 떨어지는 것은 어렵고도 복잡한 일로, 리베카와 나는 그 섬세한 개별화의 춤의 안무를 오랫동안 종종 무의식적으로 함께 짜왔다. 분명히 의식하고 한 일은 아니었지만, 우리는 어릴 때부터 서로 다른 영역을 차지하고 가상의 파이들을—재능의 파이, 기질의 파이, 생활 방식의 파이—나누는 일을 몸에 익혔다. 우리의 합의는 늘 암묵적이었고, 그 내용은 나중에 돌아볼 때에야 분명히 알 수 있었다. 너는 이게 되도록 해, 나는 저게 될 테니까, 너는 이걸 잘하도록 해, 나는 저걸 잘할 테니까, 하는 식이었다. 어릴 때 리베카는 수학과 과학을 잘했고, 나는 영어를 리베카보다 잘했다. 리베카는 활동적인 아이였고, 나는 책벌

래었다. 리베카는 자기주장이 강하고 혼자 다니는 편이었고, 나는 숫기 없고 남들 하는 대로 하는 아이였다.

고등학생일 때 우리는 그런 차이를 겉으로 드러내기 시작했다. 말 그대로 옷으로 드러냈다. 리베카는 면바지와 울스웨터와 하이킹부츠처럼 수수하고 평범하고 대충 프레피룩처럼 보이는 차림을 했고 화장은 전혀 하지 않았다. 나는 훨씬 더 남들을 의식하여 당시의 유행을 따랐다. 엉덩이에 걸치는 청바지를 입었고, 아이라인을 진하게 칠했고, 눈썹을 뽑아서 가늘게 다듬었고, 손톱을 갈고리처럼 길게 길렀다. 이런 것들은 우리의 자율성을 드러내는 유니폼이었다. 세상 사람들에게 우리는 사실 서로 전혀 다른 두 인간이라는 점을 알리는 방법이었다. 이런 전략은 통할 때도 있었고 통하지 않을 때도 있었다. 리베카와 나는 요즘도 정말 많은 사람들이 우리에게 와서 이쪽 얼굴을 보고 저쪽 얼굴을 본 뒤에 "아, 두 분은 일란성 쌍둥이인가요?"라고 묻는다는 데 놀란다. 보통은 속으로 투덜거리고 말지만, 가끔은 너무 지겨워서 대학 때 개발한 반응으로 대꾸한다. "그랬는데요……." 한 명이 이렇게 말한 뒤 극적인 효과를 주기 위해서 잠시 뜸 들이다가 이어 말한다. "사고 때문에." 쌍둥이가 아닌 사람들 중에는 쌍둥이를 사실상 같은 사람으로, 자매가 아니라 복제인간으로 보는 견해를 고수하는 이들이 많은 듯하다. 우리의 대꾸가 그들의 그런 생각을 바로잡지는 못할지라도 그들의 입을 다물게 하는 데는 보통 성공한다.

리베카와 내가 성인이 되자, 개별화의 춤은 더 복잡해졌고 취향과 스타일의 문제를 넘어서는 영역까지 나아갔다. 우리는 전혀 다른 인생 행로를 택했다. 나는 독신이고, 리베카는 결혼해서 아이가 있다. 나는 도시에 사는 작가고, 리베카는 교외에 사는 의사다. 나는 하루에 두 갑씩 담배를 피우고 커피가 없으면 못 살고 한때 알코올에 중독됐다가 벗어나는 중이지만, 리베카가 선택한 중독은 차다. 그것도 허브차다. 거기에 가끔 포스텀을 한 잔씩 마시는 정도다. 이런 차이들은 약간 이상하게 의도적인 것으로 느껴지기도 한다. 꼭 우리가 서로 다른 사람이 되려고, 우리의 인생이 너무 긴밀하게 얽히는 것을 막으려고 애쓴 것처럼 느껴진다. 너는 네 영역을 지켜, 나는 내 영역을 지킬 테니까. 꼭 서로에게 이렇게 말하는 듯하다.

그렇지만 우리가 서로에게서 너무 멀리 떨어진 적은 한 번도 없었다. 서로의 감정적 동향을 시야에서 완전히 놓쳐본 적도 없다. 사실은 이것도 우리가 추는 춤의 일부다. 거리를 유지하되 상대가 필요할 때 응답하지 않는 일은 없어야 하고 서로를 잇는 끈을 아예 놓아버려서는 안 되는 것이다. 우리가 동시에 위기를 겪은 적이 거의 한 번도 없었다는 사실은 이 노력이 가장 잘 드러난 측면이다. 누군가 우리 둘의 삶을 그래프로 그린다면, 둘의 성공과 실패를 표시한 두 선이 번갈아 오르내리는 걸 보게 될 것이다. 내가 가장 최근에 연애에 실패했을 때, 리베카는 결혼했다. 리베카가 가장 최근에 직업 면에서 자기 의심의 위기를 겪었을 때, 나는 책을 썼다. 우리는 강렬한 감정들에 대해서도 이러는 듯하다. 2년 전에 어머니가 돌아가셨을 때, 우리는 비록 무의식적이었을지라도 정말로 번갈아 슬퍼했다. 리베카가 눈물범벅으로 내게 전화했을 때 나는 잘 버티는 기분이었고, 리베카가 자신을 추스르기가 무섭게 이번에는 내가 무너졌다. 이런 교대에는 기이한 리듬이 있다. 꼭 우리가 감정을 말 그대로 서로에게 건네는 듯, 우울과 혼돈의 바통을 줬다 받았다 하는 듯 느껴진다. 네가 강하도록 해, 나는 약할 테니까. 올해는 네가 날 돌보도록 해, 내년엔 내가 널 돌볼 테니까.

이런 감정전이는 쌍둥이라면 으레 모든 것을 철저히 공유해야한다는 점에서 비롯한 게 아닐까 싶다. 인생의 여러 중요한 요소들을—자궁 속 공간, 생일 케이크, 부모의 애정—나눠 가지면서 자란 사람들은 각자에게 주어진 자원이 어느 정도인지, 한계가 어느 정도인지를 예민하게 의식하게 된다. 세상에는 둘 모두를 위한 시간이, 혹은 관심이, 혹은 공간이 없을지도 모른다는 점을 마음 깊은 곳에서 깨닫게 된다. 그래서 타이밍을 간파하는 특이한 본능을 키우게 된다. 이제 내가 성공하거나 실패하거나 무너질 차례라고 느끼면 그라운드로 나서고, 이제 리베카의 차례라고 느끼면 더그아웃으로 물러나는 법을 배운다.

내가 오랫동안 이 상태를 당연시하며 살긴 했어도, 우리 둘의 관계에서 이처럼 우리가 쌍으로 움직인다는 감각, 각자의 삶을 상대의 삶과 연계하여 사는 듯이 먼저 앞으로 한 발 나아간 사람은 상대가 따라잡도록 기다려주는 방식, 이것을 나는 무척 고맙게 여긴다. 하지만 이런 수준의 친밀감에는 대가도 따른다. 예를 들면, 우리는 둘 다 다른 인간 관계들이 완벽하지 못한 것을 받아들이기 힘들었다. 나는 모든 우정이 리베카와의 우정처럼 깊게 연결된 느낌이기를 바라고, 모든 애인이 리베카처럼 내 마음의 기복을 본능적으로 알아차리기를 바라는 경향이 있다. 나는 남자친구들에게 아주 가혹하다. 뭐? 내 마음을 읽는 법을 아직도 몰라? 꺼져!

그리고 두 심장이 하나처럼 뛴다는 신화, 우리가 영혼의 짝이라는 신화에 따르는 문제도 있다. 어떤 춤이든―친구, 연인, 동료와의 춤이든 쌍둥이와의 춤이든―헛발을 내디딜 때가 있는 법이다. 제아무리 숙련된 파트너라도 이따금 실수한다. 내가 사람에게 실망하는 기준은, 물론 대부분의 사람들에게 낮긴 하지만, 리베카에게는 심연에 가까울 만큼 낮다. 만약 리베카가 너무 바빠서 나와 통화할 수 없으면, 저녁 약속에 늦으면, 내가 부를 때 재깍 응답해 주는 자세가 흔들릴 기미가 느껴지면, 나는 다른 사람에게는 거의 한 번도 느껴보지 못한 맹렬한 분노를 느낀다. 내 곁에 있어 주지 않는다고? 네가 어떻게 그럴 수 있어? 좀 더 깊은 차원에서, 우리는 둘 다 우리의 보조가 어긋난 시기, 한 명이 너무 빨리 나아가거나 무대를 독점하거나 아무튼 상대를 뒤에 남겨둔 시기를 받아들이기 어려워하는 듯싶다. 리베카가 결혼했을 때, 나는 리베카가 나를 버리고 새 파트너로 교체하기라도 한 듯이―비이성적이긴 하지만 본능적으로―화났다. 리베카가 아이를 가졌을 때, '엄마'라는 리베카의 새로운 상태가 '쌍둥이'로서의 상태를 무효화하기라도 하는 양 몹시 혼란스러웠다. 그런 시기는 괴로웠고, 그럴 때 나는 내가 스스로를 지나칠 만큼 자신이 아니라 쌍둥이로 정의하고, 나 자신의 성취가 아니라 리베카의 성취를 기준으로 내 가치를 평가하고, 나 자신의 심장이 아니라 리베카의 심장박동을 듣는 건 아닌지 돌아보게 되었다.

하지만 다행스럽게도, 아마 모든 자매들이 그럴 텐데, 춤은 변힌다. 우리가 둘 다 성장하고, 각자 실수하고, 각자 독립된 개인으로 편하게 느끼는 법을 익히면서 우리의 레퍼토리는 넓어졌다. 우리는 이제 독자성의 스텝을 추가했고, 이따금 겪는 실망을 견디는 법을 배웠고, 서로의 차이를 받아들이는 법을 연습했다. 요즘도 우리는 일주일에 네다섯 번 통화한다. 리베카는 교외의 널찍한 주택에서, 나는 도시의 작은 내 집에서. 나는 리베카의 아기가 뒤에서 우는 소리를 듣고, 리베카는 내가 컴퓨터를 켜거나 담뱃불을 붙이려고 성냥을 켜는 소리를 듣는다. 우리 일상의 배경 음악은 전혀 다르고, 가끔은 둘이 충돌하기도 한다. 그래도 여전히 나는 리베카의 목소리를 들을 때마다, 서로 각자의 삶에서 중요한 일을 이야기할 때마다, 혹은 그냥 서로 웃게 만들 때마다 우리가 기본적으로는 같은 화음에 맞춰서 움직인다는 걸 깨닫는다. 오래되고 익숙하고 푸근한 그 화음은 우리가 공유한 과거의 화음, 우리의 친밀한 왈츠가 그리는 음악이다.

(1995년)

우리를 묶는 줄

요전 날 친한 친구와 전화로 수다를 떨었다. 여자친구들 고유의 스타일로, 어떤 소재도 너무 시시하거나 너무 심오하다고 배제하지 않고. 드라마 〈앨리 맥빌〉에 대해서 5분 투덜거리다가(유아적이고 여성혐오적이라고), 머리카락에 대해서 2분 투덜거리다가(친구의 머리카락은 푸시시하고 내 머리카락은 처진다), 몇 가지 기본적인 주제에(남자, 심리치료, 부동산) 바탕을 둔 존재론적 좌절에 대해서 좀 더 오랫동안 투덜거리다가 하는 식이다. 간간이 친구가 말을 멈추고 개를 조용히 시키는 소리가 들렸다. 친구네 개는 다른 개가 집 근처를 지나갈 때마다 왕왕 짖어댄다. 만약 친구가 귀 기울여 들었다면, 내 쪽에서 뭔가 나지막하게 똑똑거리는 걸 들었을 것이다. 주기적으로 부드럽게 똑-똑, 똑똑기리는 소리. 니는 통화하면서 차분히 발톱을 깎고 있었다.

이제 세상 사람들이 다 알다시피, 모니카 르윈스키는 이것과는 다른 똑똑 소리를 들었다. 그가 린다 트립과 가끔은 평범하고 가끔은 괴로운 대화를 나누는 동안 배경에서 주기적으로 들리던 똑똑

소리. 그들의 대화를 받아쓴 녹취록을 보면, 르윈스키가 그 소리를 언급한 적도 있다. "그 소리가 또 들리네. 그거 무슨 소리야?" 모니카가 말한다. 린다는 대답을 피하고 말을 돌린다. "잠깐 기다려봐. 개가 소파에 올라가서, 내려오라고 해야겠어."

트립-르윈스키 관계의 여러 끔찍한 측면들 중에서도(그리고 그런 측면은 이루 헤아릴 수 없을 만큼 많다) 내가 가장 거슬렸던 건 이 점이었다. 물론 린다 트립은 자기 보호에 관하여, 워싱턴에서 자신을 보호한다는 게 얼마나 어려운 일인가에 관하여, 정치계 우정에 관하여 자신을 합리화하는 변명을 마르고 닳도록 늘어놓을 수 있으리라. 하지만 어쨌든 내게 그는 여자들 사이의 친밀감을 다지는 도구로서 가장 거룩하고 영속적인 도구, 즉 전화에 따라오는 신성한 신의를 저버린 인간이다.

나는 전화 우정을 목격하면서 자란 몸이다. 매우 과묵하고 대면 관계를 꺼리는 경향이 있던 내 어머니는 친밀한 접촉의 대부분을 전화로 수행했다. 어머니는 오후가 되면 자기 방으로 들어가서 수화기를 귀와 어깨 사이에 끼우고 시선은 천장에 고정한 채 등을 기대고 앉았다. 그러고는 말하고 또 말했다. 내가 그 방 앞을 지나가다 보면 키득키득 소리와 대화의 편린이 들리곤 했는데, 일부는 평범함 척도에서 르윈스키-트립 수준의 내용이었지만(레시피, 농담, 쇼핑) 일부는 분명 훨씬 더 진지한 이야기였다. 어머니는 그런 식으로 일주일에 서너 번 이모와 통화했고, 대화는 한 시간 넘게 이어질 때가 많았다. 어머니는 아마 일 년에 한두 번 이상은 직접 만나지 않았을 여자친구들과도 그렇게 우정을 유지했다. 전화는 어머니의 생명줄이었다. 정보를 얻는 주된 수단, 소문과 지지와 동지의식을 나누는 수단이었다.

어머니가 어떤 구체적인 이야기를 의논하는 걸 엿들은 적은 별로 없다. 그래도 그런 통화에 소중하기까지 한 무언가가 있다는 사실, 그런 통화에 친밀감과 거리감이 보기 드물게 잘 섞여 있다는 사실, 그런 통화가 특별히 더 풍요로운 접촉을 가능하게 한다는 사실은 느낄 수 있었다. 그리고 여느 여자아이들과 마찬가지로, 나 또한 10대 때 여자친구들과 대체 몇 시간이었는지 모를 기나긴 통화를 나누면서 그 교훈을 마음에 굳혔다. 오래된 다이얼식이었던 우리 집 전화는 2층 벽에, 욕실 바로 앞 복도에 붙어 있었다. 나는 전화선을 최대한 길게 늘여서 욕실에 가지고 들어간 뒤 등을 문에 대고 바닥에 앉아서, 어머니처럼 허공을 응시하면서, 수다를 떨고 또 떨었다. 욕실 바닥에서 한 시간이고 두 시간이고, 수학에서 여드름까지 사춘기다운 주제들을 모두 아울러서, 수다를 떨었다.

지금도 주제는 다를지언정 효과는 같다. 여자친구와 전화로 길게 대화하는 것은 대단히 만족스러운 일이고, 상대가 눈에 보이지 않음과 그럼에도 불구하고 함께함이 절묘한 비율로 섞인 일이고, 혼자 있으면서도 남과 직접 접촉한다는 점에서 아주 자유로운 일이다. 내 생각에, 전화 접촉과 대면 접촉의 큰 차이는 안전의 수준에 있다. 전화 접촉에는 내 공간에 머문다는 안전함이 있고, 전화선으로 아는 목소리가 들려온다는 편안함이 있고, 눈 맞춤이나 몸짓 언어와 같은 더 미묘한 단서들에도 주의를 기울여야 하는 대면 대화의 복잡한 규칙을 잊어도 된다는 안도감이 있다. 이런 안전한 기분 덕분에 대화는 더 깊어지기도 하고 더 넓어지기도 하여, 시시한 이야기에서 심오한 이야기로 놀랍도록 쉽게 흘러간다.

우리가 트립-르윈스키 통화 녹취록에서 엿들을 수 있는 것이 바로 그것이다. 블루밍데일 백화점 이야기에서 오럴 섹스 이야기로 한달음에 넘어가는 것. 그리고 나는 여자라면 누구나 그 역동성을 이해할 것 같고, 그것을 즐길 것 같고, 이 점이야말로 여자들과 남자들이 다른 점이라고 여길 것 같다. 남자들은(적어도 내가 아는 남자들은) 그런 식으로 말하지 않는다. 전화를 붙잡고 자의식을 놓아버린 채 재잘거리는 능력은 여자들의 우정만이 갖고 있는 멋진 특징이다. 그것은 관계가 새로운 영역으로 진입했다는 증거, 그냥 아는 사이에서는 생길 수 없는 편안함과 신뢰와 관계에의 상호 투자가 쌓였다는 증거다.

린다 트립의 녹음이 유난히 끔찍하게 느껴지는 것이 그 때문이다. 그 녹취록을 비웃기는 쉽다. 대화는 따분하고 시시할 때가 많고, 주제는(린다의 새 헤어스타일, 모니카의 "진짜진짜 엄청 예쁜 새 빨간 스웨터") 지극히 피상적이고 자기도취적이다. 둘 다 여자들의 평판을 떨어뜨리는 것처럼 보인다. 한쪽은 나쁜 연애에 집착하는 사람 같고, 다른 쪽은 그런 상대를 공허한 말로 지지하는 사람 같다.("아, 모니카, 모니카, 모니카, 모니카.") 하지만 우리가 도저히 끝나지 않을 것처럼 긴 그 녹취록을 다 읽어본다면, 그리고 문제의 그 "징그러운 놈"이 하필이면 서방 자유 세계의 지도자라는 점을 잠시 잊는다면, 마지막에 남는 인상은 그것이 정말로 그로테스크한 배신 행위라는 점이다. 한 여자가 그동안 쌓인 친밀감과 신뢰에 의지하여 누군가에게 손을 내밀었는데, 그 손을 잡은 친구의 손에는 수류탄이 들려 있었다.

여성의 우정에 관한 잘못된 신화 중 하나는 여자들이 언제 어느 때고 반드시 서로를 전심으로 지지하고 돌본다는 생각이다. 좋은 생각이지만, 늘 사실은 아니다. 우리는 가장 친한 친구라도 믿음을 깨뜨리고 우리를 실망시키고 우리에게 공감하지 못할 수 있다고 걱정한다. 누구나 초등학교 때 우정의 삼각관계에서 피해자가 되어본 적이 있고, 가장 친한 친구가 다른 친구와 더 가까워지는 바람에 혹은 웬 남자가 끼어들어서 친구가 연애 초기 열애의 나라로 떠나버리는 바람에 배신감이나 버려졌다는 기분을 느낀 적이 있다. 다만 여자들이 대체로 걱정하지 않는 것은 노골적인 배신 행위, 그러니까 모호할 것 없는 이아고풍의 배신 행위다. 그런 건 남자들이 더 많이 행하는 듯하다. 그런 파워 플레이는 물론 매정하고 끔찍하지만 최소한 깔끔할 수 있다. 그저 여자들 사이에 있는 암묵적 친밀감이 없기 때문이라고 하더라도.

트립-르윈스키 녹취록이 너무나 사악하게 느껴지는 것은 그 때문이다. 그 속에서 우리는 린다 트립이 친밀감을 착실히 쌓아가는 걸 들을 수 있다. 그가 모니카를 전화 통화라는 안전지대로, 신뢰가 기정사실로 느껴지는 그 깊고 편안하고 수다스러운 장소로 끌어들이는 걸 들을 수 있다. 그러다가 갑자기 똑똑! 그가 그 신뢰를 패대기치는 소리가 들린다. 상상해보라. 당신이 경계하지 않은 상태에서 은밀한 생각을 말한 것이 녹음되고 있었고 그 녹취가 전국 신문들에 일면 뉴스거리로 제공되었다는 사실을 안다면 어떤 기분일지를. 그러니 모니카 르윈스키가 순진했느니 어리석었느니 자기기만에 빠져 있었느니 하는 말을 남들이야 떠들든 말든, 한 해가 끝나가는 지금 내가 올해의 축복을 헤아릴 때 첫손가락으로 꼽는 것은 내게 린다 트립과 같은 친구가 없다는 점이다.

(1998년)

살아남는 관계라는 범주

이번 주부로 나는 희망hope 없는 사람이다. 더 정확히 말하자면, 호프Hope 없는 사람이다. 사귄 지 일 년 좀 넘은 친구인 호프가 캘리포니아로 이사 갔기 때문이다. 그리고 나는 그가 떠나는 걸 보면서 우정에 관한 이런저런 질문을 떠올리게 되었다. 사람들은 어떤 때 친구가 될까? 우리가 어떤 사람은 오래 친구로 유지하면서 어떤 사람은 떠나보내는 것은 왜일까?

요즘 내 주변 사람들 중 다수가 그렇듯이, 호프는 처음에 개를 통해 알게 된 사이였다. 말하자면 상황적 친구의 범주에 드는 사람이었다. 우리는 개 주인 모임에서 만났고, 우리 개들이 친구가 된 지 한참 지난 뒤에야 우리도 친구가 되었고, 그 모임이 해산되자 다른 공원을 물색하여 거의 매일 저녁 일과 후에 그곳에서 만났다. 우리는 개들이 함께 뒹굴고 뛰노는 동안 야외 테이블에 앉아서 주로 개 이야기를 나누었다. 훈련시킨 이야기, 개가 이런 귀여운 짓을 했다거나 저걸 또 망가뜨렸다는 이야기, 걱정과 애착에 관한 이런저런 이야기. 우리는 지난가을에 거의 매일을 그런 식으로 보냈디. 기끔 다른 개 주인들이 합석하기도 했다. 그다음에 우리는 길고 추운 겨울을 함께 났다. 똑같은 벤치에 매일 저녁 옹송그리고 앉아서 버틸 수 있는 한 버텼다. 우리의 우정이 상황적 범주에서 그보다 더 큰 것으로 넘어가기 시작한 시점이 그때였던 것 같다. 늘 그렇듯이 그 과정은 점진적이었고 애매했다. 우리는 개라면 사족을 못 쓰는 사람들이었고, 개에 헌신한다는 점에서 함께하는 동지였고, 그래서 거의 매일 저녁 5시에서 6시 반까지 그 벤치에 덩그러니 앉아서 개들이 뛰어다니는 동안 오들오들 떨었다. 우리는 고난을 함께 겪는다는 기분, 의대생들이나 험난한 일터의 직장 동료들이 느끼기 마련인 유대감을 발달시켰던 것 같다. 우리야 엉덩이가 얼어도 좋으니 개들은 운동을 맘껏 해야 했다.

겨울은 봄이 되고 봄은 여름이 되었다. 날이 풀리면서 저녁의 만남도 갈수록 편안해졌고, 거의 의식하지 못한 데다가 꼭 짚어 말할 수 없는 어느 시점에 우리는 우정의 어떤 선이랄까 하는 것을 넘었다. 대화의 폭이 넓어져서, 개 이야기에서 우리 마음속 이야기로 넘어갔다. 서로에 대한 이해가 쌓였다. 서로 그날 하루를 어떻게 보냈는지 보고하다 보니, 호프는 나와 내 일과 내가 남자나 친밀감이나 우울증 때문에 어떻게 앓는지를 알게 되었고, 나는 그와 그의 사정들을 알게 되었다. 한여름 무렵에 저녁의 만남은 개들의 우정 못지않게 사람들의 우정 문제가 되었고, 개들이 만나서 놀아야 한다는 핑계 못지않게 우리가 만나서 대화해야 한다는 핑계에 따르는 일이 되었다. 나는 타인이 필요하다는 사실을 흔쾌히 인정하거나 애착을 쉽게 형성하는 사람이 아니다. 6월에 호프가 일 때문에 3주 동안 알래스카에 가게 되었을 때, 나는 가벼운 우울증에 빠졌다. 나는 그 3주 중 2주가 지나고서야 내가 호프를 몹시 그리워한다는 사실, 우리의 매일 저녁 만남이 내게 무척 중요한 의식이 되었다는 사실을 스스로 인정했다.

그렇지만 우리 우정은 개들의 놀이터 너머로는 확장되지 않았다. 호프와 나는 같이 식사한 적도, 같이 쇼핑한 적도, 같이 영화관에 가거나 개들 없이 저녁 시간을 보낸 적도 한 번도 없었다. 내가 우리 유대감의 미래와 우정 일반에 의문을 품게 된 것은 우리 만남이 이처럼 특정 시간과 장소에―오후 5시, 개 놀이터에―고정되었었기 때문이다. 우리는 호프가 5,000킬로미터 떨어진 곳으로 이사 간 뒤에도 계속 연락할까? 일상의 급박한 동기가―우리의 경우에는 개 운동시키기가―사라진 뒤, 이런 유대감은 어떻게 될까?

나는 나이가 들수록 우정에 좀 더 냉정해졌고, 더 이상 작동하지 않는 친구 관계를 좀 더 쉽게 끊게 되었고, 좋은 우정과 그저 그런 우정을, 기능하는 우정과 망가진 우정을 좀 더 빨리 구별하게 되었다. 10년 전, 아니 5년 전만 해도 나는 불만족스러운 친구 관계에 대한 참을성이 지금보다 훨씬 많았다. 한편으로는 우정을 키우고 유지한다는 게 얼마나 어려운 일인지 아직 잘 몰랐기 때문이었고, 다른 한편으로는 무엇이 되었든 유대감에서 결함이 발견되면 그것을 내 탓으로 돌리는 편이기 때문이었다. 친구와의 점심 혹은 저녁 식사에서 거리감이나 아쉬움이 들면 나는 내가 뭔가 잘못했기 때문이라고, 내가 제대로 관계 맺지 못해서라고 생각했다. 그래서 바람직하지 않을 정도로 너무 오래 그 관계에 매달렸다. 똑같이 거리감이 느껴지는 만남을 반복하고, 실패한 우정이라는 네모 꼴 못을 변함없이 동그란 구멍에 끼워 넣으려고 애썼다. 요즘은 레이다가 더 나아졌고, 불만족의 문턱값도 훨씬 더 낮아졌다. 잘되지 않는다 싶으면—친구가 될 수 있을 것 같았던 사람이 알고 보니 나와 너무 다르다면, 서로의 가치와 감수성과 욕구와 목표가 너무 상이하다면—나는 그를 목록에서 지워버린다. 그런 결정을 늘 엄청 직접적으로 표현하는 건 아니지만(전화 답신을 하지 않는다든지 하는 식으로 점진적으로 거리를 두는 전략을 취하는 편이다), 우정에 대한 기준이 예전보다 훨씬 더 명확해졌으며 우정에 대해서 내가 좀 더 시니컬해졌다. 우정은 아주 어려울 수도 있고 아주 덧없을 수도 있다. 영혼의 짝을 찾아내고 그 사람에게 헌신하는 데는—관계를 성장시키고, 어려운 시기를 견디고, 필연적인 실망을 극복하는 데는—시간 면에서나 감정 자원 면에서나 적잖은 투자가 든다.

이런 냉소적 시각은 강점인 동시에 약점이다. 내가 왜 호프와의 작별을 진짜 이별처럼 달콤쌉쌀하고 감상적인 기분으로 바라보는지도 이 사실로 설명된다. 이미 겪어본 일이니까. 오래된 친구들과 동료들이 계속 연락하자는 진심 어린 약속과 함께 내 세계에서 빠져나간 뒤에 좋은 의도에도 불구하고 결국 유대감이 서서히 희미해지는 걸 겪어봤으니까. 편지 써! 전화할게! 놀러 와야 해! 사람들은 이렇게 말하고, 이런 말이 진심일 때도 많지만, 시간이 흐르고 바쁜 일상에 잠식되면 우리는 편지를 쓰지 않고, 전화를 걸지 않고, 방문을 계획하지 않는다. 호프와 내가 이메일은 가끔 주고받을 것 같다. 전화도 한두 번 걸지 모른다. 하지만 그가 대륙 건너편에 내려서 삶에 정착하면, 우리는 사실상 헤어질 것이다.

　이렇게 생각하는 내 마음이 상당히 슬프긴 해도, 이것이 꼭 나쁜 일만은 아니다. 친구 관계에 작별을 고할 때를 아는 것은 계속 이어갈 때를 아는 것 못지않게 중요한 일이다. 나는 호프를 한때 잘 작동했던 관계, 저만의 장소와 시간 안에서는 아주 아름답게 작동했던 관계라는 작지만 소중한 범주로 분류하게 될 것 같다. 한 줌의 옛 직장 동료들도 이 범주에 속한다. 직장이라는 전쟁터에서 어깨를 겯고 싸웠던 사람들, 내가 존경하고 동경했던 사람들, 하지만 우리가 모두 전쟁터를 떠나고 나서는 관계가 끊어진 사람들. 재활원에서 만났던 친구들도 마찬가지다. 그들과 내가 공유했던 경험은 너무나 독특하고 특정 맥락에 좌우되는 것이었기에, 그 유대감은 우리가 병원에서 걸어 나오기가 무섭게 거의 즉시 사라졌다. 어쩌면 호프와 나는 서로에게 놀랍게도 앞으로 오랫동안 연락하고 지낼지도 모른다. 우리의 우정이 또 다른 종류의 작지만 소중한 범주, 즉 일상적 접촉이나 지리적 근접성이 없어도 살아남는 관계라는 범주로 바뀔지도 모른다. 하지만 내 생각에는 이 가능성이 현실이 될 만큼 우리가 오래 알고 지내진 않았고, 공통의 역사를 충분히 쌓지도 못했다. 그러니 처음에는 상황적 친구였고 그다음에는 마음의 친구였던 내 친구 호프는 이제 과거의 친구가 될 것이다. 훗날에도 내가 순수한 애정으로 똑똑히 기억할 친구가.

(1997년)

(한없이 한없이 한없이) 사랑받고 싶을 때

더 많이.

나는 더 많이 원한다.

나는 잘 때 그가 나를 밤새 안아주길 바라고, 아침에 눈 뜨자마자 그가 내게 키스해주길 바란다. 그가 커피잔 너머로 나를 사랑스럽게 바라보길 바라고, 하루에 50번씩 안아주길 바라고, 매일 꽃과 전화와 다정한 메모를 주길 바란다. 그가 내 마음을 읽는 것처럼 느껴지길 바란다. 내가 원하는 것을 그가 나보다 먼저 알아차리길 바라고, 우리 둘이 마음이 어찌나 잘 맞는지 내가 시작한 문장을 그가 끝맺길 바란다. 그리고 나는 최고의 섹스를 바란다. 자연스럽고 편안하면서도 열정이 담뿍 담긴 섹스. 나는 고차원적인 대화와 끊임없는 웃음과 대부분의 사람들은 꿈만 꿀 정도의 즐거움을 바란다.

한마디로 나는 사랑받기를 바란다.

한없이 한없이 한없이 사랑받기를.

문제는 이것이다. 여러분은 내가 너무 많은 걸 요구한다고 생각하는가?

그리고 답은 이것이다. 물론이지.

그런데 한편으로는, 아니, 아니다. 전혀 아니다.

누가 뭐래도 꿈은 중요하고, 특히 이런 사랑을 원하는 마음은 꿈 중에서도 가장 강력한 꿈이다. 이런 꿈은 완벽한 연애 관계를 바라는 마음, 이상적 사랑을 열망하는 마음, 한때 외롭고 실망스러웠던 기억을 싹 뿌리 뽑아줄 만큼 순수하고 완전한 결합을 갈망하는 마음과 관계된 문제다.

남자든 여자든 사람이라면 누구나 정도의 차이가 있을지언정 이런 환상을 품는다. 나도 이런 환상을 중요하게 여긴다. 사실은 좀 집착하는 편인데, 내가 이것이 정당한 환상이라는 사실을 받아들이는 데 오랜 시간이 걸린 탓이기도 하다. 나는 어른이 된 후 대부분의 기간 동안―그리고 대부분의 연애에서―이와는 반대되는 가정을 사실로 여기고 살아왔다. 많은 여자들이 믿고 있는 그 가정은 내가 내심 너무 많이 원한다는 것, 내 기대가 선택지를 지나치게 상회한다는 것, 따라서 나는 실망과 불만을 느낄 수밖에 없는 처지라는 것이었다. 나는 또 그런 인식을 의식적으로든 무의식적으로든 굳히는 남자, 내 꿈을 충족시키지 못하는 남자, 애정을 주는 능력이 선천적으로 제약된 듯 보이는 남자에게 줄기차게 끌렸다. 강력한 환상 한 스푼을 넣고, 망가졌거나 부족한 남자 한 스푼을 더하고, 잘 저을 것. 사랑의 좌절을 만들어내는 고급의 비법이 아니겠는가.

그런데도 환상은 남아 있다. 완벽한 사랑. 완벽한 친밀감. 합일과 독립성과 성애와 우정이 하나로 합쳐진 관계. 차이라면 지금은 내가 그 꿈의 이면에 무엇이 숨어 있는지, 그 꿈이 어떻게 나를 움직이고 또한 해치는지, 그 꿈이 여성의 욕구에 관하여 어떤 본질적 측면을 말해주는지를 예전보다 좀 더 잘 의식하고 있다는 것이다.

　장면 1: 나는 친구 엘리자와 함께 카페에 앉아 있다. 엘리자는 자기 커피잔을 힘없이 내려다보고 있다. 금방 울음을 터뜨릴 것 같은 얼굴이지만 참으려고 애쓰는 기색이 역력하다. 마침내 엘리자가 고개를 들고 말한다. "존이 나를 좋아하지도 않는다는 느낌이 자주 들어." 존은 엘리자가 7년 동안 사귄 남자친구로, 나는 애당초부터 그가 미심쩍었다. 그는 밝고 잘생겼고 매력 있게 굴 줄 안다. 하지만 나는 그가 나처럼 엘리자의 장점을 높이 사고 있다는 느낌을 받아본 적이 없다. 사실 그 점에서는 엘리자 자신도 그런 것 같다. 엘리자는 훌륭한 요리사다. 하지만 존은 음식에 영 무관심하고, 음식을 육체의 연료로만 여긴다. 엘리자는 열정적인 정원사다. 하지만 존은 정원 가꾸기를 한가한 취미, 시시한 짓으로 여긴다. 더 중요한 점으로, 엘리자는 따뜻하고 다정하고 친밀감을 갈망하는 사람이지만 존은 표현이 적고 거리감 있는 사람, 상대가 너무 가까이 다가온다고 느끼면 도망치는 경향이 있는 사람이다. 그 탓이겠지만(적어도 내가 볼 땐 그렇다), 엘리자가 동거를 제안할 때면 존은 늘 어딘가로 내뺀다. 주말에 캠핑을 가기로 결정하거나, 느닷없이 대륙 반대편에 사는 옛 친구를 만나러 가야 할 이유를 생각해낸다.

　현재 엘리자와 존은 헤어질까 생각하는 중이다. 두 사람이 지난 일 년 남짓 고민해온 결정이다. 엘리자의 딜레마는 이렇다. 엘리자는 자신이 관계에서 더 많은 걸 원한다는 사실을 알지만, 자신에게 그럴 자격이 있는지는 확신하지 못한다. "이미 가진 걸 선선히 받아들일 줄 모르는 내가 잘못된 게 아닌가 싶어. 우리가 흥미나 취미를 일일이 공유하지 못한다고 해서 그게 뭐? 마음이 늘 맞는 건 아니라고 해서?" 엘리자는 잠시 말을 끊었다가 덧붙인다. "내 욕구를 하나도 빠짐없이 다 채워줄 사람은 세상에 없을 거야. 그렇지?"

그렇다. 그리고 어떤 면에서는 논점을 빗나간 얘기다. 엘리자가 존과의 관계를 말할 때 말하는 것은 이따금의 실망이나 흥미의 불일치만이 아니다. 그 말에서 배어 나오는 것은 엘리자가 스스로 명백히 원하고 필요한 방식으로 사랑받는다는 느낌을 존으로부터 얻지 못한다는 것, 존이 엘리자를 특별한 존재로 느끼게 하지 못한다는 것이다. 나는 엘리자를 보면 목마른 식물이 떠오른다. 관심을 받지 못하고 방치되어 제대로 꽃피우지 못하는 식물이 떠오른다.

나는 존을 많이 떠올리게 하는 남자와 7년을 사귀었다. 친밀감과 헌신을 불안해하고, 대부분의 순간에 거리를 두고, 나에 대해서 명백히(최소한 사후에 돌아보니 그랬다) 양가감정을 품은 남자였다. 우리는 많은 면에서 형편없는 썽이었다. 나는 그를 폭 껴안고 지는 걸 좋아했지만, 그는 둘 사이를 멀찍이 띄우고 침대의 자기 편에서만 자는 걸 좋아했다. 나는 주말을 함께 보내는 걸 아주 좋아했지만, 그는 주말을 자기 혼자 보내는 걸 좋아했다. 나는 그가 나를 돌봐주기를 바랐지만, 그는 내 바람이 과하다고 여겼고 그래서 짜증스러워했다. 함께하는 시간이 길어질수록 나는 점점 더 속상해지고 화났지만, 그래도 버텼다. 계속 버텼다. 그러자(아마도 필연적인 결과였으리라) 끔찍한 악순환이 생겨났다. 그가 멀어질수록 나는 더 매달렸고, 내가 매달릴수록 그는 더 멀어졌다.

내가 너무 많이 바랐던 것일까? 그때 나는 그렇다고 생각했다. 엘리자처럼 나도 관계에서 오는 속상함은 내 탓이겠지, 내가 어떻게든 바뀌면 만족할 수 있겠지, 내가 덜 요구하고 덜 바라는 사람으로 변하면 되겠지, 하고 생각했다. 그런 사고방식에서 벗어나는 데는 긴 시간이—몇 년이—걸렸는데, 그것은 내 욕구가 정당하다는 사실을, 내가 그토록 깊은 수준의 친밀감과 사랑을 원하는 건 나약함의 증거가 아니라 자연스럽고 좋은 일이라는 사실을, 내가 불만스러운 것은 솔직히 말해서 내 욕구가 채워지지 않기 때문이라는 사실을 깨닫기까지 그렇게 긴 시간이 필요했던 탓이었다.

여자들은 카멜레온처럼 변신하는 데 능하다. 우리는 파트너가 바라는 모습으로 자신을 바꾸는 데 익숙하고, 본능적으로 자신의 욕구와 욕망보다 상대의 욕구와 욕망을 더 중요시하고, 관계에서 발생한 어떤 실패에 대해서도 쉽게 자신을 탓한다. 그러니 꿈이 좌절되는 것은 거의 필연적인 결과다. 우리 자신의 바람이라는 패는 연애 관계의 패 섞기에서 십중팔구 사라져버린다. 나는 엘리자에게 이렇게 말해본다. "너는 사랑받는다고 느낄 자격이 있어. 네가 충분히 인정받고 있다는 느낌, 특별한 사람이라는 느낌이 들지 않는다면, 네 마음속 그 목소리에 귀 기울여야 해. 더 많이 원해도 괜찮아." 엘리자는 미심쩍은 눈으로 나를 본다. 그 표정으로 보아, 엘리자는 설득되지 않았다. 엘리자는 자신의 욕구가 지나치다고 느낀다. 자신의 꿈이 이룰 수 없는 수준이라고 느낀다.

물론, 엘리자가 옳을 수도 있다. 그 꿈은 많은 면에서 이룰 수 없는 것이다. 비현실적이고 본질적으로 불가능한 것이다.

장면 2: 나는 마이클과 함께 있다. 마이클은 성마르고 친밀감을 두려워했던 전 남자친구와 극과 극처럼 다르다. 우리는 식탁에서 커피를 마시고 있는데, 이 커피는 마이클이 내게 만들어준 것이다. 마이클은 또 농담으로 나를 웃기고 있다. 마이클은 다정하고 상냥하고 감정적으로 너그럽다. 나를 폭 껴안고 자는 걸 좋아한다. 주말을 함께 보내는 걸 좋아할 뿐 아니라 그러기 위해서 자기 일정을 조정한다. 나를 듬직하게 돌봐주는데, 내 욕구를 본능적으로 알아차리는 감각이 정확해서 내가 무엇이 필요하다고 말하기도 전에 그것이 필요하리라고 예상한다. "마이클은 완벽한 남자친구야." 친구 샌디는 늘 말한다. 샌디의 말이 옳지 않을지도 모른다는 점을 시사하는 증거는 거의 없다. 마이클은 나를 사랑한다. 한없이 한없이 한없이 사랑한다.

그렇다면 뭐가 문제일까? 아무 문제도 없다. 내가 마음 깊은 곳에서는 여전히 —아니면, 늘 그렇진 않아도 가끔은— 만족하지 못한다는 점 외에는. 여전히 내 영혼의 한구석에서는 뭔가 찜찜하다는 점, 더 많은 걸 원한다고 부르짖는 공허함이 있다는 점 외에는. 최악의 순간에, 나는 마이클과 함께 식탁에 앉은 채 실망의 목록을 하나하나 짚어본다. 마이클은 아주 지적이진 않아. 아주 자신감 있진 않아. 아주 X, Y, Z 하진 않아. 한마디로, 이 남자는 아마 나를 아끼고 사랑하겠지만, 이봐, 솔직히 아주 완벽한 남자는 아니잖아. 나는 완벽을 원한다고.

내가 마이클 때문에 고심하는 것, 양가감정과 불만족을 만성적으로 앓는 것을 보면 그 꿈에 단점이 있다는 사실, 그런 식의 갈망에 단점이 있다는 사실을 알 수 있다. 나도 정신이 또렷한 순간에는 잘 안다. 내가 이토록 끊임없이 더 많이 원하는 것은 현재의 관계나 마이클에게 정말로 결함이 있어서가 아니라는 사실을. 이처럼 타인의 우주에서 내가 중심이 되고자 하는 바람에는 나르시시즘적인 측면이 있다. 허영의 기미마저 있다. 아직도 나는 현실보다 할리우드의 영향을 더 많이 받은 사랑의 관념을 버리지 못한다. 나는 스펜서 트레이시의 캐서린 헵번이, 클린트 이스트우드의 메릴 스트립이 되고 싶다. 사람의 마음을 조작하는 이런 환상은 내 삶에서 다른 불만들도 만들어낸다. 그래서 나는 내 광대뼈가 아니라 미셸 파이퍼의 광대뼈를 갖고 싶다. 리타 헤이워스의 다리와 머리카락을 갖고 싶다. 나는 다른 사람의 삶, 다른 사람의 성격, 다른 사람의 관계를 갖고 싶다.

이런 갈망이 마이클이나 관계의 현실과는 무관한, 더 깊은 내적 근원에서 생겨날 때가 많다는 점도 잘 안다. 이런 욕구 이면에는 허기가 있다. 내 안의 어떤 깊은 불만을 달래기 위해서는 무언가가(더 정확하게는 누군가가) 없으면 안 된다는 두려움, 무언가를(누군가를) 꽉 쥐고 있어야 한다는 강박이다. 엘리자가 자신의 욕구를 하나도 빠짐없이 다 채워줄 사람은 세상에 없을 것이라고 말했을 때 의미한 바가 이것이었다. 그야 옳은 생각이다. 대부분의 사람들은 우리가 현실적으로 가능한 것 이상을 원한다는 사실, 완벽한 연애 관계라는 꿈은 우리 앞에 누군가 타인이 나타나서 우리 대신 궂은 일을 다 해주기를 바라는―우리가 스스로 채워야 하는 욕구를 대신 채워주고, 우리가 스스로 부족하다고 느끼는 특징을 부여해주고, 사실상 모든 인간에게 있기 마련인 빈 공간을 메워주기를 바라는―환상과 관계있다는 사실을 어느 정도나마 인식하고 있다.

그런데도 그 꿈은 여전히 강력하다. 나는 완벽한 연애 관계에 대한 갈망이 부분적으로나마 문화적으로 결정된다고, 그게 아니라도 최소한 문화적으로 강화된다고 생각한다. 어떤 괴로움에 대해서든 손쉬운 해법이 있으리라고 여기고 찾아보는 것은 20세기 고유의 시각이자 소비자 문화의 본질적인 측면으로, 우리 주변의 다이어트 워크숍이나 성형외과만큼 널리 퍼진 것이 되었다. 어떤 면에서, 마이클이 나를 위해서 모든 것을 다 해주고 내 모든 것이 되어주기를 바라는 마음은―완벽한 영혼의 짝이 되어주고 내 모든 욕구를 빠짐없이 채워주길 바라는 마음은―그런 특수한 종류의 탐색이 전형적으로 드러난 상황이다. 우리가 깊은 갈망을 다루는 방법이라고 배운 방식을 전형적으로 보여주는 예다. 공허한 곳을 채우렴. 행여 네게 외로움과 부족감과 불만이 있다면, 그런 감정을 싹 사라지게 만들어줄 무언가를 네 바깥에서 찾아보렴. 우리 사회는 그런 충동에 대한 손쉬운―적어도 겉보기에는 손쉬운―해법을 제공하는 데 대단히 능했다. 그저 적당한 식단을, 적당한 옷을, 적당한 커리어를, 적당한 사람을 찾으면 된다고 했다.

요컨대, 내가 마이클에게 부족하다고 느끼는 특질들은 대개 나 자신에게서 부족하다고 느끼는 특질들이다. 마이클이 완벽하지 않다면—우리가 완벽하지 않다면—당연히 나도 완벽하지 않다.

그러면 꿈에 굶주린 평범한 20세기 여성은 어떻게 해야 할까? 어느 정도가 충분할까? 사랑받고 싶은 내 바람이 과하고 비현실적인지, 아니면 정상적이고 건전한지 어떻게 구별할까?

이것은 어려운 질문이고, 어려운 질문이 늘 그렇듯이 그 해답은 애매하고 개인적인 수준으로만 존재하는 편이다. 나는 엘리자 같은 여성을 보면(그리고 나는 그와 비슷한 궁지에 처한 여성을 아주 많이 안다) 자존감의 언어를 떠올리곤 한다. 그는 자신이 갈망하는 수준의 만족을 누릴 자격이 있다고 스스로 느끼지 않는 한, 거울에 비친 자신을 보면서 스스로 사랑스러운 사람이라고 진심으로 믿지 않는 한 그 갈망을 채울 수 없을 것이다. 우리가 그저 사랑받기만을—한없이 한없이 사랑받기만을—원한다는 건 사실 내적으로 사랑을 느끼지 못한다는 것, 혼자서도 충분히 귀한 존재라고 느끼지 못한다는 것, 그 느낌을 바깥의 다른 사람으로부터—아마 지나치게 많은 양을—얻어야 하는 상태라는 것을 뜻할 때가 많다.

이렇게 말했지만, 나는 자기애든 타인으로부터 받는 사랑이든 사랑 그 자체에 한계가 있다는 사실도 잘 안다. 나는 혼자서 진심으로 편안하다고 느낄 때면—자신감이 있고, 자신을 돌볼 능력이 있고, 자신이 귀하다고 느낄 때는—마이클의 애정을 덜 필요로 하고, 내면의 쓰라린 허기를 덜 예민하게 느끼는 편이다. 같은 맥락에서, 내가 더 애정에 굶주리고 불안정한 상태일 때는 그 갈망이 격화된다. 사랑받는 느낌이란—진정으로 사랑받는 느낌이란—일종의 균형이 필요한 일이다. 그 느낌은 상대와 내게서 절반씩 생겨나야 한다. 사랑은 솟구쳤다가 가라앉았다가 하는 역동적인 감정이다. 가끔씩 밀려드는 의문과 실망과 애매함의 파도는 사랑의 자연스러운 물결에 반드시 있기 마련인 그 일부다.

이런 깨달음이 마냥 좋은 건 아니다. 나도 이런 현실이 싫고, 그래서 자주 맞서려고 한다. 아직도 나는 동화적인 환상, 어린 시절부터 뇌리에 새겨온 신념, 즉 언젠가 완벽한 사람이 나타나서 나를 사로잡아 모든 것이 분명하고 밝고 모호함 따위는 없는 미래로 데려갈 것이라는 생각을 버리기가 끔찍이 어렵다. 하지만 나도 인간일 뿐인 것을 어쩌겠는가. 나는 사랑받고 싶다. 한없이 한없이 한없이.

나는 영원히 곁에 머물 수 있을까

나도 갖고 싶어… 하지만 확실한 건 아냐… 하지만 언젠가 가져야겠지… 하지만 상상이 안 돼… 하지만 그러지 않으면 뭔가 중요한 걸 놓칠 거야… 하지만 내 삶의 방식은 그것과는 전혀 맞지 않는 것 같은데… 하지만 갖지 않는 건 좀 이기적인 것 같아… 하지만 임신한다고? 내가?

이렇게 우유부단함의 바퀴가 돌기 시작한다. 일 년 중 이맘때 명절이 되어 그 수가 점점 더 불고 있는 작은 인간들, 조카들이나 친구와 친척의 아이들을 만날 때마다 긍정적 답변, 부정적 답변, 희망, 두려움, 가정, 현실, 기타 등등의 갈등들이 무한궤도를 그리며 돌아가서 무한히 증폭된다.

얼마 전까지만 해도 아이 문제는 내 마음속 우선순위 목록에서 낮은 순위를 차지했다. 그리고 그 상황이 나는 마음에 들었다. 아직은 시간이 내 편이고(지금 나는 서른두 살이다), 내 관심사는 일이었고, 내가 씨름하는 문제들 중 제일 급한 것은 관계였다. 그런 와중에 아이라니, 그것은 막연한 추상에 불과한 듯 느껴졌다. 내가 언젠가 고민하겠지만 딱히 적극적으로 고민하고 싶지는 않다고 생각해온 문제였다. 때가 되면 알아서 되겠지, 하는 논리였다. 적당한 시기가 되면, 적당한 남자가 나타나면, 생물학적 시계의 재깍거림이 더 커지면.

하지만 시간이 흐르고, 친구들과 친척들이 그 혼탁하고 어수선하고(내가 느끼기에는) 부담스러운 일인 양육에 돌입하는 걸 보니, 이제 저런 생각이 점점 더 비현실적인 듯 느껴진다. 꼭 그렇지는 않더라도, 아이는 내가 구상한 일련의 사건들이 다 벌어진 뒤에 삶에 짠 나타나는 것이겠지 하는 생각에 갈수록 자신이 없어진다. 일단, 삶이란 그보다는 좀 더 자기 주도적인 방식으로 사는 것 아닌가? 남들은 몰라도 나는 대체로 그랬다. 내 삶을 돌아보며 꽤 자신 있게 말할 수 있는바, 나는 인생에서 뭔가를 진심으로 원할 때, 그것이 직장을 구하는 일이든 관계를 지속하는 일이든, 늘 그것을 맹렬하게 추구했다. 그러니 아이 문제에 대해서만은 될 대로 되겠지 하고 생각하는 것, '알아서 되겠지, 뭐' 하고 느긋하게 생각하는 것은 좀 책임 회피로 느껴진다. 그렇게 간단한 일은 아니지 않을까?

맞다. 그렇게 간단한 일은 아니다. 그리고 내가 스스로 어떤 사람인지 진지하게 생각해보면, 내가 어떤 엄마가 될지 애써 상상해보면, 앞선 가정들은 휙 사라지고 대신 이런 질문들이 남는다. 나는 그런 관계를 맺을 수 있는 인간일까? 그런 책임을 질 수 있는 인간일까? 내가 너무 이기적인가? 너무 내 방식만 고집하나? 의존과 같은 문제에 대해서 너무 고민이 많나?

처음으로, 아기들과 아이들을 볼 때 '뭐, 언젠가는' 하는 생각이 들지 않는다. 이제 다른 의문이 든다. '내가 언제가 되었든 진짜

할 수 있을까?'

　한동안 나는 내 생물학적 시계가 어딘가 잘못되었다고 생각했다. 내게는 그게 아예 없는지도 몰라. 아니면, 이럴 가능성이 더 높은데, 내 머리를 차지한 다른 고민들(일, 남자) 때문에 시계가 멈췄는지도 몰라.

　내가 아이를 좋아하지 않는 건 아니다. 작은 인간 발전기 같은 록산이라는 이름의 두 살 조카를 볼 때면 나는 모성애 덩어리가 된다. 아이를 붙잡아서 껴안고 싶고, 그 자그만 얼굴과 손에 뽀뽀하고 싶다. 두 살 아기들이 즐기는 무한 반복 게임을 몇 시간이고 할 수 있다.(내가 아이를 쫓아서 30번 빙글빙글 돌고, 아이가 나를 쫓아서 30번 빙글빙글 돌고.) 아이가 특히나 아이답고 사랑스러운 행동을 할 때면—낮잠을 자려고 침대에 웅크리고 누웠거나, 잠시 낯가림하며 제 아빠의 바짓가랑이에 매달려 있을 때—심장이 녹아내린다. 홀딱 반하겠네, 나도 아이가 있으면 좋겠어. 나는 생각한다.

　하지만 그 감정은 놀랍도록 짧게 지나간다. 나는 그 아이를 꽤 자주—원한다면 한 달에 한두 번—만나지만, 그래 봐야 최대 일년에 24일이다. 나머지 341일은? 그 시간은 사무실에서, 내 집에서, 식당과 극장과 (대체로) 독신이거나 아이가 없는 친구들 집에서 보낸다. 그리고 그런 환경에서는 급작스러운 모성이 일지 않는다. 그 문제를 생각조차 하지 않는다. 생물학적 시계는 잠잠하다.

　게다가 그런 환경이야말로 내가 적응하려고 애써온 삶이다. 내가 편하게 느끼는 장소는(이렇게 되는 것도 쉽지만은 않았다) 그런 장소들이다. 생물학적 시계를 가진 여성이든 갖지 않은 남성이든, 20세기 미국에서 독립적이고 자립적인 개인이 되기란 어려운—그리고 대체로 고독한—일이다. 그리고 내가 그 과정에서 습득한 기술들은 여러 중요한 측면에서 어머니가 되는 일의 대립항이나 마찬가지다. 나는 대단히 조직적인 사람이 되었고, 상당히 구획화된 생활을 하게 되었다. 하루 중 이 시각에서 저 시각까지는 일에 몰두하고, 한 주 중 x회의 저녁은 친구들과 보내고, y회의 저녁은 가족과 보낸다. 자신을 위로하기 위해서 x, y, z라는 활동을 하고, 재미를 위해서 a, b, c라는 활동을 한다. 매주 정해진 시간만큼 운동하고, 정해진 시간만큼 혼자 보낸다. 이 일과가 중단되거나 방해를 받는다면? 음, 모호함과 무질서를 견디는 것은 내 장점이 아니라고만 말해두겠다.

이런 상황이니, 아이 문제는 어마어마하게 어려워진다. 내가 어릴 때 이런 '어른'이 되리라고 예상했던 모습과(아이뿐 아니라 파트너와도 깊고 성공적인 관계를 맺고 있는 사람) 지금의 실제 모습은 (그보다 좀 더 수동적이고 자기방어적인 사람) 갈수록 어긋나고 있다. 물론 미래에 변하고 성장할 가능성을 완전히 배제하진 않지만, 그래도 내가 확실히 아는 사실이 있다. 내가 그동안 사람들과 유대감을 맺는 법보다 안전한 거리를 두는 법을 더 많이 익혔다는 것, 상호 의존을 키우는 법보다 독립성을 견디는 법을 더 많이 익혔다는 것, 솔직히 말해서 누군가와 관계 맺는 데에 따르는 두려움을 직면하는 법보다 꾹꾹 누르는 법을 더 많이 익혔다는 것이다.

그러니 묻지 않을 수 없다. 내가 길러온 이런 사고방식에 아이가 포함될 수 있을까? 내가 자기방어적인 습관, 정해진 일과, 높은 수준의 독립성을 모두 포기하고서 대단히 높은 수준의 유연성이 필요(게다가 의존과 책임, 그 밖에도 내가 스스로 갖고 있다고 확신하지 못하는 수많은 특질들이 필요)한 관계에 진입할 수 있을까?

나는 오빠 부부가 록산과 석 달 된 갓난아기 데이비드를 다루는 모습을 지켜본다. 그들이 헌신적인 부모가 된 걸 본다. 하지만 그들의 생활이 극단적으로 변한 것도 본다. 그들이 얼마나 지치는지, 얼마나 좌절하는지 본다. 직장일과 가정일로 몸이 둘이라도 모자란 걸 본다. 그들의 일상에서, 아기들의 비명에서, 장난감이 널린 어수선한 집에서 혼란을 본다. 내가 그 수준의 혼란을 견딜 수 있을지, 종종 자신이 없다.

시간이 흐를수록, 아이를 갖는 일은 당연한 일이 아니라 지금까지 내가 삶을 조직한 방식과 내가 나를 정의한 방식을 근본적으로 바꿔야만 하는 일이라는 생각이 든다.

글로 쓰기에 즐거운 이야기는 아니다. 하기야 생각만이라도 즐겁지 않다. 나는 내가 쓴 글을 읽어보면서 내가 어디가 잘못되었는지, 이 상황을 무엇 탓으로 돌릴지 생각해본다. 내가 이기적인가? 나는 가족의 삶을 귀하게 여기지 않고 지원하지도 않는 오늘날의 세상, 즉 역기능 사회가 낳은 역기능 개체인가? 나는 또 도시에 사는 전문직 개인이라는 내 겉모습, 다소 딱딱한 그 외관 아래에 얼마나 많은 두려움이 숨어 있는 걸까 생각해본다. 나는 친밀감을 정말 그토록 겁내는 걸까?

더군다나 아이를 가지라는—가족을 이루라는—압박이 심할
수도 있다. 우리가 자라면서 접한 이미지와 이상에서 오는 압박이
든, 당신이 '정착하기를' 바라는 부모의 압박이든, 독립성과 자기방
어에 외로움이라는 값비싼 대가가 따를 때가 많다는 사실을 깨닫
는 순간에서 오는 압박이든. 자기 자신을 별 이유 없이 그냥 아이
를 갖지 않기로 결정한 여성으로 바라보는 것이 더없이 심란한 일
일 수도 있다.

솔직히 나는 아이를 갖지 않겠다는 결정을 아직 기쁘게든 아
니게든 내리지 못하겠다. 나는 아직 변화를 바란다. '적당한' 이것
이든 저것이든 어서 나타나기를, 아니면 내 생물학적 시계가 갑자
기 변해서 나를 생식에 매진하도록 만들기를 바란다. 내가 비교
적 젊으니까 아직은 자유롭게 생각해도 된다는 점에 의지한다. 내
가 아이를 낳을 수 있는 시간이 앞으로 수십 년이 있지는 않겠지만
넉넉히 몇 년은 있으니까. 그렇게 생각하면서도, 아이를 갖는 일이
(문화적으로 강요된 의무가 아니라) 자유로운 선택의 문제이기는 하
되 내가 차마 내리지 못할 선택이라는 점을 깨달으면 좀 무섭다.

몇 주 전, 오빠네 집에 놀러 갔다가 돌아오기 전에 조카를 침
대에 뉘어 낮잠을 재웠다. 아이는 크고 동그란 눈으로 나를 보면서
기지 말라고 말했다. 그 작은 목소리가 말했다. "가지 마!"

나는 아이를 내려다보면서 생각했다. 아이를 갖는 것, 자신의
욕구와 두려움을 밀어두는 것, 자신에게만 몰두하던 사람이 그 대
신 아이처럼 연약한 대상에게 몰두하기로 하는 것은 참으로 용감
한 일이라고. 그렇게 생각하면 오빠가 겪는 인생 과제들은 대단히

중요한 깃만 같고, 내 과제들은 피상적인 것만 같다.

내가 방을 나서려는데, 아이가 다시 말했다. "가지 마!" 살짝 마음이 아팠다. 아이가 붙잡아도 내가 갈 것이라서가 아니라, 아이의 말에 스스로 의문이 들어서였다. 나는 과연 영원히 곁에 머물 수 있을까?

(1991년)

조이에게 보내는 편지

사랑하는 꼬마야,

내가 너를 처음 봤을 때, 너는 재채기를 했단다. 이상했지. 나는 너 이전에는 아기를 본 경험이 별로 없었기 때문에 그 사실이 걱정스러웠어. 너는 내가 본 것 중에서 가장 작은 생명체였어. 인간의 축소판 같았지. 손톱이 어찌나 작고 그러면서도 완벽하게 갖춰져 있던지, 꼭 상상으로 그린 것 같았어. 병원에서 담요에 둘둘 싸여 침대에 누운 너를 서서 내려다보고 있는데, 갑자기 네가 작은 얼굴을 찡그리면서 재채기했어. 작게 "에취!" 하고. 나는 마치 내가 알레르기 반응을 일으킨 것처럼 놀라서 물러났지. 그 후로 우리가 한방에 있을 때 네가 재채기하면, 난 매번 내 탓이라고 여겼어.

이 이야기를 왜 적는가 하면, 내가 네게 그토록 큰 힘을 부여했다는 사실, 너처럼 작은 존재가 비록 의식하고 하는 일은 아니라도 그토록 큰 영향력을 미칠 수 있다는 사실을 잘 보여주는 일화인 것 같아서야. 지금 너는 두 살 반밖에 안 됐지. 아직 너무 어리니까 우리 둘 사이의 일을 많이 기억하진 못할 테고, 하물며 첫날 네가 귀

엽게 재채기했던 일은 더 모를 테지. 네 삶에서 내 역할은 제한적이야. 네게 내가 약간 수수께끼일 수도 있겠다. 나는 네 엄마의 쌍둥이 자매이고, 가끔 전화에서 들려오는 목소리이고, 선물을 들고 정기적으로 집에 나타나는 사람이지. 그렇지만 너는 내 삶에서 아주 특별한 역할을 맡고 있단다. 그리고 이건 나와 나이가 비슷한 다른 이모들과 삼촌들이라면 누구나 경험하는 일일 거야. 오늘날 이모나 삼촌이 된다는 것은―특히 비혼이고 아이가 없는 사람이라면―좀 묘한 일이거든. 대단히 흡족하면서도 이상하게 좌절스러운 현상이거든. 내가 아는 많은 사람이(여자뿐 아니라 남자도) 비슷한 처지에 있어. 독신이고, 자기 아이를 갖게 될지 말지 확실하지 않고, 자기 아이를 갖는다고 상상해보면 기쁘기도 하지만 두렵기도 하고, (아마도 그래서) 가장 가까운 다른 존재인 조카에게 깊은 애착을 느끼지. 너처럼 작은 인간들에게, 정말로 깊은 애착을.

내가 이 편지를 쓰는 것도 그래서란다. 언젠가 네가 자라서 글을 읽을 줄 알뿐더러 애착 같은 것들도 이해하게 되는 날, 네가 내게 얼마나 큰 의미였는지, 네 작은 존재가 내게 얼마나 중요했고 앞으로도 그러할지를 알았으면 해. 아마 나 자신이 이모들과 삼촌들과 함께한 시간이 많지 않았기 때문일 텐데, 그래서 나는 그들에게 내가 전혀 중요하지 않고 기껏해야 부수적인 존재이리라고 생각하면서 자랐어. 그런데 너를 통해서 사실을 알게 되었단다. 조카란 아주 강한 감정을, 아주 특별한 종류의 사랑을 일으키는 존재라는 사실을.

너는 좀 특수한 상황에서 태어났어. 그래서 너는 늘 유난히 소중한 존재였단다. 네가 잉태되고 나서 몇 주 뒤에 네 외할아버지가—내 아버지가—돌아가셨거든. 오랫동안 아이를 가지려고 애쓰고 있었던 네 엄마는 네 할아버지가 혼수상태에 빠진 날, 즉 그분이 돌아가시기 사흘 전에 자신이 임신한 걸 알았단다. 그즈음 네 할아버지는 위중했고, 의식이 또렷한 순간이 드물었어. 그런데도 그날 네 엄마가 전화로 소식을 알렸을 때, 그분은 가까스로 이해할 만큼 정신이 잠시 또렷해졌고 가까스로 한마디를 말할 만큼 잠긴 목이 잠시 트였어. "기-쁘-구-나." 그 후 사흘 동안 온 가족은 식탁에 둘러앉아서 밤을 새우며 그분이 죽기를 기다렸지. 우리는 네 이름을 무엇으로 지을지를 놓고 한참을—몇 시간이나—이야기했어. 그리고 내가 생각하기에는 네 잉태 소식 덕분에, 새로운 존재가 태어나리라는 사실 덕분에 우리가 그 사흘 동안 제정신을 유지할 수 있었어. 네 엄마 아빠는 조이Zoe라는 이름으로 정했지. 생명을 뜻하는 이름이야.

네가 태어나던 순간, 나는 보스턴의 회사 사무실 길 건너편에 있던 술집에서 스카치위스키를 들이켜고 있었어. 그때는 그 사실이 네 엄마와 나의 차이를 뜻하는 그럴싸한 상징으로 느껴졌어. 네 엄마는 문자 그대로의 의미에서 생산적인 일을 하고 있는데 나는 술이나 마시고 있었으니까. 나는 이후 이 일화를 신랄하고 씁쓸한 분위기로 농담 삼아 말하곤 했어. 하지만 그로부터 2년 뒤에 술을 끊었는데, 금주를 결정한 여러 동기 중 하나는 그때 느꼈던 기분, 남들의 삶은 쑥쑥 나아가는데 내 삶은 술집에 묶여 있다는 기분과 상관있었던 것 같아. 네가 태어난 지 2개월인가 3개월이 흘렀을 때, 너를 만나러 갔다가 잠시 자는 너를 안고 소파에 앉아 있게 되었지. 놀라운 기분이었어. 네가 얼마나 따스하고 작고 야물게 느껴지던지, 그 담요 꾸러미가 생명 그 자체인 것 같았지. 그래서 가슴이 저렸어. 그리고 네가 4개월이 되었을 때, 내 어머니, 그러니까 네 외할머니가 돌아가셨어. 그분이 죽기 직전과 직후에 우리는 다들 너를 안고 싶어 했어. 네게서 미래를 느끼고 싶었던 거야. 행복하게 가슴이 저리는 걸 느끼고 싶었던 거야.

이제 너는 더 커서 말도 하고, 움직이고, 너만의 작은 성격도 갖추었지. 너는 내 쌍둥이 자매의 아이니까, 나는 늘 네 속에 작으나마 나를 닮은 조각이 있다고 느낄 것 같단다. 그래서 우리의 공통점이 싹수라도 숨어 있는지 찾아보고, 뭔가 조금이라도 비슷한 점을 알아내면 홀딱 빠져버려. 예를 들어, 너는 신발을 좋아하는 성향을 순조롭게 발달시키고 있는 것 같은데, 내가 열심히 그 열정에 물을 주고 있단다.(빨간 바탕에 흰 물방울무늬가 찍힌 코듀로이 슬립온 알지? 내가 사준 거야. 까만 벨벳 하이톱도.)

그런 사소한 측면에서 너는, 여느 조카들과 마찬가지로, 아이와 양육에 대한 내 환상들을 완벽하게 품어주는 존재야. 비록 임시적인 기분이겠지만, 나 자신의 모성을 일부나마 시험해볼 수 있는 존재야. 내 머릿속에서는 불쑥불쑥 너를 구해주고 싶다는 생각이 떠오른단다. 너는 구조가 필요하지 않은 상황인 걸 아는데도. 몇 달 전에 네 엄마가 이런 이야기를 들려줬어. 아기 침대에서 자던 네가 새벽 3시에 깨어 울었다는 거야. 네 엄마가 보러 갔더니, 네가 일어나 앉아서 이렇게 말하며 통곡했대. "진짜 침대에서 자고 싶어." 좋았어! 나흘 뒤에 너는 참나무로 된 새 이층 침대와 침구 두 세트를 갖게 됐지. 전지전능한 이모가 해결해준 거야. 나는 네가 자라면서 우리 관계가 어떻게 펼쳐질지, 미래에 우리 관계가 얼마나 완벽할지, 네가 열 살이나 열다섯 살이나 스무 살이 되면 나를 우러르면서 "휴, 집에서 아무리 나쁜 일이 있어도 이모에게는 의지할 수 있어요" 하고 말하겠지 하는 나르시시즘적 상상을 수십 가지 품고 있단다. 그러니 내가 두 살밖에 안 된 너를 붙들고 나를 가리키면서 "롤모델"이라고 말하는 법을 가르치는 데 지나치게 많은 시간을 들인다는 사실을 알아도 네가 크게 놀라진 않을 것 같아. 그래, 창피한 일이지. 하지만 효과가 있었단다.

자기 아이가 없고 아이들과 많이 어울리지도 않는 나 같은 사람이 너처럼 작은 존재에게 이토록 다양하고 강한 감정들을 느낀다는 것, 이상한 일이지. 예전에 나는 아이들이 좀 겁났어. 아이들은 보통 정신이 덜 형성된 존재들이고 그런 그들이 돌이킬 수 없는 손상을 입는 건 시간문제라고 여겼어. 하지만 네 곁에 있을 때는 그런 두려움을 덜 느껴. 꼭 그렇진 않더라도, 두려움이 물러나고 그보다 더 강한 다른 감정들이 떠올라. 몇 주 전에 내가 작은 선물을 갖고 찾아갔단다. 까맣고 노란 줄무늬에 날개가 달린 꿀벌 가방이었어. 너는 그걸 메고 아장아장 돌아다녔지. 그런 순간에 너는 어찌나 귀여운지, 나는 너를 덥석 안아 들고 네가 숨 막힐 때까지 껴안고 싶은 충동을 힘껏 눌러야 해. 너를 가만히 볼 때면 가끔 불을 보고 있는 것 같아. 네 작은 존재에, 완벽한 아기 피부에, 두 살짜리의 걸음마에 흘러서 넋이 나가는 것 같단다. 나는 인생의 내부분을 타인의 애정이란 내가 얻어내야 하는 것이라고 생각하며 살았어. 사랑받으려면 시험을 통과하고, 지적 후프를 뛰어넘고, 자신의 가치를 증명해 보여야 한다고 여겼어. 그러니 그저 존재하기만 해도 사랑받을 수 있다는 사실을, 그것도 깊이 사랑받을 수 있다는 사실을 너를 통해 알게 된 것이 내게는 놀라운 일이야. 이것이 네가 내게 준 선물이란다. 네 존재만큼이나 소중한 선물이란다.

(1995년)

이 우정은 잘되어가고 있어

올해 나는 마흔이 되었다. 중요한 이정표답게 법석이었다. 남자친구는 근사한 저녁을 사주었고, 친척들은 카드를 보내왔고, 전화가 울렸고, 컴퓨터에서는 친구들과 동료들이 보내온 이메일이 계속 떴다. 그 법석 중에 한 가지 약간 놀라운 일이 있었다. 생일날 가장 흐뭇했던 일이 선물이나 낭만이나 가족에 관한 일이 아니라 내 절친한 친구 그레이스와 조용히 산책한 일이었다는 사실이다. 우리는 개들과 함께 걸었고, 일과 남자와 신발과 TV에 대해서 이야기했고, 웃었다.

그레이스와 내가 만난 지는 4년이 되어간다. 그때는 우리가 둘 다 세상에서 자신이 차지한 자리를 묵묵히 재평가해보던 시기였다. 우리는 둘 다 녹신이었고, 자기 개를 미친 듯이 사랑했고, 그러면서도 자신이 강아지가 아니라 남자와 아이들과 함께 살아야 하는 것 아닌가 하는 의심을 남몰래 품고 있었다. 우리는 토요일 오후마다 숲에서 개들을 산책시키는 것을 일과로 삼게 되었고, 그러면서 서로의 공통점을 잔뜩 발견했다. 우리는 각자 아버지와의 관계가 비슷했고, 중독에 취약한 성향이 비슷했고, 리바이스 501 청바지부터 한심한 TV 프로그램까지 매사에 대한 취향이 같았다. 심지어 오랫동안 같은 가게들에서 옷을 샀기 때문에 옷장마저 거의 똑같았다. "나도 그 조끼 있는데!" 친구가 된 지 얼마 되지 않았을 때, 내가 자기 옷과 똑같은 검정 플리스 조끼를 입고 나타난 걸 보고 그레이스가 빽 외쳤다. 나는 말했다. "당연히 있겠지. 우리는 똑같은 인생을 살고 있잖아."

흔히 듣는 이야기 아닌가? 우리 여자들은 쉽게 가까워지는 재주를 갖고 있다. 하지만 그렇다면 왜 내게 이 우정이 놀랍도록 멋지게 느껴지는 걸까? 세간의 통념과는 달리, 가깝고 믿음직한 친구 관계를 유지하는 일은 여자들에게도 어려운 일일 수 있다. 적어도 내 경험으로는 그렇다. 어쩌면 우정은 정의상 그런지도 모른다. 결혼이나 가족처럼 제도화된 관계는 사회의 지지를 받지만, 우정에는 규칙이랄 게 없고 성공과 실패를 가르는 뚜렷한 기준도 없다. 동성 친구와의 관계가 위태로워졌다고 해서 전화번호부에서 '우정 상담사'를 찾아보는 사람은 없다. 친구가 우리를 실망시키거나(결혼, 아기, 먼 곳으로의 이사 등등) 인생의 중대한 변화를 겪는 중이라 우리에게 뒤에 버려진 느낌을 안기더라도 가족들이 우리에게 그 관계를 "잘 풀어보라"고 촉구하는 일은 없다. 우정은 때로 아주 실질적이고 긴요한 것이지만, 여러 관계들 중에서 가장 일시적인 것이기도 하다. 그러니 어느 정도의 마모는 자연스럽고 예측 가능한 일이다. 사람들은 변하고, 각자 자기 갈 길을 간다.

여기에 추가되는 문제가 있다. 여자들은 갈등을 꺼리기로 유명하다. 나는 바람직하다고 생각하는 것보다 더 많은 수의 동성 우정을 일시적이되 해결되지 않은 갈등이라는 관계의 쓰레기통에 내버렸다. 어떤 우정은 6년 전에 내가 술을 끊었을 때 내 세계에서 사라졌다. 그 우정들은 술을 마시며 흉금을 터놓는 긴 저녁 식사를 좋아하는 공통의 취향에서 빚어진 것들이었다. 그런데 와인이 없으니, 이야깃거리가 확 줄어버렸다. 그 밖에도 공통적으로 씨름하는 문제에―가령 일이나 연애나 몸무게에―바탕을 둔 우정은 술친구의 우정만큼 쉽게 시들곤 한다. 원래 내 직장 동료였다가 단짝이된 로렌이 우리가 만난 회사를 떠나자, 관계는 몇 달 만에 흐지부지되었다. 함께 대항할 직장 내 정치도, 함께 괴로워할 못된 상사도, 다른 사회적 끈도 없었으니까.

이것이 꼭 나쁜 일만은 아니다. 어떤 우정은 반드시 끝나야 하고(술친구가 그런 예다), 어떤 우정은 그저 신상이나 환경의 변화를 이겨낼 만큼 역사나 애정이 쌓이지 않았기 때문에 끝난다. 하지만 또 어떤 우정들은 훨씬 더 아깝게 죽는다. 질투나 불안이나 함께 어려운 시기를 헤쳐나갈 마음을 내지 않은 탓에. 내 오래된 여자친구 하나가 별로 훌륭하지도 않았던 자기 남자친구와 헤어진 일을 내 부모의 죽음에 비교했을 때, 나는 속으로 생각했다. 두고 봐, 다시는 이 애한테 전화하지 않을 거야. 내가 그 다짐을 완벽하게 지키진 못했지만, 나는 그 비교를 머릿속에서 감정이입의 실패 사례 칸으로 분류한 뒤 그 친구에 대한 감정을 어떻게도 처리하지 않고 그냥 손을 뗐다.

직접적인 대응은 위험하게 느껴질 수도 있다. 그래서 내가 그 레이스와 처음 언쟁을 벌였을 때는 둘 다 겁을 먹었다. 그레이스는 화가인데─멋지고 창의적인 추상화를 그린다─나는 그의 그림에 대해서 한마디도 하지 않았었다. 추상화를 모르는 터라 무식을 드러내고 싶지 않아서 그런 것도 있었고, 그레이스가 이미 성공한 데다가 자기 작품에 자신감이 있는 사람인 터라 내 지지 따위는 필요 없을 거라고 (잘못) 생각해서 그런 것도 있었다. 마침내 그 주제를 꺼낸 그레이스의 목소리는 떨렸다. "너한테 할 말이 있어." 목소리가 날 선 것으로 보아 우리가 험난한 형국에 들어설 참이란 걸 알 수 있었고, 나는 심장이 쿵쾅거리기 시작했다. 그레이스가 불쑥 내뱉었다. "우리가 서로 안 지 몇 달이 되었는데, 나는 네가 내 그림을 어떻게 생각하는지 전혀 모르겠어." 나는 허둥지둥 경악을 표현했다. "세상에! 정말 미안해!" 그런 다음, 둘 다 이 형국이 버겁게 느껴진다는 사실을 더듬거리는 말로 인정한 뒤, 우리는 일과 자긍심과 경쟁심과 욕구에 대하여 복잡하고 진실된 대화를 길게 나눴다. 그 후 며칠 동안 우리는 둘 다 겸연쩍었고, 몇 달이 지난 후에야 그 대화에 큰 용기가 필요했다는 사실, 서로 멀어질까 봐 겁났다는 사실, 둘 다 상대에게 원하는 바를 직접 말하기를 어려워한다는 사실을 인정할 수 있었다.

하지만 왜? 어느 친밀한 관계라도 겪기 마련인 거친 파도가 여자들에게는 왜 유난히 힘든 일로 느껴질까? 그레이스와 나는 한쪽이 무슨 일로 언짢아졌을 때 가끔 '남자들의 압력 배출 밸브'에 대해 말하는데, 이것은 남자들이 갈등을 태평하게 '별것 아니잖아'

하는 태도로 해소하는 걸 가리키는 말이다. 사례 A: 몇 년 전 여름, 그레이스와 나는 공통의 친구인 톰과 함께 뉴햄프셔에서 주말을 보냈다. 톰은 천생 남자라고 할 만한 남자다. 첫날 아침에 톰은 그레이스의 스포츠 시계를 빌려 차고 달리러 나갔다가 대번에 잃어버렸다. 그레이스는 톰에게 잠시 화냈고("아이고, 이 바보야, 네가 잃어버릴 줄 알았지!"), 톰은 발끈해서 되받았고("왜 그래, 별것 아니잖아, 새로 사줄게."), 나중에 20달러짜리 새 타이멕스 시계가 건네진 뒤 사건은 잊혔다.

하지만 비슷한 상황에 두 여자를 던져두면(적어도 나와 그레이스를 던져두면) 이렇게 된다. 사례 B: 얼마 전에 그레이스가 내가 아끼는 후프형 금귀고리를 빌려 갔다가 파티에서 한 짝을 잃어버렸다. 그것은 사고였고, 용서 못 할 실수가 결코 아니었지만, 그 때문에 둘 사이에 작은 태풍이 일어났고 그 여파는 잃어버린 귀고리 문제를 훨씬 넘어서는 데까지 미쳤다. 은밀한 저류가 넘실거리는 태풍이었다. 나는 짜증 났고(아주 좋아하는 귀고리였다), 그레이스는 내가 짜증 내는 데 짜증 났고(미안하지만 사고였잖아), 나는 그레이스가 되받아 짜증 내는 데 짜증 났고(내가 짜증 낼 권리도 없어?), 그레이스는 거기에 또 짜증 났고(내가 길을 샅샅이 뒤지면서 한 시간이나 찾아봤다고 했잖아, 그건 안 쳐주는 거야?), 그렇게 짜증의 판돈이 계속 높아졌다. 이틀 동안 분을 삭이고 돌아보니, 우리는 귀고리 문제로 싸운 게 아니었다. 우리의 문제는 화(둘 다 화를 일으키거나 표현하기를 불안해한다), 책임감(그레이스는 자신이 사실 칠칠맞지 못한 게 아닌가, 그리고 이 일로 그 점이 내게 들통난 게 아닌가 하고 걱정했고 그 걱정을 싸움에 투영했디), 신뢰와 경계, 또…… 여러분도 무슨 말인지 알 것이다.

내가 그런 언쟁에 대해서 놀라는 점은, 가벼운 짜증이나 약간 의 의견 차이를 표현하는 것만으로도 파국적 결과가 올 수 있다는 듯이 그런 것이 위협적으로 느껴진다는 점이다. 어쩌면 여자들의 관계에는 어머니의 사랑을 연상시키는 무언가가 작동하는 게 아닌 가 싶다. 여자친구들 사이의 친밀감과 따스함과 애정은 최초의 중 요한 유대감이었던 어머니와의 유대감에 필적하는 것을 넘어서 그 것을 능가할 수도 있는 듯싶다. 우정에는 우리가 어머니와 나눴던 친밀감보다 더 평등하고 어쩌면 더 풍성할지도 모르는 친밀감을 안겨줄 가망이 있기 때문이다. 그래서 새로 멋진 친구가 나타난 순 간 우리 내면에서는(가장 진정한 의미에서의) 슈퍼맘이라고 적힌 스 위치가 탁 켜지고, 우리가 한때 가졌다가 잃었거나 처음부터 갖지 못했던 감정들에 대한 갈망이 불붙는다. 그것은 완전한 신뢰와 솔 직함, 흔들리지 않는 충실함과 애정, 감정적 동조라는 환상이다. 이 처럼 기대가 한껏 부푼 상황에서는 흔해빠진 실패가(가령 귀고리를 잃어버린 일이) 들어설 여지조차 없다.

하지만 또 다른 요소도 있다. 여자들의 사고 회로에서 한구석 어딘가에는 우리가 영장류였던 시절, 여자들이 힘을 얻기 위해서 서로에게 의지했던 시절의 까마득한 기억이 아로새겨져 있는 게 분명하다. 과학자들은 영장류 집단에서 관찰되는 암컷들의 강력한 연대가 그들에게 자유와 자율성을 제공한다고 보는데, 인간에게 와서는 여자들이 남자들에게 경제적으로 의존하게 되면서 그런 것들이 희미해졌다고 본다. 오늘날 여자들이 서로에게 품곤 하는 양가적이고 복잡한 감정은 그 결정적 변화로부터 생겨났을지도 모른다. 오래되고 원초적이었던 힘의 근원이 사라진 바람에 우리가 남자들을, 그리고 남자들이 독점한 자원을 두고 서로 경쟁하게 되었으리라는 것인데, 하지만 그래서 우리에게는 여자들의 강력한 친밀감을 존중하는 본능이 남아 있을지도 모른다.

경쟁심과 원초적 사랑이 뒤섞인 상태, 내게는 이것이 결정적인 열쇠로 보인다. 나는 그레이스에게 음험한 경쟁심을 느낄 때가 많다. 살며시 불안하게 찾아드는 그 감각은 부당하고 야비하고 잘못된 것처럼 느껴진다. 상태가 나쁜 날(즉 불안정한 날), 나는 이렇게 생각한다. 그레이스는 나보다 더 예뻐, 나보다 더 재능 있고, 나보다 더 달변이고, 이것도 저것도 나보다 나아. 그럴 때 나는 내가 그런 감정을 품는다는 사실에 신경 쓰이는 게 아니라(그런 것은 인간적인 감정이 아닐까 싶다) 그 감정이 그토록 강렬하고 비합리적이라는 사실에 신경이 쓰인다. 대체 누가 점수를 매긴다고 그러지? 무엇을 놓고 겨룬다는 거지?

나도 내 불편한 심정의 일부는 사회적으로 장려된 것임을 안다. 우리 문화는 여자들에게는 경쟁을 덜 가르친다. 아주 어려서부터—학교 놀이터에서, 운동장에서, 교실에서—경쟁하도록 훈련받는 남자아이들과는 달리 우리는 협조하고 순응하도록, 공격성이나 이기성 같은 '여성스럽지 못한' 감정들은 모두의 평화를 위해서 억누르도록 훈련받았다. 하지만 여성에게도 마음속에는 시기와 투지가 남아 있다. 그런 감정도 분명 친밀성의 힘에 대한 믿음만큼 영속적이다. 그러니 우리의 우정이 사활이 걸린 문제처럼 될 수 있는 것, 유대감은 공기처럼 느껴지고 갈등은 불과 기름처럼 느껴질 수 있는 것도 이상한 일이 아니다. 여자친구와의 관계에서 끝까지 버티기가 어려운 것, 이런 어둡고 혼란한 감정들을 견뎌내기가 어려운 것, 왜 이토록 부담되게 느껴질까 이해하기조차 어려운 것도 무리가 아니다.

그렇다면 현실은 무엇일까? 당연히 그것은 **실제로** 부담이 큰 일이고—이것은 자신의 마음을 타인에게 열어 보이는 데 따르는 대가다—진정한 친밀감에는 당연히 고된 노력이 필요하다는 것이다. 나는 애인과의 관계에서 성공하려면 에너지와 헌신과 정직함을 기울여야 한다는 사실을 늘 알았지만, 우정에도 같은 원칙이 적용된다는 사실을 아는 데는 황당하게도 오랜 시간이 들었다. 그런 사람이 나 혼자만은 아닐 것이다. 아무리 똑똑하고 강한 여자라도, 이성과의 관계는 '중요하지만' 동성과의 우정은 부수적일 뿐이라는 생각, 삶에 의미를 부여하고 공허를 채우고 존재 가치를 입증해주는 건 연애 관계의 사랑이라는 생각을 스스로 바로잡는 데 기나긴 세월이 걸릴 수도 있다.

진실을 말하자면, 사랑은 **실제로** 그런 효과를 낼 수 있다. 하지만 중요한 점은 그런 효과가 뜻밖의 모습으로 나타날 수도 있다는 것이다. 나는 그런 효과를 내 일에서, 내 개에게서, 또 (제아무리 위대한 연애라도 내 인생을 고쳐주거나 완벽하게 만들어주지는 않는다는 사실을 받아들였기 때문이겠지만) 남자친구에게서 발견했다. 그리고 그 못지않게 중요한 점으로서, 그레이스에게서도 발견했다. 그레이스는 내게 진정한 사귐의 속성을 새롭게 알려주었다. 이 우정이 결코 완벽하진 않다. 우리는 서로를 미치게 만들 수 있고, 가끔 실제로 그런다. 하지만 둘 중 한 명이 상대 때문에 진심으로 실망하거나 상처받는 경우, 우리는 최선을 다해서 문제를 철저히 의논한다. "이 우정은 잘되어가고 있어." 귀고리 사건으로부터 얼마 지나지 않았을 때 그레이스가 내게 말했다. 나는 끄덕였다. 친밀감은 무섭고 어려울 수 있다. 하지만 결국 편안함과 깊이를 만들어내는 것은 친밀감이다. 내가 존중받고 이해받는다는 느낌, 세상이 좀 더 편하게 느껴진다는 기분을 얻게 해주는 길도 친밀감이다.

그러니 내 마흔 살 생일의 가장 큰 선물은 그레이스와 개들과 함께 조용히 산책했던 일만은 아니었다. 우리가 애써 얻은 신뢰가 이 관계의 바탕이 되었다는 사실을 깨닫는 것, 우리의 단단한 유대감을 느끼는 것도 선물이었다. 다 큰 여자 둘이서 세상을 함께 걸어나갈 때 드는 놀랍도록 따뜻하고 자유로운 기분, 그것이 선물이었다.

(2000년)

개와 나

내 개 루실이 다니는 놀이방을 운영하는 여자분은 루실과 나의 "애착이 약간 과하다"고 말한다. 그건 "좀 건전하지 못한" 일이라는 것이다.

여러분도 위의 글을 몇 번 되풀이해 읽어보고 다음 질문에 답해보라. 내가 정신이 나간 것일까?

나는 그런 것 같다. 이 개 문제가 약간 통제 불능이 된 것 같다. 내가 수요일마다 루실을 놀이방에 데려다줄 때 내 마음속에 담긴 불안이 루실에게도 옮는 것 같다. 뭔가 나쁜 일이 벌어지리라는 느낌, 분위기가 좀 불길하다는 느낌을 내가 루실에게 전달하는 것 같고, 그래서 루실이 약간 초조해하는 것 같다. 루실은 내가 떠난 뒤에도 긴장을 쉽게 풀지 못하고 다른 개들과 금세 어울리지 못한다. "루실은 주인에게 너무 민감하게 반응해요." 놀이방 선생님은 말한다. "놀이방은 재밌는 곳이라는 걸 루실에게 더 잘 이해시키셔야해요!"

이런. 심란한 소식이다. 내가 루실을 놓아두고 혼자 문으로 향할 때 루실의 눈에 막연한 두려움이 떠오른 걸 보면 나는 심란하고 (루실은 꼬리를 축 늘어뜨리고 내가 자기를 사자 떼에게 보낸 것 같은 표정으로 나를 본다), 내가 그 가엾은 작은 녀석에게 괴로움을 더한다는 사실을 아는 게 심란하고, 무엇보다도 내가 또다시 어떤 관계에 이렇게―이토록 깊게―얽혔다는 사실이 심란하다.

　나 같은 사람에게는 중간이 없는 걸까? 친밀감과 거리감이 자연스럽게 조화하는 안전지대가 없는 걸까? 내가 경계를 유지하는 재주가 얼마나 없으면, 서로를 해칠 뿐인 과잉 상호 의존의 함정에서 개를―개조차!―보호하지 못하는 걸까? 한심하지 않나?

　음, 한심하기도 하고 아니기도 하다. 만약 내가 내 개도 나처럼 이 관계에 지나치게 얽매여 있다고 진심으로 믿는다면, 그야말로 한심한 일일 것이다. 아무리 나라도 그건 창피해서 이렇게 글로 쓰지도 못했을 것이다. 나는 주인의 곁을 한시도 뜨지 못하는 개들, 낯선 사람이 방에 들어오면 움츠리고 조바심치는 개들, 다른 개들과 '잘 놀지' 않는 개들을 더러 보았다. 루실은 그렇진 않다. 내가 저를 낯선 사람들에게 맡기고 떠나면 잠깐 속상하겠지만, 루실은 사실 특출하게 자신감 있고 사교적인 개다. 문제는 루실의 불안이 아니다. 내 불안이다. 간단히 말해서, 나는 내가 개에게 이렇게까지 애착을 느낀다는 사실이 당황스럽다. 내가 놀이방으로 차를 몰고 갈 때 이를 악문다는 사실, 루실과 놀이방 선생님이 둘 다 그 점을 알아차린다는 사실이 당황스럽다. 20킬로그램도 안 되는 이 작은 털뭉치가 내 삶의 중심이라는 사실, 녀석이 내 뇌 용량의 큰 부분을 차지한다는 사실이 당황스럽다.

이렇게 작은 동물인데도 걱정할 일은 태산이다. 루실이 착 앉아서 가만히 나를 보면 나는 불안해진다. 애가 지금 무슨 생각 하는 거지? 외롭나? 심심하나? 내가 루실을 심심하게 만드나? 내가 루실 앞에서 뭘 먹으면, 루실은 처량한 눈으로 나를 본다. 그거 나랑 나눠 먹지 않을 거야? 나는 죄책감이 들고, 루실의 눈을 보지 않으려고 애쓴다. 나는 루실의 정신 건강, 육체 건강, (나보다는 나아 보이는) 사회생활을 걱정한다. 고속도로 승차 공포증을 걱정한다.(이건 진짜 걱정스러운데, 한번은 뉴턴에서 코네티컷주 페어필드까지 가는 세 시간 운전 길에 내내 내 무릎에 앉아서 꼼짝도 하지 않았다.) 나는 이 동물에게 촉각을 곤두세운다. 뭘 먹는지, 뭘 싸는지, 발톱을 깎을 때가 됐는지, 어떻게 자는지, 어떻게 노는지, 어떤 기분인지. 가끔은 이 일이 피곤하다.

"휴가를 써! 넌 휴가가 필요해!" 친구 샌디는 몇 달째 이렇게 나를 들볶는다. 내가 개 때문에 지쳤다고 생각하기 때문이 아니라 내가 잠시 벗어나 있는 게 좋겠다고 생각하기 때문이다. 샌디는 내가 홀쩍 비행기를 타고 어디 먼 데로, 어디 덥고 화창한 데로 가서 해변에서 뒹굴며 쉬길 바란다. 이런 말을 들으면 이론상으로는 좋을 것 같다. 하지만 창피한 진심을 솔직하게 말하자면, 나는 내 개와 그렇게 오래 떨어져 있고 싶지 않다. 개는 괜찮겠지만, 내가 괜찮을지는 모르겠다. 개가 너무 보고 싶을 것이다. 다가오는 봄에 나는 얼마 전에 출간한 책을 홍보하기 위해서 네 도시를 돌며 행사에 참석해야 한다. 이 일에 대한 불안이 상당하지만—나는 종류를 막론하고 사람들 앞에 나가서 말하는 일을 모두 싫어한다—노출에 대한 두려움은 개를 놓아두고 가야 하는 데서 오는 불안에 비하면 아무것도 아니다. 나흘? 나흘이나 개 없이 지내야 한다고? 머릿속에서 이렇게 말하는 초조한 목소리가 울리기 시작한다. 루실이 나를 잊을 거야, 나한테 화날 거야, 그러면 나는 미치겠지. 작가 에이미 탠은 자기 개를 책 홍보 여행에 데려간다는 얘기를 어디선가 들었다. 계약서에 명시되어 있는 모양이지. 이 사실은 나도 에이미 탠만큼 유명한 작가가 되어야겠다는 의욕을 일으키는 동기가 된다. 장기 홍보 여행도 사람들 앞에 얼굴을 많이 내미는 것도 그다지 좋지 않지만, 중요한 작가가 되어서 루실을 내 여행 계획서에 적어 넣는다는 생각은 마음에 쏙 든다.

"개가 생긴 뒤로 네 세계가 좁아진 거야?" 한 친구가 내게 물었다. 내가 루실과 살게 된 뒤 예전에 하던 많은 일을 하지 않는다고, 영화관에 덜 가고 쇼핑도 덜 하고 외식도 덜 한다고, 그런 일이 이제 즐겁지 않아서가 아니라 개를 남겨두는 데 대한 불안이 커서 안 하게 된다고 말한 뒤였다. 나는 질문을 곰곰 곱씹다가 대답했다. "어떤 면에서는 좁아졌지. 하지만 어떤 면에서는 넓어졌어. 주고받았어."

이 교환 관계는 실체적이기도 하고 감정적이기도 하다. 실체적인 측면은 영화관에 덜 가지만 숲길 산책은 더 하는 것, 외식은 덜 하지만 집에서 더 노는 것을 뜻한다. 이런 주고받기는 간단하다. 자기 인생에 다른 종의 생물을 들이기로 결정한 사람이라면 누구나 아는 일이다. 한편 감정적인 측면은 좀 더 복잡하다. 이런 수준의 애착은 어떤 면에서 내 세계를 좁히고 제약하는 것처럼 보일 수 있다.(어떤 독자들에게는 실제 그런 것으로 보일 것이다.) 이 애착이 내가 내리는 결정들과 내가 스스로에게 허락하는 자유의 정도에 영향을 미치니까. 나도 내가 개의 '기분'을 지나치게 걱정한다는 걸 안다. 버림받는 데 대한 두려움, 자신이 부족하다는 느낌, 끊임없이 확인받아야만 하는 특별함에의 갈망 같은 나 자신의 감정들을 내가 개에게 투사한다는 걸 안다. 이런 상태는 가끔 강박증처럼 느껴지고(실제로 강박증이다), 물론 강박증은 사람의 시야를 좁힌다.

그런데 나는 바로 그런 감정들이—두려움과 바람이—모든 중요한 관계의 재료라는 걸 안다. 우리는 그런 감정들 덕분에 반려동물만이 아니라 타인에게도 투사할 수 있고, 그런 감정들을 헤쳐나가야만 성장할 수 있다. 그런 의미에서, 개는 그런 혼탁한 감정들을 내 머릿속의 전면으로 끄집어냄으로써 내 삶을 넓혀주었고, 내가 내 고유의 자아에 좀 더 가까이 갈 수 있게 해주었다.

지난 1월에 루실은 중성화 수술을 받았다. 하루 종일 걸리는 일이었다. 나는 아침에 루실을 동물병원에 데려다주었다가 오후 늦게 여태 마취에서 깨지 않아 흐리멍덩한 개를 데려왔다. 가엾은 개는 차를 타고 집에 오는 동안 마취가 완전히 깼지만 몸을 떨었고, 눈이 감겼고, 똑바로 서지 못했다. 나는 집 진입로에 차를 세우고, 뒷좌석에 탄 루실을 내려준 뒤, 루실이 쌓인 눈을 밟으며 현관 계단으로 걸어가는 모습을 지켜보았다. 루실은 나이가 백 살 되고 몸을 반은 못 쓰는 개처럼 보였다. 순간 나는 (굳이 말할 필요도 없겠지만 강박적으로) 10년 혹은 15년 후의 미래를 그려보았다. 루실이 늙고 관절염이 왔을 때, 내가 루실을 떠나보낼 날이 머지않았을 때. 그걸 상상한 것만으로도 눈물이 났고, 이후 며칠 동안 그 이미지를 머리에서 지우지 못했다. 그리고 그 덕분에 생각해보게 되었다. 깊은 사랑은 이토록 괴로울 수 있다는 사실을, 내가 어른이 된 뒤 대부분의 기간에 이런 강렬한 감정에 따르는 위험을 피하려고만 꽁지 빠져라 애써왔다는 사실을. 나는 내 개를 사랑한다. 따라서 개에게 나쁜 일이 생길까 봐 두렵고, 개가 내게 주는 깊은 즐거움이 언젠가 그만큼 깊은 고통으로 바뀔까 봐 두렵다.

이게 무슨 새로운 통찰이라고는 할 수 없다. 다만 내가 오랫동안 스스로가 이 깨달음에 가까이 다가가지 못하도록 막아왔을 뿐이다. 그리고 이런 의미에서, 개가 내게 일으키는 복잡하고 어둡고 강박증적인 감정들을 나는 뭐든지 환영한다. 개는 사람에게 진정한 애착이 무엇인지를 알아볼 기회를 준다. 비교적 안전하지만 진실된 방식으로.

(1996년)

이런 사교의 기쁨

저녁 6시. 조용한 잔디밭. 아직 날카로운 여름 햇살. 야외용 탁자에 사람들 몇 명이 모여 있다. 이 모임의 주된 볼거리는 개들이다. 각기 저 좋을 대로 달리고 까불고 뒹구는 개들이다.

매일 저녁 6시에서 7시에 하버드 대학의 어느 잔디밭에 모이는 개 주인들의 비공식 모임, 이것은 내 일상의 새로운 일과가 되었다. 만약 당신이 개를 구경하기를 즐기는 독자라면, 이런 모임이 어디서나 열리는 걸 알아차렸을 것이다. 이른 아침 찰스강 강둑에서도, 시내 공원에서도, 프레시폰드 저수지 같은 탁 트인 공지에서도. 그리고 만약 당신이 그런 모임에 종종 나가는 사람이라면, 그것이 그저 개들이 에너지를 발산하는 자리인 것 이상으로 훨씬 더 큰 기능을 하는 자리임을 알 것이다. 그 모임은 사람들을 위한 것이기도 하다. 다른 면에서는 공통점이 없었을 법한 사람들이 공통의 관심사로 뭉치는 자리, 노동 시간 중의 경쟁이니 스트레스니 하는 원칙들 대신 너그러움과 친절함 같은 속성들이 발휘되는 자리, 세상에서 갈수록 희귀해지는 공동체 의식이란 것이 한껏 자라는 자리.

자, 여러분에게 우리 시대 스타일의 이웃사촌을 소개하겠다.

내 집이 있는 진짜 내 동네는 요즘의 여느 도시 동네처럼 기능한다. 한마디로 전혀 기능하지 않는다. 사람들은 사적으로 드나든다. 손 흔들어 인사하거나 가끔 발길을 멈추고 인사치레나 사소한 정보를 나누기는 하지만, 이전 시대에 흔한 듯했던 공동체적 활동이랄까 하는 걸 함께하는 경우는 드물다. 내 이웃들 중에도 한자리에서 수십 년 살아온 사람들은 안 그럴지도 모르겠지만, 아무튼 나는 그렇다. 가령 나는 울타리를 넘겨다보면서 옆집 마당에 나온 옆집 여자와 오랫동안 수다를 떠는 일이 없다. 이웃들을 내 집으로 초대하여 바비큐 파티를 열지도 않고, 이웃들의 집에 초대받아 가지도 않는다. 솔직하게 말하면, 이웃들의 이름조차 대개 모른다. 뭔가 필요한 게 생기면—공구든 설탕이든—대뜸 차를 타고 가게로 가서 사온다.

도시 삶의 현실, 내가 의문을 제기해본 적조차 드문 이 현실이 나는 대체로 마음에 든다. 이 현실이 우리의 도시 생활이 쇠락해가는 몇몇 이유를 알려주는 건 사실이다. 사람들은 갈수록 서로 소외되고, 낯선 사람을 대할 때 경계하게 되고, 뉴잉글랜드 토박이들 특유의 약간 쌀쌀한 태도도 문제다. 그래도 대체로 나는 이웃들과의 거리에 대해서 특이할 것 없고 설명하기 쉬운 이유를 갖고 있었는데, 그 이유란 집이 내게는 은둔처라는 것이다. 집은 내가 고독과 프라이버시를 맘껏 누릴 수 있는 장소다. 그래서 나는 내 집 현관문 니머까지 소속감을 확장해야 할 급박한 필요성을 대체로 느끼지 못하고 지냈다.

하지만 개 주인 모임이 이런 시각을 약간 바꿔놓았다. 나는 지난 몇 달 동안 개를 거기에 정기적으로 데리고 갔고, 그러자 나도 모르게 내가 그 일과를 차분하되 열렬히 기대하게 되었는데, 내가 이렇게 사교의 기쁨을 느낀다는 건 드문 일이다. 나는 늦은 오후가 되면 시계를 보면서 생각한다. 우아아, 5시네, 개 모임에 나갈 때까지 한 시간밖에 안 남았어. 유난히 스트레스가 많았던 날이라면, 나도 모르게 어서 그 시각이 되기를 고대한다. 어서 개 주인 모임에 나가고 싶다. 이것이 바로 이웃이라는 느낌일 텐데, 나는 이 기분을 지리적 동네에서는 느끼지 못하고 지내다가 이제야 그동안 내가 이걸 몰랐구나 하고 깨닫는다.

물론 내가 이 일과에 열광하는 데는 내가 혼자 집에서 일한다는 이유도 있다. 오후 6시의 일과는 하루 중 잠시나마 사람들과 접촉하는 시간을 뜻하게 되었고, 종일 집구석에서 컴퓨터 화면을 들여다보고 있었던 사람에게는 이것이 크나큰 기분 전환일 수 있다. 그리고 개들이 노는 모습을 지켜보는 데서 오는 단순한 즐거움도 이유다. 나는 그 모습을 아무리 봐도 질리지 않는다. 하지만 기대감은 그 모임 자체에서도 온다. 이런 모임의 사람들은 보통 서로를 익명으로 알지만 희한하게 친밀한데, 그 점이 특별히 편안하다. 열 명 남짓의 다른 개 주인들에 대해서 나는 그들이 모두 개와 산다는 것 외에는(그리고 모두 개에게 꽤 집착한다) 아는 바가 거의 없다. 뭘하는 사람인지, 어디 사는지, 사적인 생활은 어떤지 모른다. 몇 달

동안은 사람들의 이름도 전혀 몰랐다. 그냥 그들의 개 이름으로 불렀다. 이분은 버클리 주인, 저분은 마사 주인 하는 식으로. 게다가 개 주인 모임에는 좀 더 격식 있는 사교 클럽이나 조직에 있기 마련인 규칙이나 절차가 전혀 없다. 가입비도 회비도, 가입 절차 따위도 없다. 사람들은 그냥 내키면 나온다. 어떤 조건도 기대도, 끝까지 있어야 한다거나 계속 나와야 한다는 압박도 없다. 그런데도―혹은 그렇기 때문에―이 작은 공원에는 놀라운 결속감이 생겨났다. 상호 존중과 공동체 의식 같은 것이, 안전하다는 기분이.

개 주인들은 그 자체로 특수한 종인지도 모른다. 우리는 모두 자기 개에게 홀딱 빠져 있고, 이렇게 집착을 공유한다는 점이 우리 결속감의 핵심인 듯하다. 그 덕분에 우리는 신생아의 엄마들이나 의대생들처럼 서로 유대감을 느끼고, 나이나 출신이나 직업 같은 다른 공통점은 중요하지 않다고 생각될 만큼 깊이 있는 경험으로 서로 이어진다고 느낀다. 내가 다른 사람들에 대해서 알아야 하는 사실은 그들이 개를 좋아하는 사람들이라는 점뿐이고, 그들이 나에 대해서 알아야 하는 사실도 그게 거의 전부다. 저 여자는 멋진 개를 키워, 자기 개를 잘 돌보지. 이 단순한 문장에서 우리는 깊은 가치에 관하여 많은 걸 읽어낼 수 있다. 다른 동네에서 이웃들끼리 "저 여자는 정원이 멋져" 하고 말하는 게 이것과 같은 말 아닐까.

공통의 가치에―개에―집중한다는 점은 또 특별하고 보기 드문 편안함을 빚어낸다. 우리가 나누는 대화는 엄청 단순하다. 우리는 개 훈련 요령이나 관리에 얽힌 일화를 주고받는다.(여느 이웃사촌으로 따지면 설탕이나 공구를 주고받는 것이다.) 우리는 잠자코 앉아서 개들을 지켜본다. 그때 우리의 걱정거리는 시소한 일로 축소된다. 어느 개가 파선 안 될 곳을 파고 있나? 개들이 마실 물이 충분한가?

타인과의 접촉이 이처럼 단순하고 편안한 경우는 드물다. 우리 삶의 다른 영역들에서는—일터, 사교 모임, 가정에서—만남이 날카로운 판단, 불안의 기색, 퍼뜩 떠오르는 자의식으로 점철될 수 있다. 나는 인생에서 유례없이 공식 활동이 많았던 지난 두 달 동안 특히 그랬다. 3월 중순에 내가 평생 중독과 씨름해온 역사를 기록한 책이 출간되었고, 이후 나는 폭풍에 휘말리듯이 공식적인 자리에 쫓아다녔다. 최근에 세어본 바로 그동안 인터뷰를 54회 했고, TV에 마지못해 십여 차례 출연했고, 보스턴에서 샌디에이고까지 온갖 신문에 얼굴이 실렸다. 그 모든 일로 나는 남들의 시선을 예민하게 의식하게 되었고, 그 와중에 참석하는 개 주인 모임은 그래서 더 중요해졌다. 이 모임은 집이 내게 늘 그랬던 것처럼 내가 쉴 안식처다. 하지만 집보다는 덜 고립된 곳, 상당히 덜 외로운 곳이다. 이 모임의 사람들은 내가 책을 썼는지 말았는지, 무슨 책을 썼는지, 책이 서점에서 잘 팔리는지 따위를 두고 법석을 피우지 않는다. 내 책이나 책의 소재가 된 사적인 역사를 두고 판단하려 드는 사람도 없다. 내 과거는 그들에게 무관하다. 여기에는 놀라운 자유가 있다. 그 덕분에 나는 매일 잠시나마 평범한 생활로 돌아가고, 현재에만 집중하고, 훨씬 더 즐거운 관심사를 두고 다른 사람들과 어울리는 기회를 얻는다.

내 개 루실은 지난달인 6월의 어느 목요일에 만 한 살이 되었다. 그 주 초에 나는 모임에서 두어 명에게 곧 생일파티가 있을 거라고 말했고, 생일날에는 내 나름의 개 생일파티 준비물인 개 간식을 평소보다 더 많이 주머니에 넣고 나갔다. 모임 사람들의 준비물은 더 훌륭했다. 어떤 사람은 케이크와 밀크본 개껌 한 통을 가져왔다. 또 어떤 사람은 숫자 1 모양의 초가 꽂힌 브라우니를 담은 쟁반을 가져왔다. 내가 이름도 잘 모르는 사람들이 루실에게 줄 선물을 가져왔다. 수제 간 비스킷, 고무공, 씹는 장난감, 30센티미터나 되는 소가죽 껌. 고요하고 흐리고 사랑스러운 저녁이었다. 개들은 특별한 날인 걸 아는 듯이 유난히 활기차게 뛰어다녔다. 나는 놀라웠다. 여러모로 서로 낯선 사람이라고 할 수 있는 이들이 자발적으로 친절과 열의를 쏟아내는 광경이 말문이 막히도록 감동적이었다. 그것은 인간성에 대한 신뢰를 회복시키고, 단순한 즐거움의 중요성을 새삼 알려주고, 내가 더없이 편안한 곳에 소속되어 있다고 느끼게 하는 경험이었다. 좋은 이웃이란 이런 게 아닐까.

(1996년)

떠나보냄

·

상실, 애도, 금주

부모의 죽음을 생각해본다는 것

최근에 부모님 댁을 방문했을 때 부모님이 전보다 더 늙고 약해지신 듯 보인 적 있는가?

이런 생각이 머릿속을 스친 적 있는가? 젠장, 아버지가 돌아가셔서 어머니 혼자 남으면 어쩌지? 아니면 이런 생각. 어머니가 아버지보다 먼저 돌아가시면 어쩌지? 아버지가 혼자 생활하실 줄이나 아나?

사람들이 흔히 부모에게 느끼는 죄책감, 그러니까 당신이 부모에게 좋은 자식이 아니었다는 걱정이 들 때가 있나? 혹은 만약 부모님이 아프실 경우에 당신이 좋은 자식 노릇을 하지 못하리라는 걱정이?

모두 그렇다고 답했다고?

나와 같은 입장이 된 것을 환영한다. 당신이 그동안 누리던 '부모님 은혜의 시기'가 이제 끝난 것이다.

부모님 은혜의 시기란 당신이 부모에게 복종하지 않아도 될 만큼은 나이가 들었지만 아직 부모를 걱정할 만큼은 나이가 들지 않은 시기, 그 짧은 기간을 뜻한다.

그 시기는 보통 열일곱 살 무렵에 시작된다. 그때 당신은 처음으로 독립하고, 자신을 부모가 정한 규칙이나 통금이나 기대를 더 이상 걱정할 필요가 없는 독립적 개인으로 여기기 시작한다. 부모님 은혜의 시기에 당신은 부모님을 '나의 믿을 구석'이라는 단순하고 일차원적인 용어로 정의한다. 그들은 당신이 댁에 찾아가면 저녁을 차려주고 어쩌면 빨래도 대신 해주는 분들이다. 당신이 주뼛주뼛 "돈이 약간 부족하다"고 털어놓으면 눈살을 살짝 찌푸리며 당신을 보는 분들이다. 아무튼 기본적으로 그들은 과거에 늘 그랬고 (당신이 생각하기에) 앞으로도 늘 그럴 것이듯이 그냥 거기 계시는 분들이다. 당신이 신경 쓸 일이 별로 없는 분들, 대체로 스스로 생활을 꾸려나갈 수 있고 당신에게도 그럴 자유를 주는 분들이다.

하지만 그 은혜의 시기는 보통 상당히 짧다. 대부분은 최대 10년에서 15년이고 어떤 경우에는 그보다 짧다.

그리고 그 시기가 끝나면, 당신은 겁난다. 그 생각에 가끔 밤잠을 설치고, 종종 친구들에게 이렇게 말하면서 진저리를 치게 된다. "두 분 중 한 분이 먼저 돌아가시는 걸 상상만 해도 못 견디겠어. 생각만 해도 미치겠어."

그것은 당신의 관점에 이제 중대한 변화가 생겼다는 뜻이다. 이전까지는 늘 부모가 **당신을** 걱정했고, 당신은 그 걱정을 똑같이 되돌려주는 데 익숙하지 않았을 것이다. 그들은—당신이 아니라—어른이 아닌가? 그 역할이 뒤바뀐다는 것은 상상하기 힘든 일일 수 있고, 그럴 가망을 떠올리기만 해도 이전까지 믿어온 모든 가정이 무너진다. 이런 생각이 들기 시작한다. 맙소사, 우리 부모님도 사람이었어, 그렇다는 건 부모님도 약해질 수 있다는 거고, 그렇다는 건 부모님도 슬픔이나 외로움이나 육체적 통증 같은 끔찍한 일들을 겪을지 모른다는 거잖아, 그뿐 아니라…… 으악!

무서운 일이다.

이런 두려움은 이해할 만하다. 부모의 죽음을 생각하면서 자기 자신의 두려움을, 자신이 무섭게도 '고아'가 되리라는 데 대한 두려움을 함께 떠올리지 않기란 거의 불가능하다.

하지만 죄책감은 왜 드는 걸까? 내 친구들이 자기 부모가 약해지는 것을 (혹은 슬퍼하거나 외로워하거나 아파하는 것을) 보게 될 가망에 대해 이야기할 때, 그들의 얼굴에는 거의 늘 자신이 방금 범죄를 저질렀다가 붙잡히기라도 한 양 경악한 표정이 떠올라 있다.

이런 죄책감의 일부는 이기적 충동에서 나올 것이다. 부모가 아픈 상황을 떠올리다 보면 부모가 자신의 도움을 필요로 하는 상황이 떠오르는 법이고, 역사상 가장 오냐오냐 떠받들리며 자란 세대라고 할 수 있는 우리 세대에게는 그 상황이 그렇게 간단히 여겨지지 않는다. 솔직히 우리는 미래를 그릴 때 자신이 어떨지 상상하는 데 익숙하지, 남들을 위해서 무엇을 해야 할까 상상하는 데는 익숙하지 않다.

따라서, 아프거나 혼자된 부모가 자신의 미래 계획에 깔끔하게 맞아 들지 않을 수도 있다는 사실을 깨달으면, 우리는 기분이 나빠진다. "어머니에게 이리로 이사 와서 나와 함께 살자고 우기겠지." 얼마 전에 한 친구는 자신의 아버지가 돌아가셔서 어머니가 혼자 되면 어떻게 할 것인가를 이야기하다가 이렇게 말했다. "하지만 나는 어머니가 정말로 그러기를 바라진 않을 거야." 친구는 잔인하게 말한 게 아니라 현실적으로 말한 것이었다. 친구의 모녀 사이는 썩 가깝지 않고, 그래서 친구는 어머니와 함께 살게 되면 어떤 갈등이 생겨날지를 알고 있다.

하지만 부모와 사이가 좋은 자식들도 죄책감을 느끼기는 마찬가지다. 내 아버지는 11개월의 투병 끝에 올봄에 돌아가셨는데, 작년에 아버지가 아프기 시작했을 때 나는 죄책감을 잔뜩 느꼈다. 진단 결과를 들었을 때 처음 또렷하게 떠오른 생각 중 하나는 이것이었다. 만약 아버지가 돌아가시기 전에 내가 아버지를 얼마나 사랑하는지를 보여드리지 못한다면, 나는 남은 평생 죄책감을 느낄 거야.

그런 생각은 사실 도움이 되었다. 나는 아버지가 아픈 동안 함께 시간을 많이 보냈고, 그래서 아버지가 돌아가셨을 때는 내가 당신을 사랑한다는 사실을 아버지가 확실히 느끼고 떠나셨다는 점을 작은 위안으로 삼을 수 있었다. 그래도 이런 죄책감이 우리 내면에 숨은 무언가를 보여주는 건 사실이다. 죄책감은 강한 힘이다. 그 속에는 사랑이 있고, 의무감도 있고, 우리가 과거에 남들에게 무언가를 말하거나 보여주지 못했다는 데 대한 회한도 있다.

내가 그때 느꼈던 그 감정은 이제 과부가 된(나는 '싱글맘'이라는 표현이 더 좋지만) 어머니에게로 듬뿍 옮겨갔다. 어머니는 내가 아는 사람들 중에서 가장 강하고 자신을 잘 억제하고 미래지향적인 사람이지만, 그래도 나는 어머니가 혼자 집에 있는 모습을 상상하면 움찔하게 된다. 나는 어머니에게 줄기차게 전화를 건다. 줄기차게 걱정한다. 엄마가 괜찮은가? 슬퍼하시나? 기운 내고 계신가? 그리고 어마어마하게 죄책감을 느낀다. 내가 엄마에게 좀 더 잘해드려야 하는데, 좀 더 적극적으로 생활을 개선해드려야 하는데, 정확히 어떻게 해야 하는지는 모르겠지만.

이런 죄책감이 평범하고 오래된 문제일 수 있다는 사실, 우리가 죄책감과 사랑을 본능적으로 하나로 얽을 수 있다는 사실을 깨닫는 데는 긴 시간이 걸린다.

이것이 삶임을 깨닫는 데도 긴 시간이 걸린다. 우리는 모두 나이 들수록 삶이 더 어려워지는 게 아니라 더 쉬워진다는 신화를 믿으며 자라는데(그리고 이것은 진짜 신화일 뿐이다), 나이 드는 부모의 모습만큼 그 믿음이 사실이 아님을 잘 보여주는 것은 많지 않다. 실제로는 우리가 나이 들수록 잃은 것이 많아진다. 점점 더 크고 버거운 과제가 나타난다. 실수를 되돌리기가 점점 더 어려워진다.

부모의 죽음을 생각해보는 일이 겁나는 건 그 때문일지도 모른다. 부모님 은혜의 시기가 끝나면, 우리의 순수의 시대 중 후반부의 한 단계도 끝난다. 그분들이 언제까지나 거기 계시진 않을 것이다. 우리 삶이 더 간단해지는 일은 없을 것이다.

(1992년)

사랑하는 사람을 차차 떠나보내기

올해 크리스마스 아침, 내가 어머니의 방에 들어갔더니 마침 언니가 얼마 전에 낳은 아기 조이의 기저귀를 갈고 있었다.

나는 서서 구경했다. 태어난 지 18일밖에 안 된 아기는 바닥에 놓인 기저귀 갈이용 매트 위에 누워 있었다. 아기는 알몸이었고 추운 듯했고 기분이 나빴다. 아기의 눈에 작은 눈물이 고였고, 마르고 발가벗은 팔다리는 공중에서 버둥댔다. 그 모습에 나는 마음이 찢어졌다. 발가벗은 아기를 처음 본 터라, 그토록 의존적인 존재를 보니 어쩔 줄 모르는 기분이 되었다. 아기는 얼마나 작고 연약한지! 어쩌면 저렇게 무력한지!

언니가 조이를 임신했다는 소식은 아버지가 작년 봄 돌아가시기 전에 마지막으로 들은 소식이었고, 그래서 이 아기는 처음부터 우리 가족에게 특별한 의미였다.

아버지는 그 소식을 간신히 이해할 수 있을 정도로만 의식이 있는 상태였고, 겨우겨우 "기쁘구나" 하는 말을 짜내어 대답했다. 이튿날 아버지는 혼수상태에 빠졌다. 그리고 그로부터 사흘 뒤, 지금 아기가 누워 있는 이 방에서 아버지는 돌아가셨다.

상실은―상실의 수용은―우리에게 단계적으로 찾아오는 것, 우리를 뜻밖의 순간에 덮치는 것이다. 아버지가 죽은 직후에 사람들은 내게 이런저런 기념일이나 상황을 조심하라고 경고했다. 아버지의 생신에, 추수감사절에, 크리스마스에 슬픔이 덮칠 것이라고 했다. 그런 날들은 삶의 분수령 같은 날들이고, 그럴 때 우리가 단조로운 일상을 잠시 멈추고 누군가의 빈자리를 절실히 느끼게 된다는 것이다.

글쎄, 사실이기도 하고 아니기도 하다. 나는 앞의 세 상황을 모두 별 느낌 없이 치렀다. 적어도 내가 예상했던 수준보다는 훨씬 덜 느꼈다.

아버지는 올 4월에 뇌종양으로 돌아가셨다. 6월 말인 생신은 너무 후딱 왔다 갔기 때문에 뭘 느낄 겨를도 없었다. 처음에는 죽음이라는 사실이 아직 추상적인 개념으로, 우리가 채 흡수하지 못한 개념으로 느껴진다. 나는 아버지 생신을 친구들과 보냈는데, 간간이 어떤 날인지 의식하긴 했어도 그에 대해서 세세하게 생각하진 않았다.

나는 작년 11월을 떠올렸다. 그때 우리는 이비지를 휠체어에 태워서 우리 가족이 매년 추수감사절을 보내던 고모 댁까지 차로 모시고 갔고, 휠체어를 집 안까지 밀고 들어갔다. 그즈음 아버지는 많이 아프고 약해지셨던 터라 예전의 아버지가 아니었다. 거기서 아버지가―구부정히, 약물로 퉁퉁 부은 채, 모호하고 말초적인 방식으로만 행사에 참여할 수 있는 상태로—휠체어에 앉아 있던 모습은 워낙 처참한 기억이라서, 나는 그 일이 끝난 게 다행이라는 기분뿐이었다.

그야 정확히 말하자면 다행스럽다기보다는 마음이 좀 가볍다는 기분, 한시름 덜었다는 기분이었다. 아버지의 병은 사람을 망가뜨렸고, 잔인했고, 지켜보기 참혹했다. 우리가 사랑하는 사람이 그런 병으로 죽을 때는 애도 과정의 상당 부분이 기억과 안도라는 기묘한 순환으로 전환되는 듯싶다. 당신이 이따금 그 참혹함을 떠올렸다가는 이내 그 일이 끝난 것이 모두에게 다행스러운 일이라고 느끼는 것이다. 꼭 다 끝났다는 느낌이 드는 것은 아니다. 그저 그런 이미지에 몸서리치고는 본능적으로 그것을 지워버리려고 애쓰는 것이랄 수 있다.

나는 올 크리스마스에도 그런 기분이겠거니 예상했다. 추상적인 안도감이 들 줄 알았다. 작년을 떠올렸다. 그때 우리는 다들 크리스마스트리 옆에 쭈그리고 앉아서 아버지에게 선물을 건넸다. 다른 가족들은 모두 용기를 내어 '정상적인' 크리스마스인 것처럼 행동하려고—선물을 주고받고, 사진을 찍고—애썼지만, 아버지는 누가 무슨 선물을 무릎에 얹어주든 그걸 움켜쥐고 가만히 앉아 있을 뿐이었다. 아버지는 선물을 열어볼 기력이 없었고, 사실은 의식도 멍해서 주변 일을 알아차리지 못했다.

작년만큼 나쁘기야 하겠어. 나는 친구들에게 이렇게 말했고, 어떤 의미에서는 내 말이 옳았다. 올 크리스마스는 크리스마스치고 상당히 차분하게, 별일 없이, 시각적으로 참혹한 장면은 확실히 없는 채로 지나갔다.

그렇긴 하지만, 상실은 우리에게 슬금슬금 다가오는 것이다. 어떻게 보면, 나는 아버지가 돌아가신 뒤 지금까지 여덟 달 동안 아버지가 여전히 곁에 계시다는 생각을 암암리에 품고 지냈던 것 같다. 아버지가 장기 휴가를 가신 거라고, 아니면 어디 멀리 요양 하러 가신 거라고 느꼈고, 그런 감정은 지금 황동 상자에 담겨서 아버지 서재에 놓여 있는 아버지 뼛가루에 내가 막연히 집착했다 는 사실로 드러났다. 나는 뼛가루를 내 집으로 가져가서 뭐랄까 보살펴드리고 싶었는데, 그 바람은 아버지가 아직 여기 계시고, 아직 나를 지켜보고 계시고, 아직 내 행동을 알고 계시다는 느낌과 관련 되어 있었을 것이다.

하지만 사실 아버지는 없다. 크리스마스에 갓난이 조카의 기저 귀를 가는 언니를 서서 지켜볼 때 나를 휩쓸고 간 감정이 그것이었 던 것 같다. 같은 방, 전혀 다른 이야기. 아홉 달 전에는 슬픔의 장 소였던 곳이 지금은 기쁨과 새 시작의 장소였다. 그러니 그때 본 아기의 모습은 내게 연속성을 일깨워주었던 것 같다. 아버지의 무 력함이 아기의 무력함으로 이어졌다는 사실을. 우리는 아버지를 돌보았고, 우리는 아기를 돌볼 것이다. 아버지는 갔지만, 아기는 여 기 있다.

언니는 기저귀를 다 간 뒤 아기를 포대기로 감싸고 울음을 달 랬다. 나는 위층으로 올라가서 울었다. 앞으로 펼쳐질 생을 눈앞에 둔 작은 아기를 위하여, 그리고 그제야 내가 정말로 떠나셨다고 느낀 아버지를 위하여.

(1993년)

회복으로 가는 먼 길에 대하여

요전 날 나는 내 전화번호를 잊었다.

최근에 나는 알파벳 n과 m 중에서 무엇이 앞에 오는지 기억해내는 데 대단히 애먹는다.

그리고 어젯밤, 문득 나를 내려다보고는 내가 미색 반바지와 연녹색 셔츠를 입고 있다는 사실을 알아차리고 이렇게 생각했다. 아, 정말 적절한 복장이네. 거대한 프로작처럼 입었어.

나는 현실감각을 잃은 듯하다.

애도는 얼마 뒤에 사람을 미치게 만든다. 정말이다. 내 어머니는 지난 4월에 돌아가셨다. 아버지가 돌아가신 지 1년하고 11일 만이었다. 그래서 나는 올여름을 대부분 얼빠진 상태로 보냈다. 멍했다. 얼떨떨했다. 집중이 되지 않았다. 그리고 이따금 극심한 공황에 빠졌다.

"좀 어때? 좀 괜찮아졌어?" 사람들이 이렇게 물으면, 나는 십중팔구 대답할 말을 찾지 못한다.

"엉망이야."

"끔찍해."

"아니. 더 나빠졌어. 더 안 좋아."

내가 하고 싶은 말은 이런 것들이지만, 대개의 사람은 이런 대답을 듣고 싶어 하지 않는다. 우리가 가까운 사람이 죽었을 때 맨 처음 알게 되는 사실 중 하나가 바로 이것, 다른 사람들은 그 이야기를 하고 싶어 하지 않는다는 것이다. 우리 문화는 죽음을 끔찍하게—지독하게—잘못 다룬다. 상을 당한 사람에게 주는 휴가는 보통 사흘. 그 후에도 6주쯤은 사람들이 당신을 조심조심 대하고, 너무 많은 걸 바라지 않으면서 부드럽게 대한다. 그리고 그것으로 당신에게 공식적으로 주어진 애도 기간은 끝난다. 이후에는 사무실에서 멍하니 앉아 있거나 하루에 세 번씩 빨개진 눈으로 화장실에서 나오는 것이 부적절하게 느껴진다. 다시 정상적으로 행동하고 정상적으로 느껴야 할 듯한 압박이 든다.

나는 이게 싫다. 가끔은 길 가는 사람들을 잡아 세우고 말하고 싶다. "우리 부모님이 죽었다고요. 부모님이. 알겠어요?" 너무 많은 걸 억누르고 삼켜야 한다. "정말 우울해요." 몇 주 전에 내가 남자 동료에게 이렇게 말하자, 그는 멍청히 나를 보면서 말했다. "왜요?" 그 목소리에는 진심으로 놀란 기색이 있었다. 우울해요? 왜? 나는 그를 목 졸라 죽이고 싶었다.

애도에는 작은 모욕감도 많이 따른다. 이 또한 우리가 알게 되는 사실이다. 요전 날, 부모님 댁에 온 우편물들을 훑다가 뇌종양으로 천천히 끔찍하게 돌아가신 아버지 앞으로 온 편지를 뜯어보았다. 그것은 이른바 행운의 편지였다. 아버지에게 이레 내에 그 편지를 일곱 부 복사하여 일곱 명에게 보내지 않으면 불운이 닥치리라고 알리는 편지였다. 불운이라. 이런 것을 보면, 당신은 그저 터무니없다는 듯 눈을 흡뜨면서 자신이 냉소적인 유머 감각을 최대한 그러모아서 이 아이러니를 웃어넘길 수 있기만을 바라게 된다.

이런 일은 내 어머니의 죽음에 대해서도 벌어지고 있다. 몇 달이 지나서 막대한 상실감이 약간 누그러지고 깨어 있는 매 순간 그 사실을 의식하지는 않게 될 무렵인 이 시기에는 작은 일들이 제일 괴롭다. 우리는 아직 어머니가 마지막으로 입원할 때 병원에 싸갔던 짐을 풀지 않았다. 가방은 우리가 어머니의 임종을 집에서 지키려고 도로 모셔왔을 때 놓아둔 그대로 어머니의 침대 발치에 놓여 있다. 나는 그 방에 들어갈 때마다 가방을 보고 몸서리친다. 모든 것이 죽음의 상징이 된다. 저기 가방이 있네, 엄마는 돌아가셨지. 저기 엄마가 부엌에서 차를 담아두던 통이 있네, 엄마는 돌아가셨지. 저기 엄마의 뜨개질 가방이, 수표책이, 3월에 작성하신 장거리 목록이 있네, 엄마는 돌아가셨지.

지치는 일이다. 가끔은 나중에 내가 이 시기를 돌아보면서 맙소사, 내가 정말 피곤했었구나, 하고 생각하게 되리란 걸 알지만, 지금은 오히려 피로감에 익숙해졌달까 하는 상태다. 너무 많은 강렬한 감정들, 너무 많은 새벽 5시의 악몽들(엄마가 살아 있는 꿈, 엄마가 죽은 꿈, 우리가 다시 병원에 있는 꿈, 엄마가 죽어가는 꿈, 엄마가 죽어가지 않는 꿈), 너무 많은 할 일들로 인한 만성피로. 나는 엄마의 고지서들을 납부해야 한다. 유산을 정리해야 한다. 변호사와 회계사와 통화해야 한다. 그 밖에도 처리해야 할 일이 줄줄이 있다. 엄마의 식물들에게 물을 줄 것. 엄마의 차에 검사필증을 받을 것. 잔디 깎아주는 분을 부를 것.

이렇게 어머니가 남기고 간 자질구레한 집안일을 살피고 관리하는 것이 일종의 부정인지, 정신을 딴 데 팔려는 것인지, 아니면 그저 해야 하니까 하는 현실인지, 그건 모르겠다. 하지만 가끔은 너무 지쳐서, 지금 푹 쓰러지면 백 년도 잘 수 있을 듯한 기분이다.

내가 자기 연민에 빠진 것처럼 보이는가? 사실이 그렇다. 나도 어쩔 수 없다. 나는 자신이 불쌍하고, 화가 나고, 머리가 멍하다. 이런 감정들에서 한숨 돌리는 순간, 삶이 좀 더 차분하고 감당 가능한 듯 느껴지는 순간이 종종 있기는 해도, 곧 다시 그런 감정들이 돌아오리라는 예상에서는 벗어날 수 없다. 다시 뭔가를 보고 상실감을 느끼리라는 예상, 내가 다시 그 감정에 휩쓸린 채—엄마가 죽었어, 아빠가 죽었어, 둘 다 죽었어—우두커니 앉아서 세상에 나만 남았다고 느끼고 그 사실을 도무지 견딜 수 없다고 생각하리라는 예상.

요즘은 그런 나쁜 순간이 예전보다는 덜 나타나고 더 드문드문 나타난다.(시간이 약이라는 말은 진실이다.) 그리고 그런 순간이 닥치더라도 내가 예전보다는 더 잘 대처한다. 나는 언니나 이모에게 전화를 건다. 어머니의 몇 안 되는 친구들, 그동안 대리 엄마처럼 나를 염려하고 친절하게 대해준 분들을 떠올린다. 종종 안부 전화를 걸어와서 부모님이 그랬던 것처럼 나를 "얘야"라고 부르는 삼촌을 떠올린다.

하지만 가끔은 그냥 견딜 수가 없다. 일주일 전, 내가 대학에 있을 때 어머니가 보내왔던 편지를 우연히 발견했다. 그때는 내가 특히 힘들었던 시기였다. 나를 지지하고 공감하는 차원에서, 어머니는 자신이 대학 시절에 무척 외로웠다는 이야기와 20대 때 스스로 무척 불안정하고 덜 형성된 존재로 느꼈다는 이야기를 적어주었다. 정말 상냥하고 어머니다운 그 편지를 보고 있으니, 그동안 내가 살면서 혼란스럽거나 우울하거나 막막했을 때 어머니에게 전화했던 일들이 하나하나 떠올랐다. 밤중에 듣던 어머니의 목소리가, 깊고 한결같던 이해가 떠올랐다. 내가 어머니를 얼마나 그리워하는지 알게 되었다.

나는 편지 봉투를 움켜쥐고 앉아서 흐느껴 울었다. 너무 격렬해서 몸이 다 아픈 울음이었다.

울음은 마음을 좀 편하게 해준다. 하지만 고통을 정말로 줄여주진 못한다. 무엇보다도 힘든 점은, 이런 순간에 내 기분을 정말로 낮게 해줄 수 있는 유일한 사람, 내가 정말로 기대고 싶은 유일한 사람이 엄마라는 것이다.

(1993년)

어머니의 그림

어머니에 대한 기억 중 내가 제일 좋아하는 것.

나는 여덟 살인가 아홉 살이다. 마서스비니어드에 있는 우리 가족의 여름 별장에 있다. 아빠 친구 한 분도 주말에 거기 와 있는데, 그분이 이튿날 아침에 자신의 거대한 보트에 우리 모두를 태우고 나가서 블루피시 낚시를 시켜주기로 했다. 나는 배가 무서워서 남몰래 아연실색한다. 그날 밤에는 침대에 누워서 끔찍한 일들을 상상한다. 배가 흔들거리고 울렁거리는 일, 배가 뒤집히는 일. 심장이 빨리 뛴다.

끝내 나는 한밤중에 일어나서 엄마 방으로 살그머니 들어가 엄마를 깨운다.

"나 몸이 안 좋아." 나는 소심하게 말한다. "내일 밥 아저씨 배 타러 못 갈 것 같아."

엄마의 표정은 기억나지 않는다. 하지만 엄마가 내 말뜻을 알아들었던 건 분명하다. 엄마는 나를 달래면서 괜찮다고 말했다. 다른 사람들이 낚시하러 가는 동안 나는 엄마와 함께 집에 남아도 된다고 했다. 그다음 엄마는 나를 밖으로 데리고 나갔다. 우리는 뒷마당으로 가 앉았다. 그러고는 그때 내게 몇 시간으로 느껴졌을 만큼 오래 함께 밤하늘을 구경했다. 엄마는 별자리를 가리키면서 별들의 이름을 알려주었다. 은하수를 설명해주었다. 나는 안전한 기분으로 다시 자러 갔다.

요 며칠 동안 이 기억이 내 머릿속 한구석에서 맴돌았다.

화가였던 어머니는 지난 4월에 돌아가셨고, 요 몇 주 동안 주말마다 나는 상속세 산정차 고용한 감정인이 올 날에 대비하여 어머니가 남긴 그림들을 살펴보는 일에 많은 시간을 들였다.

그것은 품이 아주 많이 드는 일이었다. 어머니의 화가 경력은 40년이 넘었다. 브루클린의 착한 유대인 여자아이라면 예술을 진지한 직업으로 추구해선 안 된다는 소리를 듣던 1948년, 어머니는 파리로 가서 일 년 동안 에콜드보자르에서 공부했다. 돌아와서는 보스턴미술관 부설 학교에서 공부했다. 어머니는 작품을(처음에는 유화였다가 1970년대 중순부터 콜라주로 바뀌었다) 네 차례의 개인전과 스무 차례의 단체전에서 선보였고, 작품은 열한 곳의 기관과 미술관에 영구 소장품으로 팔렸다. 어머니가 죽기 일 년 남짓 전이었던 1992년 1월, 보스턴미술관은 어머니의 그림 한 점을 영구 소장품으로 사들였다.

감정을 받으려면 모든 작품을 일일이 목록화하고, 기록하고, 설명을 달아야 한다. 어떤 작품이 언제 그려졌는지, 전시된 적 있는지, 팔렸는지 따위를 적어야 한다. 어머니의 그림과 콜라주는

300점이 훨씬 넘고, 개중 150점가량은 아직 집에 있다. 또 슬라이드가 수백 장이고, 모든 작품과 모든 거래 내역을 기록해둔 두툼한 공책이 있다. 어머니의 작품들에는 어머니의 온 생애가 담겨 있다. 그 속을 거니는 것은 놀라운 경험이었다. 어머니를 좀 더 가깝게 아는 방법, 어머니의 죽음을 새롭게 경험하는 방법이었다.

별은 어머니의 작품에 반복하여 등장하는 주제였다.(그래서 내게 예의 기억이 살아난 것이다.) 별, 달, 물, 하늘. 어머니는 종교를 믿진 않았지만 나름대로 무척 영적인 분이었고, 그 점이 자연과 영속적인 세계에 대한 꾸준한 관심으로 작품에 반영되었다. 추상적으로 재현된 계곡, 원주민 마을, 메사. 제단, 신전, 부적. 마법의 카펫과 집에 걸어두는 행운의 물건, 모래성과 절벽과 정원을 묘사한 작품이 시리즈로 있다. 거의 모든 작품에 평온함이 듬뿍 깃들어 있다. 색과 형태에 대한 깊은 이해, 뛰어난 균형 감각이 느껴진다.

어머니와 나는 창작 과정에 대해서, 어머니의 그림과 내 글쓰기에 대해서 많은 이야기를 나눠왔다. 하지만 어머니가 살아 계셨을 때는 내가 그분의 작품을 온전히 음미하진 못했던 것 같다. 어머니는 자기를 드러내지 않는 데다가 자신을 다소 낮추는 성품으로, 자신이나 자기 작품에 남들의 주의를 끄는 경우가 극히 드물었다. 막 완성한 작품에 대해서 말씀하시거나 나를 화실로 데려가서 작품을 보여주거나 하는 일이 가끔 있기는 했다. 그럴 때 나는 보통 작품을 보고 고개를 끄덕인 뒤 말했다. "아름답네요." 이 말은 늘 진심이었지만—어머니의 작품은 실제로 아름답다—내가 그보다 더 깊이 있게 말한 적은 거의 없었다. 어머니에게 이 작품이 무슨 뜻인지, 무엇을 표현한 것인지, 어머니의 느낌은 어떤지 물은 적은 별로 없었다.

내가 왜 거리를 두었는지는 잘 모르겠다.(나는 시각의 사람이 아니라 '단어'의 사람이었고, 어머니보다는 아버지의 삶에 더 깊이 얽매여 있었다.) 하지만 그러지 않았던 것을 이제 후회한다. 나는 많은 것을 놓쳤다. 어머니의 삶의 큰 부분을 어머니와 함께 나눌 수 있는 기회를 놓쳤다.

하지만 거기, 캔버스와 종이에는 어머니의 내면, 영혼, 분투가 모두 드러나 있었다. 물론 지금도 그대로 있다. '듀엣' '트리오' '협주곡' 등등으로 이름 붙여진 콜라주 시리즈를 보면서 나는 생각한다. 그래, 음악에 대한 엄마의 사랑이 여기 표현되어 있구나. 어머니가 땅과 하늘에서 받았던 감동을 한껏 보여주는 작품들도 있다. 어머니가 뉴멕시코주 차코 계곡과 일본으로 갔던 여행에서 영감을 받아 만들어진 콜라주들, 마서스비니어드의 바다와 항구들에서 영감을 받아 만들어진 그림들, '별자리표'라고 이름 지어진 작품들 시리즈.

어두운 기억을 떠올리게 하는 작품도 있다. 내과의사인 언니는 작품들 중에서도 특히 두 점은 어머니가 공공연히 걱정하기를 싫어했던 주제인 자신의 건강 문제를 표현한 작품이라고 확신한다. 첫 번째는 어스레한 푸른색과 검은색 바탕 위에 구릿빛 원들이 있는 1987년 그림이고, 두 번째는 신비롭게 빛을 발하는 지점이 네 군데 있는 1989년 그림이다. 둘 다 1989년에 어머니의 머리뼈와 척추에 생겨난 종양을 드러냈던 뼈 단층 촬영 사진을 오싹하리만치

닮았다. 그 종양은 어머니가 1981년에 진단받았던 유방암이 처음 전이를 일으킨 것이었다.

지금 작품들을 보는 내 마음을 저미게 하는 것은 그런 분투, 어머니가 특정 시기에 겪었던 어려움이다. 암이 재발하기 전 몇 년 동안의 콜라주에는 시간과 인간의 필멸성에 대한 생각이 지속적으로 담겨 있고, 작품들에는 '달력' '신전' '제단'과 같은 제목이 붙어 있다. 뼈 단층 촬영 사진을 닮은 예의 1987년 작품의 제목은 '확률 게임'이다. 또 어떤 해는 누락되어 있다는 사실로 눈길을 끈다. 어머니가 작품 하나하나 꼼꼼하게 기록해둔 공책을 보면 1991년 5월에서 1992년 5월까지가 비어 있는데, 그 일 년은 어머니가 뇌종양으로 죽어가는 아버지를 돌본 시기였다.

감정인이 오기 전날, 나와 사촌은 집에서 찾아낸 작품들을 모두 모아서 거실과 식당에 연대순으로 줄 세웠다. 한쪽 끝에는 어머니가 1950년대 초에 미대를 다닐 때 그렸던 초상화가 있었다. 반대쪽 끝에는 어머니가 마지막으로 완성한 넉 점의 콜라주가 서 있었는데, '마법의 카펫' 시리즈라고 이름 붙인 그 작품들은 어머니가 죽기 반년 전, 즉 간에서도 종양이 발견되었다는 사실을 알기 몇 주 전에 갔던 모로코 여행에서 영감을 받아 만든 것이었다.

나는 가만히 서서 그 마지막 작품들을 보았다. 어머니의 최고 작품으로 꼽을 만했다. 아름다운 균형미, 한가득 선명한 파란색들과 살짝살짝 비치는 은색들, 가장 활기찬 붉은색들, 마법적인 형태들. 어머니는 화학요법을 받기 시작한 지 석 달째였던 1993년 1월에서 죽기 3주 전이었던 3월 사이에 그것들을 그렸다.

그 시기로 들어설 무렵 어머니의 머리카락은 다 빠지고 없었다. 어머니는 늘 힘이 없었고, 식욕도 거의 없었다. 그 시기에 우리는 어머니의 예술에 대해 이야기를 많이 나누었다. 특정 그림이나 콜라주에 관해서가 아니라 어머니가 작품을 만들지 못하는 데 대해서 느끼는 어마어마한 절망감에 관하여. 어머니는 화실에서 30분쯤 서서 이야기하다가 이내 앉거나 누워야 했다. 가끔 작업을 전혀 하지 못하는 채 며칠이 지나가곤 하는 것을 어머니는 싫어했다. 그래도 어머니는 '마법의 카펫' 시리즈 중 세 점을 완성했고, 네 번째를 거의 마무리했다.

돌아가시기 전날, 어머니는 자기 방 침대에 누워 있었다. 혼수상태에 빠질 시점을 열두 시간쯤 앞둔 때였다. 그즈음 어머니는 말을 거의 하지 못했고, 이틀 가까이 변변히 먹은 것이라고는 얼음 조각뿐이었다. 심한 육체적 통증에 시달리고 계셨다. 하지만 어느 시점에, 나와 오빠가 침대 양옆에 있을 때, 어머니가 눈을 뜨고 말씀하셨다. "정말 그 그림을 마치고 싶어. 망할, 정말 일어나서 그리고 싶어."

어머니의 작품들을 하나하나 살펴보면서 정리하고 목록화한 몇 주 동안, 나는 감정에 휩쓸리지 않으려고 갖은 애를 썼다. 하지만 어머니의 마지막 콜라주를 본 순간, 그리고 어머니의 마지막 말을 회상한 순간, 슬픔과 회한이 가슴을 찌르듯 솟아나서 울음을 터뜨리고 싶어졌다. 어머니는 겨우 65세였다. 아직 하실 일이 많았다.

우리는 아직 서로에 대해 알 것이 많았다.

자비롭게도, 내게는 어머니의 작품들을 보면서 떠오른 좋은 순간들의 좋은 기억들도 있다. 그날 밤, 아주 오랜만에 나는 마서스 비니어드에서 별이 빛나는 하늘 아래 어머니와 함께 앉아 있었던 일을 기억해냈다.

(1994년)

세월의 디테일

그럴 줄은 알았지만, 결국 이렇게 집 이야기를 쓰는 날이 오고 말았다. 부모님 집에서 세간을 빼내고, 가족의 38년 역사에 다름없는 물건들을 하나하나 살펴서 추려내고, 그럼으로써 상실의 또 하나의 의례를 마무리하는 날이.

으윽. 나는 줄곧 이 일이 두려웠다. 작업 자체도 두려웠고 그 작업에 대해 글을 쓰는 행위도 두려웠다.

지난 3년 동안 내 글을 꼬박꼬박 읽은 독자라면 알 텐데, 나는 상실에 대해서 아주 많이 썼다. 아버지의 죽음에 대해서(1992년 4월), 어머니의 죽음에 대해서(1993년 4월), 오빠와 언니와 내가 부모님 없이 맞은 첫 크리스마스에 대해서(1993년 12월), 아버지의 뼛가루를 묻은 일에 대해서(1994년 5월), 어머니의 뼛가루를 묻은 일에 대해서(1994년 5월), 이런 상실을 받아들이고 삶을 살아나가는 길고 구불구불한 과정에 대해서. 치유의 과정에 대해서.

그런 글을 쓰는 것은 그 과정의 중요한 부분이었다. 사건을 기록하는 행위, 내게 벌어진 일과 그에 대한 내 감정을 세부적으로 적어서 활사로 고정해두는 행위가 내게는 늘 유용했다. 그것은 꽃을 책에 끼워서 압화로 간직하는 일, 혹은 추억의 기념품을 특별한 상자에 보관하는 일과도 좀 비슷하다. 일단 세부를 보존해두면, 기억을 잊어버리는 것 아닐까 하는 걱정을 덜고서 다른 일로 삶을 채우며 나아갈 수 있다.

하지만 집 전체를 비우는 것은 다른 얘기다. 그것은 세부를 상자에 꽉꽉 담아서 쓰레기장으로 실어 보냄으로써 말 그대로 그것을 없애버리는 일이다. 이 과정은 전혀 다른 방식으로 아프다. 그리고 나는 이 일이 싫다.

세부, 40년 가까운 세월의 세부. 오빠와 언니와 나는 그 집에서 자랐으므로, 우리는 그 집의 구석구석을 제 손바닥처럼 훤히 안다.

게다가 집은 그동안 그다지 변하지 않았다. 부모님은 집을 다시 꾸미는 일에 흥미가 없었고, 그래서 대부분의 세간은 늘 있던 자리에 오랫동안 그대로 있었다. 거실에는 나무로 된 길쭉한 커피 테이블이 늘 똑같이 있었고, 오리엔탈풍 러그가 늘 똑같이 깔려 있었고, 책꽂이에는 콜레트와 디킨스와 헨리 제임스의 책들이 늘 똑같이 꽂혀 있었다. 식당에는 우리가 어릴 때부터 식사했던 참나무 식탁이 늘 똑같이 있었고, 문이 망가져서 열 때마다 경첩이 떨어지던 낡은 그릇장이 늘 똑같이 있었다. 부엌에는 똑같은 조리 도구들이 늘 걸려 있었고, 1958년부터 쓴 스토브가 늘 똑같이 있었고, 우리가 아기 때 기어 다녔던 리놀륨이 늘 똑같이 깔려 있었다.

"감당이 안 돼." 우리가 지난 5월에 집을 판 뒤 첫 한 달 동안

할 수 있었던 말이라고는 이뿐이었던 것 같다. "정말 감당이 안 돼." 게다가 부모님은—특히 어머니는—물건을 버리지 않는 분이 었고, 그래서 집은 다락방에서 지하실까지 구석구석 물건으로 빼곡히 채워져 있었다. 물건들. 오빠와 언니와 나는 우두커니 서서 각종 서류와 회계 기록이 그득한 서류함을, 혹은 낡은 옷과 낡은 동물 인형과 낡은 천과 책이 그득한 벽장을 보다가 말하곤 했다. "이 물건들을 다 어쩌지?"

쓰레기와 보물, 보물과 쓰레기. 아버지 집안 사람들이 모두 말을 탄 채 키 순서대로 한 줄로 선 모습이 담긴 옛날 사진이 오래된 의료보험 영수증 한 뭉치와 함께 우유 상자에서 발견되었다. 다락의 상자에 담긴 어머니의 웨딩드레스는 누군가의 고등학교 시절 공책들이 담긴 상자 옆에서 발견되었다. 아버지가 어머니에게 보낸 연애편지로만 가득한 상자가 테레빈유와 오래된 페인트가 보관된 지하실 선반 옆에서 발견되었다.

이 물건들을 어디서부터 손대야 할까? 무엇을 내버릴까? 무엇을 간직할까?

당연하겠지만, 막상 해보니 가장 분류하기 어려운 것들은 가장 간접적이고 사적인 의미만 담긴 물건들이었다. 마서스비니어드 해변에서 모은 유리 조각들이 담긴 양철 과자통이 나오면, 어떤 소중하고 구체적인 기억 하나가 떠오른다. 해변용 테리천 가운을 입은 어머니가 바닷가를 천천히 걸어가면서 모래에 숨은 유리를 찾던 모습. 하지만 그걸 정말로 보관할 텐가? 아니라면, 내버릴 수 있겠는가? 작은 발견과 결정 하나하나마다 복잡한 감정이—추억의 따스함, 싱실의 아픔, 그만 놓아주어야 한다는 네 따르는 혼란─솟구쳐서, 멈추지 않고 계속 살펴보기가 여간 어려운 일이 아니다.

이거 가질 사람? 누군가 엄마가 1969년에 특별한 노르웨이풍 패턴으로 떴던 장갑 한 벌을 손에 들고 말한다. 혹은 30년 넘게 매년 크리스마스에 칠면조 요리가 담겼던 접시를. 혹은 주스잔이나 머그처럼 하찮지만 당신이 어릴 때 사용했던 물건을.

그리고 결국에는 많은 것들을 버려야 한다. 다른 수가 없다. 아냐. 던져버려. 그래 봐야 누군가의 지하실에 처박힐 거야.

우리는 엄청난 양으로 느껴지는 물건들을 간직하기로 했다. 귀한 가구나 그릇이나 부모님도 물려받은 은 제품처럼 중요한 물건도 있었고, 편지나 사진이나 우리가 어릴 때 그린 그림처럼 사소한 물건도 있었다. 하지만 우리는 그보다 훨씬 더 많은 양을 버렸다. 결국에는 해변에서 주운 유리 조각들도 통째 쓰레기봉투에 버렸고, 봉투째 집 밖으로 끌어냈다.

우리는 5월에 집을 팔았고 7월 중순까지 집을 비웠다. 물건들을 꺼내고 분류하고 끌어냈다. 노숙자에게 주고, 구세군에게 보냈다. 길이 7미터 컨테이너가 꼭대기까지 차도록 쓰레기를 담아서 실어 보냈고, 상자를 수십 개 쌌고, 찬장과 벽장과 서랍장을 하나도 남김없이 샅샅이 뒤졌다. 화가였던 어머니의 화실을 비우는 일이 가장 힘든 부분이었던 듯싶다. 화실은 갑자기 끝난 어머니의 인생을 생생히 떠올리게 하는 물리적 공간이었다. 어머니는 죽기 직전까지 그곳에서 일했다. 탁자와 붓과 페인트는 늘 그랬던 모습대로 준비되어 있었다. 진행 중인 작은 작품들, 스케치와 메모, 콜라주 재료, 색칠된 종이 무더기가 여기저기 있었다. 나는 그 방이 텅 빈 모습을 보는 게 싫었다. 그것은 잔인하고 부자연스러운 일로 느껴졌고, 그래서 나는 겨우 일 분도 보지 못하고 돌아섰다.

그렇게 해서 집은 이제 비었다. 아니, 다른 사람의 물건들로 채워지고 있다고 말해야 더 정확하겠다. 내가 그 집에 마지막으로 찾아간 것은 우리가 작업을 마무리한 지 일주일쯤 지난 뒤였다. 새 주인은 벌써 부엌 일부를 개조하기 시작했는데, 어머니의 화실이 그 부엌에 맞닿아 있었다. 두 방 사이에 문이 있었고, 우리가 꼬마였을 때 어머니는 정기적으로 우리를 그 문기둥에 세워서 연필로 키를 표시했다. 우리의 성장을 기록하는, 어머니의 작은 의식이었다. 나는 그 문기둥 앞에 서서 우리가 한때 얼마나 작았고 그동안 얼마나 컸는지 알려주는 그 선들을 보았던 기억을 소중히 간직하고 있다.

마지막으로 슬쩍 그 집에 들어갔을 때 보니, 새 주인이 벌써 두 방 사이의 벽을 허문 뒤였다. 문기둥도, 변화의 기록과 함께, 사라졌다.

(1994년)

모녀의 관계가 주는 가르침

가끔 당신이 어머니와 통화할 때 어머니가 했던 말을 또 하거나, 잔소리하거나, 하나 마나 한 말을 하는 바람에 비명을 지르고 싶은 충동을 억누르는 때가 있지 않은가?

어머니에게 전화하거나 찾아뵈어야 한다는 걸 알면서도 솔직히 그러고 싶지 않을 때, 그래서 유독 엄마에게만 느껴지는 죄책감을 느끼는 때가 있지 않은가?

가끔 어머니 집의 현관을 들어서는 순간 퇴행하여, 몇 초 만에 골내고 뚱하고 부루퉁한 사춘기 아이로 돌아가는 때가 있지 않은가?

나는 그런 일들이 그립다.

내 어머니가 돌아가신 지 일 년 반이 좀 넘었다. 그런데 내가 놀라는 점은, 애도하는 과정에 자꾸 떠오르는 일들이 좋았던 일들이라기보다는 다소 부정적인 일들이라는 것이다. 짜증스러웠던 일, 쓰라렸던 일, 모녀 관계라는 방정식을 이루는 복잡한 요소들 말이다. 좀 한심하거나 괴상한 말로 들리겠지만, 나는 이따금 엄마 때문에 치를 떨 수 있었던 것이 그립다. 엄마에 대해서 불평할 수 있었던 것이, 혹은 엄마가 너무 수선을 피우거나 너무 말이 많거나 너무 주의가 부족하다는 생각에 열불이 나서 눈을 흡뜰 수 있었던 것이 그립다. 다른 여자들이 자기 어머니를 헐뜯는 걸 수시로 듣게 되는데—"아, 내가 우리 엄마 때문에 미치겠어!"—그러면 나는 좀 울적해진다.

내가 어머니 때문에 미칠 뻔한 적은 그다지 많지 않았다. 하지만 이상하게도 나는 그랬던 순간을 생각할 때 유난히 어머니가 그립다. 짐작하기로 나는 그 얽히고설킨 관계, 많은 모녀가 겪는 그 관계가 그리운 모양이다. 그리고 사실 우리는 그 관계의 바탕에 깔린 감정들로부터 많은 것을 배울 수 있다.

어머니는 불안할 때면 투덜거렸다. 그게 어머니의 방식이었다. 어머니는 카탈로그를 보고 뭘 주문했는데 물건이 제때 안 온다고 투덜거렸다. 식료품을 사러 갔더니 우유나 키친타월의 가격이 터무니없게 올랐더라며 투덜거렸다. 수리공이 약속한 때에 나타나지 않았다고 투덜거렸다. 세세하게 투덜거렸다.

그게 나를 미치게 하곤 했다. 안부 전화를 걸었더니 어머니가 요전에 커튼을 주문했는데 6주 뒤에 왔고 그래서 열어봤더니 미색이 아니라 베이지색이었고 그래서 하는 수 없이 반품했고 새로 미색이 올 때까지 6주 더 기다려야 한다는 이야기를 늘어놓으면, 나는 이를 악물고 듣느라고 5분쯤 지나면 턱이 아팠다. 나는 전화기를 붙든 채 속으로만 열을 냈고, 짜증 내어 마땅한 정도보다 훨씬 더 짜증스러워했다. 그러다가 미꾸라지처럼 대화에서 빠져나갔고 ("그래요, 흠, 저런, 엄마, 커튼은 안됐네요, 그런데 저 가봐야 해요!"), 전화를 끊고는 내가 못됐고 배은망덕하고 이기적이고 참을성 없고 제 일만 우선시하는 딸이라고 말해주는 듯한 죄책감이 묵직하게 찾아드는 것을 느꼈다.

지금은 물론, 어머니가 커튼이나 키친타월 가격이나 약속을 어긴 수리공에 대해서 투덜거리는 것을 들을 수 있다면 무엇이라도 내놓겠다. 어머니의 목소리를 5분만 들을 수 있다면 그걸로 좋다. 지금은 또 그런 통화들을 떠올릴 때 후회에 사무친다. 참을성이 없었던 것이, 이토록 그리운 사람에게 한 번이라도 짜증을 느꼈던 것이. 제발 그때로 돌아가서 더 다정하게 말할 수 있다면, 짜증 대신에 공감하는 반응을 보일 수 있다면 좋겠다.

하지만 이 간절한 바람에는 더 깊은 이유도 있는 듯하다. 이제 와서 하는 말이지만, 내가 어머니를 대하기 어려웠던 순간, 괴롭거나 죄책감이 들었던 순간은 종종 내게 많은 걸 가르쳐주는 순간이었다.

예를 들어, 사실 그런 통화에는 암호가 듬뿍 담겨 있었다. 모녀의 역학 관계를 이루는 물밑 메시지들이 담겨 있었다. 이제 나는 어머니가 외부적인 문제들로 투덜거렸던 것은 자신에게 더 깊은 불안을 안기는 문제들을—자신의 건강을, 변함없는 슬픔을, 두려움과 회한을—투덜거리기에는, 특히 딸에게 투덜거리기에는, 너무 내밀하고 자존심 강한 사람이라서였음을 안다. 어느 정도는 나도 어머니의 목소리에서 그 밑에 깔린 불안을 들었을 것이다. 그런데도 내가 그 반응으로 불쑥 짜증과 죄책감을 느끼곤 했던 것은, 아마 어머니의 괴로움을 직면한 나 자신이 무능하고 혼란스럽게 여겨져서였을 것이다. 어머니의 불안에 괜히 내가 불편한 것, 어머니를 도와야 한다고 느끼지만 방법을 모르는 데 대한 답답함, 어머니의 불안이 가라앉고 모든 것이 저절로 괜찮아지기를 바라는 (아마도 유아적인) 마음.

어머니의 두려움, 내 두려움, 상대의 두려움에 말없이 얽히고 설킨 방식으로 반응했던 우리 둘. 그러니 불과 5분의 통화에도 수많은 감정들이 일어날 만했다. 그리고 내가 그리운 것은 아마도 그것이다. 그 관계의 그 깊이, 그 관계가 끌어냈던 그 강한 감정들이다.

돌아보면, 내가 성가시다고 느꼈던 거의 모든 사소한 일들이 어머니와 나의 그런 특이한 관계를, 숨은 줄다리기를 보여주는 증거였다.

가령 어머니의 부엌이 그랬다. 나는 그 부엌 때문에 미칠 것 같았다. 그곳에 들어서서 너저분한 꼴을 보면―조리대에는 오래된 병들과 먹다 만 감자칩 봉지들이 있었고, 사방에 그릇들이 있었다―거의 생리적인 반응이 나타났다. 나는 이를 악물었고, 온몸에 힘이 들어갔다. 엄마는 어떻게 이런 난장판 속에서 살지? 하지만 내 신경을 거스른 것은 사실 어머니가 청소를 싫어한다는 점 자체가 아니었다. 그 광경이 내게 불러일으키는 감정, 즉 혼란과 무질서에 대한 한결같은 두려움이 문제였다. 내가 어릴 때부터 품었던 이 감정은 현재까지도 남아 있다. 어머니의 작용, 그에 대한 나의 반작용이었다.

타인에 대한 화가 자기 자신에 대한 화를, 자신에 대한 불편함을 반영할 때가 많다는 말은 진실이라고 생각한다. 예를 들면, 내가 10대 때 어머니의 숫기 없는 성격에 짜증 나곤 했던 것은 나도 그런 성격이기 때문이라는(그리고 그 점이 괴로웠기 때문이라는) 사실을 지금은 너무 잘 알겠다. 나는 또 어머니가 아버지에게 미치지 못한다고 느끼면 불쑥 경멸감을 느끼곤 했는데, 그것은 내가 아버지에게 미치려고 애썼기 때문이었다.(그리고 종종 실패했기 때문이었다.)

우리가 다른 사람에게 이토록 깊이 동일시하는 건 드문 일일 것이다. 어머니라는 존재가 딸에게 수많은 부정적 감정을 자극할 수 있는 것은 이 때문이 아닐까. 어머니라는 사람, 딸이라는 사람, 서로 상대가 이런 사람이었으면 하고 바라는 모습, 그 사이를 잇는 선들은 서로 교차하고 엉클어지고 겹쳐지기 일쑤다.

하지만 모녀 관계가 얽히고설킨 관계가 되기 쉬운 게 그 때문이라면, 역시 그 덕분에 모녀 관계는 유달리 풍성한 관계가 될 수 있다. 누가 뭐라 해도 어머니란 딸의 내면에 있는 로드맵 혹은 거울이다. 우리와 어머니와의 관계에는 우리가 평생 배워온 교훈들, 우리가 과거에 걸어오다가 계속 걷기로 결정했거나 포기하기로 결정한 길들이 반영되어 있다. 여자는 어떤 문제에 대해서든—일이나 연애 문제든, 어디에서 살고 어떻게 입고 어떤 친구들을 사귈까 하는 문제든, 어떤 사람이 될까 하는 문제든—다소나마 자신의 결정을 어머니의 결정에 견주어 평가해보기 마련이고, 어머니의 노력들이 어떻게 어머니를 형성하거나 제약했는지, 강화하거나 약화했는지 따져보기 마련이다.

몇 주 뒤에 나는 서른다섯이 된다. 인생의 중대한 결정들을 내려야 할 시기가 나를 기다리고 있다. 아직도 나는 그 거울이, 지도가, 나를 짜증 나게 만들던 통화들이 필요하다고 느낀다. 아직은 내가 혼자서 해낼 수 있을 만큼 나이가 들었다고 느껴지지 않는다. 기억만으로는 부족하다.

(1994년)

맑은 정신으로 애도하기

꿈은 일 년 중 이 무렵에, 4월에, 시계처럼 정확히 찾아온다. 어떤 꿈에서는 어머니가 내게 전화를 걸고, 그래서 나는 어머니가 아직 돌아가시지 않았다는 걸 깨닫는다. 어머니는 긴 여행을 떠나 있는 것뿐이다. 또 다른 꿈에서는 아버지가 꽃다발을 안고 내 집 현관에 나타나서, 슬퍼하게 만들어서 미안하지만 사실 그럴 필요가 없었다며—봤니? 내가 이렇게 여기 있잖아—다시는 그런 일이 없을 거라고 말씀하신다.

내가 그런 꿈을 꾸다가 깨는 과정은 늘 같다. 처음에는 울면서 안심하고, 다음에는 혼란스러워지고, 다음에는 묘하게 풀이 죽는다. 내 정신이 아직도 이렇게 나를 속인다는 사실이 당황스럽고, 내가 아직도 부모의 죽음에 대해서 이토록 강한 감정을 품고 있다는 사실이 좀 얼떨떨하다. 그다음에는 내 본능이 조치에 나선다. 나는 이런 감정들로부터 벗어날 방법을 찾아본다. 내가 원하는 것은 거의 언제나—새벽 6시든, 종일 일해야 하는 월요일 아침이든—술이다.

술. 나는 술이 그립다.

1992년에 아버지가 죽고 1993년에 어머니가 죽었을 때, 나는 내내 술을 마셨다. 그 일을 감당하도록 해주는 방법이 내가 아는 한 술뿐이었다.

어머니는 일요일에 돌아가셨다. 이전 나흘간 병원에 계셨는데, 넷째 날이던 토요일에 어머니가 살지 못하리라는 사실이 분명해지자 우리는 어머니가 자기 침대에서 숨을 거둘 수 있도록 어머니를 집으로 모시기로 했다. 오빠와 언니와 이모는 어머니와 함께 구급차를 타고 갔다. 나는 내 차를 타고 갔다. 그런데 도중에 집 근처 주류 판매점에 들러 듀어스 위스키 750밀리리터 한 병을 사서 핸드백에 잘 숨겼다. 그것을 나는 그날 밤에 거의 다 마셨다. 핸드백을 끼고 슬그머니 2층으로 올라가거나 욕실로 들어가서 마셨다.

전해에 아버지가 돌아가셨을 때도 나는 내내 마셨다. 아버지가 돌아가신 날 밤에 마셨고, 돌아가신 다음 날 밤에 마셨고, 장례식 날 밤에 마셨고, 그 후에도 아주 오랫동안 밤마다 마셨다. 술은 멋지게도 자기 모순적인 효과를 발휘하여, 내가 울 수 있도록 긴장을 풀어주면서도 동시에 너무 많이 혹은 너무 오래 울지는 않도록 고통을 마비시켜주었다.

어머니가 돌아가셨을 때도 마찬가지였다. 어머니는 4월 18일에 돌아가셨고, 그 봄과 여름에 나는 거의 매일 밤 백포도주 한 병과 전화기를 슬픔을 방어할 갑옷으로 준비한 채 식탁 의자에 웅크리고 앉아 있는 버릇이 들었다. 나는 어머니의 절친한 친구들에게, 이모에게, 언니에게 전화를 걸었다. 술과 눈물과 감상적인 기분에 젖어서 전화기에 대고 애도했다. 그때는 그게 효과가 있는 듯싶었다. 이러니저러니 해도 포도주는 내가 말을 꺼내도록 도와주었다. 무섭고 혼란스러운 애도의 감정을 일종의 위안처럼 느껴지는 감정으로 바꿔주었다. 그리고 밤에 잘 수 있도록 해주었다. 깊고 어둡고 꿈 없는 잠을.

나는 1994년 2월 19일에 마지막으로 술을 마신 뒤 지금까지 한 방울도 마시지 않았다. 끊은 지 몇 달 지났을 때, 나는 친구에게 이렇게 설명했다. "닥친 일들이 많았거든. 책이 곧 나올 테지, 서른다섯 살 생일도 올 테지, 부모님 기일도 올 테지. 인생에서 중요한 순간들을 겪을 참인데 그걸 취한 채 겪고 싶진 않았어."

사실은 충분히 그럴 수도 있었을 것이다. 나는 부모님이 돌아가시기 오래전부터 술을 마셨고, 삶의 중요한 순간마다 늘 (그리고 종종 너무 많이) 마셨다. 졸업식, 결혼식, 장례식을 치를 때. 첫 섹스, 다툼, 이별을 겪을 때. 좋은 시기, 나쁜 시기, 강렬한 시기에도. 술은 효과가 있다. 술은 자신감을 북돋고, 두려움과 괴로움을 누그러뜨리고, 강렬한 감정을 처리하도록 해주는 도구로서 효과가 뛰어나다. 하지만 너무 오래 너무 과하게 그러다 보면, 술에 억압하고 방해하는 효과도 똑같은 정도로 있다는 걸 알게 된다. 술로 얻은 자신감은 결국에는 인위적인 것이다. 술로 다스린 고통은 일시적으로 잦아들었다가도 이내 전과 다름없이 거칠게 다시 밀려온다. 술은 분노, 슬픔, 불안 같은 강렬한 감정들을 약화시키지만, 그것은 잠시뿐이다.

어머니가 즐겨 하신 말씀 중에 "인생은 드레스 리허설이 아니다"라는 말이 있었다. 술을 끊기 전 몇 달 동안 나는 저 말을 수시로 떠올렸다. 술을 지나치게 마시면, 인생의 힘든 순간들을 겪어내는 데 술에 지속적으로 의지하면, 삶의 모든 일이 현장이 아닌 연습인 양 느껴지기 시작한다. 어머니가 돌아가신 해 여름에 밤이면 밤마다 전화를 붙들고 애통해할 때, 나는 실제로 애도한 게 아니라 애도를 연습한 것이었다. 희석된 고통은 직면한 고통과 결코 같지 않다. 술과 자신감의 방정식, 술과 불안의 방정식도 마찬가지다. 칵테일 파티에서 마티니로 얻은 세련됨은 불안을 정면으로 마주하는 힘겨운 작업을 거쳐서 내면으로부터 얻은 세련됨과 결코 같지 않다.

성인이 된 뒤 내 인생을 돌아보면서 그 밑바탕에는 늘 무언가를 기다리는 마음이 깔려 있었다고 생각할 때가 있다. 나는 무슨 일이 벌어지기를 기다렸고, 상황이 바뀌기를 기다렸고, 내게 맞는 남자나 직업이나 신발, 옷, 헤어스타일 따위가 획 하고 나타나서 나를 바꿔주기를 기다렸다. 내가 행복하고, 남들에게 인정받고, 마음이 평화로운 사람이라는 느낌을 외부에서 내게 주입해주기를 기다렸다.

술이 사실은 그 구속적 패턴을 지속시키는 역할을 했다는 것, 내가 나아가기 위해서 디뎌야 할 고통스러운 걸음들을 디디지 않아도 되도록 막아주는 역할을 했다는 것은 술을 끊고서야 비로소 든 생각이었다.

술은 효과가 있다. 술은 사람을 달래고, 느긋하게 만들고, 차분하게 만들고, 기분 좋게 만든다. 하지만 우리가 성장하도록 돕진 않는다.

이렇게 또 기일이 다가오고 있다. 하지만 이번에 내가 느끼는 아픔은 전과는 다르다. 감정들이 더 또렷하다. 그 날카로움은 좀 더 고통스럽지만 좀 더 순수하기도 하다. 마치 오랫동안 초점이 살짝 맞지 않는 눈으로 세상을 보는 데 익숙했다가 새 안경을 쓰고 보는 것처럼 느껴진다. 어느 날 고개를 들었더니 사물의 가장자리와 음영이 잘 보이는 것이다. 이런 생각이 든다. 아, 원래 이런 거였구나.

지난주에는 아버지의 3주기 기일이 있었다. 다음 주에는 어머니의 2주기 기일이 온다. 이전에는 그분들의 부재를 구체적으로 상기시키는 일이 다가올 때 내가 불행하다고 느꼈다. 음울하게 틀어박혔다. 슬픔의 가장자리에 가서 부딪치기만 했다. 그런데 맑은 정신으로 직면하는 이번에는 다르다. 나는 슬프다. 하지만 스스로가 용감하다고도 느낀다.

애도와 명료함. 나는 감정을 느끼는 채로 다시 한 번 애도하는 중이다.

(1995년)

음식이 적이 될 때

1982년 여름부터 1985년 겨울까지, 나는 거의 매일 똑같이 먹었다. 아침으로는 아무것도 바르지 않은 참깨 베이글 하나, 점심으로는 다논 커피맛 요구르트, 저녁으로는 사과 한 알과 1인치 큐브 체더치즈 하나. 그 밖에는 아무것도 먹지 않았다.

어쩌다 한 번씩—길고 괴로운 숙고를 거쳐서—식단에 변화를 주기는 했다. 밤에 사과 반 개 대신 휘트 신즈 통곡물 크래커 열 조각을 먹거나, 점심에 커피맛 요구르트 대신 바닐라맛 요구르트를 먹었다. 그보다 더 드물게, 나쁜 날도 있었다. 갈망에 압도당하거나, 사람들을 만나서 먹지 않을 도리가 없는 상황에 처하거나, 그냥 더 이상 견딜 수 없어지는 날이었다. 그러면 나는 포기하고 먹었다. 먹고 먹고 또 먹었다. 속이 아프거나 머리가 미칠 것 같거나 둘 다가 될 때까지. 하지만 그런 날이 자주 있진 않았다. 대부분은 좋은 날들이었다. 좋은 날이란 아침으로 아무것도 바르지 않은 참깨 베이글 하나를 먹고(80칼로리), 점심으로 다논 커피맛 요구르트를 먹고(220칼로리), 저녁으로 사과 한 알과 1인치 큐브 체더치즈

하나를 먹는(150칼로리) 날이었다. 그 밖에는 아무것도 먹지 않는 날이었다.

아무것도 중요하지 않았고—음식과 내 몸무게만 중요했다—이것들을 통제하는 일이 다른 모든 일을 밀어냈다. 그 때문에 나는 친구들을 잃었다. 그 문제에 대해서 거짓말했다. 감정은—사랑, 섹슈얼리티, 열정, 분노, 어떤 감정이든—남들이나 느끼는 것, 내게는 생소한 개념에 불과한 것이 되었다. 굶는 것만이 내 목표였다.

이런 병적 상태를 가리키는 전문용어는 신경성 식욕부진anorexia nervosa이다. 하지만 일상어로는 그냥 중독이다. 이것은 알코올 중독만큼 강력하고 일부 경우에는 치명적이기까지 한 중독이다. 적게 잡아도 젊은 여성 100명 중 한 명이 전형적인 신경성 식욕부진을 겪는 것으로 추정된다. 하지만 주기적으로 신경성 식욕부진이라 볼 만한 행동을 취하는 사람들의 수는 그보다 훨씬 더 많다.

당시에 나는 프로비던스의 어느 신문사에서 일했다. 내가 저널리스트로서 처음 가진 직장이었다. 나는 젊었고, 숫기 없었고, 겁먹었고, 외로웠고, 아마도 가장 중요한 점은 이것일 텐데, 화나 있었다. 나는 대체 어떻게 해야 좋을지 알지 못했고, 그래서 스스로를 굶겼다.

여느 중독처럼 굶기도 일종의 대처 기제다. 자기 보호 행동이다. 처음 굶기 시작했을 때 내 머릿속에는 음식 생각뿐이었다. 다음에는 무엇을 먹을지, 언제 먹을지, 어떻게 먹을지, 그게 너무 많거나 부족하진 않을지. 그리고 머릿속에 음식 생각뿐이었기 때문에, 다른 것들은 아무것도 생각할 여유가 없었다. 과거도, 미래도, 남자나 친구나 세상의 사건들도. 내가 젊고, 숫기 없고, 겁먹고, 외롭고, 화나 있다는 사실 같은 것도 물론 생각할 여유가 없었다.

굶으면 또 내가 강한 사람처럼 느껴졌다. 좋은 날에는―내 식단을 고수하는 날에는―퇴근할 때 식료품 가게와 식당이 즐비한 거리를 걸어서 오면서 내 의지를 시험했다. 고급 식료품 가게, 던킨 도너츠, 과자 가게, 노천카페, 빵집을 지나쳤다. 도넛에 발린 달콤한 시럽 냄새를 맡았다. 프렌치프라이, 데리야키 치킨윙, 홈메이드 귀리빵 냄새를 맡았다. 그러면 내가 대단한 통제력을 갖고 있다는 기분이 들었다. 내가 저 많은 음식들 속에서 아무리 배가 고파도 강렬한 식욕을 참을 수 있다니. 나는 강하고 남들과 다른 사람이었다.

좋은 날에는 또 내가 우월한 사람처럼 느껴졌다. 길에서 사람들을 보면서―식료품 봉지를 든 사람들, 카페에서 먹고 있는 연인들―내가 그들과는 다른 사람이라고 느꼈다. 그들보다 나은 사람이라고. 그들은 식욕에 굴복했지만 나는 그것을 초월했고, 그들은 충동에 굴복했지만 나는 그것을 정복했다. 나 자신이 사실상 무가치한 인간이라고 느끼던 시기에, 굶기는 내가 잘한다고 말할 수 있는 유일한 일이었다.

나는 그 일을 아주, 아주 잘했다. 내 평상시 몸무게는 54킬로그램 정도다. 그런데 1984년 말에 나는 38킬로그램이었다. 그해 가을에 10킬로미터 도로 달리기를 완주한 뒤 찍은 사진이 있는데, 그걸 보면 내 허벅지보다 무릎이 더 굵다.

'전형적' 식욕부진증 환자에 대해서 잠시 설명하자면, 일단 약 90퍼센트가 여성이다. 대부분 교육 수준이 높고 부유하고 성취를 중시하는 가정 출신이다. 대부분 12세에서 25세 사이로 젊다. 그리고 내가 알기로는 대부분 의지가 강하고, 완벽주의자이고, 자기 인식이 형편없고, 자긍심이 바닥이지만 그마저도 남들을 만족시키는 데서 얻는 사람들이다.

나는 중상층 가정에서 자랐고, 사립 중등학교를 다녔고, 아이비리그 대학을 다녔다. 예뻤고, 인기가 좋았고, 성적이 올 에이였고, 학업 우수상을 많이 탔다. 하지만 이 모든 것이 내게는 큰 의미가 없었다. 내게 생기는 좋은 일들은 모두 외부적 요인의 산물이라고―우연이거나, 남들이 잘못 판단한 것이거나, '행운'이거나―여기는 편이었기 때문이다. 내 마음속에서 나는 흠이 있는 사람이었다.

내가 뚱뚱했던 적은 없었다. 성장기에는 먹는 일에 별로 신경 쓰지 않았고, 스스로 문제를 만들어내기 전에는 몸무게가 문제였던 적은 한 번도 없었다.

그러다 대학 때 거의 우연히 살이 빠졌다. 일부러 다이어트를 한 건 아니었다. 음식에 대해서 고민하거나 집착하진 않았다. 힘든 시기라서 우울했고 스트레스가 심했다. 그래서 그냥 잘 챙겨 먹지 않았다고 기억한다.

내가 살이 빠진 걸 남들이 알아본 것도 기억난다. 여자친구들은 "우와! 너 엄청 날씬해졌네!" "어떻게 한 거야?" 하고 말했다. 내 생각에는 그 일이 내 마음속에 씨앗을 심은 셈이었다. 엄청 날씬해지면 돋보일 수 있었던 것이다.

나는 덜 먹기 시작했고, 몸무게가 더 줄었다. 어렵지 않았다. 친구들과 함께 학교 근처 술집에 가면 친구들이 버터 팝콘 그릇에 손을 넣는 걸 지켜보기만 했다. 나는 팝콘을—한 알도—먹지 않았고, 그래서 내가 친구들보다 절제력이 낫다고 느꼈다. 먹지 않으면 내가 강한 사람이 되는 기분이었다.

그래서 이후 오랫동안—다른 많은 여성들이 그러듯이—나는 음식에 대해서 정말로 괴상하게 굴었다. 대학을 졸업한 뒤, 그동안 동거했던 남자친구가 캘리포니아로 가게 되어서 처음으로 혼자 살게 되었다. 나는 하는 일이 싫었고 외로웠다. 어떤 때는 아주 엄격하게 다이어트를 했다. 하지만 또 어떤 때는 위안이 되는 음식을 먹었다. 쿠키, 고기와 치즈가 그득한 샐러드 잔뜩, 튜나 멜트 샌드위치, 짜디짠 수프를 먹었다. 그러자 몸무게가 크게 오르내렸고, 허기 신호가 고장 나기 시작했다. 내가 느끼는 허기가 진정한 육체적 허기인지, 아니면 다른 종류의 공허함을 뜻하는 다소 광적이고 병적인 허기인지 구별하기가 불가능해졌다. 처음으로 나는 그동안 식사나 파티 자리에서 곧잘 목격했던 여자들, 음식과 다이어트와 몸무게에 지나치게 몰두하는 듯한 여자들, 케이크를 한 조각 더 집거나 전채 요리를 한 그릇 더 담을 때 손에 잡힐 듯한 불안을 드러내면서 "아, 이러면 안 되는데" 하고 혼잣말이라기에는 좀 큰 목소리로 말하는 여자들을 이해하게 되었다. 처음으로 내 자긍심이 내

배와 허벅지기 어떻게 느껴지는가 하는 문제와 절망적으로 관계되기 시작했고, 살이 찔까 봐 걱정하기 시작했다.

1982년 초여름, 로스앤젤레스로 옮겨갔던 남자친구가 찾아왔다. 그는 원래 나와 함께 여름을 보낼 계획이었는데, 일이 생겨서 그 대신 친구와 함께 유럽에 가게 되었다. 그때는 제대로 느끼지 못했지만, 나는 격분했던 것 같다. 그가 떠나는 날, 나는 기차역까지 함께 걸어가서 배웅한 뒤 사무실로 돌아왔다. 혼자 걸어 돌아올 때, 그가 돌아오는 날까지 내가 스스로를 굶길 것이라는 사실을 막연하게 알 수 있었다. 의식적 결정이라기보다는 반응에 가까웠다. 그가 내게 이런 짓을 했으니 나는 이렇게 반응할 거야 하는. 그가 유럽에서 돌아왔을 때, 나는 7킬로그램이 빠져 있었다.

어떤 중독이든, 어느 시점이 되면 당신이 감정을 통제하기 위해서 행동을 취하는 것이 아니라 이제 행동이 당신을 통제하게 된다. 나는 그 선을 그해 여름 넘었던 것 같다. 내가 굶어서 없애려고 했던 것들이 ―외로움, 불확실성, 분노― 점차 덜 중요해지고 굶기 그 자체가 중요해졌다. 그 문제가 내가 내리는 결정들과 내가 시간을 쓰는 방식에 영향을 미치기 시작했다. 나는 친구들의 저녁 초대를 거절하기 시작했는데, 그러지 않으면 먹어야 하기 때문이었다. 칼로리를 계산하기 시작했고, 그다음에는 실제로 먹어야 하는 상황으로부터 자신을 보호하기 위해서 점점 더 적게 먹기 시작했다. '혹시 모르니까 조심해두는 게 좋지' 하는 괴상한 심리였다. 나는 혼자 먹기 시작했고, 특정한 음식들만 먹기 시작했고, 그다음에는 그렇게 먹는 시간을 기대하기 시작했고, 그다음에는 그 시간을 더 중요하게 만들기 위해서 정교한 의식을 지어내기 시작했다.

그 과정에서 어느 시점엔가 나는 선을 넘었고, 그다음에는 되돌릴 수 없었다. 정상적인 식사는 죄책감과 실패를 뜻하게 되었다. 그것은 선택지에서 제외되었다. 그래서 나는 엄하게 단속했다. 아예 먹지 않거나 그러려고 노력했다.

그리고 그 과정에서 나는 내 삶에 사람들을—그리고 사람들에게 따르는 위험을—두지 않게 되었다. 음식과 거리를 두려는 것은 사람들, 감정들, 취약함 같은 것들과 거리를 두려는 것의 은유였다.

전형적인 좋은 날은 이렇게 시작했다. 나는 아침 6시에 일어나서 출근길에 참깨 베이글, 커피, 《프로비던스 저널—불러틴》을 샀다. 나는 늘 다른 사람들이 출근하기 한 시간 반 전인 7시까지 출근했다. 책상에 보관해둔 플라스틱 접시에 베이글을 담았다. 그것이 보석이라도 되는 양. 그다음 신문을 첫 장부터 한 자도 빼놓지 않고 다 읽었다. 그러면서 베이글을 먹었는데, 꼭 수술을 집도하는 것처럼 계획적으로 또한 집중하여 먹었다. 그 한 시간 반은 내가 하루 중 가장 좋아하는 시간, 가장 신뢰할 수 있는 시간이었다. 언제나 혼자일 수 있었고, 의식은 완벽하고 정확했다. 나는 신문 지면에 맞춰서 베이글을 작디작은 조각으로 뜯어 먹었다. 사설란에서 사설 한 편마다 한 입, 만화면에서 한 입, 하는 식으로 베이글이 다 사라질 때까지 먹었다. 그다음에는 빵에서 접시로 떨어진 참깨들을 김지로 찍어서 마저 싸 먹었다. 이것은 내게 익숙한 패턴이 되었고, 그 익숙함이 큰 위안이었기 때문에, 나는 아무래도 내가 이 버릇을 끊지 못할 거라고 생각했다. 끊고 싶은지조차 알 수 없었다.

직장에서는 아무도 내가 이런다는 사실을 몰랐다. 내가 일했던 신문사는 작고 사이가 상당히 좋은 곳이었는데도. 사실 꼭 그렇지는 않았을지도 모른다. 내게 뭔가 문제가 있다고 추측한 사람들이 많았을 것 같은데, 내가 그들에게 곁을 주지 않았기 때문에 그들은 아무것도 할 수 없었다.

나는 주로 거짓말로, 내가 정상이고 사람들과 잘 접촉하고 있다는 환상을 지어냄으로써 그들을 물리쳤다. 내가 외톨이라는 사실을 숨기기 위해서, 친구들과 놀았다고 거짓말했다. 내가 평범하고 제대로 기능하는 인간, 규칙적으로 먹는 인간이라는 생각을 그들의 마음에 심어주기 위해서, 아침을 푸짐하게 먹었다고—프렌치토스트나 베이컨과 달걀을 먹었다고—거짓말했다. 점심을 배불리 먹으면 졸리다고, 그냥 요구르트를 먹는 게 좋다고 말했다. 그들이 내게 구체적으로 말해도—"너무 말랐어요!" "새 모이만큼 먹죠!"—나는 말을 돌리는 데 익숙했다. 나는 말했다. "새들은 사실 하루에 자기 몸무게의 두 배씩 먹는 거 아세요?" 이걸로 그 이야기는 끝이었다.

집에서는 더 힘들었다. 당시에 나는 친구 둘과 함께 살았는데, 그들에게 이 사실을 숨기는 데 드는 에너지가 실제로 굶는 데 드는 에너지에 맞먹었다. 나는 늘 초조했다. 걸어서 퇴근하면서 룸메이트들이—내가 진심으로 좋아하는 친구들이었다—집에 없기를 기도했다. 친구들이 집에 없으면, 나는 그냥 내 방에 처박힐 수 있었다. 친구들이 집에 있으면, 나는 연기를 해야 했다. 혼자 있고 싶다는 바람, 그 욕구를 들키기 싫었기 때문에, 내 방문을 반드시 열어두었다. 친구들이 저녁을 먹고 있으면, 반드시 부엌으로 가서 최소한 20분은 함께했다. 조리대에 올라앉아서 식탁과 안전한 거리를 둔 채, 친구들의 이런저런 이야기를 들으며 진짜 흥미가 있는 듯 꾸몄다. "월급이 올랐어? 잘됐다!" "그랬어? 대단한데!"

가장 어려운 부분은 친구들이 먹는 음식을 무시하는 것이었다. "아냐, 고맙지만 됐어." 친구들이 음식을 권하면 나는 가볍게 대꾸했다. "퇴근길에 샌드위치 하나 먹었어." 그다음 나는 친구들이 먹는 모습을 지켜보았다. 나는 그들이 음식을 아무렇지도 않게 대하는 것이 놀라웠다. 한 룸메이트는 저녁을 다 먹으면 의자에 편히 기대어 앉아서 담배를 피우는 습관이 있었다. 그는 거의 늘 음식을 조금 남겼는데, 담배를 피우면서 그 남은 음식을 포크로 집적거리곤 했다. 가령 닭고기 한 조각을 찔러서 접시에 남은 소스를 뱅글뱅글 문대는 것이었다. 음식을 숭앙하지 않는 그 태도가 나는 충격적이었다.

그리고 그것은 내 머릿속에 음식 생각밖에 없기 때문이었다. 혼자 있을 때 나는 군침을 흘리면서 음식 잡지와 요리책을 읽었다. 신문에 음식면이 실리는 수요일은 내가 가장 좋아하는 요일이었다. 나는 그 시절에 고통스러워하면서 인덱스카드에 베껴 적었던 레시피들을 아직 갖고 있다. 모두 빵, 케이크, 초콜릿 디저트, 기름진 속이 든 요리들이었다. 내가 갈망하지만 스스로에게 허락하지 않는 음식들이었다.

이것은 내 행동의 본질을 보여주는 일이었다. 내가 한편으로는 무언가를 간절히 원하지만 다른 한편으로는 그것을 결코 충분히 갖지 못할까 봐 겁먹었다는 사실, 음식은 그 사실을 끔찍하고 강력하게 보여주는 상징이 되었던 것이다. 음식을 통제하는 것은 그런 갈등을 표현하는 동시에 부정하는 방법이었다. 그때 나는 내 인생의 중요한 사람들에게 화나 있었다. 나를 버린 것처럼 느껴졌던 남자친구에게, 내게 소극적이고 거리감 있는 태도를 취한다고 느껴졌던 부모님에게, 멀리 이사해버린 언니에게. 하지만 그 화를 표현할 수가 없었고, 그래서 대신 그것을 몸에 걸치기로 했다. 당신 때문에 내가 어떻게 됐는지 보여? 내가 얼마나 절망적이고 불행한지 보여? 나는 사람들이 겁났고, 실망할 것이 겁났다. 더 깊은 차원에서, 나는 식욕뿐 아니라 감정적 욕구와 성욕까지 모든 욕구가 겁났다. 그래서 그것들을 억압하고, 짓누르고, 의지로 없애버리기로 다짐했다. 욕구가 없다면 욕구를 충족시키지 못할 일도 없으니까.

어느 날 밤, 집에 왔더니 룸메이트들이 다른 친구 한 명과 함께 부엌에 있었다. 그들은 또 다른 친구에게 중국 음식을 사오라고 내보낸 동안 식탁에 앉아서 맥주를 마시고 있었고, 다들 웃고 있었다. 그런 그들을 보니까 잠시 못 견디게 부러웠다. 그것은 정말 느긋하고 정상적인 풍경이었고, 나는 그것으로부터 너무 떨어져 있었다.

하지만 그건 중요하지 않았다. 굴복하지 않는 것, 굴복하지 않는 것, 굴복하지 않는 것이 규칙이었다. 그것이 내가 삶을 꾸리고 자신을 규정하는 방식이었다. 그래서 나는 대신 달리러 나갔다.

그날 달리는 기분이 어땠는지 지금도 기억난다. 온몸이 아팠다. 갈비뼈와 무릎뼈가 말 그대로 피부에 쓸리는 것처럼, 온몸이 팽팽하게 느껴졌다. 그리고 피곤했다. 그러다 한순간, 발을 헛디뎌서 인도에 엎어질 뻔했다. 그때 내 꼬락서니와 느낌이 아직도 생생히 떠오른다. 나는 꼴사납게 깡충거리듯 성큼성큼 세 걸음을 디뎠고, 쭉 뻗은 팔은 균형을 잡으려고 버둥거렸고, 눈은 부릅떴다. 겁에 질렸다. 그리고 혼자 캄캄한 밤중에 통제를 잃고 발버둥 치는 내 꼴이 순간 눈앞에 그려졌다. 간신히 추스르고 계속 달렸다. 하지만 그 순간 나는 내가 그 부엌에서 친구들과 중국 음식을 먹고 맥주를 마시기를 간절히 원한다는 사실을 깨달았다.

그러나 나는 친구들에게 합류하지 않았다. 집에 돌아와서 배가 아픈 척하고(때로는 두통이 있는 척했다) 내 방으로 사라졌다. 내 방의 바깥 창턱에는 이럴 때에 대비하여 놓아둔 큐브 치즈와 사과 봉지가 있었다. 그걸 집어와서 몰래 먹는 것이었다.

그런 순간에 나는 내가 외롭다는 사실, 내 삶이 엉망이라는 사실을 알았다. 하지만 알아도 어쩔 수가 없었다.

이삼 주마다 한 번씩, 내가 먹어야 하는 일이—회사 회식이 있거나, 누구의 생일이거나, 가족이 찾아오거나—생겼다. 나는 이전 며칠 동안 밤에 치즈를 자르고, 칼로리를 계산하고, 그날 무슨 음식이 나올지 내가 얼마나 먹을지 상상하면서 그날을 벼르고 계획했다. 종종 요리도 했다. 내 레시피 파일에서 그동안 침만 흘렸던 음식을 만들었다.

어떤 면에서(그리고 나도 이것이 괴상한 짓이라는 사실을 어느 정도는 깨닫고 있었다), 나는 바로 그런 자리를 위해서 이전 몇 주 동안 저축해온 셈이었다. 압력을 차곡차곡 쌓았다가 펑 하고 배출하는 것이었다. 하지만 배출은 무서웠다. 그것은 내가 무력하다는 사실, 애써 가리려고 해도 내 식욕이 식욕을 부정하는 능력보다 훨씬 더 크다는 사실을 상기시키는 사건이었다.

언젠가 새해 전야에 친구들을 위해서 저녁을 만들었던 일이 기억난다. 나는 오전 내내―다섯 군데 가게를 돌면서―장을 보았고, 오후 내내 요리를 했다. 제일 맛있는 빵을 사왔다. 닭고기, 마늘, 세 종류 치즈가 들어간 페투치네 파스타를 만들었다. 겉에 초콜릿을 입히고 속에 버터크림을 바른 헤이즐넛 토르테를 만들었다. 마침내 저녁을 먹으려고 앉았을 때, 나는 음식에 너무 집중하고 압도된 나머지 대화는 거의 나누지 않았던 것 같다.

그런 순간에 나는 남들을 모방함으로써 내 집착을 숨기려고 했다. 남들이 빵 바구니를 돌려야만 빵을 먹었고, 남들이 한 그릇 더 덜어야만 나도 한 그릇 더 덜었다. 하지만 일단 식욕에 굴복한 뒤에는 만족할 줄 몰랐다. 그리고 나중에 친구들이 다 집에 돌아가거나 자러 들어간 뒤, 나는 늘 똑같은 짓을 했다. 그날 밤에 부엌으로 살그머니 돌아가서, 냉장고에서 새어 나오는 불빛 옆에 무릎을 끓었다. 배가 아픈데도, 나는 빵을 두 덩이 더 먹고, 파스타를 한 접시 더 먹고, 케이크를 두 조각 더 먹었다. 그것은 꼭 잃어버린 시간을 되찾는 것 같았다. 아니면 다시 오래 굶어야 하니까 다람쥐처럼 저장해두려는 것 같았다.

그런 일을 벌이고 나면, 자신이 혐오스러웠다. 나는 아픈 배와 굴욕적인 기분과 어지러운 머리를 안고 침대에 들었다. 깨어나서 처음 드는 생각은 배와 얼굴이 부었다는 사실이었다. 그러면 나는 가만히 누워서 부기가 허벅지와 가슴과 팔까지 온몸으로 퍼져나가고 있다는 생각에, 그래서 그동안의 노력이 허사가 되고 내 정체성이 망가질 것이라는 생각에 겁에 질렸다. 그리고 내 결의는 더욱더 맹렬해졌다. 이젠 안 먹을 거야. 오늘은 좋은 날이 될 거야. 이제 안 먹을 거야.

가끔 나 또한 마음속 깊은 구석에서 내 괴로움이 육체적인 것만은 아니라는 사실을 인식하는 때가 있었다. 내 삶은 그야말로 엉망진창이었다. 그리고 나는 화가 났다. 조금쯤은. 40킬로그램의 깡마른 내가 부엌에서 총총거리면서 9,000칼로리의 식사를 준비했다. 그런데도 아무도 나를 말리지 않았다.

내가 결국 부모님에게 말한 것은 1984년 초 언젠가였다. 주말에 다니러 갔는데, 그때가 아마 몸무게가 최저점을 찍어서 38킬로그램쯤 되던 때였다. 토요일이었고 초봄이었다. 내가 도착한 지 몇 시간이 지났지만 부모님은 내 꼴을 보고도 아무 말이 없었다. 그러다 어머니가 부엌에서 차를 끓일 때, 나는 추워서 더 두꺼운 옷으로 갈아입어야겠다는 핑계로 입고 있던 스웨터를 벗었다. 안에는 캐미솔을 입고 있었다. 나는 어머니가 튀어나온 내 가슴뼈와 뼈뿐인 팔을 보기를 바랐다. 내가 아프다는 걸 보기를 바랐다. 내 기억이 잘못되었는지도 모르겠지만, 어머니는 아무 말도 하지 않았다.

그날 밤 나는 포도주를 잔뜩 마셨다. 그러고는 끝내 울면서 두 분에게 말했다. 나한테 문제가 있는데 어쩌면 좋을지 모르겠다고, 내가 거식증인 것 같다고. 지금 기억나는 것은 두 분의 눈뿐이다. 걱정과 약간의 두려움이 깃들어 있지만 주로 무력한 표정이었던 눈. 두 분은 공감하지 못했고, 나는 설명하지 못했다.

사람들은 가까운 사람에게 이 일이 벌어져도—어쩌면 그 경우에 더욱더—상황을 잘 이해하지 못한다. 일주일쯤 지났을까, 어머니가 우편으로 보낸 쪽지를 받았다. 거기에는 이렇게만 적혀 있었다. "먹어라."

5월의 어느 일요일, 룸메이트들이 모두 나가서 나 혼자 집에 있었다. 봄 들어 처음 따스한 날이었고, 바깥의 나무들은 죄다 새 순을 틔웠다. 나는 종일 안에 있었다. 봄을 맞아 모든 것이 자라는 모습을 보고 싶지 않았기 때문에 커튼은 쳐두었다. 오후 늦게서야 나가서 브라운 대학 교정을 거닐었다. 곳곳에 학생들이 나와서 햇볕에 그은 얼굴로 잔디밭을 뒹굴거나 프리스비를 날리고 있었다. 면반바지와 흰 티셔츠를 입은 연인이 손을 맞잡고 빠르게 걸어갔다. 내가 너무 외계인 같고 외롭게 느껴져서 견딜 수가 없었다. 집으로 돌아와서 거실에 앉아 창밖에 꽃을 피운 사과나무를 구경했다. 내 삶과 다른 사람들의 삶이 천지 차이로 느껴져서 그냥 그 자리에서 죽어버리고 싶었다.

하지만 그런 순간은 드물었고, 대부분의 순간에 나는 모든 것을 부정했다. 나는 사철 따뜻한 날에도 추웠는데, 그 사실을 부정했다. 현기증이 잦았고 앉았다가 일어나면 눈앞이 캄캄해지곤 했는데, 그 사실도 부정했다. 스물셋, 스물넷, 스물다섯 때였는데 친한 친구가 한 명도 없다시피 했고, 사회생활은 허울뿐이었고, 성생활은 물론 없었다. 나는 이런 사실들도 부정했다. 고립되어 사는 건 견딜 수 있었다. 몸무게 외에는 아무것도 생각하지 않고 한없이 지루하게 사는 것도 견딜 수 있었다. 하지만 통제력을 잃고서는 살 수 없었다. 나는 우울에 익숙해졌다.

좋은 날은 '오목한' 날이었다. 엉덩뼈가 골반 양쪽에서 3센티미터쯤 튀어나왔고, 손바닥으로 배를 쓸면 오목한 굴곡이 느껴졌다. 숨을 깊게 마시고 배를 홀쪽하게 당기면 갈비뼈가 낱낱이 드러났다. 그걸 확인하면 엄청나게 안심이 되었다.

나는 밤에 저녁을 먹기 전에 목욕을 하곤 했다. 물에 몸을 담그고 내 다리와 팔과 어깨를 점검했다. 두 손을 모아 허벅지 맨 윗부분을 잡아보고 엄지와 검지가 닿는 걸 확인했다. 가슴에 튀어나온 뼈들을 손가락으로 쓸었고, 빗장뼈에 검지를 얹고 양옆으로 따라가서 어깨 피부 밑으로 이어진 지점까지 확인했다.

내가 '말랐다'거나 '뚱뚱하다'고는 생각하지 않았다. 좋은 날에는 그냥 내 몸이 각지게 느껴졌다. 배가 홀쪽해지면서 욱신거리더리도, 그 날카롭고 각진 느낌은 위안이었다. 그것은 내가 해냈다는 뜻이었다. 내가 이겼다는 뜻이었다.

저녁은 이렇게 먹었다. 9시 10분 전에, 바깥 창턱에 놓아둔 봉지를 꺼내서 침대로 가져왔다. 책상 서랍에서 작은 도자기 접시와 칼을 가져와서 TV 앞에 자리 잡고 앉았다. 9시 이전에는 절대 먹지 않았다. 그보다 일찍 먹었다가는 아침을 기대하는 게 아니라 참을 수 없을 만큼 갈구하게 될 것이었다. 먹자마자 자면 된다고 생각하면서 늦게 먹는 편이 더 쉬웠다.

9시에 나는 사과를 썰기 시작했다. 처음에는 4분의 1로, 다시 8분의 1로, 다시 16분의 1로. 그 조각들을 접시에 완벽한 원을 그리도록 얹은 뒤, 큐브 치즈로 넘어갔다. 역시 정밀하게 그것을 종이만큼 얇은 16조각으로 썬 뒤, 사과 조각 하나에 치즈 한 장씩을 얹었다. 그다음 치즈를 얹은 사과를 반으로 썰어서 한 조각씩 입에 가져갔다. 그 조각을 먹는 방식도 정해져 있었다. 먼저 사과 가장자리를 오물오물 베어 먹어서 사과와 치즈가 똑같은 모양이 되도록 했고, 그다음 사과와 치즈를 함께 가장자리부터 야금야금 베어 먹었다. 그러면 중심의 자그마한 사각형만 남았다. 마지막으로 아껴둔 한 입이었다.

나는 한 조각을 먹는 데 4분이 걸리도록 천천히 먹었다. 그래서 의식 전체는 두 시간이 걸렸다.

의식이 끝나면, 접시와 칼을 씻어서 서랍에 넣고 침대에 들었다. 캄캄한 방에 누워서 이튿날 아침에 먹을 베이글을 생각했다.

내일도 좋은 하루가 되면 좋겠다고 생각했다.

섭식장애에서 회복된 지인이 내게 이렇게 말한 적 있다. "어느 시점에 그냥 결정을 내렸어요. 미치느니 뚱뚱한 게 낫겠다고." 어느 시점이 되면, 당신이 입힌 손상이—당신의 삶에, 행복에, 관계에—그냥 너무 뚜렷해진다. 어느 시점이 되면, 보통 당신이 몇 년 동안 치료를 받아서 그 행동의 의미와 자신이 그 행동으로 성취하고자 하는 바가 무엇인지를 머리로는 진작 알던 시점에, 그것이 효과가 없다는 사실을 받아들이기 시작한다. 전혀 없다는 사실을. 어느 시점이 되면, 집착이 너무나 철저하고 깊고 지독하게 지루해진 나머지, 당신은 더 이상 이럴 수 없고 다른 대처법을 찾겠다고 선택할 수밖에 없어진다.

나는 이제 몸무게가 안정적이고, 이 일은 대체로 과거가 되었다. 하지만 주변을 둘러보면, 아직 대처법을 찾지 못한 여자들이 무수히 있다. 나는 여름 해변에서 꼬챙이 같은 다리를 가진 그들을 본다. 찰스강에서 죄수처럼 수척하고 음침한 얼굴로 강둑을 달리는 그들을 본다. 나는 그들을 붙잡아 세우고 몸을 흔들면서 말하고 싶다. "당신이 어떤 상태인지 알아요. 당신이 뭘 하는지 알아요. 제발 내 말을 믿어요. 그래 봤자 소용없어요." 하지만 그들이 스스로 깨우쳐야 한다는 것을 안다. 어떤 이들은 영영 깨우치지 못하리라는 것도 안다.

나는 1984년 가을에 프로비던스를 떠나 보스턴으로 이사한 뒤에야 비로소 회복하기 시작했다. 그 일이 시작된 장소를 물리적으로 떠난다는 것은 상징적인 조치이기도 했다. 또 다른 중요한 조치는 올바른 도움을 얻은 것이었다. 내 경우 그것은 나를 측은하게 여기지 않고 치료를 내게도 발언권이 있는 '공동 작업'으로 설명하는 심리치료사를 만난 것이었다.

하지만 변화가 보장된 방법이란 없다. 당신이 그냥 하는 수밖에 없다. 나는 굶는 일을 아주 조금씩 그만두었다. 아침에 하나만 먹던 베이글을 하나하고 반 덩이 먹게 되었다. 그냥 배가 너무 주려서 그러지 않고는 버틸 수 없었다. 그다음에는 크림치즈를 발랐다. 1985년에는 몸무게 재보는 일을 그만두었다.(이후 지금까지 재보지 않았다.) 1986년에는 찰스강에서 스컬 보트를 타기 시작했는데, 이 어렵고 만만찮은 스포츠는 내게 식욕 말고도 터득할 것을 안겨주었다. 역시 그해에, 나는 섭식장애를 가진 여자들의 상호 조력 모임에 나가기 시작했다. 각 단계마다 배우는 것이 있다. 당신은 경직성을 포기한다고 해서 반드시 통제력을 잃는 건 아님을 배운다. 자신의 힘을 느끼는 방법에는 좀 더 지속가능한 다른 방법들도 있다는 걸 배운다. 다른 사람들과 관계 맺는 것이 부담스럽고 위험하게 느껴지더라도 혼자인 것보다는 비교도 안 될 만큼 나은 일이란 걸 배운다.

받아들이기 쉽지 않은 교훈들이기는 하다. 날카롭고 각진 상태를 포기한다는 것은 담요처럼 아늑한 보호감, 몸에 새겨져 있고 안전하고 익숙한 생활 방식, 자신을 규정하는 방식 등등 다른 많은 것들을 포기한다는 뜻이다. 오랫동안 나는 음식이 눈앞에 있을 때의 나 자신을 믿지 못했다. 내가 쿠키가 담긴 접시를 눈앞에 두고서 그걸 몽땅 먹어치우지 않을 수 있을까? 오랫동안 나는 내 마음을 알지 못하고 착각을 일삼았다. 저녁 식사 초대를 거절하면서도 내가 먹는 게 두려워서 그러는지, 사람들과의 접촉이 두려워서 그러는지, 진심으로 혼자 있고 싶어서 그러는지 알지 못했다. 오랫동안, 심지어 내가 음식으로 무슨 짓을 하고 있는지 정확하게 이해하고 굶거나 폭식하려는 충동이 어디에서 비롯하는지 정확하게 이해한 뒤에도, 그렇다면 달리 어떻게 대처해야 하는지는 알지 못해서 힘들었던 중간 지대가 있었다.

하지만 음식을 관리하는 일은 삶을 관리하는 일과 다르지 않다. 약간의 시간, 약간의 자기 이해, 약간의 용기, 많은 지지를 한데 모으면, 누구나 서서히 대처할 방법을 알게 된다. 자신을 먹일 방법을 알게 된다.

요즘 나는 좋은 날일 때도 있고, 나쁜 날일 때도 있고, 그저 그런 날일 때도 있다. 그리고 아마도 최고의 날은 어떤 날인지 생각조차 해보지 않는 날일 것이다. 내가 음식을 결정의 수단으로 사용했던 것이 마지막으로 언제였는지 기억나지 않는다. 내가 몇 시간 넘게 굶주린 것이 마지막으로 언제였는지 기억나지 않는다. 내가 음식이나 몸무게를 절대 걱정하지 않는다는 말은 아니다. 나는 여전히 둘 다를 무척 의식하면서 산다. 내가 음식에 대해서 완벽하게 '정상'이 되는 날이 오기나 할지 모르겠다. 그런데 만약 정상이라는 것이 자신을 온전히 받아들이는 것을 뜻한다면, 오늘날의 이 문화에서 완벽하게 '정상'인 여성이 한 명이라도 있을지 잘 모르겠다.

나는 대신 다른 사실을 안다. 회복이 거의 굶기만큼 어렵긴 하시만 그래도 그보다는 덜 어렵다는 것이다. 약 일 년 전에 해로운 연애를 막 끝냈을 때, 나는 공책을 꺼내어 굶기가 얼마나 유용한 수단이었으며 그것이 나를 실망과 분노와 상실감 같은 감정들로부터 얼마나 잘 막아주었는가 하는 생각을 적어보았다. 그다음 적은 것 위에 가위표를 그어 지워버리고 이렇게 덧붙여 적었다. "이건 어려운 일이다. 하지만 굶기만큼 어렵진 않다. 결코 굶기만큼 어렵진 않다."

섭식장애를 겪고 있거나 겪는 사람을 아는 이라면, 이 중요한 사실을 마음에 새겨야 한다. 굶을 힘이 있는 사람에게는 바뀔 힘도 있다.

(1989년)

자기 자신을 너그럽게 대하는 법

"거식증 같은 걸 진짜 극복할 수 있는 거야?"

친구가 식당에서 내게 이렇게 묻는다. 나는 어깨를 으쓱하고 말한다. "그럼." 그러고는 메뉴판으로 돌아간다. 메뉴를 골똘히 보면서 계산하고 평가한다. 한심스럽고 방종한 게으름뱅이처럼 베이컨 치즈버거랑 프렌치프라이를 시킬까, 아니면 착하게 과연 성이 찰까 싶은 그리스 샐러드를 시키고 사이드로 드레싱을 주문할까?

자, 내 대답은 이렇다. 저 질문에 대한 쉬운 대답은 '그렇다'이다. 거식증 같은 것도 '극복할' 수 있다. 그리고 저 질문에 대한 진짜 대답은 '아니다'이다. 완벽하게 극복하기란 불가능하다.

최근에 나는 저 질문을 자주 생각했다. 아마 곧 중요한 날이 다가오기 때문일 것이다. 10년 전 1월에, 나는 섭식장애 전문가를 찾아가서 치료받기 시작했다. 지금 내가 완벽하다고 할 순 없지만, 아무튼 그때부터 나는 거식증으로부터 회복하는 길고 느린 과정을 본격적으로 밟기 시작했다. 10년 전에 그의 상담실에 들어설 때 나는 까만 부츠, 굵기가 성냥개비만 한 까만 청바지, 회색 스웨터를 입고 있었다. 검은색과 회색이 그 시절의 내 색깔이었다. 나는 43킬로그램이었다. 이것은 최저 몸무게였을 때보다 5킬로그램이 는 것이었고, 나는 내가 뚱뚱하다고 느꼈다.

지금은? 흠. 나는 오늘 아침에도 그 치료사를 만났다. 까만 부츠, 까만 레깅스(성냥개비보다는 약간 더 굵지만 아주 많이 굵진 않다), 크림색 스웨터 차림이었다. 몸무게는 49킬로그램으로 그때보다 6킬로그램 더 늘었는데, 내가 뚱뚱하다는 느낌은 아주 가끔만 받는다.

그러니까 회색 대신 크림색, 11킬로그램이 증가한 몸무게, '뚱뚱하다'의 정의가 살짝 느슨해진 것. 이것이 회복이란 말인가? 별 대단한 일처럼 보이지 않을 수도 있지만, 많은 면에서 실제로 이것이 회복이다. 점진적인 약간의 변화. 이 보 전진했다가 일 보 후퇴하는 것. 한 번에 1그램씩 작디작은 변화. 그것들이 충분히 쌓인 후에야 상당한 변화로 보이고 느껴질 수 있는 것이다.

나는 일 년에 한두 번 친구 조앤을 만나서 커피를 마신다. 조앤은 약 5년 전에 섭식장애 여성 자조 모임에서 만난 친구다. 조앤은 이후 남편과 함께 텍사스로 이사했지만, 그래도 기회가 될 때마다 보스턴을 다녀간다. 와서는 늘 내게 전화를 건다. 우리는 만날 때마다 잠시 서로를 이상하게 점검한다. 서로의 상태를, 노골적으로 말해서 사이즈를 눈대중하고, 몸무게가 는 건지 준 건지 머릿속으로 따져보고, 포옹할 때 상대의 스웨터 밑으로 갈비뼈나 어깨뼈가 느껴지는지를 살그머니 확인해본다. 우리가 마지막으로 만난 것은 몇 달 전이었다. 그런데 이번에 조앤은 보스턴에 올 거라는 소식을 전화로 전하면서 자신의 상태가 썩 좋지 않다는 말을 덧붙였다. 나는 무슨 뜻이냐고 물었고, 조앤은 단 한마디로 설명했다. "38킬로그램." 38킬로그램은 내가 최악의 상태였을 때 나갔던 몸무게다. 나는 자동적으로 조앤을 만나기가 두려워졌다. 또 갇혔구나. 나는 생각했다. 굶고, 집착하고, 칼로리를 일일이 헤아리는 상태에. 지금 엉망이겠네.

하지만 그렇게 단순한 일은 아니다. 조앤은 지치고 여위고 새처럼 연약해 보였다. 식습관을 합리화하는 말도 많이 했다. 매일 아침에 마시는 카푸치노에 든 우유만 해도 칼로리가 상당하다고 말하면서 내가 믿기를 바랐다. 매일 오후 3시는 카페에 가서 머핀을 먹는 시간으로 정해두었다고 말했다. 그런 일과가 있다는 걸 들으면 살짝 안심이 되지만, 사실은 그뿐이라는 것, 조앤이 하루 종일 먹는 게 그뿐이라는 걸 깨달으면 기분이 달라진다. 하지만 여위고 피곤한 얼굴과 음식을 둘러싼 의식 같은 것들은 외부적인 요소들일 뿐이다. 조앤은 일에서 보람을 찾으려고 애쓴다는 말도 했다. 남편에게 당당히 맞서려 한다는 말도 했다. 한계를 정해두는 법, 책임을 위임하는 법, 자기 자신에게 좀 더 너그럽게 대하는 법에 관한 이야기들두 했다. 나는 이것이 회복이라고 생각했다. 이편 영역에서는 앞으로 나아가지만 다른 영역에서는 뒤로 미끄러지는 것, 이 문제에서는 개선되고 저 문제에서는 제자리걸음인 것. 회복은 몸무게로만 측정할 수 있는 문제가 아니다.

거식증은 당신을 잡아당긴다. 알코올 중독자에게 늘 술이 있듯이, 거식증도 늘 거기 있으면서 우리를 유혹하는 것 같다. 그 힘은 내가 약할 때, 혼란하거나 산란하거나 통제력을 잃었다고 느낄 때, 음식에 대한 경직성을 대체하기 위해서 만들어낸 새로운 의식들로부터 너무 멀어졌을 때, 나 자신의 가치를 믿지 못할 때 가장 세어진다. 그럴 때, 그 힘은 안전한 안식처럼 나를 꾄다. 나는 별의별 이유로 굶어보았다. 내가 아무것도 통제하지 못한다고 느낄 때 무엇이라도 통제하기 위해서, 분노와 불안을 마비시키기 위해서, 고통을 표현하는 대신 내보이기 위해서, 남들 눈에 띄지 않는다고 느끼면서도 (역설적으로) 돋보이기 위해서, 한 가지 일에서라도 철저한 전문가가 되기 위해서. 물론 그 일이란 마르는 것이다. 그리고 가끔은 어쩔 수 없다. 지금도 가끔 그 상태로 돌아가고 싶다. 거식증은 자신을 제약하는 일, 외로운 일, 고통스럽도록 단조로운 일이다. 하지만 자신을 보호하는 훌륭한 수단이기도 하다. 뼈와 모서리로 이루어진 딱딱한 벽 뒤에 숨는 일이다.

요령은 자신을 보호할 다른 방법, 당신을 꾀고 잡아당기는 충동에 응답할 다른 방법을 차차 찾아나가는 것이다. 그렇다 보니 회복 역시 단조롭다. 당신은 열심히 노력해야 한다. 사소한 훈련들을 몇 번이고 거듭 연습해야 한다. 똑같은 생각을 자기 머리에 거듭 주입해야 한다. **충분히 먹자.** 너무 허기지면 음식에 집착하게 된다. **충분히 운동하자.** 너무 게을러지거나 늘어지면 살찔 걱정에 집착하게 된다. **충분히 쉬고, 친구들과 어울리고, 스스로에게 친절히 대하자.** 너무 피곤하거나 고립되거나 화가 쌓이면 옛 유혹과 옛 방식에 훨씬 더 취약해진다.

친구들이 회복에 관한 질문을 던지면, 나는 가끔 문화적 이미지들을 끄집어내어 말한다. 케이트 모스, 빼빼 마른 모델들, 수영복 광고 등등. 늘 그런 것들을 보며 살아가는 세상에서 과연 어떤 여자가 음식과 신체 이미지에 있어서 자신이 정상이라고 느낄까? 날씬한 몸을 이상으로 받드는 이미지가 쉴 새 없이 쏟아지는 세상에서 거식증 같은 문제를 진짜 '극복하는' 게 가능한 일일까? 나는 그런 이미지들이 강력한 힘을 발휘한다고 생각하고, 그 힘에 영향받지 않는 여자는 아주 적다고 생각한다. 그리고 그런 이미지들이 전하는 메시지가 지긋지긋하게 싫다. 이런 외모를 가지면 더 행복할 거예요, 날씬해지면 삶이 더 나아질 거예요, 하는.

그런데 그런 메시지들은 비록 상태를 악화시키는 힘을 발휘하기는 해도 궁극적으로는 배경 음악일 뿐이다. 진짜 음악은 우리 머릿속에 있다. 그 속에서 매일 혼란스럽게 연주된다. 오늘 운동할까 말까? 운동을 안 해도 기분이 괜찮을까 나태하다고 느껴질까? 나태하다고 느낀다면 그건 내가 스스로에게 너무 엄격하고 강박적이라는 뜻일까? 망할 메뉴 고르기 딜레마도 마찬가지다. 성이 찰까 싶은 그리스 샐러드를 주문하면 잘했다 싶을까 불만스러울까? 불만스럽다면 집에 가서 쿠키 열일곱 개를 먹는 걸로 과잉 보상하게 될까? 과잉 보상하게 되면…….

이런 질문들은 거식증만의 문제는 아니다. 여자들에게 좀 더 유의미하게 느껴지기는 하지만, 인간이라면 누구나 떠올리는 질문들이다. 내가 생각하기에, 섭식장애가 있든 없든 대부분의 사람은 이런 식의 머릿속 게임을 꽤 자주 겪는다. 그리고 그 와중에 우리는 그보다 훨씬 더 큰 질문들과 씨름하는 셈이다. 내가 음식에 관해서 이성적인 선택을 할 수 있으려면 갖춰야 할 감정적 조건들이 모두 갖춰져 있나? 내가 자신에게 만족하나? 삶이 안전하다고 느끼나? 위로가 필요할 때 구할 수 있는가? 나는 먹을 가치가 있는 사람인가?

여기에 대한 대답들이 늘 분명한 것은 아니다. 답은 매일 달라지고, 매달 달라질 수도 있다.

식당에서 친구가 회복에 관한 질문을 했던 날, 나는 타협했다. 그리스 샐러드를 시키되 사이드로는 프렌치프라이를 골랐다. 일단 주문한 뒤에는 두 번 고민하지 않았다. 우리는 함께 즐겁고 편한 저녁을 보냈다.

(1995년)

외로움에 관하여

일요일 아침. 창문으로 햇빛이 새어들고, 새가 노래하고, 계획도 할 일도 없는 하루가 펼쳐져 있다. 많은 사람에게는 이것이 주중 일하는 날들의 터널 끝에서 맞는 여유의 빛이자 기쁨이다.

하지만 나는 이런 날이 두렵다. 이런 날 나는 뒤숭숭한 마음으로 깬다. 막연한 갈망, 내 마음의 문을 긁어대는 이름 모를 불안, 아릿한 아픔이 느껴진다. 나는 침대에 누운 채로 천장을 응시한다.

그리고 생각한다. 외로워.

외로움에는 여러 종류가 있다. 말 걸 사람이 아무도 없는 파티에 있을 때 느껴지는 단절의 외로움도 있고, 사랑하는 사람이 보고 싶을 때 찾아드는 그리움의 외로움도 있고, 사람과 접촉하지 않은 채 내리 몇 시간이나 며칠을 보내면 생겨나는 고립의 외로움도 있다. 그런데 내가 제일 잘 아는 외로움은 일요일 오전의 그리움이다. 이것은 종종 사전 경고도 그럴 만한 이유도 없이 마음속에서 솟아나는 듯한 외로움이다. 일단 이 외로움이 들이닥치면, 이 크나큰 외로움을 극복하기란 영영 불가능하리라는 기분이 든다. 만약 우리가 가게에서 외로움을 살 수 있다면, 일요일의 외로움은 커다란 상자에 담겨 있을 테고 그 위에 이런 딱지가 붙어 있을 것이다. '취급 주의—초강력'.

나는 이 외로움과 오래도록 친밀하게 지내왔다. 가끔은 내가 이 외로움을 타고난 게 아닐까, 나 자신이 남들과 다르거나 뭔가 부족해서 세상과 떨어진 존재라고 강하게 느끼는 이 감정을 타고난 게 아닐까 싶기도 하다. 어릴 때 어느 봄날에 내 방에 앉아서 창밖에서 살랑거리는 나뭇잎들을 보며 당시에는 너무 어려서 이름 붙이지 못했던 어떤 기분을 느꼈던 일이 지금도 기억난다. 그것은 세상에 참여하지 못하는 기분이었던 것 같다. 세상은 저 창밖에서 나 없이 분주히 돌아가고 있는데 나는 거기 참여할 능력이 없거나 의지가 없다고 여겨지는 기분이었다. 내가 친구가 없었던 것은 아니다. 나는 늘 친구가 있었고 지금도 있고 그것도 많다. 하지만 내가 겪는 외로움은 현실의 상황이나 논리를 무시하는 경향이 있다. 그것은 내 안에 산다. 작고 끈질긴 악마 같은 그것은 가장 고요한 순간에, 그러니까 계획 없는 저녁이나 일요일 아침 같은 때 활개를 친다. 그것은 공허감이다.

그냥 슬프기만 한 기분이 아니다. 무서운 기분이기도 하다. 내게 외로움은 늘 우울함과 지척에 있는 듯했고, 그래서 나는 사람들이 뱀이나 거미에 반응하는 것처럼 경계심을 바짝 세우고 반응한다. 만약 이 잠깐의 외로움이 너무 오래가도록—여섯 시간, 하루, 며칠을—내버려둔다면 이것이 곪고 커져서 나를 마비시키는 절망감으로 바뀔까 봐 두려운 것이다. 너무 외로워진 상황에서 얼른 빠져나오지 않으면 내가 결국 그 심연에 빠질 것 같은 것이다. 그래서 나는 살면서 지금까지 거의 늘 그런 외로움을 앞질러 도망치려고 애썼다. 언제나 분망하게 지내고, 스케줄을 꽉꽉 채우고, 나쁜 관계에 매달렸다. 술로 외로움을 쫓아내려고 했고, 운동과 쇼핑으로 쫓아내려고 했고, 발작적으로 집 청소에 매달림으로써 박박 씻어서 쫓아내려고 했다. 이 모든 전략은 어느 정도 소용이 있었다. 특히 나쁜 남자와 연애하는 것이 그랬다. 집착적인 연애만큼 사람의 얼을 빼놓는 일은 또 없는 데다가, 만약 나쁜 연애 때문에 외롭다면 최소한 그 감정을 남 탓으로 돌릴 수 있으니까.

하지만 아무리 집착하더라도(혹은 술을 마시거나 쇼핑을 하거나 청소기를 돌리더라도) 그 감정을 깨끗이 지워낼 수 없다. 외로움은 늘 돌아온다. 그래서 이제 나는 그것을 적이라기보다는 지인처럼 여기게 되었다. 흔쾌히 환영하진 못하더라도 존중할 필요가 있는 존재처럼. 얼마 전에도 그런 외로운 일요일이 찾아왔다. 9월 말의 화창한 날이었다. 극적인 계기가 있었던 건 아니었다. 최근에 헤어진 일도 없고, 일이나 사생활에서 격변이 있었던 것도 아니다. 하지만 나는 공포가 깃든 공허함이라는 그 익숙한 아릿함을 느끼면서 깨어났다. 내가 외로움을 경험하는 방식에는 늘 예민한 자의식이 함께한다. 내가 방의 다른 곳에서 나를 지켜보면서 실시간 해설을 듣는 듯한 느낌이다. 여기 내가 커피를 만들고 있네. 여기 내가 설거지를 하고 있네. 여기 내가 집에 혼자 있네. 바로 이 점 때문에—이 내면의 영상이 너무 공허하고 황량하게 보인다는 점 때문에—외로움이 이토록 무섭게 느껴지고 내가 본능적으로 달아나고 싶은 것 같다. 하지만 그날, 나는 당장 달아나서 새 신발을 여섯 켤 레 사고 싶은 충동을 억누르고 대신 소파에 앉아서 생각을 했다.

내 경우에 이 공허함은 내면에서 나오는 것이다. 이것은 내가 스스로 만족스럽거나 안정적이라고 느끼기 위해서, 나 자신이 편안하게 느끼기 위해서 필요한 것이 무엇인지 모른다는 문제와 관련되어 있다. 내 머릿속에서 울리는 예의 실시간 해설을 유심히 들어보면, 그 목소리는 더 크고 무서운 질문들을 던진다. 커피를 만들고 설거지를 하는 이 사람은 누구지? 이 사람은 무엇에서 삶의 쾌락과 즐거움과 기쁨을 느끼지? 두렵고 공허한 시간을 편안하고 만족스러운 시간으로 바꾸려면 무엇이 필요하지?

이런 것들은 어려운 질문들이다. 그리고 나는 외로움을 앞질러 달아나는 데 급급하여, 이 질문들에 답할 기회를 회피해왔다. 물론 가끔씩 기분 전환을 하는 게 나쁜 일은 아니다. 나로 말하자면, 새 신발의 치유력을 열렬히 증언하는 바다. 하지만 더 큰 질문들을 피하기만 했다가는 언젠가 반드시 역효과가 난다. 필요하지도 않은 물건들에 돈을 펑펑 쓰면서 종종거릴 때, 보통은 내가 평범한 일요일을 계획하는 것처럼 기본적인 일조차 해내지 못하는 무능력자라는 느낌이 강화될 뿐이다. 그래서 그날, 나는 잠시 우두커니 앉아있다가 소파에서 엉덩이를 떼고 일어나 일에 착수했다. 몇 달 동안 만들어야지 만들어야지 생각만 했던 커튼을 직접 만들어서 걸었다. 할 일을 해치웠다는 것 자체가 단순한 기쁨이었을 뿐 아니라, 이 일로 새삼스럽게 몇 가지 사실을 상기하게 되었다. 내게는 절망감에 맞서 싸울 자원이 있다는 사실, 내 시간을 잘 쓰고 내 영혼을 잘 돌

볼 능력이 있다는 사실, 외로움이 우리에게 닥치더라도 우리는 그
로부터 무언가를 배울 수 있으리라는 사실. 그날은 그렇게 흘러갔
다. 고독한 일요일이었지만, 결국에 외로운 일요일은 아니었다.

(1997년)

디 이상 곁에 없는 사람을 수용하는 것

요전 날 밤, 내 개와 함께 거실에 앉아서 돌아가신 아버지의 목소리가 녹음된 테이프를 틀어보았다. 무덤에서 망자의 목소리를 소환하려는 것처럼 음침한 일로 들리지만, 사실 나는 이 일로 수용에 관한 작은 교훈을 하나 배웠다. 상실을 수용하는 것, 나를 떠난 사람을 수용하는 것, 더 이상 내 곁에 없는 사람을 수용하는 것에 대하여.

아버지는 5년 전에 뇌종양으로 돌아가셨다. 정신분석가였던 아버지는 놀라운 지성의 소유자였고, 병을 진단받았을 때 막 책을 쓰기 시작한 참이었다. 뇌종양은 집필을 결딴냈다. 아버지는 오른손으로 펜을 쥐는 것조차 힘들었고, 생각은 점차 산만해졌다. 하지만 투병의 첫 몇 달 동안은 병이 아버지의 의지만큼은 꺾지 못했다. 아버지는 오랫동안 삶을 지탱해준 힘이었던 일을 그만두기를 거부했다. 그래서 내가 아버지와의 대화를 테이프에 녹음하자는 아이디어를 냈다. 내가 책에 관해서 아버지에게 질문을 던지고, 아버지가 사실상 책 내용을 내게 구술하고, 그러다 보면 언젠가 그 녹취록을 원고로 묶어도 될 만큼 충분히 모을 수 있으리라는 생각이었다. 그 실험은 딱 하룻밤 실시되었다. 겨우 18분의 녹음이었다. 내가 이번에 들어본 것이 바로 그 테이프였다.

　나는 아버지가 돌아가신 뒤로 그날까지 그 테이프를 한 번도 듣지 않았다. 그런데 왜 하필 그날 밤에 집을 뒤져서 그것을 찾아낸 뒤 녹음기에 넣고 들어보았는지 나도 잘 모르겠다. 이제 때가 되었다는 느낌이 들었거나, 아버지를 되살릴 수는 없어도 기억은 되살리고 싶은 마음이 들었을 것이다. 동기가 무엇이었든, 나는 그 테이프를 듣는 일이 무엇보다도 애도의 한 형태일 것이라고 예상했다. 어떤 면에서는 예상이 맞았다. 그 18분에는 슬픔이 가득 응축되어 있었다. 뇌종양 때문에 아버지의 목소리는 떨렸고 부자연스러웠다. 내가 기억하는 것보다 훨씬 더 허약한 노인의 목소리 같았다. 아버지의 지성도 약해지고 있었다. 아버지가 자신이 손상되었다는 현실, 그 현실을 인식하고 있다는 사실에 괴로워하는 것이 목소리에서 느껴졌다. 아버지는 생각의 흐름이 끊기곤 했고, 단어를 잊곤 했고, 한때 알파벳처럼 쉽게 내뱉을 수 있었던 개념을 말로 잘 설명하지 못하곤 했다. 그런 뒤에는 아버지가 말을 멈추고 자신을 추슬렀다. 그러다가 이런 말도 들렸다. "젠장할…… **젠장할.**" 내가 아는 사람 중에서 가장 똑똑한 사람이었던 아버지가 문자 그대로의 의미에서 정신을 잃어가고 있었고, 그 사실을 자신도 아셨던 것이다. 우리가 실험을 중단한 것은 그 때문이었다. 그 테이프가 아버지의 생각이 아니라 쇠락을 담아냈다는 사실을 우리 둘 다 말은 안 했지만 알았던 것 같다.

하지만 그 테이프는 다른 것도 담아냈다. 나와 아버지, 그리고 내가 이해하기로 이상하고 강렬하고 어긋난 관계였던 우리 둘의 애착 관계가 거기 담겨 있었다. 아버지와 나의 관계는 심리치료를 10년 이상 받도록 만들 만한 것이었고, 그런 우리의 대화를 듣고 있노라니 그 옛날로 시간 여행을 하여 그 옛날의 관계를 18분 동안 엿듣는 관찰자가 된 기분이었다. 나는 아버지를 흠모했고, 아버지를 공경하면서도 두려워했으며, 아버지의 인정을 몹시 바랐다. 내게 아버지는 신인 동시에 미친 과학자였고, 전능하고 탁월하고 곧잘 생각이 다른 곳에 가 있어서 내가 가끔씩만 가닿을 수 있고 그나마도 불완전하게 접촉할 수 있는 사람이었다. 아버지와의 접촉은 짧은 순간 갑자기 이뤄졌다가 끊어졌다. 평소 자신의 생각이라는 구름에 둘러싸여 있던 아버지가 잠깐 땅으로 내려와서 아주 잠시—10분, 18분—자신의 통찰력과 영민함을 내게 발휘한 뒤 다시 휙 사라지는 것 같았다. 나는 그 감정적 거리감이 어디에서 연유했는지를 아버지가 투병하는 동안 더 잘 이해하게 되었는데—아버지는 우울증과 술과 내면의 어두움과 오랫동안 대체로 혼자만 아는 싸움을 벌여왔고, 그런 힘들에 떠밀려서 일로 사라졌으며, 그래서 늘 생각이 딴 데 가 있는 사람이 되었다—하지만 어렸을 때는 여느 아이들이 그런 것처럼 그 관계의 결함이 내 탓이라고 여겼다. 아버지가 내게 실망했기 때문에, 내가 아버지에 비하면 무가치한 사람이기 때문에 아버지가 내게 거리를 둔다고 여겼다.

이 모든 느낌이 그 테이프를 듣는 동안 되살아났다. 아버지의 지성은 강력했고, 아버지는 이론에 몰두해 있었으며, 그 앞에서 나는 투명 인간이 된 듯했다. 아버지가 오래전에 어느 분석력이 뛰어난 환자와의 상담에서 떠올렸던 이미지에 대해서 말하는 것을 듣노라니―겨우 한 시간의 상담 중 한 조각에 불과했던 그것을 아버지는 이후 20년 동안 심사숙고하고 이해하려고 애써왔던 것이다―내가 아버지의 일 앞에서 한없이 작아지는 듯했던 느낌이 되살아났다. 내가 아버지의 환자들만큼도 중요하지 않다는 느낌, 혹은 아버지에게 드릴 것이 없다는 느낌. 내가 아버지에게 질문하는 목소리를 듣노라니, 그 속에서는 자의식이 느껴졌다. 긴장감, 애써 태연한 척하려는 목소리, 자신의 부족함을 의식하는 듯한 울림. 아버지가 자기 일에 열중한 것을, 내가 아버지에게 열중한 것을 들을 수 있었다.

　하지만 그걸 듣고 있자니 다른 놀라운 감정도 들었다. 아버지 생전에는 내가 아무래도 얻지 못했던 약간의 평온함, 받아들일 수 있겠다는 느낌이었다. 만약 내가 2년 전에, 혹은 3년이나 4년 전에 이 대화를 들었다면, 내 주된 반응은 아마 노여움이었을 것이다. 애도에 얽혀든 분노였을 것이다. 내 목소리에서 자의식을 들었을 테고, 아버지가 내게 자신감 대신 두려움을 일으킨다는 사실에 화났을 것이다. 아버지의 목소리를 듣고는―지적으로 분석하고, 생각이 딴 데 가 있고, 자기 생각에만 몰두한 목소리를―오랜 좌절의 역사가 끓어오르는 것을 느꼈을 것이다. 그토록 닿을 수 없는 사람을 사랑하기란 불가능하다는 데서 오는 좌절감을 다시 느꼈을 것이다. 아마 이튿날 득달같이 내 심리치료사를 찾아가서 아버지가 얼마나 **까다로운** 인간이었는지, 아버지 앞에서 내 가치를 인정받거나 연결되었다고 느끼기가 얼마나 어려웠는지 줄줄 토로했을 것이다.

하지만 아버지가 돌아가신 지 5년이 흐른 지금, 그 감정들은 다소 누그러졌다. 덜 통렬하고 덜 자동적이고 덜 필요한 것이 되었다. 나는 개를 쓰다듬으면서 생각했다. 우리는 각자의 부모에 대해서 오랫동안 남몰래 화낸다. 부모가 어떤 사람인지, 어떤 사람이 아닌지, 우리는 그들이 어떤 사람이기를 바라는지, 우리가 어떤 실망과 단절을 겪었는지, 그들이 우리를 키운 방식이 왜 이렇게 꼬여 있었는지, 이 모두에 대해서 화낸다. 이 괴로움을 놓아버리는 일은 인생에서 가장 어려운 일이고, 자기 인식과 성숙함과 시간이 절묘한 비율로 섞여야 가능한 일이다. 어떻게 혹은 왜 그 일이 가능해지는지, 부모에 대한 복잡한 감정에서 가장 아픈 모서리들이 깎여 나가는지, 그건 나도 잘 모르겠다. 하지만 아버지의 목소리를 들으면서 나는 그분이 돌아가신 뒤 내가 얼마나 멀리 나아왔는지를 떠올렸다. 나는 작은 눈물의 강을 타고서 우리가 그 테이프를 녹음했던 날부터 내가 마침내 그것을 틀어본 날까지 흘러왔다. 그리고 이제 나는 내 집에 있다. 이곳은 내게 성소처럼 느껴지는 곳이다. 그리고 이제 나는 내 개와 함께 있다. 나는 이 개를 조금의 두려움도 자제함도 없이 사랑하며, 이것은 내가 아버지를 사랑할 수 있었던 방식과는 전혀 다르기 때문에, 이 사랑이 내게 엄청난 교정 효과를 발휘한다고 느낀다. 그리고 이제 나는 술을 끊은 지 4년이 되어 간다. 나는 많은 일을 해낸 셈이고, 먼 길을 나아온 셈이다. 그리고 이렇게 멀리서는 과거가 좀 더 부드러워 보인다. 덜 고통스럽고 더 인간적인 것으로 보인다. 그날 밤 아버지와 내가 식탁에 앉아서 테이프를 녹음하던 모습이 떠오른다. 아버지는 휠체어에 앉아 계셨고, 나는 포도주잔을 생명줄처럼 움켜쥐고 앉아 있었다. 우리가 둘 다 서툴렀다는 생각이 든다. 하지만 그럼에도 불구하고 우리가 둘 다 불완전하고 부자연스러운 방식으로나마 투병 기간 내내 서로에게 곁을 주려고 노력했다는 생각이 든다. 우리가 잃어버린 기회와 놓친 연결감과 이런저런 후회도 떠오르지만, 무엇보다도 크게 느끼는 것은 일종의 평온함이다. 나는 생각했다. 우리는 노력했어. 마지막에는, 우리 둘 다 최선을 다했어. 이런 감상에는 슬픔이 담겨 있었다. 하지만 그뿐만은 아니었다. 평화도 있었다.

(1998년)

술 없이 살기

오늘은 1997년 2월 20일이다. 정확히 3년 전 오늘, 나는 마지막으로 술을 마셨다. 3년이 아주 긴 것은 아니지만, 내게 술 없는 삶에 대해서 다음과 같은 사실을 가르쳐줄 만큼은 길었다.

술 없이 살아가는 일은 갈수록 쉬워진다.

그리고 살아가는 일은 갈수록 어려워진다.

이것은 보기와는 달리 역설적이거나 해괴한 말이 아니다. 술 없이 살아가는 일은 정말 갈수록 쉬워진다. 그냥 그렇게 하게 된다. 당신은 술집에 더 이상 가지 않고, 코르크 스크루를 부엌 서랍 깊숙이 숨기고, 술을 마시지 않는 사람들과 사귀게 된다. 생활 방식의 변화가 안기는 충격에 일단 적응하면, 어느 날 문득 자신이 그냥 술이 없는 생활을 만들어냈다는 사실을 깨닫게 된다. 더는 새해를 맞아서 샴페인 코르크를 따는 일이, 식당에서 포도주 목록을 보는 일이, 브래드 앤드 서커스 매장에서 주류 코너에 들르는 일이 없다. 이런 변화가 처음에 크고 낯설고 무섭게 느껴지겠지만, 그래도 이런 것은 대체로 버릇과 생활 구조를 조정하는 외부적 변화일 뿐이다. 이런 일은 시간이 흐르면 쉬워지고 익숙해진다.

어려운 부분은 '살아가는' 부분이다. 이것은 내면과 관련된 일이다. 우리가 술로 끊임없이 무디게 하고 가릴 때는 잘 몰랐지만 그러지 않으면 금세 나타나는 의문들, 선택들, 감정들과 관련된 일이다. 이것이 진짜 중요한 문제다. 새벽 3시에 잠 못 들고 천장을 바라보면서 생각하게 만드는 문제다. 나는 정말로 어떤 사람일까? 나는 정말로 시간을 어떻게 쓰고 싶을까? 나는 어떤 삶을 살 수 있는 사람일까? 내게 적합한 삶은 무엇일까? 나는 무엇에 격려받고, 무엇에 의욕을 얻고, 무엇에 만족하는 사람일까? 자아에 관한 이런 고민들은 대부분의 사람이(적어도 생각이 있는 사람이라면 대부분이) 20대에 묻기 시작하는 질문들이다. 그러니 서른일곱에 문득 내가 이 나이를 먹도록 이런 질문들에 대답하기는 고사하고 제대로 물은 적도 없다는 사실을 깨닫는 것은 정말 심란한 일이다. 어떻게 하면 나는 주야장천 취한 상태가 아닌 채로 살아갈 수 있을까? 이 질문에 답하는 것은 보기보다 훨씬 어려운 일이다. 내가 예상했던 것보다는 훨씬, 훨씬 더 어려웠다.

술꾼들은 적정滴定법의 대가들이다. 얼마나 마실지, 언제 마실지, 어떤 비율로 마실지, 술 마실 때 무엇을 함께 섭취할지, 무엇을 피할지, 이튿날 아침에 침대에서 나오려면 커피와 음식과 애드빌을 어떻게 섞어 먹어야 하는지. 술꾼들은 오랜 연습과 숱한 시행착오를 거쳐서 그런 것들을 알아낸다. 술꾼들은 감정을 관리하기 위해서 적정법을 활용한다. 일을 마친 뒤 스트레스를 풀기 위해서 두 잔, 취기를 유지하기 위해서 추가로 두 잔이나 넉 잔이나 여섯 잔, 눕자마자 잘 수 있도록 잠자리에 들기 전에 두어 잔, 새벽 4시에 깨었는데 다시 잠이 오지 않을 때 몇 잔 더. 한편 맨정신을 유지하는 어려운 일은—그냥 살아가는 일이라고 해도 괜찮지 싶다—술 대신 행동을 적정하여 같은 효과를 내는 것이 핵심이다. 두려움과 불안과 불면의 밤을 관리하기 위해서 무엇을 마실까 하는 게 아니라 무엇을 할까 하는 것, 삶이 무탈하고 안전하고 유의미하다는 느낌을 북돋기 위해서 무엇을 할까 하는 것, 어떤 관계를 맺고 어떤 취미를 가지고 어떤 육체적 자양분이나 정신적 자양분을 흡수할까 하는 것. 여기에는 또 다른 시행착오가 필요한데, 이 시행착오는 그냥 마시면 되는 것이 아니라 행동해야 겪을 수 있는 것이고, 그래서 상당히 더 까다롭다.

요전 날 내가 참석했던 AA(익명의 알코올 중독자들) 모임에서, 참석자들은 술의 어떤 점이 그리운가 하는 이야기를 나누었다. 몇몇은 술이 주던 단순한 위안을 꼽았고, 몇몇은 술이 자의식과 내면의 억제를 없애주던 점을 꼽았고, 또 몇몇은 술이 통제를 놓아버릴 수 있는 자유를 안겨주었던 점을 꼽았다. 나는 조용히 앉아서 생각했다. 내가 그리운 것은 삶을 만들어갈 책임에서 놓여나는 점이었다고. 내가 술을 마시던 시절에는 음주가 많은 면에서 곧 삶이었다. 나는 관계를 매끄럽게 만들기 위해서, 지루함과 실망과 분노와 두려움을 무디게 만들기 위해서 술을 사용했다. 시간을 조직하기 위해서, 내 세계에 체계를 주기 위해서 술을 사용했다. 내게는 오늘 밤이나 내일이나 내년에 뭘 하지? 하는 질문이 문제였던 적이

한 번도 없었다. 문제는 어디에서 마시지? 어디에서, 얼마나, 누구와 함께 마시지? 였다.

그런 것들을 모두 치우고 나면, 삶은 거대하고 텅 빈 화면이 된다. 그 배경에서 은은하게 불안이 빛을 밝힐 뿐이다. "나는 정말 불안정한 기분이에요." 최근에 참석했던 또 다른 AA 모임에서는 누군가가 이렇게 말하는 걸 들었다. 그렇게 말한 여자는 자신이 다시 술에 빠질 것 같다고 말한 게 아니었다. 자기 인생이 앞으로 어떻게든 될 수 있을 것처럼 아직 부정형인 듯 느껴진다는 말이었다. 그는 말했다. "나는 결혼해서 아이를 다섯 명 낳을 수도 있겠고, 유럽으로 이사 갈 수도 있겠고, 헤로인 중독자가 될 수도 있겠고, 또…… 정말 모를 일이잖아요?" 나는 조용히 앉아서 고개를 끄덕였다. 오랜 세월을 술 마시는 데 쓰다가 몇 년 동안 술 마시지 않는 법을 배우는 데 쓰고 나면, 다음에는 문득 이런 생각이 든다. 이제 뭘 하지? 결혼? 아이들? 다른 도시? 다른 직업? 정말 모를 일이잖아?

이런 질문들은 물론 기본적인 정보가 있어야만 답할 수 있는 인생의 큰 질문들이다. 그리고 나는 금주 3주년을 맞은 지금까지도 여태 자신에 대한 가장 기초적인 질문들에 답하려고 애쓰면서 데이터를 모으고 있다. 나는 자유로운 저녁과 주말을 어떻게 쓰기를 좋아할까? 내게 혼자 있는 시간과 함께 있는 시간의 적절한 혼합 비율은 얼마일까? 나는 타인이 나를 얼마나 접촉하고 사랑하고 의지하면 좋겠는가? 내가 정말로 허기를 느끼는 대상은 무엇일까? 나는 무엇에 재미를 느끼고, 무엇에서 위안을 얻고, 무엇에 흥미를 느끼는 사람일까?

시행착오와 데이터 수집. 이것은 수고가 들고 힘든 일이다. 나는 개와 함께 미들섹스 펠스 자연보호 지구를 걷는 일을 700번 한 뒤에 발견했다. 그래, 나는 이게 좋아, 개와 함께 숲에 오는 일이 좋아. 재봉틀과 900번 씨름해서 족족 패배한 뒤에는 이렇게 말할 수 있다. 그래, 나는 이게 싫어, 난 바느질에 필요한 인내력이 없고 이걸 하면 내가 무능하다는 느낌만 들어. 너무 사소한 발견들이 아닌가 싶겠지만(실제로 사소하다), 그래도 이런 교훈들은 주야장천 술만 마실 때는 배울 수 없고 우리가 견고한 자아 감각을 구축하려면 꼭 필요한 작은 벽돌들이다. 나는 이런 사람이야, 내 욕구는 이것이야, 내 특별한 강점과 약점은 이것이야, 하는.

내가 오래 사귀고 있는 남자는 우리가 함께 살고, 결혼하고, 삶을 공유하기를 바란다. 나는 그에게 계속 말한다. "하지만 나는 열네 살밖에 안 됐다고!" 농담 삼아 하는 말이지만, 이 말에는 일말의 진실이 담겨 있다. 알코올 중독에서 회복 중인 사람들은 종종 사람이 중독 수준으로 술을 마시기 시작하면 그때부터는 더 이상 자라지 않는 것이나 다름없다고 말하곤 한다. 술은 사람의 성장을 지체시킨다. 사람을 성숙함 및 자신감의 척도에서 한 단계 나아가게 하고 자신이 어떤 사람인지 알게 하는 삶의 두려운 경험들을 겪지 않도록 만든다. 내가 본격적으로 술을 마시기 시작한 것이 열여섯 살 무렵이었으니, 회복기 3년 차인 지금 내 실제 나이는 열네 살이 조금 넘은 셈이다. 아무리 많이 쳐봐야 열아홉, 스물쯤이다. 하지만 나는 아직도 어리다. 혹은 어리다고 느낀다. 내 삶을 타인과 공유할 것인가 하는 결정을 내리기는 고사하고 내가 어떤 삶을 살고 싶은가 하는 결정을 내리기에도 어리다고 느낀다. 내 세계를 어떻게 만들어나가면 좋을까 하는 걸 알기에는 아직 이 세계가 낯설다.

금주한 지 일이 년 뒤에 다시 마시기 시작하는 사람들이 많다는 사실은 놀랍지 않다. 그 무렵은 뿌연 안개가 걷히고 앞으로 해야 할 어려운 일이 드러나는 시점이기 때문이다. 술을 끊는 일은 기차 사고에서 빠져나오는 일과 좀 비슷하다. 당신은 멍하고 혼란스러운 상태로 일어나서, 한동안 주변을 돌아다니면서 자신이 살아남았다는 사실에 놀라움과 깊은 고마움을 느낀다. 그러다 머리가 맑아지고 트라우마가 찾아들면, 자신도 모르게 망연히 잔해를 보며 서 있게 된다. 저 기차에서 내린 나는 이제 누구지? 이제 나는 어느 방향으로 가야 하지? 거기까지 어떻게 가지? 이것은 겁나는 시기이고, 나는 스스로에게 이것이 중요한 시기이기도 하다는 사실을 자주 상기시켜야 한다. 모든 것이 불확실한 시기인 건 맞지만, 모든 것이 가능한 시기이기도 하다고.

(1997년)

아버지에게 보내는 편지

사랑하는 아빠,

아빠가 돌아가신 날 밤, 저는 술에 취했습니다. 아빠의 장례식 날 밤에도, 그다음 날 밤에도, 이후에도 1년하고 10개월하고 30일 동안 매일 밤 취했습니다.

우리는 이 이야기를 한 번도 나누지 않았죠. 적어도 직접적으로는. 아빠의 음주, 저의 음주, 우리의 음주, 이것들이 더없이 미묘하고 매혹적인 방식으로 엉켜버렸다는 사실 같은 걸 말이에요. 그래서 제가 이제라도 말을 꺼내볼까 합니다. 정신과 의사로서 가족 내에서나 밖에서나 분석가였던 아빠는 제가 이렇게 비밀을 끄집어내는 것이 어떤 의미인지를 누구보다 잘 이해했겠죠. 정신분석가의 딸이 알코올 중독자라니, 언뜻 보기에는 정말 꼴불견입니다. 젊고 매력 있고 미래가 창창한 여자가 알코올 중독자라니. 어울리지 않잖아요? 이상한 것 같죠. 하지만 아빠는 겉모습이 기만적이라는 사실, 사랑스럽기 그지없는 외면 뒤에도 혼돈이 끓어오를 수 있다는 사실, 삶을 살아가고 사람들을 사랑하려고 노력하고 까다로운 감정들에 대처하는 일은 참으로 복잡한 일이라는 사실을 아주 잘 알았죠.

제가 처음 술을 마신 게 언제였는지는 기억나지 않습니다. 하지만 아마 아빠와 함께 마셨을 테죠. 아빠와 엄마가 매일 저녁 칵테일을 마시던 거실에 우리가 함께 앉아 있던 때였을 테고, 아마 칵테일이었을 테죠. 아빠가 오랜 경험으로 완성한 레시피였던 진과 베르무트와 아주 약간의 사케의 혼합물. 아마 그걸 딱 한 모금 마셨을 테죠. 어쩌면 몇 모금 더 마셔서, 뒤통수가 찌릿하고 가슴께가 서서히 뜨뜻해지고 기분이 편해지는 걸 느꼈을 테죠. 정확히 알 수는 없지만, 저는 술과의 첫 경험이었던 그 첫 모금을 아빠를 사랑하는 방식과 비슷한 방식으로 사랑했던 것 같아요. 그것은 강력하고 신비롭게, 많은 가능성을 암시하면서 나를 끌어당겼죠.

너무 섹슈얼한 표현으로 들리나요? 그럴 수도 있겠네요. 하지만 크게 빗나간 표현은 아닐 거예요. 저는 술을 연애처럼 여기게 되었으니까요. 그것은 아빠가 아빠 인생의 중요한 사람들과 맺었던 관계, 제가 아빠와 맺었던 관계처럼 온전하고 풍요롭고 감각적이고 복잡한 관계, 다차원적인 관계였어요. 저는 술을 사랑했어요. 그것도 오랫동안. 너무 사랑한 나머지 술을 위해서라면 문자 그대로 죽을 수도 있었을 거예요. 하지만 그러기 전에 아빠가 먼저 죽었죠. 그리고 저는 그 사실이 저를 살려주었다고 말해도 괜찮을 것 같습니다. 어떤 면에서 저는 아빠를 포기하기 전에는 술을 포기할 수 없었던 것 같습니다.

아빠와 저는 술을 똑같은 방식으로 마셨고, 여러 가지 똑같은 이유에서 나셨죠. 이건 놀라운 일이 아닙니다. 저는 아빠에게서, 아빠를 보면서 술 마시는 법을 배웠으니까요. 아빠는 일을 마치고 집에 오면 늘 마티니를 한 피처 가득 만들었죠. 그걸 한잔 마시면, 아빠에게서 긴장감이 스르르 빠져나갔어요. 아빠가 마음속에만 꽁꽁 담아둔 어떤 뾰족한 감정들이 술 앞에서는 감당할 만한 수준으로 무뎌진다는 걸, 저는 막연하게나마 알 수 있었습니다. 아빠에게는 늘 슬픔의 기운이 있었죠. 이유는 제가 영영 알 수 없었지만, 아빠의 눈을 보면 그랬어요. 아빠가 가끔 동작을 멈추고 우리를 모두 지나쳐서 방 건너편을 응시하는 모습을 보면. 그럴 때 아빠는 미간이 아주 살짝 찌푸려졌고, 표정이 조용히 깊어졌고, 뭔가를 원하고 찾는 듯한 분위기였어요. 슬퍼 보였고, 생각이 딴 데 있는 듯했고, 멀게 느껴졌어요. 그걸 보면 전 제가 느끼는 감정이 저런 것이겠구나 싶었어요. 저는 그 표정을 알아요. 아빠가 술을 마시면 한결 편안해졌다는 것, 아빠의 얼굴이 부드러워졌다는 걸 알아요. 그리고 나중에 제가 규칙적으로 술을 마시기 시작했을 때 그것과 똑같은 현상을 경험했다는 걸 알아요. 그건 말하자면 우리가 세상과 관계 맺는 방식이 10도쯤 어긋나서 초점이 맞지 않는다는 기분, 그런데 술이 그걸 바로잡아줘서 우리가 내면의 균형을 되찾게 되는 듯한 기분이죠.

아빠는 아마 제 술 문제를 모르셨을 겁니다. 그렇죠? 괜찮아요. 아는 사람이 많지 않았으니까. 알코올 중독의 문제가 그거죠. 사람의 영혼을 몹시 은근하고 음흉하게, 아주 서서히 틀어쥔다는 점. 게다가 술은 기막히게 유혹적인 물질이죠. 요즘도 전 제가 우아한 바에서 드라이한 백포도주를 음미하는 모습을 그려봅니다. 눈을 감으면 곧장 거기 가 있는 듯하죠. 저는 가령 리츠 호텔 바에서, 차가운 쇼비뇽 블랑과 담배를 앞에 두고, 자신이 1940년대 영화의 한 장면 속에 있는 양 느끼고 있어요. 그럴 때 저는 우아하고 침착하죠. 한 모금 홀짝일 때마다 수줍음은 조금씩 사라지고, 자의식은 약해지고, 그 대신 용기가 생겨납니다. 저는 술의 언어를 사랑했어요. 스플래시splash(소량의 음료를 말할 때 쓰는 단어), 트위스트twist(칵테일에 꽂는 과일 조각을 뜻하는 단어). 술의 소리도 사랑했어요. 잔에서 얼음이 부드럽게 쨍그랑거리는 소리, 포도주병이 탁자에 쿵 하고 놓이는 만족스러운 소리. 술이 주었던 연결감과 동료애를 사랑했어요. 퇴근 후 친구들과 술집 탁자에 둘러앉아서 술을 마시고 웃고 무용담을 나누던 것을. 제가 새로 알게 된 사람에게 건네는 말 중 최고의 칭찬은 오랫동안 이것이었어요. 우리 언제 함께 술 마셔요. 밖에서 만나서 술 마셔요.

저는 완전히 현혹되었어요.

제가 제일 좋아했던 건 아빠와 마시는 술이었다고 말씀드려도 놀라지 않으시겠죠. 아빠는 대화하기 어려운 사람이었어요. 아빠가 던지는 캐묻듯 분석적인 질문들, 태도에서 드러니는 슬픔의 기색. 저는 아빠의 지성과 통찰력에 주눅 들었고, 아빠 앞에서 종종 말문이 막혔고, 제가 뭐라고 말하든 부적합하거나 지루한 말일 거라고 확신했어요. 술은 그 상황을 누그러뜨려서, 더 정상적인 평면이라고 느껴지는 차원으로 우리 둘을 내려보냈어요. 좀 더 마음이 가볍고 대등한 운동장으로. 저는 다른 부녀들은 늘 그런 차원에 존재할 거라고 상상했죠.

혹은 다른 남녀들이 그럴 거라고 상상했습니다. 이 말을 들어도 아빠는 아마 놀라지 않으실 텐데, 저는 아빠와의 관계에서의 두려움과 전략을 다른 남자들과의 관계에도, 연애에도 고스란히 전이시켰답니다. 저는 고등학교 때 술을 마시기 시작했어요. 술이 옆에 있었고 효과가 있었기 때문에. 저를 겁먹고 자의식 강한 아이에서 멀쩡히 기능하는 아이로, 파티에서 말 붙일 만한 아이로 바꿔주었기 때문에. 대학 때도 같은 이유로 술을 마셨습니다. 술이 옆에 있었고 효과가 있었기 때문에. 제가 평생 느껴온 수줍은 불안을 약화시키고 제가 더 큰 무리에 소속될 수 있다는 느낌을 주었기 때문에. 간단한 수학이었죠. 술을 마시면 마음이 풀어져서 파티에 갈 수 있게 되고, 알지도 못하는 남자와 키스할 수 있게 되고, 누군가와 잘 수 있게 되는 거죠. 잘 살 수 있게 되는 거죠.

누구나 그러지 않나요? 아빠는 그랬죠. 저도 그랬어요. 제 친구들도 그랬습니다. 분석가였던 아빠가 살아 계신다면 좋겠다고 생각하게 되는 일 중 하나가 이것입니다. 아빠는 저의 로드맵이었고, 제가 감정들과 관계들을 헤쳐갈 때 사용하는 나침반이었죠. 만약 아빠가 아직 살아 계셨다면, 저와 함께 제가 걸어온 길을 되짚어보고 현미경으로 분석하여 제가 어디에서 그 애매한 선을 넘었는지, 정확히 어느 시점에 정상적인 음주에서 알코올 중독으로 엇나가기 시작했는지 알아낼 수 있었을 테죠.

하지만 물론 전 그 바람이 헛되다는 것도 알아요. 아빠도 아셨

겠죠. 알코올 중독에는 정확함이란 게 없으니까요. 어떤 하나의 사건 때문에 건강했던 사람이 아파지는 게 아니고, 어떤 하나의 비정상 세포가 분열하거나 돌연변이를 거쳐서 사람의 미래를 바꾸는 게 아니니까요. 그저 느리고 불분명한 과정이 있을 뿐이죠. 우리는 자신이 술을 너무 많이 마신다는 걸 알면서도 모르죠. 알지만 알지 않으려 하죠. 자신이 충분히 끊을 수 있다고, 관리할 수 있다고, 통제할 수 있다고 생각하죠. 불안해서 홀짝홀짝, 부정하려고 벌컥벌컥.

우리 가족은 북부에서 살았지만, 제가 알코올 중독에 관해서 가장 적합하다고 생각하는 이미지는 남부의 이미지입니다. 칡덩굴, 알코올 중독은 칡덩굴 같습니다. 그것은 서서히 끈질기게 삶에 퍼지는데, 워낙 천천히 자라기 때문에 우리는 그 존재를 거의 모르고 있다가 그것이 자신의 목을 조르고 모든 성장의 가능성을 압살하기 시작할 때에야 비로소 알게 되죠.

저는 술 마시는 데 익숙해졌습니다. 술은 가장 훌륭하고 믿음직한 대처 방법이었어요. 저는 불안을 희석하고 두려움을 가라앉히려고 마셨어요. 긴 하루의 끝에 자신에게 주는 보상으로 마셨어요. 대화의 윤활액으로 마셨어요. 사랑을 나누려고 마셨어요. 술을 마시지 않으면 제 머릿속에서 빠져나올 수 없었고 긴장을 풀 수 없었거든요. 한참을 그렇게 지냈더니, 즉 술을 너무 오래 너무 효과적으로 사용해왔더니, 그다음에는 술을 마시지 않기가 점점 어려워졌어요. 중독이 그런 거 아닌가요? 악순환. 제 사회적 자아, 섹슈얼리티와 자아 감각이 음주 경험과 워낙 단단히 결합해 있었기 때문에, 술 없이 사회적 활동을 한다는 건 상상할 수 없었어요. 술 없는 파티라고? 하루 종일 일로 스트레스를 받았는데 저녁에 술 한잔 못한다고?

나중에는 질문이 더 포괄적이고 구체적인 것으로 바뀌었죠. 포도주 없이 식사한다고? 술 없이 잠을 청한다고? 당신 없는 내가 가능하다고?

아니요, 아니에요. 아빠가 통찰력이 아무리 뛰어났어도 이건 알아차리지 못했을 거예요. 제 음주를 들여다보려면 아빠 자신의 음주도 들여다봐야만 했을 텐데, 아빠는 그러고 싶지 않았거나 그럴 수 없었을 거예요. 하지만 다른 한편으로는 제가 이 사실을 아빠에게조차 그만큼 능란히 숨겼기 때문이었을 거예요. 온 가족이 함께 식사하는 자리라면, 저는 **조용히** 취했습니다. 착한 아이처럼 취했어요. 식탁에 놓인 포도주잔을 치우면서 남들이 남긴 술을 몰래 꿀꺽 마셨어요. 부엌에 남아서 설거지를 하곤 했는데, 그러면 5분이나 10분마다 냉장고로 옆걸음질해서 코르크가 열린 채 들어 있는 백포도주를 쭉 들이켤 수 있었어요. 저는 여기서 홀짝 저기서 홀짝 마셨고, 그래서 이따금 흐트러졌을 수도 있겠지만—말이 어눌해지거나 문으로 향하는 걸음이 휘청거리거나—심한 음주라는 동전의 뒷면은 심한 부정이고, 이 일에서는 온 가족이 어느 정도 저를 거들었죠. **쟤가 우울해서 저래. 이렇게 말하기는 늘 쉽죠. 그냥 좀 놔둬. 쟤가 그동안 되게 우울했었어.**

우울했든 아니든, 저는 제 집으로 돌아가서 술을 더 마셨습니다.

아빠가 뇌종양 진단을 받았던 1991년에, 저는 5년 가까이 매일―단 하루를 제외하고 말 그대로 매일 밤―술을 마셔온 터였습니다. 그 예외는 1989년 어느 날 밤이었어요. 숙취가 죽도록 심했던 데다가 제 음주가 통제 불능이 되었다는 사실이 너무 무서워서, 사무실에서 제 손으로 AA에 전화를 건 뒤에 내키지 않는 몸을 이끌고 모임에 나가보았죠. 금요일 밤에 보스턴 시내에서 열린 모임에는 바닥까지 떨어진 술꾼들, 노인들, 노숙인들이 벅적거렸죠. 그 점이 술보다 더 겁났지만, 아무튼 그날 하룻밤만은 용케 술을 참았습니다. 이튿날은 프리랜서로서 맡은 일 때문에 시애틀로 날아가야 했죠. 피곤하고 스트레스가 되는 일이었고, 저는 그 스트레스를 핑계 삼아 호텔 방 미니바에 있는 코냑을 딱 두 모금 마셨어요.

그때부터 저는 규칙을 세웠습니다. 하루에 두 잔. 그 이상은 안 된다고. 딱 두 잔만. 퇴근 후에 한 잔, 저녁을 먹으면서 한 잔 더. 이렇게 결정하면 반드시 남에게 선언했고―주로 10년 가까이 제 음주에 적극적으로 우려를 표해왔던 언니에게 했죠―선언이 효과가 있을 거라고 믿었어요. 예전에 제 상사였던 여성은 저보다 훨씬 더 노골적으로 엉망으로 마시던 알코올 중독자였는데, 그분을 언급하며 말하곤 했죠. 딱 두 잔만 마실 거야. 이 규칙을 지키지 못하면 결국 나도 그 사람처럼 될 거야.

저는 그 규칙을 고수했어요. 그것도 여러 번. 하지만 한 번에 연달아 이삼일 이상은 지키지 못했죠.

술의 문제가 그거예요. 술은 늘 거기 있죠. 거기서 늘 우리의 소매를 잡아당기고, 가게와 식당의 진열장에서 우리를 부르고, 순수하고 손쉬운 위안을 약속해요. 위안을 구할 까닭은 늘 있기 마련이고—힘든 하루, 어려운 관계, 지속적인 불만족—술꾼에게 술이라는 위안은 너무나 쉽게 구할 수 있는 것, 너무나 쉽게 취할 수 있는 것, 놀랍도록 항상적인 효과를 내는 것이죠. 그런데 어떻게 거부하겠어요? 왜 거부해야 하나요?

그러던 중에 아빠가 아팠죠. 저는 매일 퇴근 후에 댁에 들렀습니다. 휠체어에 앉은 아빠는 스테로이드 처방제 때문에 얼굴과 두 다리가 퉁퉁 부었고, 표정은 공허하고 슬펐어요. 전 그 모습을 견딜 수가 없었어요. 그때부터 아빠의 술 보관장을 털었죠. 아빠가 손댄 지 몇 년은 된 듯한 술들을 훔쳐서—올드 그랜대드 위스키, 하도 오래되어서 뚜껑이 딱딱해진 진—현관 옆 화장실에 숨겼어요. 아빠와 함께 잠시 앉아 있다가—대화는 부자연스럽고 어려웠어요—일어나서, 숨겨둔 술을 몰래 꺼내어 밖으로 가지고 나간 뒤, 현관 계단에 앉아서 담배를 피우면서 병나발을 불었어요. 그 집에선 너무 취하지 않도록 조심했어요. 저 자신을 마비시킬 정도로만, 멀쩡한 척 움직일 수 있을 정도로만 취했죠.

아빠는 알아차렸을까요? 저는 몰랐어요. 정말 몰랐습니다. 아빠가 돌아가신 해 여름, 제 남자친구가 자기 부엌에서 미지근한 진을 병째 마시고 있는 저를 목격했어요. 밤이었고, 저는 전화를 붙들고 있었고, 술이 더—어떤 술이든 더—필요했는데, 있는 게 진뿐이었어요. 그래서 보관장에서 병을 꺼내어 입을 대고 마셨는데, 그 순간 남자친구가 들어와서 저를 본 거죠. 아직도 저는 그런 저와 다른 저, 즉 리츠 호텔 바의 창가 자리에 앉아서 우아하고 세련

되게 백포도주를 잔으로 마시던 저를 한 사람으로 여기기가 어렵습니다. 어느 쪽이 진짜 저였을까요? 아빠라면 대답할 수 있었을까요? 아까도 말했듯이, 저는 알 수 없었어요. 정말 알 수 없었어요.

아무튼 아빠는 4월에 돌아가셨죠. 저는 그 봄 내내 술을 마셨고, 그 여름에도 내내 술을 마셨습니다. 7월에 열흘간 파리에 갔을 때도 그 아름다운 동네들을 누비면서 내내 술을 마셨고, 그 여행은 기억에서 흐릿해요. 그러다 10월이 되었고, 엄마가 간암 진단을 받았죠. 저는 더 마셨어요. 술을 대처 기제로, 마취제로 사용하는 습관은 진작 굳어져 있었지만, 만약에 제가 어떤 선을 넘은 순간이 있었다면 그건 아마 그때였을 겁니다. 겉으로 저는 아주 정상적으로 생활했어요. 일을 했고, 첫 책을 내기로 계약했고, 각종 요금을 잘 치르고, 그럭저럭 수습했죠. 하지만 엄마가 죽어가던 반년 동안, 저는 제 삶이 점점 더 두 조각으로 뚜렷이 쪼개지고 있다고 느꼈어요. 자동 조종 장치로 움직이며 할 일을 해내던 낮의 삶과 술의 몽롱함 속으로 사라지던 밤의 삶으로. 이 사실 역시 아빠는 알 수 없었을 거예요. 아무도 몰랐습니다. 저는 전략적으로 마셨거든요. 퇴근 후 동료들과 한두 잔을 마셨고, 엄마를 찾아가서는 엄마가 걱정하거나 잔소리하지 않도록 맥주를 딱 두 캔만 마셨고, 여섯 캔들이 꾸러미에서 남은 네 캔은 집에 돌아와서 마셨고, 추가로 포도주를, 추가로 코냑을, 추가로 뭐든 필요하다고 생각되는 만큼 더 마셨어요. 거의 매일 밤 정신을 잃을 때까지 마셨어요. 그러지 않고는 도저히 잠들 수 없을 것 같았습니다.

엄마는 1993년 4월 18일 일요일에 돌아가셨어요. 아빠가 돌아가신 지 1년하고 11일 뒤였죠. 엄마는 돌아가시기 며칠 전에 병원에 입원했었는데, 엄마가 살 수 없을 것이 분명해지자 우리는 엄마가 집에서 돌아가실 수 있도록 집으로 도로 모셔왔어요. 다른 사람들은 엄마와 함께 구급차에 타고 갔죠. 저는 제 차를 타고 갔어요. 가는 길에 주류 판매점에 들러서 듀어스 위스키 750밀리리터 한 병을 사서 핸드백에 숨겼죠.

그해 여름과 가을에, 제가 아빠에게 말씀드리기가 부끄러운 일들이 벌어졌어요. 엄마가 돌아가신 지 몇 달이 된 어느 날 아침, 리베카가 회사로 제게 전화를 걸어왔어요. 5분인가 10분쯤 통화하다 보니, 우리가 전날 밤에 통화했지만 제가 그때 만취했던지라 그 대화가 기억에 없다는 사실이 드러났어요. 리베카는 그 사실을 깨닫고 울기 시작했습니다. 그리고 말했어요. "네가 어쩔 수 없다는 건 알아. 너도 어쩔 수 없겠지. 하지만 이제 저녁 7시 이후에는 너한테 차마 전화를 못 걸겠어. 네가 말짱한 정신일지 아닐지 알 수가 없어서."

몇 달 뒤 어느 날 밤, 술에 취한 채 엄마의 차를 몰다가 갓돌을 들이박아서 오른쪽 앞바퀴에 펑크가 났어요. 저는 그러고도 세 블록을 더 가서야 비로소 제가 무슨 짓을 저질렀는지 깨달았고, 그래서 전혀 모르는 사람의 집 진입로에 차를 세우고 그 집 문을 미친 듯이 두드렸어요. 그 낯선 사람의 도움을 받아서 AAA(미국자동차협회)에 전화한 뒤, 저는 사고 처리반이 나타나기를 기다리면서 차에서 정신을 잃었습니다.

또 다른 날 밤, 추수감사절 주말에 친구들과 저녁을 먹은 뒤 산책을 나섰다가 친구들의 아이인 어린 여자아이 둘을 번쩍 안고 미친 여자처럼 달려서 길을 건너기 시작했습니다. 저는 만취한 상태였고, 하이힐을 신고 있었고, 그래서 발을 헛디뎌서 넘어졌어요. 한 아이는 두 팔로 안아서 제 몸 앞에 매달고 있었는데, 아이의 머리가 다치지 않은 것, 제가 아이를 죽이거나 심각한 머리 부상을 입히지 않은 것은 지금 생각해도 기적입니다. 대신 제 무릎이 대가를 치렀죠. 제가 응급실에 갔을 때 상처가 너무 깊어서 간호사가 무릎 뼈를 볼 수 있었다는데, 저는 거기까지 간 기억이 없습니다. 전혀.

AA에서는 이런 것을 자포자기의 선물이라고 부릅니다. 그해 12월 어느 날 아침, 저는 숙취를 느끼면서 잠에서 깼어요. 아빠를 떠올렸죠. 우리를 오랫동안 묶어주었던 슬픔, 깊은 불만, 세상이 살짝 비뚤어진 듯한 감각을 떠올렸어요. 아빠가 평생 그 감정과 씨름하면서 살았다는 사실을 떠올렸어요. 아빠는 평생 그 감정을 심리 치료로 다스리려고 애썼고, 이해함으로써 잘라내버리려고 애썼죠. 하지만 아빠가 죽어갈 때 감내해야 했던 일 중 하나는 자신이 결국 그 일에 성공하지 못했고, 그토록 원했던 마음의 평화를 찾지 못했고, 우울증으로부터 자유로워진 기분을 한 번도 맛보지 못했다는 깨달음이었어요. 아빠 자신이 마지막 해에 그렇게 말한 적 있죠. 정신분석가이자 심신의학 전문가였던 당신이 스스로 평생 화해하지 못했던 감정들이 있다고, 평생 해소하지 못한 갈등들이 있다고. 그리고 당신의 종양을—당신의 뇌 중앙에 박혀 있던 그것을—당신이 찾아낸 유일한 해결책의 최종적 은유인 것처럼 말했죠.

술은 그토록 알 수 없는 수수께끼입니다. 우리가 술에 절어 있을 때는 술이 유일한 해결책인 듯, 술이 자신을 산산조각 나지 않게 붙잡아주는 접착제인 듯 느껴지죠. 하지만 사실은 술이 문제의 근원이죠. 술은 우리가 꼼짝달싹하지 못하도록 발바닥을 바닥에 붙여놓는 접착제죠. 그날 아침, 저는 어째서인지는 몰라도 그 사실을 깨우쳤습니다. 어쩌면 퍼뜩 머릿속을 스친 생각에 불과했는지도 모르겠지만, 그 순간의 생각이 점차 자라서 결국 저를 다른 방향으로 움직이게 만들었습니다.

진실은 무릇 무척 단순하지만 알아차리기 어려운 것이죠. 저는 아빠를 사랑했어요. 하지만 아빠처럼 되고 싶진 않았어요. 저는 술을 사랑했지만, 아빠처럼 죽고 싶진 않았어요.

두 달 뒤, 저는 술을 끊었습니다.

(1995년)

마취제 없는 삶

그 공포를 한번 상상해보라.

당신이 전쟁 지역에 산다고 상상해보라. 당신이 사는 곳에는 도처에 위험이 도사리고 있다. 지붕 위에는 저격수들이 있고, 발밑에는 지뢰들이 있다. 그다음 또 상상해보라. 당신은 그곳에서 위험으로부터 자신을 보호하기 위하여 정교한 대응 체제를 구축해두었다. 밖에서는 변장을 하고 다니고, 방탄조끼와 금속 헬멧으로 몸을 가리고 다닌다. 안에서는 구석에만 머물고, 침대에 웅크리고 누워서, 총성이 들리지 않도록 귀를 계속 막고 있다. 당신은 자신의 안전을 지키는 법을 알고 있다.

마지막으로 이렇게 상상해보라. 어느 날 갑자기 상황이 바뀌었다. 당신이 아침에 일어났더니, 방탄조끼와 헬멧이 보이지 않는다. 당신은 밖으로 끌려 나온다. 보호 장구도 없이 안전한 구석에서 끌려 나와서 햇살 아래에 선다. 그때 당신이 얼마나 헐벗은 느낌일지, 얼마나 무서울지 상상해보라. 세상에 노출된 기분을 상상해보라.

상상이 되는가? 이것이 바로 중독을 포기한 사람의 기분이다.

마약 중독자나 알코올 중독자를 위한 재활 프로그램에 들어가면, 종종 '좋은 소식-나쁜 소식' 선언을 듣게 된다. 상담사나 의사가 웃으면서 이렇게 말한다. "좋은 소식은, 전쟁이 끝났다는 것입니다." 극적인 효과를 내기 위해서 잠시 침묵. "나쁜 소식은, 여러분이 졌다는 것입니다." 거식증과의 전투와 알코올 중독과의 전투를 둘 다 겪은 난민으로서, 나는 저 말을 살짝 바꾸고 싶다. 만약 당신이 중독을 포기한다면, 좋은 소식은 하나의 전쟁이 끝났다는 것이다. 당신은 마약이나 술 의존증이라는 싸움에서, 혹은 거식증이나 폭식증이나 도박 같은 중독적 행동과의 싸움에서 공식적으로 막 무릎을 꿇었다. 그런데 나쁜 소식은, 또 다른 전쟁이 막 시작되었다는 것이다. 당신은 이제 새로운 영역에서 예전에 쓰던 무기도 없이 싸워야 한다. 마취제도 없이 매일매일 부상을 겪어내야 한다.

물론 이 전쟁은 앞선 전쟁보다는 훨씬 더 희망적이다. 알코올 중독이나 섭식장애 같은 적과 싸울 때보다는 당신이 이길 확률이 상당히 더 높고, 전투에서 얻은 흉터가 눈에 훨씬 덜 띄는 형태일 테고, 승리가 더 의미 있을 뿐 아니라 더 영구적일 것이다. 그래도 이것이 전쟁이라는 사실에는 변함이 없다. 이번에는 내면에서 벌어진다는 차이가 있지만, 그래도 애초에 당신을 중독으로 내몰았던 적들과 맞서 싸워야 한다는 점은 차이가 없다. 그 적들이란 당신의 두려움과 분노와 불안정함, 위로와 위안을 갈구하는 마음, 곧 당신 자신이다.

내가 아는 헬렌이라는 여자는 오랫동안 강박적 과식에 시달렸다. 헬렌은 내가 술을 마셨던 방식으로 먹었다. 감각을 마비시키기 위해서, 스스로에게 딴생각을 할 틈을 주지 않기 위해서, 지루함과 불안을 물리치기 위해서 먹었다. 그러다가 이윽고 바닥까지 떨어졌고, 그 행동이 자신의 삶을 압도해버렸다는 사실에 좌절하고 절망한 끝에, 헬렌은 강박적 과식 환자들의 모임에 나가기 시작했다. 그리고 서서히 그 행동과 그 행동을 촉발한 감정들을 연결하여, 내면에서 결론을 이끌어냈다. 그 직후, 헬렌은 저녁 파티에 참석했다가 이쪽에는 M&M's 초콜릿이 담긴 그릇이 있고 저쪽에는 땅콩이 담긴 그릇이 있는 자리에 앉았다. 헬렌은 M&M's가 너무 먹고 싶어서 난처할 지경이었다. 그는 계속 M&M's를 흘끗거렸고, M&M's를 생각했고, M&M's가 마약인 양 유혹을 느꼈다. 그러다 한순간 깨달았다. 자신이 M&M's에 몰두하느라 모든 집중력을 내부가 아닌 외부에 쏟고 있다는 사실을. "M&M's를 먹을까 말까, 얼마나 먹을까, 내가 먹은 양을 딴 사람들이 모르게 하려면 어떻게 해야 할까 하는 데 온 에너지를 쏟는 한, 나 자신에 대해서는 생각하지 않을 수 있었던 거죠. 내가 그 자리에서 남의 눈을 의식하고 안절부절못한다는 사실, 내가 내 인생을 싫어한다는 사실, 내가 내면에서는 불행하다는 사실을."

빙고. 결국 헬렌은 M&M's를 물리치고 새로운 방식으로 대처했다. 먼저 일어나보겠다고 말하고 파티를 나와서, 집으로 가서, 욕조에 오래 몸을 담그는 것으로 불안을 달랬다. 헬렌은 이 일화를 "M&M's 계시"라고 부른다. 그것은 그가 새로운 생존 도구 일습이라는 새로운 장비가 필요한 새로운 전쟁에서 거둔 첫 승리였다.

우리가 중독을 내려놓은 뒤 이튿날 깨어나서 완전히 다른 삶을 접한다면, 갑자기 명료함과 꽃과 빛이 가득한 새 세상에 뚝 떨어진다면 얼마나 좋을까마는, 그런 일은 그다지 자주 벌어지지 않는다. 벌어지기라도 하는지 의문이다. 우선, 중독을 포기한다는 것은 본질적으로 혼탁한 과정이다. 특히 음식처럼 중요하고 피할 수 없는 대상에 집중하는 중독 행위라면 더욱더 그렇다. 섭식장애에는 칼로 자르듯 명확한 해독이나 금단 증상 기간이라는 게 있을 수 없다. 헬렌의 이야기가 말해주듯이, 우리는 먹는 것에 대해서 매일 수많은 결정을 내려야 한다. 그 결정 하나하나마다 복합적인 동기, 두려움, 관심사가 담겨 있다. "난 뭘 먹든지 늘 최소한 50가지씩 질문을 던져봐요." 헬렌은 말했다. "내가 이걸 먹는 게 육체적 허기 때문인가, 아니면 내면의 어떤 굶주림을 채우기 위한 감정적이고 강박적인 허기 때문인가? 내가 초콜릿칩 쿠키를 세 개째 먹고 싶은 것은 정상적이고 건강한 일인가, 아니면 자기 파괴 행위인가? 내가 X나 Y나 Z를 먹으면 죄책감이 들까, 아니면 괜찮을까?" 섭식장애에서 회복한다는 것은 자신이 선택했던 중독 대상을 완전히 저버리는 게 아니라 그것과 새로운 관계를 맺는 것이고, 이것은 매일 간헐적으로 치러야 하는 복잡한 전쟁일 수 있다.

이와 대조적으로, 마약이나 술과의 싸움은 훨씬 더 구체적일 수 있다. 그것을 절대 쓰지 않겠다는 한 가지 결정만 내리면 되니까. 하지만 이 전쟁의 초기 단계는 마치 팔다리를 잃거나 절친한 친구를 잃은 것처럼 더 충격적일 수 있다. 나는 재활 시설에서 나온 뒤 몇 주 동안 가슴에 주홍글씨나 표지판을 매달고 다니는 기분이었다. 금주 열흘째 알코올 중독자! 눈치챘나요? 내가 딴 사람 몸속에 사는 것 같은 기묘한 감각이 들었고, 더없이 익숙한 행동들마저 낯설고 이상하게 느껴졌다. 아, 내가 술 없이 텔레비전을 보고 있네. 아, 내가 술 없이 외식을 하고 있네. 아, 내가 커피를 마시면서 대화를 나누려고 애쓰고 있네. 그런 순간이면 예전에 내가 술로 익사시키려고 했던 감정들이—불안, 슬픔, 자의식—수면으로 떠올랐고, 그러면 나는 예전에 불안을 달랠 때 쓰던 믿음직한 무기 없이, 말 그대로 무장해제된 채 그것들을 고스란히 느끼면서 앉아 있곤 했다.

내게 이 깨달음이 유달리 강렬하게 찾아든 자리가 있었다. 금주한 지 두 달쯤 되던 어느 날 밤, 식당에서였다. 이 글에서는 그냥 에드워드라는 가명으로 부를 남자와 저녁을 먹으러 간 자리였다. 그는 내가 오래전부터 알고 지낸 술친구로, 호색한 기질이 있었다. 여자와 말할 때 여자의 목덜미나 가슴 같은 부적절한 부위를 빤히 쳐다본다거나 하는 식이었다. 이전에 내가 술을 마실 때는 그 점이 전혀 신경 쓰이지 않았다. 에드워드는 출판계에서 유명하고 꽤 힘있는 남자로, 나는 그를 알고 지냄으로써 그의 세계에 받아들여지는 느낌을 받는 것이 좋았다. 우리는 일 년에 한두 번 만났고, 그럴 때 그는 매번 웨이터들이 모두 그를 아는 고급 식당에서 저녁을 사주었다. 우리는 먹고 마셨다. 식전주로 마티니를 마셨고, 식사에 곁들여서 비싼 적포도주를 마셨고, 디저트에는 한 잔에 12달러 하는 아르마냑 브랜디를 곁들여 마셨다. 에드워드는 내내 내게 추파를 던졌고 간간이 야한 말도 던졌지만, 나는 그냥 참았다. 포도주를 홀짝이면서 가만히 앉아 있었다. 내가 느꼈을지도 모르는 불편함은 술로 마비시켰다. 하지만 이번에 그가 술을 마시지 않는 나를 데려간 곳은 장의자들이 놓여 있는 근사한 식당이었고, 그는 내 맞은편이 아니라 한 의자에 나란히 앉았는데, 그의 다리가 내 다리를 스치거나 그가 내 머리카락이나 손을 건드릴 때마다 나는 포크를 집어 그의 손을 푹 찌르고 싶은 충동을 억눌러야 했다. 내가 자리를 옮기거나 그에게 옮겨달라고 말할 용기는 없었고, 포크로 그의 손을 찌를 배짱은 더더욱 없었기 때문에, 나는 그냥 그대로 앉아서 음식을 먹고 그가 포도주 마시는 걸 지켜보면서 93분 내내 진심으로 불편해했다. 나는 시간을 쟀다. 내가 47분째 이렇게 불편해하고 있네. 53분째, 93분째. 에드워드는 포도주를 네 잔째 마시고는 내게 몸을 기울이면서 한껏 감상적으로 말했다. "자기는 참 멋진 여자야." 그는 내 가슴을 응시하고 있었다. 그의 숨에서 술 냄새가 풍겼고, 한순간 나는 그동안 내가 그와 식당에 앉아서 음흉한 시선을 받으며 대상화되어 무력해진 기분을 느꼈던 1분 1초가 그 순간에 모두 집중된 듯이 응축된 분노를 느꼈다. 나는 생각했다. 이래서 내가 술을 마셨던 거야, 이런 기분을 피하려고. 또 생각했다. 술로써 도피하지 않고 내 감정을 실제로 경험하는 것, 술 없이 산다는 건 이런 거야. 우리는 잠시 후에 식당을 나섰다. 하지만 그 저녁의 사건은 술이 내게 어떤 역할을 해왔으며 술 없이 사는 삶은 얼마나 다르게 느껴지는지를 가르쳐주는 작은 교훈으로 오랫동안 마음에 남았다.

중독을 벗어나서 한두 달 지내고 나면, 최초의 충격은 희미해진다. 그리고 많은 사람은 흔히 "핑크빛 구름"이라고 불리는 그다음 단계로 들어선다. 이 낙천적 단계에 이르면 자신감과 안도감이 솟구치고, 자신이 마침내 이렇게 자신의 삶을 향상시키기 위한 조치를 취했으니 앞으로도 못할 일이 없다는 기분이 든다. 나도 금주 첫해에 간간이 그런 기분이 들었으나, 그러다가도 에드워드와 식사했을 때와 같은 순간들을 주기적으로 접하면서 그 기분이 가라앉곤 했다. 불안이 다가오면, 당신은 생각한다. 내가 이래서 술을 마셨던 건데. 슬픔이 밀려오면, 생각한다. 내가 이래서 술을 마셨던 건데. 분노나 자기 의심이나 자기 혐오가 일어나면, 생각한다. 내가 이래서 술을 마셨던 건데. 중독은 누가 뭐래도 자기 보호 효과가 뛰어난 방법이다. 중독은 대처 기제이고, 강렬한 감정들에 대한 해독제다. 그러니 우리가 중독을 내려놓은 뒤에는 그동안 중독으로 마비시키고 변화시키려고 애썼던 감정들이 모조리 표면으로 부상하기 마련이다. 가끔은 급류처럼 덮쳐서 버거울 지경으로. 이것은 자명하고 불가피한 이치다.

내가 금주 후 일 년이 되어가던 시기에 만난, 애비라는 이름의 여성이 있었다. 애비는 술도 마약도 입에 대지 않은 지 사흘째 되던 날 우리 AA 모임에 나왔다. 38세의 가냘픈 여성이었던 그는 베트남전 참전 군인 못지않게 전투 충격에 시달리는 듯 보였다. 그는 멍했고, 넋이 나가 있었고, 지쳐 보였다. 애비는 내가 아는 다른 누구보다도 자신의 내면으로부터 도망치고 싶어 할 만한 이유를 많이 갖고 있었다. 알코올 중독, 자살, 정신질환, 근친 성폭력으로 점철된 그의 가족사는 현대 미국 가정의 기능 부전을 잘 보여주는 사례라고 해도 과언이 아니었다. 굳었던 애비의 마음이 녹는 데는,

그래서 그가 자신의 고통을 윤곽이나마 더듬기 시작하게 된 데는 넉 달쯤 걸렸다. 그가 자신의 감정들을 처음 접하고 얼마나 경악했던지, 나는 기억한다.

어느 날 밤, 금주한 지 다섯 달쯤 된 애비가 우리 집에 와서 커피를 마시다가 울기 시작했다. 그는 이전에는 우는 것답게 운 적이 없었다. 가끔 훌쩍거렸지만 그러다가도 이내 마음속에 밀려드는 감정을 무엇이든 찍어 누르곤 했다. 하지만 그날 밤 애비는 자신이 오래 품고 살아왔지만 묻어만 두었던 감정, 즉 자신이 사랑받지 못했고 사랑받지 못할 만한 사람이라는 느낌을 뼛속까지 느끼게 되었고, 그래서 무너졌다. 그날 무엇이 계기가 되었는지는 잘 모르겠지만, 아무튼 애비는 우리 집 소파에 앉아서 흐느꼈다. 그의 눈에는 공포감이 서려 있었다. 그러다 그가 고개를 들고 말했다. "사람들은 어떻게 이런 감정을 겪어내나요? 어떻게 극복하나요?" 나는 애비를 처음 만났을 때 그가 마음을 꽁꽁 닫아건 사람처럼 보였던 것을 떠올렸고, 최대한 부드럽게 이렇게 말했다. "애비, 당신은 지금 잘하고 있어요. 바로 이게 잘하는 거예요. 자신의 감정을 느끼는 것, 그걸 다른 사람과 나누는 것, 감정 때문에 죽을 리는 없다는 걸 깨닫는 것." 애비는 끄덕였다. 그의 눈에 다시 눈물이 차올랐지만, 이번에는 고통의 기색이 덜했다. 애비는 낫고 있었다.

하지만 낫는 것은 아픈 일이다. 중독에 취약한 사람들은 회복의 도구를 집어 들기를 체질적으로 어려워한다. 그런 도구는 보통 중독적 생활 방식과 정반대되는 것이기 때문이다. 그리고 중독적 생활 방식은 무릇 모든 감정적 혹은 정신적 문제에는 **물리적 해결책**이 있다는 믿음에서 기인할 때가 많다. 저 M&M's 한 줌이면 내 기분이 나아질 거야, 혹은 저 술 한 잔이면, 저 코카인 한 줄이면, 저 사람과의 관계라면 나아질 거야 하는. 뭔가가―외부로부터의 어떤 힘이―내면의 불만을 달래주고, 인생을 바꿔주고, 자긍심을 채워줄 거야 하는. 나도 친구 헬렌처럼 섭식장애를 앓았다. 뼈로 이뤄진 창살에 나를 가둬서 보호하려고 5년 가까이 굶었었다. 내가 요즘도 종종 놀라는 점은 거식증과 알코올 중독에 비슷한 점이 많다는 것이다. 둘 다 내가 내 감정으로부터 시선을 돌리도록 해주는 수단이었고, 각각 감정을 굶겨 죽이거나 술로 씻어내버리는 방법이었다. 한편 술을 끊은 요즘 내가 쓰는 수단은 예의 그 충동들을 더 건전하게 다룰 방법을 찾아내는 것이다. 더 안전하게 스스로를 위로할 방법을 찾아내는 것, 고통으로부터 달아나는 대신 그것을 대면함으로써 나아질 수 있는 전략을 찾아내는 것이다. 이 일은 쉽지 않다. 이 일을 해내려면, 가끔은 불안이 들이닥칠 때 사소하되 낯선 조치를 취해야 한다. 친구에게 전화를 건다든지, 목욕을 한다든지, 가만히 앉아서 차를 마신다든지. 또 가끔은 아무 일도 하지 않아야 한다. 지난 4월은 내 아버지의 3주기이자 어머니의 2주기가 되는 달이었다. 누구에게나 힘든 시기다. 어머니의 기일 무렵 어느 날, 저녁에 할 일이 아무것도 없는 채로 집에 혼자 있게 되었다. 나는 가끔 내가 감정에 대해서 공포증을 겪는 게 아닌가 싶을 때가 있다. 그날 거실에 우두커니 서 있노라니, 감정이 마치 오래되고 익숙한 적처럼 슬금슬금 다가오는 게 느껴졌다. 공허함과 슬픔이 내 안의 무언가를 잡아당기는 듯도 했고, 그것들이 전쟁터의 탱크처럼 나를 향해 굴러오는 듯도 했다. 내 첫 반응은 본능적이고 공포가 밴 반응이었다. 무기를 집어 들고 이 감정을 어떻게든 처치해버리자. 달아나자. 도망치자. 이 감정을 없애버리자. 그것은―느끼지 말고 움직이자는 것은―철저히 중독적인 반응이었다. 나는 내가 지닌 의지력을 몽땅 발휘하고서야 간신히 예전에 애비가 우리 집 소파에서 그랬던 것처럼 견뎌낼 수 있었다. 슬픔이 내게 덮쳐오기를 기다리면서 가만히 앉아서 감정을 느꼈다.

결국 나는 강렬한 감정에 대항하는 또 다른 무기인 담배에 불을 붙였고, 차를 끓였다. 감정은 이내 약해졌다. 우리가 아무리 절대로 그럴 리 없다고 믿어도, 감정은 늘 약해지기 마련이다. 그다음에는 이내 감정이 지나갔다. 이런 순간에는 승리도 있고, 희망도 있다. 이런 사소한 경험들을 통해서 우리는 자신이 자신으로서 잘 살 수 있다는 사실, 목발 없이도 걸을 수 있다는 사실, 커져가는 고통을 견딜 수 있다는 사실을 배우게 된다. 또 한순간을 술 없이 견디는 것은 또 한 번 전투에서 이기는 것이다.

마취제 없는 삶은 비록 고통스럽지만 또한 엄청나게 자유롭다. 나는 술을 완전히 끊기 전 두 주 동안 술 없는 삶을 상상하면서 공포와 슬픔에 잠겨 지냈다. 내게 평화와 위안을 주는 유일한 길을, 세상에 하나뿐인 진정한 친구를 포기하는 느낌이었다. 내 머릿속에는 짧고 단정적인 문장들만 떠올랐다. 나는 다시는 파티를 즐기지 못할 거야. 다시는 친밀한 대화를 나누지 못할 거야. 절대 결혼할 수 없을 거야. 샴페인 없이 어떻게 결혼해? 회복의 기쁨 중 하나는 내가 술을 끊으면

닫힐 거라고 생각했던 문들이 사실은 술을 끊음으로써 열린다는 것을 느려도 착실하게 알아가는 것이다. 술은 재미나 친밀감 같은 감정을 경험하고 있다는 환상을 만들어줄 순 있을지라도 그런 감정들을 진짜로 만들어내지는 못한다. 화학물질 덕분에 덜 소심해진 나는 파티에서 재미를 느꼈고, 화학물질 덕분에 변한 나는 술집에서 친구들과 술김에 흉금을 터놓는 대화를 오래 나누었다. 하지만 술을 마셨을 때 진짜 나는—어떤 면에서는 자신감 있고 다른 면에서는 겁 많은 나, 강한 동시에 약한 나—마음속에서 뒷전으로 물러났고, 그래서 안전해졌을지는 몰라도 기본적으로 혼자였다. 술을 끊는 것은 어두운 곳에 있다가 밝은 곳으로 나오는 것, 혹은 망가진 TV 안테나를 고치는 것과 비슷한 경험이었다. 시야가 더 밝아졌고, 다른 사람들하고든 세상하고든 접촉이 더 또렷하고 확실해졌다.

처음에는 그 명료함이 무섭도록 놀랍다. 캄캄한 영화관에서 눈부신 햇볕으로 나온 것처럼 충격적이다. 내가 아는 리즈라는 여성은 마약 중독에서 회복하는 중인데, 그는 처음에 모임이 끝나고 사람들과 함께 커피를 마시러 갔을 때 자신이 홀딱 벗은 듯 노출된 기분이었다고 했다. 18년 동안 매일 마리화나를 피웠던 그는 마리화나의 몽롱함 없이 사람들과 어울린다는 게 어떤 경험인지 잊었던 것이다. 그는 무뚝뚝하고 주뼛거리는 10대가 된 기분이었다. 자신이 하는 말이 신경 쓰였고, 무슨 말을 하면 좋을까 하고 머리를 굴려야 했다. "정말로 연막 뒤에 있다가 앞으로 나간 기분이었어요." 리즈는 말했다. "내가 전혀 보호받지 못한다는 느낌, 나와 저 사람들 사이에 가로막은 것이 아무것도 없다는 느낌이었어요." 나는 그 기분을 잘 안다. 나는 첫 잔을 홀짝인 순간 평소의 나보다 더 느긋하고 사교적인 나로 미끄러져 들어가는 데 익숙해져 있어서, 처음에는 술이 없으면 죽을지도 모른다고 생각했다. 불안이 나를 금세 잡아 삼킬 거라고 생각했다. 하지만 나는 그런 감정들이 잦아든다는 것도 안다. 우리는 말짱한 상태에 곧 익숙해진다. 우리가 약이나 술이 없어도 사람들과 말할 수 있다는 사실을 깨닫게 되고, 이 친밀감이 더 진실되게 느껴진다는 사실도 깨닫는다. 갑옷이 사라졌지만, 외로움도 사라진다.

사라지는 것이 또 있다. 두려움도 약간 사라진다. 마취제 없는 삶은 격렬한 운동과도 좀 비슷하다. 각자 선택했던 중독의 대상이 없는 채로 고통스러운 순간을 반복하여 겪다 보면, 결국에는 감정의 근육이 길러진다. 우리가 술을 마셔서—혹은 굶어서, 먹어서, 도박을 해서, 살을 찌워서—감정을 몰아낼 때, 우리는 그 감정을 이해할 기회를 스스로 박탈하는 셈이다. 자신의 두려움과 자기 의심과 분노를 이해해볼 기회를, 마음속에 묻혀 있는 감정의 지뢰들과 제대로 한번 싸워볼 기회를. 중독은 우리를 보호해줄지 몰라도 성장을 저지한다. 사람을 한층 더 성숙시키는 인생의 여러 두려운 경험들을 우리가 온전히 겪지 못하도록 막는다. 중독을 포기하면, 그래서 그런 힘든 순간들을 온전히 겪기 시작하면, 우리는 자신이 갖고 있다는 사실조차 몰랐던 근육들을 구부리게 된다. 자라게 된다.

고통스러운 과정이라고? 물론이다. 하지만 또한 무척 흐뭇한 과정이다. 중독이 어렵고 고통스러운 감정들을 눌러주는 마취제이기는 해도, 그럴 때 우리는 긍정적인 감정들로부터도 차단된다. 중독은 즐거움과 기쁨과 놀라움을 마비시킨다. 우리가 진정한 친밀감, 진짜 웃음, 진실된 통찰에 다가가지 못하도록 붙잡는다. 마취제를 버릴 때, 우리는 자신의 인간성에서 가장 의미 있는 측면들을 되찾을 기회를 스스로에게 주는 셈이다. 삶을 살 기회를 스스로에게 주는 셈이다. 그걸 상상해보라.

(1996년)

바깥

•

세상

이름의 사회학

나는 데이브Dave들에게 불만이 있다.

당신도 그런가? 예외가 한두 번은 있었겠지만, 내가 살면서 만난 데이브라는 이름의 남자들 중에서 내가 끝까지 좋아하거나 믿게 된 사람은 없었던 것 같다. 반면에 내가 아는 데이비드David들은 거의 다 괜찮다.

한번 생각해보라.

우선, 데이브 O.가 있었다. 목이 굵고 양아치 같았던 이탈리아계의 그가 내게 마지막으로 한 말은 우리가 고등학교를 졸업한 날 밤에 자동차 뒷좌석에서 달콤하게 속삭인 말이었다. "난 씨발 너를 이제 그만 안 볼 거야." (그가 이중부정을 써서 말했으니 어쩌면 씨발 나를 좀 더 보겠다는 뜻일지도 모른다고 지적해준 사람들이 있었지만, 그건 아니었던 것 같다.)

그다음, 데이브 R.이 있었다. 멍청한 운동선수 타입이었던 그는 우리가 사귄 지 석 달 만에 차를 두 대 작살냈고, 자기가 살던 집에서 쫓겨났고, 직장에서 잘렸고, 그러고는 용케 나를 꾀어서(어쩌다 넘어갔는지는 묻지 말라) 내 집에 얹혀살아도 좋다는 허락을 받아냈다.("몇 주만 신세 질게.") 그는 트럭 한가득 별의별 물건을 다 싣고 왔고(4리터짜리 수조도 있었다), 더부살이하면서 내 가구 배치를 몽땅 바꿨다.(나는 두 달 뒤 그를 쫓아낼 때 거의 경찰을 부를 뻔했다.)

그리고 또 '미친개' 데이브 M.이 있었다. 매사추세츠 대학에서 문학을 공부하는 학생이었던 그는 (나중에 알고 보니) 미군 특수부대 소속으로 엘살바도르에서 복무했었는데, 그때 자신의 남자다움을 증명해 보이려고 살아 있는 뱀의 머리를 물어뜯은 적 있다고 했다.(내가 프로비던스의 어느 일식집에서 데이브 M.과 헤어졌을 때, 그는 사케잔을 집어던진 뒤 박차고 나가서 내 장갑을 실은 채로 차를 몰고 가버렸다. 나는 두 번 다시 그를 보지 못했다. 장갑도.)

패턴이 보이지 않는가?

데이브들. 나는 그들이 싫다.

먼저 밝혀둘 점이 있다. 나는 현재 어떤 데이브와도 관계 맺고 있지 않다. 데이브라는 이름의 친구도 없고, 데이브라는 이름의 동료도 없고, 그냥 알고 지내는 데이브도 없다. 그러니 이 글은 특정인을 우회적으로 공격하려는 것이 아니다. 그리고 나는 세상에 좋은 데이브들도 있다는 걸 안다. 어쩌면 많지도 모른다. 내가 만난 데이브들이 모두 나쁜 데이브들이었던 것은 그저 운이 나빠서였을 수도 있다.

하지만 나는 여기에 그 이상의 무언가가 있다고 생각한다. 사람의 이름에는(혹은 별칭에는) 어떤 함축된 이미지와 행동 면에서의 기대가 담겨 있고, 그것이 그 사람의 자아상과 성격에 은근히 영향을 미친다고 생각한다. 예를 들어, 우리 부모님은 나를 소파이아Sophia라고 부를까 잠시 고민하셨다는데, 그 이름은 자연히 '소피Sophie'로 줄여져서 불렸을 테고, 소피는 '소파'와 발음이 비슷하고, 그래서 뚱뚱하게 들린다. 오늘날까지도 나는 만약에 내 이름이 소파이아였다면 내가 엉덩이가 묵직한 사람이 되었을 거라고 굳게 믿는다.

데이브도 마찬가지다. 한번 발음해보라. 데이브. 이 발음에는 어쩐지 좀 멍청한 느낌이 있다. 뭔가 뚝 잘린 듯한, 무딘 듯한, 둔한 듯한 느낌이 있다. 나는 이 분위기가 성격에도 틀림없이 영향을 미칠 거라고 생각한다. 오늘날까지도 나는 만약에 데이브 O.가 데이비드였다면 졸업식 날 밤에 이중부정 문장으로 나를 차는 대신 더 비극적으로 내 마음을 찢어놓았을 것이라고 생각한다. 만약에 데이브 R.이 데이비드였다면 자기 차와 직장과 집을 마련한 뒤에 나를 꾀었을 것이라고 생각한다.

그뿐 아니라, 나는 데이브 설문 조사도 실시해보았다. 열한 명에게 물었다. "당신은 데이브와 데이비드 중에서 고르라면 어느 쪽입니까?"

결과: 나는 데이브라는 이름의 무모한 파디핑이 있다는 제보를 받았다. 대학 시절에 데이브라는 이름의 위협적인 룸메이트가 있었다는 제보도. 끔찍했던 옛 남자친구 이야기도 몇 건 들었는데 모두 이름이 데이브였다고 했다.(좋은 데이브들에 대한 제보는 물론 내가 누락시켰지만, 이건 내 글이니까 내 맘이다.)

반면, 데이비드에 대한 결과는 훨씬 더 긍정적이었다. 데이비드와 행복하게 사귀고 있다는 여자가 세 명. 데이비드라는 이름의 친한 친구가 있다는 사람들이 다수. 내게도 예전에 한집에서 살았던 소중한 친구 데이비드가 있다. 귀여운 금발의 조카 데이비드도 있다.

또 누가 있지? 데이비드 레터맨.(가끔 자신을 '데이브'라고 부를 때가 있지만 늘 웃기지 않느냐는 듯한 분위기로 말하기 때문에 괜찮다.) 문학계에는 데이비드 핼버스탐과 데이비드 맥컬레이. 저널리즘계에는 데이비드 브링클리, 데이비드 브로드노이, 데이비드 브로더. 대중문화계에는 데이비드 번, 데이비드 린치, 데이비드 보위.

그렇다. 확실히 패턴이 있다. 데이비드 코퍼필드. 드와이트 데이비드 아이젠하워. 미켈란젤로의 다비드 상. 이 데이비드들은 만약에 이름이 데이브였다면 전혀 다른 사람들이었을 것이다. 데이비드는 마지막에 '드'로 끝남으로써 제대로 마무리된 느낌이 들지만, 데이브는 그냥 우물쭈물하다가 마는 느낌이다. 싱겁게 들린다.

데이비드를 데이브로 한번 바꿔보라.

데이브 대 골리앗.

데이브 왕. 데이브의 별.

헨리 데이브 소로.

말도 안 된다.

내가 떠올린 나쁜 데이비드는 사이비 교주 데이비드 코레시뿐인데, 이 경우에도 만약 그의 이름이 '데이브' 코레시였다면 애초에 추종자를 모으지도 못했을 거라고 장담한다. "뭐? '데이브'라는 놈을 교주로 믿고 텍사스 깡촌에 짱박힌다고? 내가 미쳤냐."

물론, 사람의 이름이 그 사람에 대한 기대에 은근히 영향을 미치는 사례가 데이비드만 있는 건 아니다. 에드워드Edward와 에디Eddie는 하늘과 땅만큼 다르다. 에드워드는 당당하고 꽉 막힌 사람일 것 같지만(에드워드 시대, 뭐 그런 식), 에디는 그냥 버스 옆자리에 앉은 남자 같다. 찰스Charles와(귀족적이다) 찰리Charlie 혹은 척Chuck은 (허물없는 사이 같다) 천지 차이다. 제임스James 대 지미Jimmy, 아니면 아예 짐보Jimbo? 비교가 안 된다.

하지만 뭐니 뭐니 해도 최고의 사례는 데이브다. 데이브들은 덩치만 큰 순둥이들이다. 필라델피아 플라이어스에서 뛰었던 메이저리그 하키 선수 데이브 슐츠처럼. 데이브들은 좀 아둔하다. 영화 〈데이브〉의 주인공처럼. 만약에 이름이 데이비드였다면 그는 전혀 다른 성격의 인물이 되었을 것이다. 데이브들은 실없다. 유머 작가 데이브 배리가(딴말이지만 그는 아주 좋은 데이브다) 데이비드 배리라는 이름으로 글을 쓰는 걸 상상할 수 있나? 그러면 전혀 웃기지 않을 것이다. 데이비드 배리는 역사학자여야 한다.

더 나쁜 점은, 데이브라는 이름에서 나올 수 있는 별칭은 '데이비Davey'뿐이고 이것은 꼭 너구리털 모자를 쓰고 다니는 놈처럼 한심하게 들리는 이름이라는 것이다. 끔찍하다. 반면에 데이비드는 어떤 언어로 불려도 좋게 들린다. 이탈리아어로도('다'에 강세를 준 다비드), 프랑스어로도('비'에 강세를 준 다비드).

아래는 실제 있었던 이야기다.

몇 년 전, 나는 칼럼에서 그동안 내가 상담사에게 쓴 돈이 수억은 되니까 그가 자기 집 건물의 한 동에 내 이름을 붙여줘야 한다고 말했다.(그의 이름은 데이비드다.) 칼럼에서 나는 밉살스러운 어조로 그가 그 돈을 어떻게 쓸까, 새 온실이라도 짓고 있겠지, 하고 말하고는 언젠가 내가 상담실에 들어가서 밉살스럽고 불손하게 이렇게 말하는 상상을 펼쳤다. "여어, 데이브. 온실은 잘돼가요?"

나는 그에게 칼럼을 보내주었고, 그다음 주에 만나서 그 이야기를 나누었다. 그는 내 밉살스러운 어조를 개의치 않는 듯했다. 그 어조의 바탕에 약간의 노여움이 깔려 있다는 점도 개의치 않았다. 어떻게 보면 내가 칼럼에서 그의 사생활을 논한 셈이고 그것은 프라이버시 침해로 볼 수 있을 텐데도 그 점에 대해서는 일언반구가 없었다. 아니, 내 기억에 그는 살짝 기분 상한 표정으로 뒤로 기대어 앉으면서 이렇게 말했을 뿐이다. "데이브라는 이름은 별론데요."

나는 이 사람을 믿는다.

이상으로 내 변론을 마친다.

(1994년)

섹슈얼리티에 대한 남자들의 태도

남자들은 대체 자기 성기를 왜 그렇게 좋아할까? 난 정말로 궁금하다.

평균적인 남자는 자기 성기를 지칭하는 말을 최소 27개는 갖고 있다. 위니weenie, 왱wang, 연장tool, 멤버member, 딱따구리pecker, 방망이war club. 사랑의 근육이니, 사랑의 총이니, 고기 기둥이니, 외눈박이 바지 뱀(내가 제일 좋아하는 표현은 이것이다)이니. 그 밖에도 무수히 많다.

내가 아는 어떤 남자는 자기 성기를 "설득력"이라고 부른다. (웩.) 또 다른 남자는 자기 것을 자신의 "이력서"라고 부른다.

대체 왜 그러는 걸까?

남자들은 또 자위를 묘사하는 표현을 47개쯤 갖고 있다. 닭 모가지를 조른다. 돌고래를 채찍질한다. 소총 힘을 뺀다. 주교를 괴롭힌다. 그걸 때린다. 팬다. 친다.

여자들은 자신의 생식 기관을 입에 올릴 때 한결 조심스럽다. 봤는가? 우리는 "생식 기관"이라고 부른다. 우리는 얌전 뺀다고 느꺼질 정도로 점잖게 말한다. 열다섯 살 여자아이들이 생리에 대해서 말하는 걸 들어보라.

"나 그거 해." 그들은 겁먹은 사슴 눈을 하고 속삭인다.

"뭐?"

"그거. 있잖아. 그날이라고."

심각한 끄덕끄덕. "아. 그날이라고."

남자들이라면 이런 식으로 말하지 않을 것이다. 글로리아 스타이넘은 만약 남자들이 생리를 한다면 어떨까 하는 주제로 아예 칼럼을 쓴 적이 있다. 남자들은 떠벌릴 것이다. 운동장에서 부딪친 상대에게 이렇게 말할 것이다. "야, 조심해, 나 생리 중이라고!" 하루에 탐폰을 몇 개나 쓰는가 하는 걸 가지고 허풍을 떨 것이다.

이렇게 자신의 성기를 지극히 사랑하는 듯 보이는데도, 이상하게 대부분의 남자들은 이 주제에 대해서 놀랍도록 과묵하다.

"남자와 성기라는 주제로 너와 이야기할 마음 없어." 내 친구 '어니스트'(실명인 척해봐야 소용없겠지)는 말했다. "그 이야기는 안 할래. 거부권을 행사할 거야."

나는 그에게 포도주를 한 잔 더 따라주고, 그가 마음이 약해지기를 기다렸다. 내가 말했다. "여자들은 '보지'라는 말을 입에 담기를 어려워해. 너무 노골적이고 흉측한 말처럼 들리거든. 그 말을 들은 여자들은 얼굴에 딱 불편하다고 써 있어. 그런데 어떻게 남자들은 '외눈박이 바지 뱀' 같은 표현을 쓰면서 재밌다고 생각하는 거야?"

"재밌으니까!"

친구는 그제야 좀 풀어져서 자기 생각을 말하기 시작했는데, 내게도 그다지 새롭지 않은 그 생각이란 남성 성기는 겉에 나와 있고 여성 성기는 안에 숨어 있다는 차이점 때문에 남자들은 성에 대해서 객관적이고 외부적인 용어로 말하는 걸 편하게 여기게 되고 여자들은 내적인 문제로 여기는 경향이 생기는 게 아닌가 하는 것이었다.

"그럴 수도 있겠지." 나는 말했다. "하지만 오로지 생물학과 호르몬만의 문제는 아닌 것 같아."

"글쎄, 너도 만약에 다리 사이에 이렇게 덜렁거리는 게 있다면 그걸 대하는 태도가 지금하고는 달라질걸." 친구는 이렇게 말하고는 내처 자유연상을 펼치기 시작했다. 열여섯 살 남자아이가 수학 수업을 듣다가 아무런 이유 없이 불쑥 발기했는데 마침 그때 수업이 끝나서 자리에서 일어나야 하면 어떤 기분인지 아냐…… 남자가 되어서 자신에게 주어진 시간의 98퍼센트 이상을 자기 섹슈얼리티를 의식하는 데 쓰지 않는 건 정말 힘든 일이라고.

잠자코 친구의 말을 듣다 보니 좀 묘한 감정이 일었다. 처음에는 방어적인 태도로 이렇게 말하고 싶었다. "알았어, 남자애들은 호르몬 때문에 수학 수업을 듣다가도 황당하게 꼴린다는 얘기는 지겨우니까 이제 그만해." 하지만 그 기분은 이내 다른 것으로 바뀌었는데, 이건 마치…… 질투였다. 아니, 음경 선망은 아니었다. 나는 별 볼품없는 살덩이 몇 센티미터가 내 인생과 사랑에 대한 관점을 좌지우지했으면 좋겠다는 생각은 평생 단 한 번도 하지 않았다. 그런 얘기가 아니다.

내가 질투심이 든 것은, 내가 열여섯 살이었을 때 수학 수업을 들었던 기억을 떠올려보면 그보다 훨씬 덜 야한 경험이었기 때문이었다. 그때 나는 책상에 앉아서 여드름을 걱정했다. 혹은 내 옷차림이 괜찮은지 걱정했다. 혹은 내가 좋아하는 남자아이가 그날 한 번도 나를 쳐다보지 않은 것 같다는 점을 걱정했다. 그 아이는 아마 느닷없는 발기에 신경 쓰느라 나를 쳐다볼 틈이 없었던 것이었겠지만, 그때는 내가 그런 걸 몰랐기 때문에 그게 내 탓일 거라고 생각했다. 내가 재미없는 아이라서, 혹은 예쁘지 않아서 그렇다고 생각했다.

바로 이 점이 핵심이다. 남자로 자라는 것, 즉 자신의 섹슈얼리티와 성적 충동을 그렇게 자주 접하면서 자라는 것, 섹스하고 싶다는 단 하나의 희망에 압도된 채 자라는 것은 아마 훨씬 더 쉬운 일일 것이다. 자지가 있으면 섹스하고 싶어 한다는 것, 이것은 꼭 무슨 공식처럼 통용되는 얘기다. 그리고 남자아이들은 어릴 때부터 그래도 괜찮다고 배운다. 그게 당연한 거라고 배운다.

하지만 여자로 자랄 때는 다르다. 여자아이들이 받는 지침은 훨씬 더 괴상하다. 여자의 질은 a) 한 달에 한 번 불쾌한 피를 흘리는 부위이고, b) 위험하고 두려운 무엇이다. 남자아이들은 섹스를 목표로 여기도록 배우지만, 여자아이들은 섹스를 피하도록 배운다. 그러니 여자아이들은 섹스를 생각할 때—혹은 말할 때—남자들 특유의 시각적 허세를 부리지 않는다. 여자아이들의 섹슈얼리티는 굴절되어, 성가시고 외부적인 문제들에 투사된다. 자신의 외모가 어떤가, 옷차림이 어떤가, 학교 식당에서 엎어지면 코 닿을 거리에 남학생이 다가왔을 때마다 자신이 어떻게 행동했는가, 등등의 문제로.

한마디로, 여자로 자랄 때는 매력적이어야 한다는 부담은 허리가 휘도록 지면서도 매력적인 데 따르는 즐거움은 거의 누리지 못한다.

그뿐 아니다. 만약 당신이 타고나기를 매력적인 사람이라도, 그냥 느긋하게 남들의 관심을 흠뻑 받으면서 자신의 섹슈얼리티를 즐기기만 하는 건 허락되지 않는다. 지금은 1992년이지만, 그래도 만약 당신이 자유롭게 섹스를 하고 다닌다면 남자아이들이 당신을 창녀라고 욕할 것이다. 남자들이 쓰는 표현을 빌리자면, 내 왼쪽 불알이라도 걸 수 있다.

이것은 몹시 불행한 일이다. 내 과묵한 친구가 알려주었듯이 시도 때도 없이 성적 메시지를 외치는 인체 부위를 갖고 자라는 게 힘들기는 하겠지만, 그러지 않는 성기를 갖고 자라는 것도 충분히 힘들다. 섹스를 깊고 낭만적인 사랑과 등치시키다가도 또 어떤 때는 두 가지가 상호 배타적인 것처럼 말하는 문화에서 자라는 것은 힘든 일이다. 이처럼 엇갈리는 메시지들이 한데 섞인다고 생각해보면(매력적이어야 해! 하지만 너무 매력적이면 안 돼! 섹시해야 해! 하지만 막 섹스하고 다니면 안 돼!), 여자들이 자기 몸에 대해서 이상하게 말하는 것도 무리가 아니다 싶다. 여자들이 좀 더 의미 있고 중요한 것들 대신에 하찮고 사소한 것들을 열한 가지 이름으로 부르는 것도(립스틱을 '립글로스' '립컬러' '립틴트'로 부른다거나) 무리가 아니다. 우리가 어떤 것을 그 자체로서 귀하게 여기도록 배우지 못한다면, 그것에 굳이 이름을 붙이지도 않는 법이다.

자, 외눈박이 바지 뱀들도 한번 생각해보는 게 어때.

(1992년)

착한 건 그만

여자인 내 친구가 과중하게 늘어난 업무와 그에 수반되는 책임에 턱없이 못 미치는 쩨쩨한 임금 인상안을 제안받았다. 친구는 뭐라고 말했을까? 고맙습니다.

어떤 여성의 추잡한 상사가 그에게 자리에서 한번 일어나서 한 바퀴 돌아보라고 말했다. 그는 뭐라고 말했을까? 어, 아, 음, 네.

어떤 남자가 여성 동료의 작업을 부당하게 폄하하는 오만한 발언을 했다. 여성은 뭐라고 말했을까? 아무 말도.

그러니까 이제 우리는 여성 해병대를 창설해야 한다.

나는 진심이다. 여자들이여, 궐기하라. 더 이상 꾸물거릴 수 없다. 분노와 공격성을 훈련하자! 자기 권리를 주장하는 법을 연습하자! 우리는 오랫동안 푸대접에도 겁쟁이처럼 얼어버리는 버릇을 떨치지 못했지만, 이제 그 버릇을 끝장낼 때가 되었다.

여러분도 신물 나지 않는가? 숫자밖에 모르는 웬 놈이 높은 사람이랍시고 당신을 노골적으로 들볶을 때 어떻게 반응해야 좋을지 모르는 채 듣고만 있는 게 지겹지 않은가? 자신이 부당한 상황에서도 협조적이고 정중한 대도로 대응하는 깃이 스스로 진저리 나지 않는가? 사후에야 비로소 말이 술술 나오고 굳센 의지가 드는 것이 지긋지긋하지 않은가? 상상 속에서만 그렇다는 것이?

요전에 내 친구가(베티라고 부르겠다) "방금 내가 깔아뭉개진 것 같은데"의 전형적인 상황을 겪고서 화가 머리끝까지 나서 내게 전화를 걸었다. 베티는 회사 사정상 이전 4주 동안 세 사람 몫의 일을 해왔다. 그 상황은 이후에도 최소 6개월 더 지속될 것 같다고 했다. 그런데 상사라는 작자는 베티를 찾아와서 이렇게 말했다. 예산이 빠듯해. 알아, 나도 이 사무실에서 두 명이 휴가 중이라서 겉보기에는 회사가 적잖은 돈을 아끼는 셈이란 걸 알아. 베티의 업무량이 주당 약 20시간 늘었고 베티의 책임이 막중해졌다는 것도 알아. 하지만 회사 방침이 엄격한 걸 어쩌겠어. 나야 베티의 업무에 정말 정말 만족하고 싸워서라도 돈을 더 따올 수 있다면 정말정말 좋겠지만, 현실적으로 베티에게 제안할 수 있는 건 주당 약 12달러 인상뿐이야.

"나는 멍청히 듣다가 말했어. '좋아요.'" 베티가 전화로 이렇게 말하는 순간, 우리는 둘 다 토하고 싶었다. "그 말이 내 입에서 나오는 걸 들으면서도 나조차 믿을 수 없었어. 내 안에는 이렇게 생각하는 마음이 있나 봐. '회사가 내게 추가의 책임을 맡긴 건 기회를 준 셈이니까 고마워해야지. 공짜로 해줘야 해!'"

웩. 부르르. 그러니까 우리에게 여성 해병대를 달라.

여성 해병대에서가 아니면 우리가 어디서 자기주장 펼치는 법을 배우겠는가? 우리는 그동안 세상이 여자들에게 돈이나 공평한 대우 같은 문제에 대해서 늘 상냥할 것, 얌전할 것, 꼴사나운 토론을 피할 것을 강요하고, 조르고, 주입했던 방식만큼이나 강하고 엄하게 자기주장 펼치는 법을 배워야 한다. 확성기를 든 사람들이 우리에게 이렇게 외쳐야 한다. 거기 당신! 연봉 인상을 요구해! 거기 당신, 당신은 그 동료에게 꺼지라고 말해! 그리고 당신! 당신은 자신의 가치를 인식하고 그에 상응하는 보상을 요구해!

여성 해병대가 없다면, 우리는 무력하다. 희망이 없다. 내가 베티처럼 솔직하지 못하고, 걱정이 지나치고, 자존심이 결여된 반응이 내 입에서 나오는 걸 듣고 앉았던 적이 몇 번이나 되는지, 일일이 셀 수 없을 지경이다.

어느 편집자가 내게 다른 곳에서 받을 수 있는 돈의 4분의 1에 불과한 돈으로 글을 써달라고 하면, 나는 말했다. "아, 그러죠, 그 정도면 괜찮습니다."

예전 상사가 내게 불합리한 호통을 백만 번째 치더라도, 나는 묵묵히 삼켰다. 일에서만이 아니다. 사귀는 남자가 내게 내 본성과는 다른 방식으로 행동하거나 치장하는 게 좋겠다고 암시하면, 나는 순순히 따랐다. 그를 만족시킬 일을 하고, 그를 만족시킬 말을 하고, 무엇이 되었든 그가 기대하는 바를 행했다.

내가 아는 남자들은 내체로 그러지 않는다. 지금 언뜻 생각해보아도, 개에게 뼈다귀 던지듯 알량한 연봉 인상을 제안받으면 책상에서 고개를 들고 상대에게 이렇게 대꾸할 남자가 다섯 명은 떠오른다. "농담이겠죠." 어쩌면 그들도 그렇게 대응하는 것이 괴롭고 초조할지 모르겠지만, 그래도 그들은 그렇게 **한다.** 여자들은?

착함과 순응은 여자들에게 깊게 새겨진 본능과도 같아서, 여자들은 절반의 경우에는 스스로 그런 방식으로 행동한다는 사실조차 모른다.

"만약 내 입에서 '좋아요'라는 말이 나왔던 순간에 네가 내게 어떤 기분이냐고 물었더라도, 난 아마 제대로 대답하지 못했을 거야." 베티는 이렇게 말했고, 나는 무슨 뜻인지 즉각 이해했다. "내가 느낀 건 어쩔 수 없겠구나 하는 기분이었지. 나는 아마 원하는 것을 얻지 못하겠구나, 하지만 그 점에 대해서 내가 할 수 있는 일은 없겠구나, 그냥 원래 이런 거구나, 하는. 하지만 내가 과연 화가 났을까? 분개했을까? 그런 감정은 몇 시간이 지난 뒤에야 느꼈어."

이것이 바로 여성의 분노다. 속에 묻힌 분노, 금기가 된 분노. 우리는 그것을 느낄 줄조차 모를 때도 많다.

그동안 발전해온 페미니즘이 도움이 되기는 했다. 이제 여자들은 사적인 관계에서 자기주장을 내세우는 데 좀 더 능숙해졌다. 여자도 남자와 똑같이 존중받아야 할 존재라는 생각은 이제 사실상 반박의 여지가 없는 생각이다. 여자가 하는 노동의 가치가 남자가 하는 노동의 가치와 동등하다는 생각도 마찬가지다.

하지만 우리가 그런 신념을 철저히 내면화하기까지는 아직 갈 길이 멀다. 우리가 그런 신념을 뼛속까지 새겨서 적절한 말을—가령 "싫습니다" "아쉽지만 그건 받아들일 수 없습니다" 같은 말을—술술 내뱉게 되기까지는 아직 갈 길이 멀다. 아직은 너무 많은 여자들이 착해야 한다는 부담을 짊어지고 있다. 우리가 남들을 만족시켜야 한다는 가정, 인간으로서 우리의 가치는 우리가 어떤 사람이고(복잡한 사람이다) 어떤 행동을(일을) 하는가가 아니라 어떻게 행동하는가(상냥하게 행동하는가)에 달려 있다는 가정을 짊어지고 있다.

그러니, 여성 해병대를 만들자. 새벽같이 일어나서, 자긍심으로 고개를 높이 쳐들고 이층 침대를 박차고 나가자. 무력감을 떨치고, 분노를 경험하고 표현하는 방법을 억지로라도 익히고, 자신의 감정과 요구를 남들에게 정확하게 말하는 기쁨을 배우자.

만약 그것으로도 안 된다면, 남성 해병대가 갖고 있는 다른 도구라도 빌리자. 무기 말이다.

(1992년)

권력과 섹슈얼리디의 오용

애니타 힐이 클래런스 토머스의 대법관 인준 청문회에서 그의 성희롱을 증언했던 날이(1991년 10월 초였다) 올해도 다가오고 있다. 그러니 올해도 뉴스에 성희롱 문제를 다루는 기사들이 쥐꼬리만큼이나마―통계 기사 하나, 전문가 발언 하나―등장하리라고 예상해도 좋을 것이다. 그런데 왜인지 몰라도 올해 그날을 앞두고는 내 머릿속에서 그간 오랫동안 잊고 지냈던 기억 하나가 떠올랐다.

1981년 여름의 일이었다. 내가 대학을 졸업한 지 사흘째 되던 날, 나를 가르쳤던 교수들 중 한 명이―내 지도 교수이자 사실상 첫 멘토였다―점심을 사주었다. 그는 나의 졸업을 축하하며 행운을 비는 뜻이라고 말했고, 나는 그 초대에 신이 났다. 나는 그를 우상으로 여겼고, 그의 수제자 역할을 하는 것이 무척 좋았다.

우리는 학교에서 몇 킬로미터 떨어진 곳에 있던 작고 예쁜 식당으로 갔다.(그가 운전했다.) 자리에 앉은 뒤 그가 마티니를 두 잔 주문했고, 그 축하의 표현에 나는 어엿한 성인이 된 기분이 들었다. 우리는 마티니를 마시고 바닷가재 샐러드를 먹으면서 내 미래에 대하여 긴긴 대화를 나누었다. 내가 어떤 신문사들에 이력서를 보내야 할지, 그가 나를 누구누구에게 소개할 수 있는지, 그가 나를 위해서 어떤 추천서를 써줄 수 있는지. 식사를 마친 뒤 우리는 그의 차로 돌아갔다. 그가 자동차 열쇠를 꽂았다. 그러더니 그가 가만히 있었다. 잠시 후─세세한 대목은 기억이 흐릿하다─그가 휘청이듯 내게 다가들어서 내 입술에 키스하기 시작했다. 정확한 건 몰라도 아무튼 밖에서 보기에는 그런 모습이었을 것이다. 남자가 여자에게 다가드는 모습. 한편 낯선 도지 다트 조수석에서 안전띠로 몸이 묶여 있던 내 입장에서는 그것이 축축한 충격이었다. 그의 얼굴이 불쑥 내 눈앞에 나타났고, 낯선 손이 내 가슴에 얹혔고, 낯선 입술이 내 입술에 포개졌다. 그리고 그동안 그와 나의 관계를 규정했던 규칙들이 송두리째 뒤집혔다.

이 사건과 여느 성희롱 사례들 사이에는 분명한 차이가 있다. 나는 그의 고용자가 아니었다. 내가 이미 대학을 졸업했으니, 엄밀히 따지자면 예전 관계의 '규칙들'은 더 이상 적용되지 않는다고 볼 수도 있었다. 하지만 권력과 섹슈얼리티의 사용과 오용을 조금이나마 이해하게 한다는 점에서, 이것은 회고할 가치가 있는 사건이다.

그 일과 이후 몇 주간의 상황을 돌이키면, 나는 절로 민망해진다. 내가 당시에 어리고 겁먹은 상태였다는 사실을, 또한 줏대 없게 대응했다는 사실을 떠올리게 되기 때문이다.

그 일이 벌어진 순간, 나는 그냥 굳었다. 어떻게 해야 좋을지 몰라서, 가만히 앉아서 그가 계속 키스하도록 놔두었다. 그다음 순간들에 대해서는 대충만 기억난다. 그는 내게 웃어 보였고, 차에 시동을 걸었고, 끔찍하게 어색한 침묵 속에서 나를 집까지 태워다 주었다. 그리고 내가 내릴 때 그가 말했다. "다시 만나면 좋겠어." 나는 뭐라고 대답해야 좋을지 몰라서 이렇게 말했다. "좋아요." 그러고는 집으로 들어가서 멍하니 앉아 있었다. 어떻게 해야 할지, 무슨 감정을 느껴야 할지 알 수 없었다.

그는 40대 중반이었고, 아이비리그 대학에서 종신 재직권을 얻은 교수였고, 10대 자녀가 둘 있는 기혼자였다. 나는 그의 집에서 학과 파티가 열렸을 때 참석해서 그의 가족을 만난 적도 있었다. 차에서의 사건으로부터 사흘 전, 그는 학교 잔디밭에서 나와 내 부모님과 내 남자친구를 만났었다. 나는 막 졸업장을 받은 터였고, 내 쪽으로 다가온 그는 우리와 일일이 악수하면서 부모님에게 축하 인사를 건넸다. "얼마나 자랑스러우십니까. 캐럴라인은 아주 탁월한 학생입니다."

점심 식사 다음 날, 그가 내게 전화를 걸어서 "이야기" 좀 하자며 자기 연구실로 오라고 했다. 나는 알겠다고 했다. 달리 어떻게 해야 좋을지 몰랐다.

지금도 나는 그때의 나란 사람이 그때의 처지에서 어떻게 할 수 있었을지 모르겠다. 애니타 힐의 이야기가 처음 상세히 알려졌을 때도 나는 이런 생각이 들었다. 사람들이 자꾸 힐에게 왜 클래런스 토머스가 부적절하게 행동했던 그 순간에 **조치**를 취하지 않았느냐고, 왜 아무 **말**도 하지 않고 아무 **행동**도 하지 않았느냐고 묻는다고.

답은 간단하다. 우리가 그렇게 취약한 위치에 있을 때는 그런 접근에 대응하기가 몹시 어렵다는 것이다.

내 경우에, 그 교수는 내가 엄청나게 존경하는 사람이었다. 나는 그의 조언을 듣고 싶었고, 그것을 소중하게 여겼다. 그는 내 글을 칭찬했고, 내게 기자가 되라고 격려했다. 나는? 나는 막 학업을 마친 상황이었고, 숫기가 없었고, 자신감이 별로 없었고, 이제 세상에 나가야 한다는 사실에 압도되었고, 겁먹었다. 그래서 나는 그를 우상으로 여기던 마음을 버리고 그가 잘못된 혹은 도를 넘은 행동을 하고 있다는 사실을 받아들이기가 쉽지 않았다. 나는 또 내가 순진했던 게 아닌지, 남자와 함께 마티니를 마시면서 거기에 야릇한 의미가 없다고 가정했던 것이 잘못이 아닌지 걱정되었다. 내가 그런 일을 가능케 할 만한 행동을 했던 게 아닌지, 사귀고 싶다는 신호라도 내보냈던 게 아닌지 걱정되었다.

하지만 실제로 내가 내보낸 것은 다른 신호들이었을 것이다. 불안정의 신호, 특별한 존재가 되고 싶다는 바람의 신호, 내가 존경하는 사람들로부터 인정받고 싶다는 갈망의 신호. 이것은 강력한 감정들이고, 어떤 사람들은(어떤 남자들은) 이런 감정을 포착하는 능력이 남다른 것 같다. 그들은 인정 욕구를 정확히 가려내고 대상에게 접근한다.

교수가 내게 전화했던 다음 날, 우리는 학교 근처에서 산책했다. 그는 나더러 "흥미로운" 사람이라고 말했고, 내가 "매력적인 정신"을 갖고 있다고 말했다. 자신이 과거에도 다른 학생들과 몇 번 사귀었는데, 모두 그들이 졸업한 뒤였고, 하지만 그런 경우는 극히 예외적인 경우였다고 말했다. "정말로 특별한 사람이어야 하거든. 이런 상황은 감정적으로 에너지가 많이 드니까."

그 순간에 내가 보인 반응은 어안이 벙벙한 채 수동적인 태도를 취하는 것뿐이었다. 그는 우리가 "연인"이 되었으면 좋겠다고 분명하게 말했다.(저 단어는 그가 쓴 것이었고, 나는 원래 싫어하는 단어다.) 나는 좋다고도 싫다고도 대답하지 않았다. 그가 다시 내게 키스하도록 내버려두었고, 한층 더 혼란스럽고 불편해진 마음으로 집에 돌아갔다. 이 일은 아무에게도 말하지 않았다. 뭐라고 말해야 할지 몰랐기 때문이다.

이것은 그로테스크한 상황이지만 특별할 것은 전혀 없는 상황이기도 하다. 이런 일은 노상 벌어진다. 돌아보면, 그때 내가 가장 괴로워했던 문제는 특별한 사람으로 여겨지는 것에 대해서 어떻게 느껴야 할지 모르겠다는 점이었다. 우리 문화는 육체적인 측면이 아닌 측면에서도 자신에게 만족하는 여자아이, 자신을 한 온전한 인간으로서 본질적으로 귀한 존재라고 느끼는 여자아이를 길러내는 데 능하지 못하다. 그리고 지금 돌아보면, 겁먹고 불안정했던 스물한 살의 나는 그런 시기의 표본과도 같았다. 나는 어떻게 하면 예뻐 보이는지는 잘 알았지만(그것은 중요한 문제로 보였다), 어떻게 하면 힘을 갖게 되는지는 알지 못했다.(그것은 추상적인 얘기로 들렸다.) 그래서 남자들이 내게 보이는 지적 존중과 성적 관심을 하나로 엉킨 것으로 받아들였다. 그렇게 헷갈린 상태에서 어떻게 "싫다"고 말하겠는가? 어떻게 하면 성적 접근은 물리치되 지적 존중은 받아들일 수 있겠는가? 자기 머릿속에서 그런 구별이 없는데 어떻게 경계를 그을 수 있겠는가?

나는 그 남자의 접근을 거부할 때 발생할 결과를 두려워했던 것 같다. 내가 싫다고 말하면 그의 힘과 연줄은 물론이거니와 그의 인정도 잃게 되겠지. 그런데 내가 지적으로 가치 있는 존재라는 느낌, 특별한 사람이라는 느낌은 그 인정에 달려 있었다.

그래서 나는 해변에 널브러진 해초처럼 수동적인 태도로 이후 3주를 보냈다. 그와 또 점심을 먹으러 가서 술에 취했고, 그가 내게 키스하고 몸을 더듬는 걸 내버려두었다. 돌아보면 역겹고 수치스러운 일이었지만, 그때는 정말 어떻게 해야 할지 알 수 없었다.

그러다 어느 시점에, 너무 수치스럽고 역겨워서—그도 나도—견딜 수 없다는 기분이 들었던 것 같다. 나는 없는 용기를 끌어모아서 그의 연구실로 그를 만나러 갔다. 너무 불편하고 이상해서 이 상황을 더는 견디지 못하겠다고 더듬더듬 말했다. 그래도 우리가 친구로 지낼 수 있으면 좋겠다고 말했던 게 기억난다. 그가 고개를 들어 나를 보면서 이렇게 대답했던 것도 기억난다. "글쎄, 연인이 되지 않을 거라면 내가 왜 그래야 하지?"

우리는 다시는 말을 섞지 않았다.

권력 남용은 어떤 상황에서도 잔인한 짓이다. 하지만 성적인 측면에서의 권력 남용은 특히 더 잔인하다. 몇 해 전에 그 교수가 심장마비로 돌연사했다는 소식을 들었다. 딱히 슬프지는 않았다.

(1994년)

이탈리아인이 되고 싶어

대부분의 사람은 만약 인생을 다시 살 수 있다면 록스타가 되거나, 뇌 수술 전문의가 되거나, 하이즈먼 트로피(미국 대학 미식축구 최우수선수상) 수상자가 되고 싶다고 생각할 것이다. 나? 만약 인생을 다시 살 수 있다면, 나는 이탈리아인이 되고 싶다.

그냥 하는 말도, 잠시 든 생각도 아니다. 나는 예전부터 이탈리아인이 되고 싶다고 생각해왔다. 나는 파스타를 좋아한다. 이탈리아 포도주를 좋아한다. 하지만 그보다 더 중요한 이유로, 나는 만약 내가 이탈리아인이라면—혹은 이탈리아인의 기질만이라도 갖고 있다면—1990년대라는 이 시대가 이토록 심란하게 느껴지진 않을 거라고 믿는다.

일을 예로 들어보자. 요즘 대부분의 사람이 그렇듯이, 나는 주 50시간을 일하고 추가로 주 40시간은 일 걱정을 하는 데 쓴다.

나는 내가 일을 잘하고 있는지 걱정한다. 내 경력이 제대로 굴러가고 있는지 걱정한다. 경제가 나아질 건지 걱정한다. 내가 과로하고 있다고 걱정하고, 하는 일에 비해 월급을 적게 받고 있다고 걱정하고, 내가 일에서 만족을 느끼고 있는지 모르겠다고 걱정한다.

일이 끝나면, 밖에서 친구들을 만나서 일 이야기를 나눈다. 집에 가면, 일을 좀 더 하거나 종일 일하느라 피곤해서 자러 간다.

만약 내가 이탈리아인이라면, 나는 훨씬 더 감당하기 쉬운 방식으로 일을 대할 것이다. 출근했다가, 퇴근할 것이다. 그러면 짠! 그걸로 일 생각은 끝일 것이다. 나는 친구들과 가족들과 푸짐한 저녁을 먹을 것이다. 포도주를 마실 것이다. 자정 넘어서야 잠들었다가, 합리적인 시간 동안 푹 자고 이튿날 아침에 일어날 것이다. 인생은 가끔가다가 한 번씩 여유가 있는 토요일에만 즐기는 것이 아니라 매일 즐기는 것이라고 투철하게 믿을 것이다.

내가 이탈리아인이 되고 싶어 하는 이유가 하나 더 있다. 이걸 상상하기만 해도 나는 전율이 인다. 만약 내가 이탈리아인이라면, 나는 감정과 격정과 분노를 맘껏 터뜨릴 것이다.

그러면 정말 끝내주지 않을까? 현재의 나는 현대를 살아가는 책임감 있는 여성답게 감정을 아주 단단히 틀어쥐고 있다. 나는 내 감정을 조용히 처리한다. 남몰래 처리한다. 프라이버시가 보장되는 내 집에서 처리한다.

이것은 대단히 비이탈리아인다운 행동이다. 그리고 대단히 1990년대다운 행동이다. 요즘은 감정과 격정과 분노를 터뜨려도 되는 상황이 전혀 없다. 그것들을 풀어놓을 공간이 어디에도 없다. 우리는 일을 잃을까 봐 두려워서, 직장에서 자기주장을 드러내지 않는다. 사람들 앞에서는 올바른 말만 해야 한다고 걱정해서, 안전한 주제에 대해서만 말한다. 가령 일이라거나. 그리고 우리는 관계에 내해서 너무나 숙명론적인 시각을 갖게 되었기 때문에, 배우자에게 감정과 격정과 분노를 터뜨리는 데 에너지를 쓸 필요조차 없다고 여긴다. 그래서 우리는 다들 피곤하고 억압된 모습으로 살아간다. 도발적인 말은 아무도 하지 않는다.

만약 내가 이탈리아인이라면, 상황이 전혀 다를 것이다. 내게는 격렬하게 열정적인 남편이 있을 테고, 우리는 격렬하게 열정적인 아이들을 낳아서 격렬하게 열정적인 가정을 꾸렸을 테고, 저녁에는 거대한 파스타 접시를 앞에 두고 식탁에 앉아서 황혼에서 새벽까지 서로 고함을 쳐낼 것이다. 고함을 치고 또 치다가, 결국에는 울면서 껴안고 눈물바다 속에서 화해할 것이다. 그러면 모든 것이 괜찮아질 것이다.

그런데 어쩌면 내가 애먼 데를 보고 있는지도 모르겠다. 미국에도 사실 그렇게 집착적으로 일하지 않아도 되는 영역, 노골적으로 나태하게 굴어도 성공할 수 있는 영역이 한 군데 있기 때문이다. 감정과 격정과 분노를 수시로 터뜨릴 수 있는 영역이 미국에도 한 군데 있다. 맘껏 그래도 되고 그 이상을 해도 되는 영역이 있다.

그러니까 어쩌면 이게 답인지도 모르겠다. 나도 정치를 해야할지 모르겠다.

사람들이 무엇을 못 버리는지 살펴볼 것

물건들, 물건들, 나는 물건들에 둘러싸여 있다. 내게 필요 없는 물건들, 내가 쓰지 않는 물건들, 하지만 내가 갖고 있어야 한다고 느끼는 물건들. 지금 이 글을 쓰는 사무실에서도 나는 물건의 바다에 익사하기 직전이다.

어떤 것들은 미루기의 물건들이다. 내가 답신해야 하는 편지들, 돌려줘야 하는 원고들, 서류함에 분류해야 하는 메모들.

어떤 것들은 일상 업무의 물건들이다. 부서 간에 오간 문서가 여기 한 더미, 이런저런 양식이 저기 한 더미, 청구서가 또 한 더미.

하지만 대부분은 좀 더 일반적인 물건들, 우리가 남에게 설명할 수 없는 이유로 붙들고 있는 물건들이다. 달리 말하자면, 물건들을 만들어내는 물건들이다. 내가 언젠가 주문하고 싶을지도 모르는 물건들이 실린 오래된 카탈로그들. 내가 언젠가 읽거나 다시 읽고 싶을지도 모르는 오래된 잡지들. 청탁 없이 써본 글이지만 내가 언젠가 발표하고 싶을지도 모르는 기사들. 그보다 더 쓸모없는 물건들, 딱히 뭐에 쓸지 모르겠고 나중에 쓸 것 같지도 않은 물건들.

책장 한 귀퉁이에는 몇 년 동안 이런저런 포장에서 끌러서 모아둔 리본들이 걸려 있다. 책장 다른 귀퉁이에는 내가 다시 열어볼 것 같지 않고 답장도 절대 안 할 게 확실한 오래된 독자 편지들이 쌓여 있다. 책상에는 내가 절대 전화하지 않을 전화번호들이 터져 나갈 듯 담긴 롤로덱스 명함 정리기가 있다.(미국극단운영자협회? 미국운송노조 디트로이트 지부? 뭐라고?) 한구석에는 내가 무려 1988년 2월부터 지금까지 현금자동입출금기에서 뽑은 잔액 조회 명세서들이 담긴 봉투들이 쌓여 있다.

하지만 이런 물건들은 이상한 측면에서 나름대로 의미가 있다. 물론 오래된 리본 뭉치의 의미는 변변찮겠지만, 사람들이 어떤 물건을 간직하고 어떤 방식으로 간직하는가 하는 것을 보면 우리는 그들을 알 수 있다. 그것은 사람들이 외적인 측면과 내적인 측면에서 자기 삶을 어떻게 조직하는가를 보여주는 작은 증거다. 누군가를 더 잘 이해하고 싶은가? 그렇다면 그가 쌓아둔 물건들을 살펴보라.

나는 몇 년 전에 4년 동안 살았던 집에서 이사하면서 처음으로 물건들을 싹 정리했다. 그때 이 상황의 본질에 대한 훌륭한 교훈을 얻었다. 태어나서 지금까지 나는 늘 아득바득 모아두는 사람이었다. 수많은 기념품과 추억거리를 수많은 상자에 담아 집 안 곳곳에 놓아두는 사람이었다. 예전에 갔던 공연이나 영화 티켓 쪼가리, 환불 생각을 접은 지 오래인 물건들과 옷들의 영수증, 연락이 끊긴 지 오래인 사람들의 편지, 심지어 낡은 신발들까지. 그런데 그 집에서 이사 나오는 것은 내 인생에서 중요한 단계였다. 혼자 살던 집을(물건을 쌓아둘 공간이 충분했다) 떠나서 남자와 함께 살 새 집으로(물건을 쌓아둘 공간이 훨씬 부족했다), 그리고 아마도 새 인생으로 옮기는 것이었기 때문이다.

따라서 대청소는 물류상의 필요성을 넘어선 의미가 있었다. 거기에는 심리적 가치도 있었다. 물론 물건들 중 많은 것들은 처분하는 게 당연했다. 고장 난 토스터 오븐이나 안 입은 지 몇 년 된 낡은 코트를 내가 꼭 간직하고 있을 필요는 정말 없었다. 오래전에 이미 진학하지 않기로 결정한 대학원의 합격증을 보관하고 있을 필요는 없었다. 잡지《고메》과월호들을 세 박스나 쌓아두고 있을 필요는 없었다. 하지만 그 물건들을 처분하기로 결정하는 것은 내 짐을 감당 가능한 수준으로 줄이는 것 이상의 의미가 있었다.

어느 시점에 나는 예전에 거식증과 길고 끈질긴 싸움을 벌일 때 입었던 청바지들이 보관된 서랍장을 정리하게 되었다. 작다 못해 해골에게나 맞을 듯한 사이즈의 청바지들은 나쁜 기억이 묻은 물건들이었다. 더 건강하게 살려고 애쓰기 시작한 사람의 인생에는 존재할 자리가 없는 물건들이었다. 그런데도 나는 오랫동안 그 청바지들을 붙들고 있었고, 그럼으로써 언젠가 다시 그 담배 굵기만 한 청바지들이 필요할 수도 있다는 가능성, 언젠가 다시 그 청바지들이 맞는 몸이 될 수도 있다는 가능성, 따라서 지금 거식증으로부터 '회복'했다고 느끼는 상태가 잘해봐야 일시적이고 최악의 경우에는 허구일지도 모른다는 가능성을 붙들고 있었다.

그 서랍에 숨은 메시지는 두려움이었다. 따라서 과거에 속하는 옷들을 내버리는 것은 엄청나게 건강한 행동임에 분명했다. 그것은 과거의 나에게 작별을 고하려는 시도의 일환이었다.

우리가 가진 물건들의 대부분이 사실은 그렇다. 우리가 옷장과 선반장에 처박아둔 물건들은 우리가 내면에서 붙들고 있는 것들, 이를테면 두려움, 기억, 꿈, 그릇된 인식을 반영할 때가 많다. 예를 들어, 내 사무실에 있는 물건들 중 다수는 내가 내심 일을 그르칠지도 모른다는 공포를 품고 있다는 걸 알려준다. 언젠가 저 오래된 잡지들 중 한 권에 실린 기사가, 혹은 저 롤로덱스에 든 오래된 전화번호들 중 하나가, 혹은 저 쪽지들이나 편지들이나 기타 등등 중 하나가 실제로 필요해질지도 모른다는 두려움이다.

현금자동입출금기 잔액 조회 명세서에는 뭐가 숨어 있느냐고? 자신의 재정 상태를 늘 걱정하는 마음, 그와 더불어 내가 그것들을 내버리자마자 은행에서 연락이 와서 한때 내가 증명할 수 있었던 막대한 예금이 감쪽같이 사라졌다고 알릴 게 틀림없다는 확신이 숨어 있다. 책장에 걸린 리본 뭉치마저도 막연한 불안을, (상대적으로 사소하고 집착적인) 걱정을 반영한다. 언젠가 내가 선물을 포장해야 하는데 그걸 묶을 리본이 없으리라는 (헉) 걱정이다. 우리 어머니 집에는 오직 고무줄만 가득 든 커다란 바구니가 있다. 어머니가 그걸 모아둔 이유도 같을 것이다. 어머니는 자신이 그것들을 내버리자마자 고무줄이 절실히 필요한 처지에 놓일 게 분명하다고 절대적으로 확신하시는 것이다.

언젠가 이게 필요할 수도 있어. 언젠가 이게 그리울 수도 있어. 언젠가 유행이 돌아와서 이걸 다시 입고 싶어질 수도 있어. 물건을 버리기가 어려운 것은 그것이 꼭 선택지를 도려내는 것처럼 느껴지기 때문이다. 혹은 자신이라는 사람의 어떤 측면을. 혹은 자신의 역사 중 한 조각을. 게다가 물건을 붙들고 있는 일의 실제 가치와는 무관하게, 그냥 그 물건을 포기하기가 힘들게 느껴질 수도 있다. 가령 내가 옛집에 오랫동안 보관했던 영화 티켓 쪼가리들은 예전에 사귄 사람들과의 즐거웠던 시절, 행복했던 순간들을 담고 있고, 나는 그 기억을 잊고 싶지 않다. 낡아빠진 코트는 내가 입을 때마다 예쁘다고 느꼈던 옷이고, 나는 그 기분을 잃고 싶지 않다.《고메》잡지들에는 (당시 처참하게 부족했던) 요리 실력에 대한 희망이 담겨 있다. 심지어 망가진 토스터 오븐에도 추억이 깃들어 있다. 나는 그것을 거의 10년 전 그때 사귀던 남자와 함께 우리가 아주 행복하게 함께 살았던 해에 구입했다.

내가 생각하는 요령은, 두려움과 감정을 관리하는 법을 익히는 것처럼 물건을 관리하는 법을 익히는 것이다. 물건 무더기들에 논리를 좀 적용해보는 것이다. 좀 이성적으로 생각해보는 것이다. 내가 중요한 전화번호를 몇 개 버린다고 해서 세상이 정말로 무너질까? 기억이 담긴 물건들을 버린다고 해서 내 과거도 정말로 함께 버려질까? 저 리본들이 다 없다고 해서 내가 죽을까? 손톱만큼이라도 문제가 생길까?

아니, 아닐 것이다. 그래도 저 은행 명세서들은 계속 갖고 있어야 할 것 같다…… 혹시 모르잖아.

(1992년)

노인의 존엄에 관하여

《뉴욕 타임스》1면 사진이 모든 것을 말해주었다. 존 킹거리라는 82세 알츠하이머병 환자가 아이다호의 어느 개 경주장에 달랑 기저귀 한 봉지와 함께 버려져 있다. 그는 휠체어에 앉아서 곰 인형을 쥐고 있다. 그가 입은 스웨트셔츠에는 '자랑스러운 미국인'이라고 적혀 있다. 그는 자기 이름도 기억하지 못한다.

이 사연이 보도된 뒤로, 나는 저 단어들을 머리에서 지울 수 없었다. 82세. 버려진. 휠체어. 기저귀 봉지.

하지만 정말로 내 마음을 괴롭히는 것은 곰 인형이다. 불치병은 끔찍한 퇴행을 가져오기 마련이라, 가장 강인했던 사람들도 점점 더 아기가 되어간다. 존 킹거리라는 분은 아마 먹고, 입고, 화장실에 가는 것 같은 가장 기본적인 기능조차 스스로 해내지 못할 것이다. 그런 상태로 혼자 남겨진 사람의 모습보다 더 나쁜 것은 세상에 많지 않다. 아기처럼 무력하고 겁에 질려서, 곰 인형을 움켜쥔 상태로.

우리가 노인들을 대하는 방식은 정말 창피할 지경이다. 킹거리 씨의 사례는 그 상황을 다른 어떤 사례보다도 잘 보여준다. 아마 깊이를 헤아릴 수 없는 좌절감에서 비롯한 행위였을 것 같은데, 그의 딸은 요양원에서 그를 데리고 나온 뒤 경주로에 그를 버리고 떠났다. 휠체어에 붙어 있던 신상 정보를 떼어버리고, 옷에 달려 있던 라벨도 제거한 채. 대체 어떤 압박 때문에 그 딸이 그렇게 결정했는지는 아직 밝혀지지 않았지만, 그런 선택이 드물지 않다는 사실만큼은 확실히 밝혀져 있다. 미국응급의사협회의 추산에 따르면, 지난해 미국에서 경제적 혹은 감정적 한계에 부딪힌 가족에 의해 유기된 노인이 7만 명이나 된다.

이 가슴 아픈 통계를 보고 탓할 대상을 찾기는 어렵지 않다. 우선, 노인 인구가 늘고 있다.(현재 미국에서는 다섯 가정 중 한 가정이 연로한 부모를 돌보고 있다.) 의료비가 천정부지로 솟고 있다. 알츠하이머병 같은 질환 때문에 오랫동안 치매를 겪으면서 타인이 24시간 돌봐야 하는 상태로 살아가는 노인 환자들이 많다. 보호자들이 절망이나 번아웃이나 둘 다에 무릎 꿇는 것도 무리가 아니다.

게다가 연방 정부가 사람들의 짐을 덜어주지도 않는다. 노인 대상의 의료 복지와 그 보호자들에 대한 지원은 소수자 가정들을 가난의 굴레에 묶어두고, 여자들을 불평등한 위치에 묶어두고, 에이즈 환자들을 항구적인 위기 상태에 묶어두는 온갖 비참한 이유들과 같은 이유 때문에 현재 부족하다. 그런 절망들을 신경 쓸 만큼 그걸 아는 사람이 많지 않고, 그런 절망들을 살피기를 바랄 만큼 도덕적 의무감을 느끼는 사람은 더 적다. 요컨대, 노인 대상의 의료 복지란 미국의 우선순위에서 높은 순위를 차지하지 않는다. 그리고 조지 부시 같은 사람이 병든 부모를 개 경주장에 유기할 처지에 놓이지 않는 한, 앞으로도 순위가 높아질 것 같지 않다.

하지만 이 현실에는 그보다 덜 구체적인 원인도 있다. 국가 차원에서 드러난 현상은—무관심, 타성, 노인을 돌보는 대신 그냥 무시하고 싶은 마음—개인 차원에서도 벌어지고 있다. 그나마 덜 매정한 사람들에게도 똑같이. 순순히 인정하기에는 너무 끔찍한 일이지만, 우리는 늙고 아픈 사람들을(그리고 대체로 제 목소리를 내지 못하는 사람들을) 그렇지 않은 사람들보다 머릿속에서 훨씬 더 쉽게 지워버린다. 노화는 추할 수 있다. 아주 협소하게 정의한 젊음과 아름다움을 숭배하는 문화에서는 특히 더 그렇게 느껴진다. 그리고 솔직히 병에 걸려 죽어가는 과정에 공감하기란 워낙 괴롭고 어려운 일이라서—상상력을 한껏 발휘하지 않고는 그런 경험을 추체험하기 어렵다—우리가 조만간 존 킹거리 같은 사람들을 살피기 시작할 가능성도 낮아 보인다.

원래 나는 '연령차별주의' 같은 포괄적 용어를 싫어하지만, 이제 이 단어를 성차별주의나 인종차별주의 같은 다른 '주의'들처럼 진지하게 받아들이고 있다.

몇 달 전, 한 동료의 할머니가 돌아가셨다. 동료가 무척 사랑한 분이었다. 그가 내 방으로 와서 소식을 전했을 때, 나는 여느 사람들처럼 반응했다. 두 가지를 물었다. 첫째, 갑작스러운 부고인지? 둘째, 연세가 얼마나 되었는지? 그가 82세라고 알려주자 나는 고개를 끄덕였는데, 이것은 무심결에 일말의 안도감을 드러낸 몸짓이었다. 나는 이렇게 말한 것이나 다름없었다. "그래도 오래 사셨네. 그렇게까지 슬픈 부고는 아니겠네."

비극과 슬픔에도 정도가 있다는 것을 부인하려는 말은 아니다. 분명히 정도 차이가 있다. 하지만 내가 저런 반응을 자동적으로 보였다는 것은 돌아보면 좀 무서운 일이다. 안도? 연세가 많으셔서?

생각해보니, 나는 몇 년 전에 91세를 일기로 돌아가신 외할머니의 병과 죽음에 대해서도 비슷한 식으로 반응했다. 할머니는 돌아가시기 전에 오랫동안 입원과 퇴원을 반복하셨다. 나는 할머니를 뵈러 가고 싶지 않았던 마음을 생생히 기억하고 있다. 할머니를 사랑하지 않아서가 아니었다. 사랑했다. 하지만 피하고 싶다는 원초적 충동이―쪼그라들고 아파 보이는 할머니가 침대에 누운 모습을 피하고 싶고, 접촉을 피하고 싶고, 대화를 피하고 싶고―너무 강해서, 나 자신의 멱살을 잡고 끌다시피 해야 병원에 갈 수 있었다. 할머니가 상태가 나쁠 때는 그 모습이 오싹했다. 할머니의 숨은 거칠었고, 피부는 누렇게 떴고, 팔은 가슴 아플 만큼 가늘었다. 불치병에는 특유의 냄새가 있다. 시큼한 냄새가 두드러지고, 고약하게 느껴지는 달콤함도 있다. 나는 그저 그 자리에 있고 싶지 않았던 기억뿐이다.

또 기억나는 것은, 할머니의 전담 간호사였던 천사 같은 일레인이 나는 죽었다 깨어나도 못 미칠 수준의 용기와 연민으로 할머니를 돌보았던 사실이다. 일레인은 한결같이 품위 있는 태도로 할머니에게 말했다. 할머니의 머리를 빗어주었고, 이마에 온습포를 붙어주었고, 손을 삽아주었다. 그리고 힐미니는 마지막에 숨을 거둘 때 자기 집에서, 자기 침대에서, 자기 가족에게 둘러싸여 있었다. 할머니의 두 딸이—내 어머니와 이모가—침대 양옆에 서서 손을 잡고 있었다. 할머니의 아들이 침대 발치에 서 있었고, 할머니의 두 사위가 한 발자국 뒤에 있었다. 할머니는 좋은 의료 서비스를 감당할 돈이 있다는 점에서 어마어마하게 운이 좋았다. 죽어가는 사람을 어떻게 대해야 하는가, 어떤 사랑과 지원을 끝까지 제공해야 하는가 하는 문제들에 대해서 핵심적인 도덕적 신념을 공유하는 가족이 있다는 점에서 어마어마하게 운이 좋았다.

어쩌면 이것은 순진한 생각인지도 모르겠다. 때로 죽음은 어쩔 도리 없이 이보다 더 임의적이고 흉하니까. 하지만 할머니는 마지막 순간에 평화롭게 존엄을 지키면서 돌아가셨고, 나는 우리 모두가 마땅히 그래야 한다고, 하지만 실제로 그러는 사람은 너무 적다고 생각한다.

(1992년)

깔끔쟁이의 문제

나는 지저분쟁이가 되는 수업을 듣고 싶다. 누구 도와주실 분?

나는 바닥에 옷을 떨어뜨리고 그대로 한참 놔두는 사람이 되고 싶다. 개수대에 쌓인 그릇을 며칠씩 외면할 수 있는 사람이 되고 싶다. 신문, 잡지, 우편물을 소파, 의자, 탁자 위에 마구 놔두고도 그 꼴을 전혀 신경 쓰지 않는 사람이 되고 싶다.

그렇기는커녕, 나는 남들을 질리게 할 만한 정리벽이 있다.

저 꽃병 옮겼어? 네가 옮겼지. 내가 탁자 모서리에서 정확히 8센티미터 떨어진 지점에 놓아두었는데 딱 봐도 그 자리가 아니란 말이야. 이건…… 이건…… 아니야!

이렇게 사는 나도 피곤하다. 나는 밤에 살금살금 집 안을 돌아다니면서 검사한다. 텔레비전이 벽에 바싹 붙은 제 위치로 돌아가 있나? 확인 완료. 찻잔이 설거지되어 건조대에 놓여 있나? 확인 완료. 신발은 신발장에, 코트는 옷걸이에, 칫솔은 저 웃기게 생긴 칫솔걸이에 잘 걸려 있나? 확인 완료, 완료, 완료.

이러는 내가 나도 거슬린다. 한심하지 않나?

음, 그렇기도 하고 아니기도 하다. 사실 나는 이런 미적 통제광 행위에서 크나큰 만족감을 느낀다. 나는 모든 것이 제자리에 있는 걸 보는 게 좋다. 반들반들 닦인 표면의 윤기가 좋고, 딱 알맞게 놓인 꽃병과 촛대의 대칭이 좋고, 깨끗하게 치워진 조리대의 휑한 모습이 좋다. 나처럼 청소광인 사람들은 이런 시각적 질서에서 깊은 안도감을 맛본다. 아, 어지러운 게 전혀 없네. 모든 것이 제자리에 있네. 이제 좀 쉴 수 있겠어.

한편으로 나는 이런 질서에서 좀 더 문제적인 충동이 가하는 부담을 느끼는데, 내가 신경 쓰이는 것은 이 점이다. 이런 행동에는 큰 두려움이 담겨 있고, 심한 경직성이 담겨 있고, 외적인 요소들을 조작함으로써 내면에서 잘못된 것을 고치고야 말겠다는 거의 본능적인 충동이 담겨 있다. 내가 이 사실을 새삼스럽게 깨우친 것은 지난 6월이었다. 그때 나는 지금 사는 집으로 이사해 들어왔는데, 정리벽이 어찌나 심해졌던지 소파에서 일어날 때마다 쿠션을 팡팡 두드려서 부풀려두어야 직성이 풀릴 지경이었다. 나는 마치 검사를 실시하는 교관처럼 집 안을 순찰했다. 거실의 미션 양식 의자가 소파와 정확히 90도 각도를 이루고 있나? 그것이 맞은편 의자와 정확히 줄이 맞나? 조리대에 커피 가루 찌꺼기가 있나? 부엌 바닥에 얼룩이 있나? 있다고? 뭐?! 어서 스펀지를 가져오도록!

느긋한 생활 방식이라고는 결코 말할 수 없다.

하지만 여기서 내가 깨우칠 점이 있다고는 생각한다.

내가 이 집으로 이사 온 때는 삶이 유난히 힘들던 시기였다. 그 전해와 전전해에 부모님 두 분이 다 돌아가셨기 때문에, 나와 오빠와 언니는 그때 부모님이 살던 집이자 우리가 자란 집을 정리해서 파는 중이었다. 부모님의 집은 혼돈 그 자체였다. 우리는 38년 동안 쌓인 물건들을 일일이 살펴보고, 내버리고, 상자에 담아야 했다. 어느 구석을 보나, 어느 표면을 보나 거기에는 수십 년 치의 감정이 숨어 있었다. 그러니 내가 내 집에서 발휘하는 정리벽은 그에 대한 아주 강한 반응이라고 볼 수 있었다. 내가 내면의 무질서와 격변처럼 느낀 상황에 대한 방어 행동이었다. 그것은 두려움에 압도된 나머지 통제력을 갈구하는 행동인데, 나는 과거에 거식증을 겪을 때도 그랬다. 우리를 둘러싼 모든 것이 혼돈으로 느껴질 때, 우리는 자신이 통제할 수 있는 것을 통제하려고 든다. 무엇이든 좋으니 무언가를. 이를테면 자신이 섭취하는 칼로리를, 자신의 몸무게를, 자신의 환경을. 공황에 빠진 사람은 이상한 짓도 하게 된다.

정리벽 동지이기도 한 내 절친한 친구 하나는 곧 남자친구와 함께 살려고 그의 집으로 들어갈 예정인데, 그는 깔끔함과 질서를 내 친구보다 훨씬 덜 신경 쓰는 편이다. 친구는 이사가 몇 달 앞으로 다가오자 이 문제로 안절부절못하기 시작했다. 그의 부엌에 있는 **잡동사니** 바구니를 어쩐다지? 오래된 우편물과 고지서와 카탈로그가 말 그대로 흘러넘치는 바구니를? 그의 물건들을 다 어쩐다지? 어느 날 문간에 짠 나타나서 계속 팽창하는 듯한 상자들을, 침실 바닥에 널브러진 옷들을?

나는 남자친구와 함께 살기로 한 친구의 결정을 무척 용기 있는 것으로 여긴다. 남자친구의 너저분함에 대한 친구의 공포는 따져보면 일종의 굴절 현상이다. 친구가 외적인 무질서에 대해서 느끼는 불안은 사실 그보다 더 복잡한 내면의 경계선을 약간 흐트리기로 결정한 데 대한, 타인의 물건들을 물리적으로나 감정적으로나 말 그대로 공유하기로 결정한 데 대한 두려움을 상징한다.(가히 완벽한 상징이라고 할 수 있다.)

나는 아직 그럴 수 없다. 나도 내 남자친구의 집을 어지르는 짓은 잘만 해내는 것 같다. 그의 집에서는 나도 개수대에 그릇을 쌓아두고, 탁자와 바닥에 널브러진 신문을 내버려둔다. 하지만 그가 내 집에—내 영역, 내 공간—오면, 나는 그가 신발을 함부로 벗어두기만 해도 이마를 찌푸리고 움찔한다.(그리고 그가 그러면, 나는 망할 신발을 집어서 현관 벽에 가지런히 붙여 세운다.) 그는 그런 나를 놀리면서 묻는다. "다음은 뭐야? 가구에 비닐을 씌울 거야? **벨벳 로프**를 칠 거야?" 어떤 때는 그가 화낸다. 내가 이사한 직후에 그가 말했다. "여긴 박물관이 아니야. 여기는 자기가 사는 곳이야."

하지만 바로 그 점이 문제다. 나 같은 사람들이 어렵게 느끼는 것이 바로 그 점이다. 정리벽이 있는 사람도 보통 혼자 사는 한은 괜찮다. 자신의 사적인 경계선 안에서 그 충동을 탐닉하여, 맘껏 줄 세우고 박박 닦고 하는 동안에는. 생활이 문제가 되는 것은 그 생활에 다른 사람들이 등장할 때, 그래서 인간관계라는 요소가 방정식에 첨가될 때다. 그리고 이 인간관계란 알다시피 무척 지저분할 수 있다. 누가 내 집에서 공간을 어지럽히면, 나는 마치 그 공간이 내 내면과 직접적인 관계가 있다는 양 심하게 위협당하는 기분이 든다. 누가 내 조리대를 어지럽히면, 그는 내 삶을 어지럽히는 것이다. 누가 내 부엌을 헝클어뜨리면, 그는 내 감정을 헝클어뜨리는 것이다. 나도 이런 생각이 비합리적이란 건 안다. 그리고 나도 애쓴다. 비와 쓰레받기를 들고 남을 졸졸 따라다니고 싶은 충동을 억제하려고 애쓴다. 그래도 그런 생각이 들 때가 있고, 그런 생각의 힘은 강력하다.

내게 지저분쟁이 코치, 지저분쟁이 멘토가 필요한 것은 이 때문이다. 내게 혼돈과 무질서는 인간의 삶과 인간관계에 따르기 마련인 요소라는 사실을 설득시켜줄 사람, 인생의 모든 불안을 걸레와 빗자루로 대처할 순 없다는 사실을 납득시켜줄 사람. 긴장 풀어! 코치는 말할 것이다. 난장판을 즐겨봐! 되든 안 되든 해보고, 모든 걸 통제하려는 마음을 버려!

합리적인 얘기로 들린다. 대단히 바람직한 목표인 것 같다. 하지만 당장 그렇게 될 수는 없으니, 일단은 에이잭스 세척제를 좀 더 사둬야겠다. 만일의 사태란 게 있잖아.

(1994년)

집의 개념을 다시 만들기

집 꾸미기 과정은 어느 날 당신이 왠지 불편하고 실망스러운 마음으로 집을 둘러보고 이렇게 말하면서 시작된다. "으."

뭐든 이 과정을 촉발하는 계기가 될 수 있다. 어쩌면 당신은 지금 사는 곳을 중간 기착지나 임시 거처로 여길 뿐이어서 귀찮게 그곳을 제 집으로 꾸밀 필요까지는 없다고 생각했을 수도 있다. 어쩌면 당신은 보금자리를 꾸며야 할 필요성, 자기 개성을 반영한 공간을 만들어야 할 필요성을 여태 느끼지 못했을 수도 있다. 어쩌면 당신은 돈이 없어서 콘크리트 블록과 합판으로 만든 선반 외에는 다른 걸 장만할 수 없었을 수도 있다. 또 어쩌면 당신은 최근에 좀 더 극적인 사건을 겪었을 수도 있다. 당신의 정체성을 구성하는 한 요소였던 중요한 관계를 잃었다거나 부모가 돌아가셨다거나 해서, 문득 자신이 이 세상에 홀로된 존재라는 사실을 깨닫고 만약 보금자리처럼 느껴지는 공간이 있다면 살아가기가 한결 안전하고 즐거우리라고 생각하게 되었을 수도 있다.

그래서 당신은 집 꾸미기에 착수한다. 그 과정은 다음과 같다.

우선, 당신은 예산을 확보한다. 7개월 만에 잔고를 확인해보고 깨닫는다. 젠장! 내가 가진 돈은 커피 여과지를 가까스로 살 수 있을 정도인데, 어떻게 집 꾸미는 데 필요한 물건들을 사는 걸 정당화할 수 있지? 이런 건전하지 못한 생각은 당장 머릿속에서 추방하라. 패배적이고, 집 꾸미기에 하등의 도움이 되지 않는 생각일 뿐이다.

게다가, 모름지기 성공적인 집 꾸미기란 금전적 고려가 아니라 자신을 깊이 이해하고 자신의 진정한 욕구를 인식하는 데 달린 법이다. 만약 당신이 블루밍데일 백화점 카탈로그에서 본 950달러짜리 뚱뚱한 안락의자가 집에서 보내는 시간을 아늑하고 의미 있게 만들어줄 것이라는 사실을 그냥 마음으로 안다면, 무슨 수를 써서라도 그것을 사라.(주: 사람들은 이런 사고방식을 "자기 합리화"라고도 부른다. 하지만 집 꾸미기를 이런 시각으로 바라보는 것은 비생산적인 일이니, 모쪼록 무시하라. 특히 당신에게 신용카드가 있다면.)

아무튼, 당신이 가까스로 구입할 여력이 되는 아름다운 물건이 많은 곳으로 가서 그 자기 이해와 욕구 평가를 실시하도록 하라. 어쩌다 보니 수작업으로 색칠된 아름다운 러그 앞에 서 있도록 하라. 러그가 당신 집의 빈 벽에 걸려 있는 모습을 상상하고, 이렇게 생각하라. 아, 이게 벽에 걸려 있다면 나는 따스한 느낌, 미적으로 흡족한 느낌, 좋은 취향을 소유한 느낌을 받을 수 있을 텐네. 난 이게 필요해. 러그를 사라. 또 어쩌다 보니 길고, 폭이 좁고, 손으로 짜고 손으로 염색한 천에 파란색과 베이지색이 섞인 테이블 러너를 보도록 하라. 그것이 지금 위에 아무것도 덮지 않은 채 놓여 있는 평범한 거실 탁자에 깔린 모습을 상상하라. 이렇게 생각하라. 아, 이게 탁자에 덮여 있다면 나는 따스한 느낌, 미적으로 흡족한 느낌, 좋은 취향을 소유한 느낌을 받을 수 있을 텐데. 난 이게 필요해. 테이블 러너를 사라. 이런 식으로 계속 사라.

그다음, 뭔가 실용적인 것을 구입함으로써 사치했다는 느낌에 대항하라. 책장은 콘란에서 본 흰 책장으로 정함으로써 당신의 연이은 과단성에 흡족해하라. 판매원이 이 제품을 조립하는 건 "식은 죽 먹기"이고 스크루드라이버 하나만 있으면 된다고 장담하는 걸 들으면서 열심히 고개를 끄덕이라.

천 두 조각과 책장 하나에 목돈을 쓴 이 시점에서, 문득 집 꾸미기에 나선 데 대한 후회를 느껴라. 그러고는 당신이 아는 사람들 중에서 집 꾸미기의 기술을 터득한 사람들을 떠올리면서 이 불건전한 생각을 머릿속에서 몰아내라. 세심하게 배치된 장식품들과 수집물들과 의미 있는 잡동사니들이 가득한 집에 앉아 있으면 얼마나 아늑할지 상상하라. 집을 보금자리로 느낀다는 것이 얼마나 단순하면서도 얻기 힘든 즐거움인지 생각해보라. 지금 당신의 집이 얼마나 단조롭고 휑한지 떠올리고, 당신이 지금까지 그렇게 방치한 것은 누군가 나타나서 당신을 그곳으로부터 구출해주기를 기다리는 마음 때문이었으리라는 점을 숙고하라. 그렇게 사는 것은 제대로 된 삶이 아니라고 결정하고, 단호히 집 꾸미기의 다음 단계로 넘어가라. 장식품 쇼핑이다.

꽃병을 사라. 도자기를 사라. 촛대와 거기에 꽂을 알록달록한 초들을 사는 데 과도한 돈을 써라. 82달러어치 촛대를 들고 피어원 임포츠의 계산대 줄에 서서 당혹해하라. 세상에 누가 촛대에 82달러나 쓰지? 혹시 이거 일종의 남근 집착인가? 불건전한 생각을 지워버리고 나아가라.

이 시점에서, 과소비를 진지하게 걱정하라. 그러고는 마침 근처에 사시는 어머니를 찾아가라. 어머니 집에서 어머니가 쓰지 않거나 필요하지 않은 듯 보이는 가구를 찾아보라. 그다음 식탁에 앉아서 울적하고 불쌍한 얼굴을 하라. 뒷방에서 어머니가 쓰지 않고 필요하지 않은 듯한 옅은 색 나무 콘솔형 탁자를 봤던 걸 떠올려라. 슬픈 얼굴로 말하라. 어휴, 집에 콘솔형 탁자가 하나 있으면 좋겠는데 너무 비싸더라고요! 자신의 콘솔형 탁자를 당신의 집 꾸미기 운동에 기부하겠다는 어머니의 뜻을 기꺼이 수락하라.

집으로 가라.(주: 이 과정은 당신의 도요타에 탁자를 쑤셔 넣느라고 35분 동안 낑낑거리는 단계, 그다음 당신이 사는 집 건물에 들어선 순간 엘리베이터가 집 꾸미기 사보타주에 돌입하여 작동을 멈췄기 때문에 24킬로그램의 책장이 포함된 짐을 끌고 32도의 열기에 계단을 다섯 층 걸어 올라가는 단계로 이루어진다.)

이제 소매를 걷어붙이고, 토요일 저녁 내내 집 꾸미기에 전념하라.

책장 조립에 나서라. 콘란 상자에 든 내용물을 거실 바닥에 우르르 쏟아놓고, 이후 약 42분 동안 조립 안내문과 카펫 위에 흩어진 다양한 부품들, 나사들, 너트들, 볼트들, 못들을 어리벙벙한 얼굴로 번갈아 쳐다보라. 안내문을 읽어라. 킥보드에 윙너트 A1~A4를 끼우되, 왼손으로 나사 B2~B6를 단단히 잡고 있고 오른발로 백보드를 고정된 책장 3C에 단단히 붙여라. 눈이 게슴츠레해지는 것을 느껴라. 안내문 없이 조립하기 시작하라. 그 순간 당신에게 망치가 없다는 사실을 깨닫고, 밀방망이로 부품들을 꿰맞추기 시작하라. 희한하게 생긴 책장이 생겨나는 것을 보면서 당신에게는 집 꾸미기 재능이 부족하다는 느낌에 시달려라. 아차 하는 말을 여러 번 내뱉어라. 아차! 책장이 위아래가 뒤집어졌네! 아차! 여기 못들이 튀어나왔네! 아차! 이 널빤지는 왜 남는 거지?

소파에 앉아라. 무능함을 느끼면서 침울한 생각을 떠올려라. 나는 실패자야. 집을 꾸밀 줄 몰라. 토요일 밤인데 혼자 이렇게 책장이나 망치고 있어. 눈물을 터뜨릴까 고민하다가, 불건전한 생각일랑 몰아내고 손재주가 없다고 해서 실패자라고 할 순 없다고 생각하라. 완성된 책장을 벽에 붙이고, 와! 썩 괜찮아 보인다고 생각하라. 책장에 책을 꽂고, 수작업을 감상하라.

그다음에는 몇 시간 동안 강박적인 열정을 발휘하여 집을 꾸며라. 휑한 벽에 콘솔형 탁자를 붙여 세우라. 탁자에 올라서서 그위의 벽에 수제 러그를 걸라. 내려와서 러그를 보라. 다시 올라가서 러그를 좀 더 높게 걸라. 내려와서 보라. 올라가서 좀 더 낮게 걸라. 올라갔다 내려왔다 뒤로 갔다 앞으로 갔다 하라. 당신도 물건의 위치를 딱딱 정하는 재주를 타고난 사람이었다면 좋았을 텐데 하고 아쉬워하면서 한참을 계속 그렇게 하라.

장식품과 가구를 가지고서도 그렇게 하라. 촛대를 여기저기 놓아보라. 램프들과 의자들을 이리저리 옮겨보라. 자리에 앉아라. 보라. 일어나서 모든 것을 다시 옮겨라. 앉고, 보고, 옮겨라. 이 모든 짓이 외로움을 피하기 위한 교묘한 술책에 불과한 게 아닌지 고민하라. 지칠 때까지 계속 그렇게 한 뒤 자러 가라.

일요일에 깨어서, 아무런 계획 없는 휴일이 또 왔다는 생각에 익숙한 불안감을 느껴라. 이럴 때 늘 그랬듯이 우울한 집을 빠져나갈 계획을 궁리하다가, 일어나서 집 안을 돌아다녀보고는 사실 여기 있어도 기분이 썩 괜찮다는 것을 깨달아라. 새 물건들 덕분에 집은 더 아늑하고 더 도회적이고 꽤 발랄해 보인다. 심지어 당신이 온종일 혼자 집에 있는 모습도 상상이 된다.(이렇게 놀라울 수가.)

집의 개념을 다시 생각해보라. 집 꾸미기는 미학적으로 만족스러운 물건들을 사들이는 일에만 관련된 것이 아니라 그보다 더 모호한 요소들, 즉 외로움을 견뎌보겠다고 마음먹는 일, 고독 속에서 행복하게 지내는 법을 익혀보겠다고 마음먹는 일과도 관련된 것이라고 생각하라. 그렇게 생각하면서, 《뉴욕 타임스》 십자말풀이를 쥐고 편히 앉아서 스스로에게 축하의 순간을 맛보도록 허락하라. 이로써 당신은 보금자리에 한 걸음 더 다가간 것이다.

(1994년)

재난에 의한 감정적 과부하

나흘째인 금요일 밤 무렵, 영문 모를 피로감이 찾아들었다. 이 피로감은 뼛속들이 느껴지지만 타당한 이유가 없는 것이었다. 나를 비롯하여 그날 내가 만나고 말했던 대부분의 사람은 재앙으로부터 안전하게 거리를 둔 관중일 뿐이었다. 우리는 사랑하는 사람을 잃지 않았고, 참상을 텔레비전과 사진으로만 보았고, 구조 활동에 참여하지도 않았다. 따라서 우리의 피로감은 뜬금없고 이상한 것이었다. 그날 내가 개와 산책할 때 마주친 사람들은 하나같이 충격을 받은 얼굴이었고 하나같이 그 사실에 죄책감을 느끼는 듯했다. 우리에게는 그런 절망감을 느낄 자격이 없다는 듯이. 그 주 초반의 지배적 감정이었던 두려움과 공포는 누그러졌고, 그 무렵에는 다들 막연히 울적한 의기소침에 빠졌다. 잔인하게도, 수많은 개개인의 비극적 사연들은 머릿속에서 흐려졌다. 언어마저 우리를 떠난 듯했다. 내가 아는 사람들은 다들 "멍하다"는 말만 했다. 그것이 공허한 단어인 걸 알면서도. 난 멍해. 어떻게 해야 할지 모르겠어. 그냥 멍해. 그날 저녁에 나는 집에서 이를 악물고 멍한 얼굴로 텔레비

276

전을 보다가 캄캄한 잠에 빠져들었다.

　나는 이렇게 상충하는 다양한 감정들을 동시에 품고 있는 데 익숙하지 않다. 보통은 한 번에 하나, 기껏해야 두 가지 감정을 느낀다. 이때는 불안감을, 저때는 만족감을. 나쁜 날에는 약간의 구슬픔을, 좋은 날에는 순간의 기쁨을. 하지만 금요일 무렵부터 이번 주 내내, 그 단순한 신경 체계가 고장 났다. 의식에 과부하가 걸렸다. 이것은 정상적인 반응이겠지만, 그래도 심란하기는 마찬가지다. 어마어마한 규모의 물리적 참상, 그로부터 어떤 결과가 펼쳐질까에 대한 두려움, 갑자기 느끼게 된 자신의 취약함, 사라진 삶 하나하나가 헤아릴 수 없이 많은 다른 삶들에게 영향을 미침으로써 퍼져나간 막대한 슬픔. 이것은 보통의 뇌가 처리할 수 있는 역량을 넘어선 상황이고, 그래서 우리의 마음은 한 감각에서 다른 감각으로 갈팡질팡한다. 하나의 감각에 내려서 그것을 온전히 흡수할 수 없는 상태인 것이다.

　뇌세포들이 사방팔방 돌아가는 듯 느껴지는 것이 이 때문이다. 나는 내 작은 집에서 안전하게 보호받는 느낌이지만 동시에 몹시 조마조마하다. 비행기가 날아가는 소리가 들리면 나는 얼어붙는다. 뭐지? 누가 타고 있지? 추락할 건가? 월드 트레이드 센터가 무너지는 장면을 담은 영상을 거듭거듭 봐야 할 것 같은 느낌이 들다가도 이내 보지 말아야 할 것 같은 느낌이 든다. 어디까지가 관음증이고 어디까지가 이해할 수 없는 상황을 이해해보려는 노력인지 알 수 없어서다. 한 감정이 솟구쳤다가도 이내 정반대 감정에 자리를 내준다. 어느 맹인 남자가 CNN 기자에게 자신의 안내견으로서 누구보다도 고귀한 눈을 가진 노란 래브라도레트리버가 그를 이끌어 87층 계단을 안전하게 내려왔다고 말하는 걸 들을 때, 내 심장은 그 남자와 그의 용감한 수행원과 그 기적에 녹아내린다. 하지만 잠시 후, 어느 기업인이 카메라 앞에서 흐느끼며 자신의 직원들 중 700명이 행방불명이고 그중에 자신의 형제도 있다고 말하는 걸 들을 때, 내 심장은 순수한 슬픔에 일격을 맞고 죄어들며 가라앉는다. 인간의 친절함에 대한 가슴 벅찬 자랑스러움이 인간의 눈먼 증오에 대한 좌절감과 섞인다. 두 감정이 동시에 들 때도 많다. 내가 만난 한 여자는 이런 이야기를 들려주었다. 그가 보스턴 시내 지하철에서 느닷없이 울기 시작했는데, 전혀 낯 모르는 사람인 옆자리 남자가 그의 손을 쥐더니 그가 내릴 때까지 그냥 꼭 잡아주었다고 한다. 그는 그 연민의 행동에 감동하여 더 크게 훌쩍였는데, 그러다가 지하철을 나선 순간 벽에 이런 낙서가 갓 쓰인 걸 보았다고 한다. 이슬람에게 핵폭탄을.

이 감정들을 어떻게 조화시킬까? 나는 평소 미국 국기를 보고도 무해한 무감각 이외의 감정을 느끼지 못하던 사람인데, 그런 내가 놀랍게도 이제 깊은 애국심을 느끼고 있고, 아마 덜 놀랍게도 우리 정치가들과 군대의 대응이 보나 마나 성급하고 값비싸고 근시안적인 것이리라는 회의감과 불신도 느낀다. 다른 나라 사람들이 미국에 대해서 느끼는 깊은 증오심에 마치 새끼를 보호하려는 어미 곰처럼 방어적인 기분이 들지만, 우리 스스로가 그런 적개심을 얻고 키우는 데 적잖은 역할을 수행했다는 사실을 알기에 겸허한 기분도 든다. 또 나는 부끄럽다. 내가 그동안 스스로 구축한 무지와 현실 안주의 고치 속에서 살아왔다는 사실이 창피하다. 지난 주까지만 해도 나는 오사마 빈 라덴의 이름 철자를 알지 못했다. 그와 그에게 관련된 네트워크들이 얼마나 위협적인 존재인지는 더더욱 몰랐다.

　우리 문화는 흑백 내러티브, 확실하게 정의된 감정, 손쉬운 결말을 즐긴다. 따라서 갑자기 이런 복잡함에 내던져지는 일은 피곤할 수밖에 없다. 너무 많은 감정들이 한정된 뇌 공간을 두고 다투고, 해피엔딩은 시야에 들어오지 않고, 짧디짧은 주의력 지속 시간으로 스스로를 보호할 수 있으리라는 암묵적 믿음조차 이번에는 들지 않고, 영화나 스포츠나 컴퓨터 게임 같은 일상의 아편으로부터도 위안을 얻을 수 없다. 내가 이야기 나눈 사람들은 모두 갑자기 청소년으로 돌아간 듯 이상하게 리더십을 갈구하게 되었다고 말했는데, 그러면서도 동시에 리더십을 불신한다고 말했다. 어떤 사람들은 남들에게 손을 내밀어야 할 것 같은 기분에 사로잡히는데―헌혈을 하고, 초를 밝히고, 청원서에 서명하고, 무슨 일이든!―그러면서도 동시에 물러나고 싶은 기분을 느낀다. 편집증이 스멀스멀 스며들고, 사람들은 우리 곁에 있는 테러리스트들에 대해서 말한다. 나는 그런 극단들 사이를 갈팡질팡 오가는 기분이다. 한순간에는 보호받는 기분이다가 다음 순간에는 취약한 기분이고, 비탄을 느끼다가도 초연해지고, 연대를 느끼다가도 소원해진다. 어떤 순간에는 선의에 벅차서 스타벅스에서 내게 커피를 따라준 남자를 껴안고 싶다가도, 다음 순간에는 짜증이 북받쳐서 내가 우유를 따르려고 할 때 새치기한 남자를 갈기고 싶다. 대체로는 닻

이 풀린 기분이다. 영원하고 안전했던 반석이 사라지고 흐늘거리는 모래 위에 선 것 같다. 낯익던 것이 이제 기이하리만치 낯설어 보인다. 사이렌 소리가 다르게 들린다. 무서우면서도 안심된다. 일은 무의미하게 느껴진다. 정상의 정의가 뭔지 모르겠다.

사람들이 멍하다고 말하는 것이 바로 이런 뜻이 아닐까 싶다. 이런 오만 가지 감정들이 정신을 압도하는 바람에 우리가 피로와 무력함을, 그리고 감정들을 구별하기 어렵다는 느낌을 받는 것이다. 그리고 이런 반응은 인간적인 것이면서도 무서운 것인 듯하다. 사실 테러 행위가 의도하는 효과가 바로 이것이다. 우리의 사기를 꺾어서 멍하게 만드는 것, 건물과 더불어 사람들의 의욕과 의지를 날려버리는 것. 그리고 이런 반응을 물리치기란 어렵다. 토요일 오후, 나는 여전히 멍하고 무기력하게 느끼면서도 어떤 모임에 참석했다. 마흔아홉에 암으로 죽어가고 있는 어떤 남자를 아는 친구들이 그를 돌보는 문제를 의논하려고 모인 자리였다. 갑자기 렌즈가 바뀌었다. 가늠할 수 없을 만큼 폭넓은 재앙의 파노라마가 물러나고 그 대신 훨씬 더 사적이고 개별적인 비극의 클로즈업이 초점에 잡혔다. 그 경험 덕분에, 나는 감정적 과부하가 우리를 마비시키는 효과를 발휘한다는 사실을 깨달았다. 감정적 과부하는 일종의 무력한 좌절감으로 변하기 쉽기 때문이다. 나는 솔직히 그 모임에 썩 가고 싶은 기분이 아니었다. 차를 몰고 가면서도 계속 힘없고 우울했다. 하지만 어쨌든 참석했고, 스무 명 남짓의 다른 사람들과 한자리에 앉아서, 좀 더 집단적이고 사색적인 방식으로 상실을 마주했다. 우리는 공통의 친구가 죽어가는 모습을 지켜보는 기분에 대해서 이야기했다. 우리가 무엇을 두려워하는지를 이야기했다. 우리가 할 수 있는 현실적인 행동에 대해서 이야기했다. 그에게 식사를 챙겨주고, 빨래를 해주고, 그와 시간을 보내자고.

난데없이 끔찍한 방식으로 세상에서 지워져버린 수천 명의 사람들과는 달리, 이 남자와 그를 사랑하는 사람들에게는 죽음에 의식적으로 또한 준비하면서 다가갈 기회가 있다. 할 말을 할 기회가, 모두를 소집하는 자극으로 작용하는 재난이 없어도 서로를 도울 기회가 있다. 물론 이 또한 지치는 일이지만, 그래도 중요한 일인 데다가 즉각적이고 구체적인 가치가 있는 일이다. 그리고 덕분에 나는 명한 감정과 수동적인 태도를 가르는 구분선이 아주 희미하다는 사실을 새삼 깨달았다. 나는 헌혈을 할 수 있다. 구호 단체에 후원금을 보낼 수 있다. 편지를 쓰거나 청원서에 서명할 수 있다. 또한 나는 내 작은 세상 안에서도 활동할 수 있다. 그리고 우리 각자의 작은 세상들은 지금처럼 모두가 뒤엉킨 감정으로 명한 시기에도 우리가 반드시 알아봐야 할 선물이다.

(2001년)

안

생각들

그냥 보통의 삶

나는 보통 사람이 되는 수업을 듣고 싶다.

이런 나를 도와줄 사람이 있을까?

나는 평범한 노동자, 전형적인 미국 중산층 시민, 바글거리는 군중 속의 이름 없고 얼굴 없는 한 구성원이고 싶다.

당신은 이게 무슨 뜻인지 아는가? 당신도 혹시 그러고 싶은가? 만약 그렇다면, 당신은 이것이 얼마나 손에 넣기 어려운 목표인지 알 것이다. 이것이 언뜻 생각하기보다 더 어려운 목표라는 사실을. 이것은 밤에 잠 못 이룬 채 인생의 대부분의 순간에 당신의 손을 벗어나 있는 듯한 단순함을 열망하는 마음이다. 겸손한 영혼을 갈망하는 마음, 당신의 기대를 감당 가능한 수준으로 낮춰줄 현실적 세계관을 갈망하는 마음이다. 쉬고 싶은 마음, 당신이 아닌 존재가 되려고 발버둥 치기를 그만두고(이 대목에서 깊은 안도의 한숨이 나온다) 그냥 당신으로 존재하고 싶은 마음이다.

최근에 나는 친구들에게 다음 생에 관한 이야기를 자주 한다.

나는 말한다. "나는 다음 생에는 안경점에서 일하고 싶어." 환상의 형태가 살짝 달라질 때도 있지만―은행 창구 직원이 되고 싶을 때도 있고, 24시간 편의점에서 일하고 싶을 때도 있고, 와이오밍주의 목장에서 일하고 싶을 때도 있다―보통은 안경점이다. 나는 그 일이 직접적이고 수수께끼 따위는 없다는 점에 끌린다. 하루 종일 손님들을 의자에 앉히고, 안경테를 골라주고, 작가 같은 직업이 사람들에게 세상을 보는 눈을 갖게 해주려고 간접적으로 우회적으로 애쓰는 것과는 달리 정말 문자 그대로의 의미로 사람들에게 세상을 보는 눈을 주는 것이다. "자, 이건 어떻습니까? 편한가요? 초점은 다 맞고요? 잘됐네요. 다음 손님!" 만족스러울 것 같지 않은가? 최고의 의미에서 평범한 것 같지 않은가? 단순하고 유용한 삶. 너무 거창하지도 너무 복잡하지도 않은 삶. 그냥 보통의 삶.

내가 평범한 삶, 보통 사람이라는 이 목표를 진작 추구하지 못했던 것은 아마 평범함은 나쁜 것이고 보통이란 추구할 가치가 없는 목표라고 생각하며 자랐기 때문일 것이다. 그리고 여기에는 특권이 지나치게 많고 고상했던 내 성장 환경의 탓도 있다. 케임브리지의 세련된 동네에서 태어나고 자라서 숟가락 쥐는 법을 배우기 전부터 훗날 아이비리그 대학에 진학하는 게 제 운명이라고 배우면, 즉 어린 나이부터 내가 해내는 일이 나 자신의 존재 못지않게 중요하다고 배우면, 평범하고 정상적인 삶의 방식을 목표로 삼기가 어렵다. "엄마, 아빠. 저 대학 졸업하고 나서 편의점 직원이 될 계획이에요. 괜찮죠?" 사방에서 심장발작 일으키는 소리가 들린다.

하지만 특별한 것에 끌리고 보통의 것은 유효한 선택지가 아니라고 여기는 내 마음은 훨씬 오래전부터 시작된 듯하다. 그 근원을 따지다 보면 일고여덟 살 무렵으로 거슬러 올라간다. 그 시절에 아버지가 가끔 내 방에 와서 스케치북에 그림을 그려보라고 시켰다. 아버지는 정신분석가였고, 그것은 어린이를 대상으로 하는 일종의 자유연상 검사법이었다. 아버지는 말했다. "아무거나 마음속에 떠오르는 걸 그려보렴." 나는 침대에 앉아서 스케치북을 무릎에 얹은 채 굳어버렸다. 아버지가 무엇을 알아보려고 그러는지 당시에는 몰랐지만, 그래도 아버지가 뭔가 조사하려고 그런다는 것, 뭔가 어둡고 복잡한 것을 탐구하려고 그런다는 것은 느낄 수 있었다. 그래서 나는 무서운 것들을 그렸다. 괴물들, 어둠의 그림들. 내가 정말 그런 것들을 두려워하는지는 알 수 없었지만, 그런 이미지들이 아버지를 만족시킬 것이라 생각했고 그래서 지어냈다. 이 일화는 내가 살면서 겪게 될 관계들에 대한 최초의 견본처럼 오래도록 기억에 남았다. 아버지는 나를 특별한 아이로 점찍고서, 그러니까 내 안에 뭔가 독창적이고 복잡한 것이 있다는 걸 꿰뚫어보고서 나름의 서투른 방식으로 그것을 끌어내려고 시도한 것이었다. 그리고 그에 대한 내 반응은 아버지가 원한다고 여긴 것을 드리는 것, 즉 기대를 수행하는 것이었다. 이것도 나름대로 감동적인 관계이기는 하지만, 아이에게는 당연히 복잡한 상황이다. 일고여덟 살의 아이는 그 자리에서 이런 생각을 떠올릴 만하다. 내가 그냥 아이면 안 되나? 특별할 것 없는 보통의 아이면 안 되나?

더한 골칫거리는 내가 요즘도 꼭 그렇게 행동한다는 점이다. 끊임없이 시험을 치르듯이, 만성적인 수행 불안을 느끼며 살아간다는 점이다. 나는 뛰어나야 해, 통찰력과 재치를 발산해야 해, 정답을 맞혀야 해, 완벽하고 착하고 모범적이어야 해. 나는 일에서 그렇다. 그래서 내 업무에 대해서 주기적으로(매주) 평가를 받는 직업에 투신했다. 게다가 나는 관계에서도 수없이 그랬다. 꼭 아버지 같은 남자들을 사귀었다.(놀라울 것도 없는 일이다.) 기준이 특별히 높은 남자들을 사귀어서, 내가 이만하면 괜찮은가, 이만하면 똑똑한가, 내 수행 실적이 기대에 부응할까 하고 상시적으로 조바심내며 살았다. 두말하면 잔소리겠지만, 이런 세계관에는 실수의 여지가 많지 않다. 나는 완벽하지 못한 상태를 (일에서도 사랑에서도) 몹시 불편해했다. 그것이 나의 가장 심각한 실패를 드러내기라도 하는 양 여겼다.

얼마 전, 어느 저녁 모임에서 나와 성장 환경이 흡사한 여성이 자신이 과거에 어떤 교수였는지 말해주는 걸 들었다. 그는 예전에 교수란 모름지기 똑똑하고, 말도 잘하고, 아이디어가 넘치는 사람이어야 한다고 생각했다. 모르는 것이 없고 말문이 막히는 순간도 없는 강사여야 한다고 생각했다. 그런 시각을 갖고 있다 보니 그의 교수 방식은 엄청나게 융통성 없고 딱딱했다. 그는 그 탁월한 교수의 상에 자신을 끼워 맞추려고 안간힘을 쓰다가, 몇 년이 지나서야 비로소 이상화된 모범적 교수가 되려고 굴지 말고 그냥 한 인간으로서 가르쳐도 괜찮을뿐더러 심지어 그편이 더 효과적이라는 사실을 깨달았다. "평범해지는 건 즐거운 일이더라고요." 그는 말했다. "실수할 수 있는 인간, 복잡한 감정과 흠과 결함을 갖고 있는 인간이 되어도 된다는 게 얼마나 안도감을 주는지 몰라요." 나는 그의 말을 들으면서 묵묵히 끄덕였다. 멋진 이야기였다.

그 반대로 살아간다는 것은 누가 뭐래도 지치는 일이다. 끊임없이 완벽을 추구하고 끊임없이 자신을 이상에 견주어 측정하면서 살다 보면, 어느새 많은 단순한 감정들을 느끼지 못하게 된다. 자신의 인간성에서 큰 부분을 잃게 된다. 편안함과 즐거움과 재미를 잊게 되고, 현재를 살아간다는 감각과 최소한 순간적일지라도 현재만으로 충분히 행복하다는 감각을 잃게 된다. 이를 악물고 살게된다. 늘 다음에 통과할 후프를, 다음에 뛰어넘을 허들을, 다음에 우승할 시험을 기다리면서 살게 된다.

내가 이런 생각을 곰곰이 한 것은, 좀 이상하지만, 요전에 남자친구와 다른 친구 둘과 함께 피자를 앞에 두고 두 시간짜리 〈멜로즈 플레이스〉 시즌 최종회를 시청한 날이었다. 더없이 평범한 저녁이었다. 네 사람이 모여서 텔레비전에 나오는 조와 제이크와 킴벌리에게 야유하고, 음식과 우정과 웃음이라는 동지애의 가장 기본적인 요소들 속으로 느긋하게 빠져들어 두어 시간을 보내는 저녁. 특별할 것이라곤 전혀 없는 시간이었지만, 어느 순간에 나는 진심으로 사랑하는 세 사람을 바라보면서 나 같은 인간에게는 드문 감정인 깊은 만족감을 느꼈다. 내가 행복하기 위해서 필요한 것들이 모두 그 방에 있다는 느낌이었다. 그저 내가 그것들을 알아보기만 하면 되는 거였다. 발버둥 칠 필요도, 시험을 통과할 필요도 없었다. 그냥 평범한 안락과 기쁨이었다.

그냥 나 자신으로 존재하는 것만으로는 부족할까? 그냥 특별할 것 없는 보통의 여자가 되면 안 되는 걸까? 나는 평생 이런 질

분들과 씨름해왔는데, 그날 저녁에 문득 그 답은 너무나 단순하다는 생각이 들었다. 당연히 괜찮다.

보통 사람 되기 수업? 아마 그날이 내 수업 첫날이었던 것 같다.

(1995년)

여름을 싫어하는 인간이라니

일 년 중 낮이 가장 긴 날이 다가오고 있다. 다음 주인 6월 21일이다. 앞으로 몇 주 동안 대낮의 빛이 저녁까지 길게 늘어질 것이다. 7시 30분까지, 8시까지, 8시 30분까지. 사람들이 하루 일을 마치고 사무실을 나서도 아직 늦은 오후의 긴 그림자가 드리워져 있을 것이다. 유달리 뜨거운 6월 말과 7월의 빛이 남아 있을 것이다. 나른한 편안함이 초저녁 해처럼 옅고 낮게 걸려 있을 것이다. 연인들은 저녁 식사 후에 산책할 테고, 아이들은 앞마당에서 늦게까지 놀 것이다. 여름의 소리들이 ― 잔디깎이 기계가 윙윙거리는 소리, 아이스크림 트럭이 짤랑거리는 소리 ― 멀리서 울릴 것이다. 또 한 번 여름이 올 것이다. 무더운 밤들이 길고 환하게 이어지는 여름이.

나는 그것이 싫다.

아, 나는 왜 이렇게 남들의 흥을 깨지 못해 안달인가. 여름을 싫어하다니, 얼마나 비열하고 꼬인 생각인가. 하지만 사실이다. 최소한 어떤 측면에서는 사실이다. 나는 더운 여름날 창밖을 보면서 생각한다. 으, 비나 쏟아졌으면 좋겠군. 밤중에 손을 맞잡고 나뭇잎이 우거진 여름의 거리를 산책하는 연인들을 보면, 갓 깎은 잔디밭 위에서 깡충거리는 아이들을 보면, 나는 반자동 화기를 집어 들고 그들을 쏘고 싶어진다. 탕! 나는 울부짖는 바람과 곤두박질치는 기온을 그리워한다. 회색 하늘을 그리워한다. 모직 천을 꿈꾼다. 아일랜드식 스웨터를. 니트 머플러를. 장갑을.

나는 이 사실을 오랫동안 비밀로 숨겨왔지만, 이제 자백할 때가 된 것 같다. 여름은 나를 초조하게 만든다. 여름은 나를 슬프게 만든다. 나는 역겨운 인간이다.

아니, 그냥 불안한 인간이라고 하자. 어둡고 안전한 장소에 본능적으로 끌리는 인간이라고 하자. 가령 어두운 술집. 아니면 동굴. 나도 이 사실이 딱히 자랑스럽진 않기 때문에, 관념으로서의 여름은 좋아한다. 여름이라는 개념에는 끌린다. 길고 완만한 일몰이 안겨주는 해방감, 두꺼운 옷과 무거운 부츠로부터의 자유, 코트와 눈삽에 구애받지 않고 어디로든 쉽고 간편하게 다닐 수 있다는 점. 사람들이 여름을 사랑하는 이유를 알겠고, 여름 애호가들의 그 애착을 시기하지도 않는다. 나는 바람직한 다음 생의 조건 목록에도 이 점을 올려두었다. 만약 다시 태어난다면 나도 정말로 5월 말부터 9월까지의 날씨를 즐기는 사람이면 좋겠다. 기온이 오르면 덩달아 마음이 가벼워지고 날아오르는 사람, 참으로 적절하게도 "햇살처럼 밝은 성격"이라고 불리는 성격을 지닌 사람. 하지만 이번 생에는? 미안하지만 어림없다.

올해 내 여름 기피증이 유난히 강한 것은 아마 올해가 봄 없는 해라서일 것이다. 있잖은가, 3월에서 8월로 직행하는 듯한 해, 그 사이에 유예 기간이 전혀 없는 듯한 해. 올봄은 기록적으로 추운 봄이었다. 5월 내내 기온이 10도 언저리였다. 계절의 전환이랄 게 없었고, 진짜 여름으로의 이동에 대비할 시간이 없었다. 나는 아마 이런 갑작스러운 변화가 싫어서 좀 더 예민해진 모양이다. 몇 주 전에 우체국 직원도 비슷한 말을 했다. 내가 우표를 사려고 들렀던 5월 중순의 습하고 추운 날 아침이었다. 그가 지긋지긋하다는 얼굴로 말했다. "올해는 그런 해가 될 건가 봐요. 있잖아요, 춥고 흐리고, 춥고 흐리고, 그러다가 확! 30도에 후텁지근해지는 거요. 갑자기 삼복더위가 오는 거요." 그는 이 전망에 우울한 듯했고, 나는 당연히 그가 확 좋아졌다.

내가 좋아하는 것은 간절기다. 10월의 날씨다. 진짜 추위의 불편함은 겪지 않아도 될 만큼 따뜻하지만 부츠를 신고 옷을 껴입어야 할 정도로는 싸늘한 날씨. 면 스웨터와 가벼운 재킷과 두꺼운 양말을 신기에 적합한 날씨. 남들은 더위에서 가벼움과 해방감을 느끼는 듯하지만, 나는 더위가 갑갑하다. 끈적끈적하고, 통 움직이질 못하겠다. 여름에 나는 멍청한 기분이다. 머리가 둔해지고 몸도 느려지는 것 같다. 땀 흘리는 것도 싫다.

하지만 진짜 문제는 따로 있다. 내가 나를 제외한 세상과 조화를 이루는 것에 대한—엄밀히 말하자면 조화를 이루지 못하는 것에 대한—문제다. 여름을 싫어하는 것은 재밌는 일이 못 된다. 자신이 기쁨 능력치가 부족한 아웃사이더더라고 느껴질 뿐이다. 맑고

덥고 햇볕이 쨍쨍한 아침에 깨어난 당신은 인구의 절반이 원색 수건과 아이스박스를 들고 해변으로 튀어나가는 모습을 그려본다. 그러고는 마음이 가라앉는다. 당신은 그저 커튼을 쳐두고 에어컨을 켜두고 틀어박혀 있고 싶을 뿐인데, 이 사실에서 죄책감이 느껴진다. 약간 창피하다. 예전에 나는 늦봄에 접어들어 그해 들어 처음으로 날이 푸근해진 시기에 이런 기분을 가장 심하게 느꼈다. 모든 나무의 모든 봉오리가 일시에 꽃을 피운 듯한 날, 갑자기 사방이 푸릇푸릇하고 꽃들과 향기들이 터져 나오는 날. 그때 나는 20대였다. 거식증을 겪고 있었고, 외로웠고, 거의 늘 병적으로 우울했다. 그런 내게 바깥의 성장은 내 슬픔을 가중하는 듯했고, 그래서 슬플 이유가 더 강화되었다. 나를 제외한 모든 것들이 꽃피우고 있었으니까. 나는 미국의 자살률이 4월과 5월에 급상승한다는 사실이 전혀 놀랍지 않았다. 봄에 더 우울해지는 현상을 나도 너무 잘 알았다.

나이가 들면서 (그리고 더 행복해지면서) 따뜻한 날씨 우울증은 상당히 완화되었지만, 아직도 나는 이런 날이 오래 이어질 때면 살짝 울적해지려고 한다. 춥고 어두운 밤, 무거운 담요와 코트, 햇빛이 아니라 난로 불빛이 주는 안전한 기분에 감싸이고 싶은 갈망을 아직도 느낀다. 이것은 은신을 바라는 마음이다. 여름은 왠지 너무 노출되는 것 같다는 기분이다. 누가 뭐래도 슬픔의 저류는 차가운 날씨에 더 잘 녹아든다. 그런 날씨여야 슬픔을 자기 자신으로부터도 바깥세상으로부터도 숨기기가 더 쉽다. 칙칙한 생각, 칙칙한 하늘. 이것이 좀 더 자연스러운 조합이다.

하지만 순환이란 본래 그런 것이니 어쩔 수 없다. 계절의 순환도, 감정의 순환도. 여름의 불안은 왔다가도 가는 것이다. 대부분의 사람들처럼 나 또한 올여름에 내 몫의 좋은 날을 누릴 것이다. 기분 좋고 낙천적이고 마음 가벼운 날, 내 내면의 풍경이 바깥 풍경과 일치하거나 적어도 좀 더 비슷해지는 날, 내가 맨발에 밟히는 모래와 살결에 와닿는 더운 공기를 즐길 수 있는 날, 그런 것들이 모두 괜찮게 느껴지는 날. 그리고 나는 나쁜 날도 겪을 것이다. 밝고 가벼운 것들이 모두 미워지는 날, 어두운 고치를 그리워하는 날, 산들바람에 흔들리는 꽃들을 보면서 그 향기 나는 작은 머리통들을 뜯어버리고 싶은 충동에 시달리는 날.

그런 날이 오면, 나는 요령껏 대처할 것이다. 나 같은 사람들에게는 처방책이 있기 마련이다. 따뜻한 날씨 우울증이 찾아왔을 때 쓸 전략이 있기 마련이다. 내가 확신하는바, 바로 우리 같은 사람들을 위해서 신이 영화관을 발명하신 것이다.

(1995년)

내가 살 곳을 정하다

나는 내 집에 있다.

내가 이 사실을 깨닫는 데는 11년이 걸렸다. 좀 더 정확히 말하자면 11년하고 일주일하고 사흘이 걸렸다. 나는 1984년 8월 8일 여기 보스턴으로 이사 왔다. 그때는 여기서 영원히 살겠다는 생각 따위는 조금도 없었다. 1년, 길어야 2년쯤 머물 거라고 생각했다. 보스턴은 기착지라고, 뉴욕이나 샌프란시스코나 런던처럼 더 크고 더 색다른 장소로 옮길 때까지 잠시 짐을 내려놓는 장소라고 생각했다. 잠깐 머무르는 거라고, 장소에 대한 나의 애정은 유동적이라고, 내가 애착을 느끼는 대상은 장소 그 자체보다는 사람들과 일이라고 생각했다.

그런데 얼마 전에 문득 깨달았다. 세상에. 내 삶은 여기에 있어. 나는 어디로도 가지 않을 거야. 나는 지금 내 집에 있어.

어떤 곳이 내 삶터라고 느끼는 것, 이 기묘한 현상은 내가 상상했던 것보다 훨씬 덜 의도적으로 벌어졌다. 사람들은 흔히 어떤 장소에 정착하는 것은 특정한 목표와 기준에 따라 인생의 특정한 시기에 하는 것이라고 여긴다. 자신에게 알맞은 대학을 고르거나 직업을 선택하는 것과 비슷한 일이라고 여긴다. 먼저 계획을 짜고, 어떤 장소를 고르고, 그다음에 신중한 고려를 거듭하여 집이나 배우자나 자녀 같은 영구적 정착의 장식물들을 제 주변에 배치하는 것이라고. 하지만 사실 내가 아는 사람들에게는 이 과정이 훨씬 더 무계획적으로, 훨씬 더 우연적이고 무의식적으로 이루어졌다. "내가 여기 정착하게 된 건 아주 수동적인 선택이었어요." 뉴욕에서 사는 지인이 말했다. 그는 거의 15년 전에 중서부에서 맨해튼으로 옮긴 뒤 죽 뉴욕에서 살고 있다. 의식적으로 그 도시를 자기 삶터로 결정한 게 아니라 그냥 떠나지 않았을 뿐이다. "차츰 내 삶이 이제 뉴욕에 있다는 기분이 들어요. 짐을 싸서 다른 곳으로 옮길 확률이 점점 더 희박해진다는 기분." 대체로 이런 식인 듯하다. 당신은 새 도시에서 한두 해가량 살겠다고 예상했지만, 어느 날 문득 10년이 훌쩍 흘렀다는 걸 깨닫는다. 자신이 그곳에 뿌리내렸다는 것, 자기도 모르게 그곳에 정착했다는 걸 깨닫는다. 그곳을 떠난다는 선택지가 예전만큼 간단하거나 매력적이지 않게 느껴진다.

내 아버지는 결혼에 대해서 비슷한 말을 하시곤 했다. 결혼이라는 극단적인 헌신은 우리가 달리 어떻게 해야 좋을지 알 수 없어서 선택하게 되는 일이라고. "결혼이 올바른 선택이라는 확신은 거의 들지 않아. 그렇게 백 퍼센트 확신하고 싶겠지만, 그런 건 없어." 아버지는 말했다. "그냥 그게 유일한 선택지라고 느껴지기 시작하면 하는 거야." 썩 낭만적인 관점이라고는 할 수 없지만, 아버지의 말뜻은 알 것 같다. 그리고 나는 그 주장을 어떤 장소에 정착하는 과정에 대해서도 적용하고 싶다. 정착은 점진적인 과정이다. 바닷가에 서서 파도가 발가락을 간지럽히도록 내버려뒀더니 어느새 발목까지 모래에 폭 파묻혀 있더라는 것과 좀 비슷하다.

　나는 정확히 그런 식으로 자신의 삶터에 발붙인 사람들을 수십 명 알고 있다. 내 친구 제니퍼는 버몬트주의 대학에 진학했다가 졸업 후에 일 년만 더 살기로 결정했던 것이 지금까지 이어지고 있다. 같은 도시에서 같은 일을 하면서. 또 다른 친구 세라는 대학 졸업 후 여름 한 철만 날 생각으로 와이오밍주로 갔다가 영영 돌아오지 않았다. 친구 샐리는 로마에서 한 학기를 이수하는 동안 남자를 만났고, 여름방학에 그를 만나러 돌아갔다가 이제 아예 그곳에 뿌리내리고 살고 있다. 그 남자와 그들의 두 아이와 함께. 우리는 모두 각자의 장소를 의도적으로 골랐다기보다는 어쩌다 보니 그곳에 발붙었고, 그곳에서 각자의 삶을 의도적으로 일구었다기보다는 삶이 우리에게 펼쳐지도록 허락했다. 삶터를 찾는 일은 인생의 여느 중대한 결정들보다—가령 배우자를 고르는 것이나 아이를 갖기로 결정하는 것보다—더 수동적으로 벌어지는 일일지도 모르겠다. 세월과 경험이 점진적으로, 그리고 종종 무의식적으로 쌓여서 이루어지는 일인 것이다.

　몇 주 전에 일 때문에 뉴욕에 갈 일이 있었다. 나는 멀리 여행 갔을 때 늘 그러듯이 이번에도 시간을 내어 그 도시를 돌아다녔다. 이곳저곳을 살펴보고, 만약 내가 그곳으로 이사한다면 어디에서 살지 상상해보고, 머릿속으로 여러 동네를 시험해보고. 마치 새 신발을 살 때 그러는 것처럼. 나는 생각한다. 와, 이 길이 참 좋네……이 집 참 마음에 들게 생겼다…… 저 옥상 테라스 예쁘다…… 여기서 내가 살아도 좋을 것 같아……. 나는 샌프란시스코와 파리에 갔을 때도, 필라델피아와 시애틀과 캘리포니아 북해안에 갔을 때도 이런 식으로 머릿속으로 이사를 해보았다. 이런 상상에는 발견의 재미가 있다. 마치 내가 오랫동안 나라는 퍼즐에서 빠진 조각 하나를 내심 찾아 헤맸던 것 같은 기분이 든다. 아하! 여기야! 여기가 내가 집이라고 부를 만한 장소야! 내가 그런 기분을 유난히 강하게 느꼈던 것은 어른이 되어 처음 샌프란시스코에 갔을 때였다. 즉각적으로, 거의 본능적으로 애착이 생겨났다. 내 영혼에서 빠졌던 한 조각이 그곳 언덕에 묻혀 있는 걸 발견하기라도 한 듯이.

대체로 그런 감각은 많은 사람들이 품고 있는 환상이랄까 희망이랄까 하는 것과 관련된 듯하다. 행복이 외부적인 것에서 오리라는 환상, 내 바깥의 무언가가—새 직장, 새 관계, 새 장소가—내 안의 구멍을 채워줌으로써 나 스스로는 만들어내지 못하는 듯한 완전함의 감각을 제공해주리라는 환상이다. 예를 들어, 내가 샌프란시스코에 한눈에 끌렸던 것은 투사에 지나지 않았다. 이런 아름다운 도시에서는 나도 아름다운 삶을 살겠지, 제대로 된 주소를 갖는 것만으로도 그렇겠지, 하는 식이었다. 그로부터 3년 후에 여행했던 파리에서도 똑같은 기분을 느꼈다. 그 도시에서 살면서 그곳의 세련됨과 우아함의 일부가 되고 싶다는 갈망. 그런 성질들이 일종의 지리적 삼투압을 통해서 내게 쉽게 스며들기라도 하는 양 말이다. 사실 내가 그 도시들에 끌린 것은 새로운 장소가 제공할 수 있는 요소들 때문이었다기보다는 옛 장소에 ─내가 사는 곳에─ 부족한 요소들 때문이었다.

그런데 희한하게도 그런 끌림이 사라지고 있다. 요전에 뉴욕에 갔을 때도 나는 여느 때처럼 환상을 즐기면서 도시를 이리저리 돌아다녔다. 마음속에서 나를 그리니치 빌리지에 이사시켜서 색다른 삶을 살게 하고, 어퍼 이스트 사이드로 이사시켜서 세련된 삶을 살게 하기도 했다. 하지만 그러면서도 어쩐지 낙천적인 기분이었는데, 과거의 내가 느끼지 못했던 그 감정은 내가 사실 다른 곳에 이미 속해 있다는 기분이었다. 그리니치 빌리지를 돌아다니면서 나는 케임브리지에 있는 내 작은 집을 떠올렸다. 내가 그 집의 방들을 얼마나 세심하게 꾸며놓았는지를 떠올렸다. 뉴욕에서 여러 시장을 들러서 볼일을 보다가도 내가 집에서 구축해둔 사소한 일과들을 떠올렸다. 워낙 단골이어서 내가 들어서기만 해도 내가 피우는 담배를 집어주는 편의점, 내가 매일 아침 들러서 커피와 스콘을 사는 빵집, 그런 사소한 반복이 주는 편안한 익숙함. 벌써 몇 년 전부터 나는 사람들에게 내가 일주일에 네다섯 번 스컬 보트를 타는 찰스강 때문에라도 여생을 보스턴과 보내겠다고 말하곤 했다. 찰스강은 미국에서 조정을 할 수 있는 물길들 중에서도 가장 길고 훌륭하고 평탄한 물길로 꼽히고, 조정에 대한 애착 그 하나만으로도 나는 다른 곳으로 이사할 가능성이 없다. 하지만 찰스강은 내가 스스로 얼마나 긴밀하게 얽혔는지 의식하지 못한 채 오랫동안 서서히 길러온 여러 깊은 애착들 중 하나일 뿐이다. 내 일은 보스턴에 있다. 언니와 오빠도, 이제 가족 못지않게 중요해진 절친한 친구들도 여기 있다. 내 심리상담사도, 내 역사도 여기 있다.

내가 의도한 바는 아니었을지 모르겠지만, 아무튼 아까 말했듯이 나는 이미 내 집에 있다.

(1995년)

입을 옷이 없어

자연발생적 옷장 기능상실 증후군SWFS, Spontaneous Wardrobe Failure Syndrome은 어떤 사람에게 자신이 갖고 있는 옷들이 갑자기 이유 없이 죄다 부적절하고, 맞지 않고, 흉하고, '하여튼 잘못된' 것처럼 느껴지는 현상을 말한다. 증상으로는 불안, 스트레스, 짜증의 눈물, 강박적인 패션 잡지 탐독, 구슬픈 어조로 "입을 옷이 없어" 하고 자주 말하는 것 등이 있다. 원인은 밝혀지지 않았다. 예후는 심각하다.

아, 이 일이 또 발생하고 말았다. 나는 옷장을 들여다본다. 없다. 서랍장을 열어본다. 없다. 선반장을 뒤져보고, 내가 아직 헤어질 마음의 준비가 되지 않은 물건들을 보관하는 낡은 슈트케이스들도 뒤져보고, 심지어 빨래 바구니까지 뒤져본다. 아무것도 없다. 옷장이 자연발생적으로 기능을 상실했다. 나는 중대한 SWFS에 걸렸다.

왜일까? 나는 살이 찌지도 빠지지도 않았으니, 몸이 맞지 않아서는 아니다. 요즘 유행에 맞지 않아서도 아니다. 내가 입는 옷들은 언제든 심각하게 유행에 뒤떨어진 것으로 보일 염려는 없을 만큼 충분히 주류적이다. 아니, 여기에는 좀 더 깊은 문제가 있다. 몇 년에 한 번씩 느닷없이 우리를 덮치는 그 문제는 보통 그보다 더 내면적인 차원에서 세계관이나 스타일이 바뀐 뒤에 나타난다. 그러니까 차라리 흔한 정체성 위기라고 하자. 골칫거리라고 하자. SWFS라고 하자.

내 친구 메리도 같은 증상을 겪고 있다. 그러니 우리는 스스로 어떤 모습으로 보이고 싶은지 알아내기만 한다면 함께 길고 그로테스크하고 비싼 쇼핑에 나서서 탕진할 수 있을 것이다. 우리가 요전 날 밤에 이 이야기를 나눌 때, 내가 말했다. "나는 옷장을 보면서 이렇게 생각해. '대체 이런 옷을 누가 입었지?'" 메리가 말했다. "내 말이. 난 이제 어떤 옷이 내게 어울리는지 모르겠어. 완전히 새로운 게 필요해…… 완전히 새로운 무언가."

바로 그거다. 완전히 새로운 무언가. 현시점에서 내 옷장은 완전히 낡은 무언가로 느껴진다. 완전히 옛말이 되어버린 서너 가지 버전의 나를 대변하는 옷장이라는 점에서 그렇다. 거의 열어보지 않는 위 칸 옷장에는 1980년대의 내가 걸려 있다. 지금은 내가 목숨이 걸려 있다고 해도 입지 않을 파워 슈트들이 줄줄이 걸려 있다. 작은 스커트, 크고 헐렁하고 통닭만 한 어깨 패드가 들어가 있는 재킷. 아주 엄해 보이고, 아주 비즈니스우먼 같아 보이고, 1996년 현재의 스타일에 맞지 않을뿐더러 현재 내가 느끼는 나와도 맞지 않는 옷들이다. 나는 그 정장들을 20대 말과 30대 초에 입었다. 그때 나는 스스로를 어른으로 가장한 열두 살 꼬마 같다고 거의 늘 느꼈고, 그 옷들은 내 변장 도구였다. 지금 그 옷들을 보면 움찔하게 된다. 그 옷들은 불편했던 시절과 미성숙했던 자아를 상징하기 때문이다.

저 수두룩한 검정들도 마찬가지다. 그 옷장에는 검정들이 줄줄이 걸려 있다. 검정 스웨터, 검정 치마, 검정 블라우스, 리틀 블랙 드레스, 그리고 검정 레깅스 약 75벌. 1990년대 초부터 불길하게 울려 퍼진 주장, 즉 검정은 한물갔고 구식이고 촌스럽다는 주장에 동의하는 것은 아니지만─검정은 언제까지나 유행일 것이다─저 어둡고 폭풍우가 치는 옷들을 보노라면 역시 오싹해진다. 내가 오랫동안 복장 측면에서 멍텅구리였다는 사실을 상기시키기 때문이다. 내가 검정만 입었던 것은 그게 제일 쉽고 무난해서였고, 색깔에 대해서 아무것도 몰랐기 때문이었고, 또 아주 오랫동안 내게 두 가지 이상의 색을 조합하여 입는다는 것은 부러진 다리로 철인 3종 경기를 완주하는 것보다 더 버거운 일로 느껴졌기 때문이었다. 검정은 내가 옷가게에서 멍하니 옷들을 바라보기만 하던 순간을 떠올리게 한다. 음…… 아이참, 모르겠네…… 이 옷 검은색도 있나요?

과거의 나들, 과거의 불안들, 과거의 삶들이 걸려 있는 옷걸이들. 미니스커트도 10여 벌 있다. '나는 정말 초라한 인간인 것 같지만 그래도 다리는 예쁘니까' 시절에 입었던 옷들이다. 실크 블라우스도 잔뜩 있는데, 한 번도 입지 않은 것도 많다. '나는 옷 입는 재주가 정말 없지만 그래도 소재 취향은 좋으니까' 시절에 샀던 옷들이다. 색깔 실험에서 실패한 것들(개중에서도 지나치게 많은 수가 핑크다), 다양한 최신 유행에 넘어갔던 것들(플랫폼 신발), 그리고 헤아릴 수 없이 많은 카탈로그 쇼핑 참사들이 있다. 몸에 맞지 않는 스웨터, 실제로 보니 싸구려 같은 옷감, 카탈로그에서 보았던 색감과는 손톱만큼도 비슷하지 않은 색깔.

그다음에는 좀 더 현재에 가까운 버전의 내가 있다. 1990년대 중순에 몇 년 동안 안정된 상태를 유지하는 듯했던 나다. 레깅스, 플랫 슈즈, 긴 셔츠, 헐렁한 스웨터. 이것이 지난 5년간 내 유니폼이었고, 이번에 또 SWFS가 발생하여 모든 옷들이 흉하고 잘못된 것처럼 보이기 전까지만 해도 내가 꽤 편안하게 느끼던 복장이었다. 그런데 왜 갑자기?

글쎄, 그동안 여러 가지 일이 있었다. 우선 나는 일 년 전에 전업으로 다니던 직장을 그만두고 사무직 전문가에서 게으름뱅이 프리랜서로 직종을 바꿨는데, 그랬더니 갑자기 일하는 세상에서는 괜찮아 보였던 것들이―맵시 있는 구두, 긴 셔닐 스웨터―영 어색하고 묘하게 부적절한 것처럼 느껴졌다. 다음으로, 나는 개를 들였다. 이것은 옷차림에 대한 사람의 태도를 백팔십도로 바꿔놓는 사건이다. 시작은 발이다. 하이힐? 꿈 깨라. 보기에는 멋있지만 조금이라도 아픈 신발? 절대 안 된다. 하루에 두세 차례 개를 산책시키면서 살게 되면 신을 수 있는 신발이라고는 닥터 마틴, 등산화, 운동화뿐이다. 그리고 이 변화는―스타일을 따진 신발에서 편안한 신발로의 변화―옷장 전체로 퍼져나가서, 예전의 복장은 쓸모가 없어진다. 요즘 내가 옷장 앞에서 고민할 때 최우선으로 고려하는 사항은 예전과 다르다. 무엇을 입어야 일할 때 편하고 개를 산책시킬 때도 편하고 그러면서도 외출복으로 영 품위 없지는 않을까? 잘 가요, 엔 데일러. 어서 와요, 엘엘빈.

하지만 내가 지금 겪는 옷장 불안증의 진정한 원인은 더 깊은 데 있다. 몇 주가 지나면, 내가 쓴 책이 나온다. 그래서 작가라면 이따금 해야 하는 일이지만 나는 생각만 해도 불안하고 초조한 홍보 행사가 예정되어 있다. 낭독회, 여러 도시를 도는 투어, 아마 텔레비전 출연도. 하필 이 시점에, 나의 아주 사적인 자아가 사람들에게 공개될 시점에 내 옷장이 자연발생적 기능부전을 일으킨 것은 우연이 아니다. 얼마 전에 《글로브》 기자가 나를 인터뷰하려고 우리 집에 찾아왔는데, 그때 나는 어떤 옷을 입어야 좋을지 한참 고뇌했다. 어떤 모습을 보여준다지? 어떤 사람이 되어야 할까? 사람들은 내 모습에서 어떤 사람을 볼까? 결국에는 레깅스와 스웨터 시절의 옷들 중에서 골라 입어서 특징이라고는 전혀 없는 복장을 했지만, 그 일 이후로 나는 어떤 사람의 옷장 내용물이 그의 정체성과 밀접하게 얽혀 있을 수 있다는 점을 새삼 인식하게 되었다. 나는 어떤 사람이지? 바깥으로 드러난 모습이 내 내면을 어떻게 반영할까? 곧 나올 책이 회고록이라는 점은—게다가 내가 그다지 자랑스럽게 여기진 않는 중독적, 신경증적, 자기파괴적 영역을 많이 다룬, 대단히 개인적인 글이다—이런 질문을 더 시급한 것으로 만든다. 나는 내 정신 상태가 아주 좋다는 사실을 여봐란듯이 드러내는 차림을 하고 싶다. 치유하기, 함께 치유하기, "저는 이제 괜찮아요, 고맙습니다" 하고 말하는 듯한 차림을 하고 싶다. 요즘 내가 텔레비전을 볼 때 자신감과 침착함의 모범 같은 인물들에게 눈길이 가는 것은 당연한 일일 것이다. 나는 다이앤 소여나 제인 폴

리처럼 보이고 싶다. 자연스러운 자신감과 멋을 보이고 싶다. 자기 인생을 잘 건사하는 성인으로 보이고 싶다.

그래서 나는 쇼핑하러 갈 것이다. 내 능력껏 문제를 풀 것이다. 어쨌든 이번 고비는 넘길 것이다. 하지만 나는 내 옷장이 언젠가 다시 기능부전을 일으키리라는 것을 안다. 그것은 불가피한 일이다. 내가 여자라서 그런 것도 있겠고, 그것이 겉으로 드러날 만큼 견고한 내면의 평안을 찾아가는 과정의 한 부분이라서 그렇기도 하다. 이혼을 앞둔 내 친구 하나가 이런 말을 했다. 자신은 지난 7년 동안 기혼자처럼 옷을 입어왔는데 이제 다가오는 인생의 새로운 단계에서는 어떤 모습을 해야 할지 모르겠다고. 마음이 흔들리고 불안하다며, 새 옷과 화장품을 사는 데 한밑천을 쓰고 있다고 했다. 이것은 내면과 외면을 일치시키려는 시도라고, 두 가지가 발맞추어 가도록 하려는 시도라고, 친구는 말했다. 이것은 평생에 걸치는 과정이다. 우리에게 블루밍데일이 있는 게 그 때문이다.

(1996년)

마음 또한 하나의 근육

나는 운동이 지겹다.

아, 결국 말해버렸네.

나는 더운 날 운동하는 것이 지겹다. 눈에 땀이 들어오고, 티셔츠가 흠뻑 젖고, 해소할 수 없는 갈증이 든다. 운동할 계획을 짜는 것도 지겹다. 언제 어디에서 얼마나 할지 계획하는 것, 그날 해야 할 일들을 다 하면서 운동할 시간을 짜내는 것이 싫다. 통증도 지겹다. 근육통, 오른쪽 고관절의 만성 통증, 굳은살. 그리고 무엇보다도 나는 운동에 들이는 감정 에너지가 싫다. 걱정들(내가 운동을 충분히 많이 하고 있나? 강도는 충분한가? 시간은 충분한가?), 계산들(오늘은 운동을 하지 않아도 괜찮을까? 내일은? 이번 주는?), 그리고 자꾸 떠오르지만 아마 영원히 대답할 수 없을 의문에 대해서 자꾸 고민하는 것. 그 의문이란 이렇다. 내가 이렇게 칼로리를 소비하는 것은 좋아서인가—즉, 운동하면 내가 정말로 기분이 좋아져서인가—아니면 그래야 한다고 생각해서인가? 적어도 가끔은 운동이 나 자신에게 벌을 줘야 한다는 생각에 답하는 행위처럼 느껴지기 때문이다.

삶의 여러 중요한 활동들에 ─먹기, 마시기, 일하기─ 대해서와 마찬가지로, 대부분의 사람들은 운동과도 비록 스스로 또렷이 인식하지는 못할지언정 분명 역동적인 관계를 맺고 있다. 내 경우에는 그 관계가 비교적 느지막이 시작되었다. 나는 어릴 때는 스포츠를 그다지 좋아하지 않았다. 뛰어놀고 경쟁하는 일에 에너지를 쏟는 것을 딱히 좋아한 적이 없었다. 그런 노력은 약간 어리석어 보였다. 9학년 때는 우리 고등학교 역사상 최악이었던 것이 분명한 소프트볼팀에 들었는데(우리 팀은 한번은 127 대 3의 스코어로 졌다. 맹세컨대 절대 지어낸 이야기가 아니다), 그 시절에 대한 기억은 언젠가 내가 직선 타구에 코를 맞았던 경기에 관한 기억이 거의 전부다. 나는 코피가 멈추지 않아서 45분 동안 화장실 바닥에 누운 채 어머니가 데리러 오기를 기다렸다. 10학년 때는 여학생 농구팀의 매니저가 됨으로써 육체적으로 에너지를 써야 하는 일을 면할 수 있었다. 편하고 수동적인 그 직책을 나는 졸업할 때까지 유지했다. 대학 시절은 행복하게도 거의 앉아서 보냈다. 하루에 한두 번 구내식당에 갈 때 엄청 빨리 걷기는 했지만, 땀을 내려고 그런 것은 아니었다. 나는 대체로 운동을 생각하지 않고 지냈다. 운동을 해야 하나 말아야 하나에 대해서도 거의 생각하지 않았다.

　내게(그리고 틀림없이 많은 여성들이 마찬가지일 것이다) 운동은 신체 이미지와 몸무게에 대한 걱정을 동반하는 일이었고, 그 걱정이 강박으로 자란 것은 20대 초에 거식증을 겪을 때였다. 대학을 갓 졸업하여 학제 일정이나 의무로부터 자유로워졌던 나는 새로운 환경이 혼란스럽다고 느꼈고, 그래서 그 속에서 무엇 하나라도 통제하려고 작정했고, 그래서 먹기를 그만두고 달리기 시작했다. 처음에는 일주일에 두세 번 10분씩 달렸지만 곧 매일 20분씩 달리게 되었고, 그다음에는 매일 30분씩 달렸다. 그렇게 계속 달리는 시간이 늘었다. 강박이 절정에 달했을 때 나는 38킬로그램의 몸무게로 10킬로미터 도로 경주를 했다. 물론 빈 속으로. 카보 로딩(장거리 운동 전에 탄수화물을 비축해두는 전략)은 괴상하고 나약한 소리로 들렸다.

그런 날들은 (다행히도) 오래전에 끝났다. 이제 나와 운동의 관계는 더 풍성하고, 더 복잡하고, 덜 자기파괴적이다. 예전에는 방정식이 단순했고, 관계가 일차원적이었다. 운동은 내게 칼로리를 소비하는 일일 뿐이었다. 따라서 무조건 많이 할수록 더 좋았고, 몸이 아픈 건 개의치 않았다. 사실 나는 조깅이 싫었다. 지루했고 괴로웠다. 하지만 나는 괴로움이야말로 핵심이라고 여겼고, 괴로움을(육체적 괴로움과 정신적 괴로움 둘 다를) 견뎌야만 나 자신에게 다른 것을 허용할 수 있다고 여겼다. 어떻게 해서든 자격을 따내지 않고서는 내가 먹을 자격이(혹은 쉴 자격이, 혹은 자신을 괜찮은 인간으로 여길 자격이) 없다고, 어떤 것이든 즐길 자격이 없다고 여겼다.

나는 거식증에서 놓여나면서 강박적 운동에서도 놓여났다. 그리고 음식과의 관계가 제 궤도로 돌아가기 시작했던 20대 중순에 스컬링을 발견했다. 그 어려운 운동 덕분에 내 몸의 선 이외에도 제어할 대상을 갖게 되었고, 운동이 지루하고 무릎 아픈 일이 아닐 수도 있다는 사실을 난생처음 알았다. 나는 노 젓는 느낌을 사랑했고, 지금도 사랑한다. 노를 획 젓는 리듬, 노가 물속으로 철썩덕 들어갔다가 물을 뒤로 밀어낸 뒤에 쑤욱 나오는 소리. 스컬링은 심미적으로 만족스럽고, 육체적으로 힘들면서도 명상적인 스포츠다. 지난 10년 남짓 동안 나는 대체로 이 스포츠를 고맙게 여기고 열광적으로 해왔다.

그렇지만 이제는 그 관계도 재고할 때가 된 것 같다. 나는 아직도 좀 강박적이다. 스트레스가 심할 때면 특히 그렇다. 아버지가 돌아가셨던 4년 전에 나는 그해에만 1,600킬로미터 넘게 노를 저었다. 어떤 상황에서든 반드시 일주일에 예닐곱 번 보트를 타러 갔고, 한 번에 10~13킬로미터씩 젓곤 했다. 그해 여름 일주일간 프랑스에 갔었는데, 귀국한 날 오후 2시에 비행기에서 내리고는 4시에 강에 있었다. 광적인 운동은 필사적으로 노를 저어서 내 감정을 없애버리려는 시도였다. 요즘은 그렇게까진 하지 않지만, 그래도 종종 그렇게 하고 싶은 유혹과 압박을 느낀다. 근육을 혹사함으로써 다른 상태가 되고 싶은 바람, 그와 더불어 **충분함**에 대한 의문으로 괴로워하는 마음마저 없애버리고 싶은 바람이다. 운동은 얼마나 열심히 해야 충분할까? 얼마나 자주 해야 충분할까? 쾌락을 느끼기 위해서는 얼마만큼의 고통이 필요할까?

지난 8월 말의 어느 유난히 덥고 꿉꿉하고 바람 세던 날, 나는 내 일인용 스컬로 찰스강에서 50분 동안 미친 듯이 노를 저었다. 노가 거친 물결을 퍼덕퍼덕 때렸고, 내 왼손에 큰 물집이 잡혔고, 눈에 땀이 흘러내려서 따가웠다. 정말 싫었다. 강을 4킬로미터를 거슬러 오른 뒤 도로 4킬로미터를 내려가는 동안 이 생각뿐이었다. 대체 내가 이 짓을 왜 하고 있지?

이제는 나도 자신을 제법 잘 알기 때문에, 그 질문에 대한 답도 안다. 그날 아침에 나는 싱숭생숭했고, 초조했고, 약간 외롭고 우울했다. 이전 며칠 동안 너무 많이 먹었고, 일을 미뤘고, 친구들에게 연락한다거나 푹 잔다거나 하여 기운을 되찾아야 했지만 그러지 않았다. 이럴 때 운동이 실제로 도움이 될 수도 있다. 좀 더 활기찬 모드로 전환하는 방법, 무기력함과 그렇게 무기력한 자신이 나태하다는 기분에서 벗어나는 방법일 수도 있다. 하지만 그날 아침처럼 운동이 과거의 운동으로 돌아가는 경우도 있다. 운동이 나 자신을 벌주는 방법, 말 그대로 나 자신을 때려눕히는 방법이 되는 것이다. 나는 그날 물결이 거칠 테고 노 젓기가 불쾌하고 힘들고 외로우리란 사실을 알면서도 굳이 나갔다. 그런 것은 운동이 아니다. 그것은 자기 혐오 활동이다. 그리고 내가 지겨운 것은 바로 이런 형태의 운동이다.

좋은 노 젓기만큼 좋은 것은 여전히 없다. 물이 잔잔하고, 공기가 시원하고, 육체적 수고와 정신적 보상이 딱 알맞게 조합될 만한 조건이 갖춰진 때에 하는 노 젓기. 하지만 나는 운동과의 관계가 지금보다 덜 광적이었으면 좋겠고, 죄책감에 덜 휘둘렸으면 좋겠다. 덜 의무적이었으면 좋겠다. 끔찍한 날? 노를 젓지 말아야 한다. 운동으로 해소될 수 없는 감정들이 들끓는 날? 다른 대처 방법을 찾아봐야 한다.

지난 몇 주 동안 토요일마다 나는 새로 사귄 친구와 함께 각자의 개를 데리고 오랫동안 숲길을 걸었다. 우리는 멜로즈시와 윈체스터시 사이의 미들섹스 펠스 자연보호 지구를 거닐었고, 링컨시의 숲도 거닐었는데, 그 산책들은 육체의 움직임과 사교의 즐거움을 둘 다 균형 있게 갖춘 활동이었다. 우리는 걷고, 말하고, 이따금 앉아서 쉬면서 물도 마시고 야외에 나오게 되어 지칠 줄 모르고 신난 개들을 지켜본다. 그렇게 걷고 돌아오면, 육체적으로 활기를 되찾은 느낌뿐 아니라 다른 측면으로도 재충전된 느낌이 들었다. 세상과 이어져 있는 기분, 만족스러운 기분, 내 개와 좋은 대화와 숲의 고요함 등등 나를 행복하게 만들어주는 것들과 더 가까이 있는 기분. 사실 나는 걷기를 운동으로 '쳐주지' 않는 사람이었다. 아파야 운동이라고 생각하는 사람이었다. 하지만 이제 이런 생각이 든다. 아마 처음 떠올리는 생각인 듯한데, 우리의 마음 또한 여러 면에서 하나의 근육이라는 것, 그리고 그것은 체육관에서 운동시키는 것만으로는 부족하고 체육관 밖에서도 돌봐야 하는 근육이라는 것이다.

(1996년)

작은 선이들

내 (여자) 친구 하나가 갑자기 자신의 (남자) 심리치료사를 사랑하게 되었다. 자연히 친구는 그 사실에 혼비백산했다. 친구가 전이轉移의 개념을 알고 있다는 사실은 중요치 않다. 친구가 이것이 로맨스라는 의미에서의 '사랑'이 아니라 임상적인 의미에서의 사랑이라는 것, 즉 이것이 전이의 전형적인 사례로서 자신이 자신의 깊은 두려움과 갈망과 허기를 심리치료사라는 백지에 투사했을 뿐임을 안다는 사실도 중요치 않다. 어쨌거나 친구의 감정은 진짜이고, 그 때문에 친구가 괴로워하고 심란해하니까.

친구가 탄식한다. "끔찍해!"

나는 공감하는 뜻으로 고개를 흔든다.

친구가 외친다. "너무 부끄러워!"

나는 그렇다는 뜻으로 고개를 끄덕인다.

친구가 울부짖는다. "이런 일은 난생처음이라고!"

나는 그건 아닌 것 같은데.

지그문트 프로이트가 정신분석가와 분석대상자 사이에서 발생하는 전이에 관한 이론을 처음 세운 것은 1890년대 말이었지만, 나는 만약에 훌륭한 정신과 의사가 환자들 대신에 치과 의사나 자동차 정비사나 뉴베리가의 미용사를 정기적으로 만나는 괴로움을 견뎌야 했다면 그 현상을 훨씬 더 이르게 발견했을 것이라고 생각한다. 전이는 일상적으로 발생하는 사건이고, 대부분의 사람들에게 숨쉬기만큼 자연스러운 일이다. 내 친구가 겪는 전이가 임상적인 의미에서 중대하고 두드러진 사례일 수는 있겠지만, 그보다 더 작고 덜 두드러진 사례라면 대부분의 사람들이 늘 겪고 있다. 사소한 투사의 순간들. 타인을 대할 때, 그것도 종종 전혀 모르는 사람을 대할 때 아무런 맥락 없이 우리의 가장 어두운 두려움과 감정이 끌려 나오는 사건들. 우리가 일상의 사교에서 늘 겪는 그런 현상을 앞으로는 '작은 전이'라고 부르자.

잘 모르겠다고?

그렇다면 한번 들어보라.

나는 일 년 동안 미뤄온 치과 처치를 받으려고 집을 나서는 중인데, 벌써 두려움에 떨고 있다. 뿌리 치료냐고? 아니다. 수술이냐고? 그것도 아니다. 그냥 정기적 스케일링을 받으려고 치위생사에게 예약해둔 것뿐이지만, 내 마음은 그 사실을 모른다. 내 마음에서 나는 사악하고 징벌적인 엄마를 만나러 가는 중이다. 그리고 나는 친구가 자신의 심리치료사와 사랑에 빠졌다고 믿는 것처럼 내 감정을 진심으로 믿는다. 나는 치과 의자에 앉아서 움츠린다. 치위생사가 내 입안을 쑤시기 시작하고, 나는 작아지는 기분이다. 어어, 이분에게 다 들켰어. 그동안 치실을 제대로 사용하지 않았지. 치간

짓솔을 쓰지 않았지. 난 나쁜 아이야. 이분이 내게 화났어.

치위생사의 이름은 티파니다. 22세쯤 되었고, 부풀린 헤어스타일에 파란색 아이섀도를 칠했다. 그가 무서워 보인다고 해봐야 요크셔테리어가 무서운 정도이지만, 아무튼 나는 무섭다. 그가 말한다. "여기 착색이 많이 되었네요. 아직 담배 피우시죠?" 이 간단한 말에서 나는 그로부터 연상된 다른 많은 말들을 듣는다. 네가 나를 실망시켰어. 너는 참 실망스러워. 나는 강하고 모든 것을 다 아는 네 어머니이고, 너의 진실을 알지. 네가 세련된 외모를 하고 있지만 사실은 나태하고 게으른 인간이라는 걸. 너는 벌 받아야 해.

나는 울고 싶다.

내 친구 헬렌은 부엌을 개조하는 과정에서 자신이 고용한 건축업자를 대상으로 강력한 전이 현상을 겪었다. 행크라는 이름의 건장한 사내인 건축업자는 그 일에 착수한 지 몇 시간 만에 헬렌의 아버지가 되었다. 즉 어쩐지 멀고 다가가기 어려운 존재, 헬렌이 필사적으로 비위를 맞추고 싶어 하는 존재가 되었다. 행크는 부엌으로 슬렁슬렁 걸어 들어와서 청바지를 쓱 추어올리면서 해로운 점이라고는 눈곱만큼도 없는 말을 하곤 했고―"조리대 상판은 대리석이 좋겠습니까, 나무가 좋겠습니까?"―그러면 헬렌은 마치 11세 아이처럼 그가 자신을 어떻게 볼까 신경이 쓰여서 공손한 자세로 말을 더듬기 시작했다. "음…… 모르겠어요. 어…… 대리석으로 할까 생각했었지만…… 어떻게 생각하세요?" 그런 뒤에 헬렌은 자신이 멍청이로 느껴져서 스스로를 한 대 치고 싶어졌다. 헬렌은 내게 말했다. "그런 거 있잖아, 그 사람은 권위자였거든. 그 사람의 의견은 뭐든지 옳고 내 의견은 죄다 틀릴 거란 말이야. 우리 아빠가 내 집 부엌에 서 있는 거나 마찬가지였다고."

또 다른 친구 에밀리는 살 집을 찾는 중이다. 그런데 에밀리를 돕는 사람은 부동산 중개인으로 교묘하게 위장한 에밀리의 엄마다. 중개인이 에밀리에게 전화하여 괜찮은 집이 있다고 말하면, 에밀리는 설령 형편없는 집처럼 들리더라도 이렇게 대답한다. "아, 좋을 것 같네요!" 에밀리는 혼자서라면 절대 가보지 않았을 동네로 집을 보러 다녔고, 중개인이 추천한 집을 거절할 때마다 터무니없이 죄책감을 느낀다. 말도 안 된다고? 하지만 에밀리도 어쩔 수 없다. 그 중개인은 에밀리의 마음속에 어머니라는 존재로부터 영감을 받은 듯한 죄책감과 욕구를 일으키고, 그래서 에밀리는 어떻게 해서든 중개인에게 잘 보여야 할 것 같은 기분을 느낀다. "미친 소리란 건 나도 알아." 에밀리는 속삭였다. "하지만 정말로 그 사람이 나를 좋아했으면 좋겠어. 그 사람이 나를 좋아하지 않으면, 그 사람이 나를 그러니까 자기 딸처럼 여기지 않으면, 내가 집 구하는 걸 도와주지 않을 것만 같아."

사람과 사람의 조합은 무수히 많고, 전이의 대상이 될 만한 상대도 무수히 많다. 자동차 정비사, 아빠. 변호사와 자산관리사, 아빠. 남자 의사, 아빠. 여자 의사, 엄마. 생판 낯선 사람도 이런 현상을 끌어낼 수 있다. 어떤 때는 상대의 마음에 들고 싶다는 희망, 또 어떤 때는 질투. 자신이 무시당한다는 느낌, 혹은 자신이 부족하거나 어딘가 모자라다는 느낌, 그런 뿌리 깊은 감정들이 떠오르는 것이다.

몇 년 전, 미용실에서 내 순서를 기다리면서 담당 미용사가 내 나이 또래인 젊은 여성 손님의 머리를 마무리하는 모습을 지켜보았다. 두 사람은 명랑하게 잡담을 주고받았다. 말하고 웃는 품이 서로 더없이 편한 사이인 듯했고, 나는 그 모습을 보면서 부러움과 좌절감을 느꼈다. 그 손님은 분명 좋은 손님, 좋은 딸, 좋은 자매, 그를 사랑하는 부모로부터 인정받고 관심받는 존재였다. 나는? 대기실에서 불편함에 몸을 꼬면서 나는 미용사가(코걸이를 한 아빠가) 저 손님에 비해 나를 칙칙하고 지루한 사람으로 여길 게 분명하다고 생각했고, 내 잡담은 저 손님의 발치에도 미치지 못할 거라고 확신했고, 내가 어려서부터 스스로 느꼈던 대로 부족한 존재라는 사실이 들통날 거라고 생각했다. 얼마나 괴롭던지! 나는 계속 지켜보았다. 마침내 손님이 의자에서 일어나서 거울에 자기 머리카락을 비춰보았다. 그러고는 탄성을 내뱉으며 기뻐했다. 그가 말했다. "당신은 천재예요!" 내 마음이 좀 더 무거워졌다. 저 손님은 나보다 나은 것은 물론이거니와(더 예쁘고, 발랄하고, 매력적이고, 기타 등등) 미용사와의 관계도 더 오래되고 풍성한 것이 분명했다. 그들은 함께 행복한 헤어스타일의 세월을 쌓아온 행복한 가족이었다. 그에 비해 내 차례를 기다리고 있는 나는 하찮은 존재로 느껴졌다. 언니에 비해 부족한 동생, 머리카락을 엉망으로 방치한 명백한 부족함으로 말미암아 곧 벌 받게 될 못난 존재. 손님과 미용사가 포옹했다. 둘은 쪽쪽 키스 소리를 내며 볼을 맞댔다. 그다음 미용사는 나를 의자로 오라고 부르기 전에 그 손님에게 마지막으로 말했다. "만나서 정말 반가웠어요."

나는 정말 죽는 줄 알았다.

그러니 심리치료사에게 반해서 질겁한 친구야, 너무 심각하게 생각하지 마. 나는 친구에게 미용사 이야기를 들려주었고, 친구는 엄숙하게 끄덕였다. 친구의 심리치료사는 최소한 가위를 휘두르진 않으니까.

(1998년)

분노 표현의 기술

우리 분노에 대해서 이야기해보자. 여기 간단한 사례가 하나 있다.

여기서는 밥이라는 이름으로 부를 내 친구는 많은 사람들이 흔히 경험하는 상태인 막연한 울화를 자주 느낀다. 밥의 울화는 특정 대상이 있지만—몇 년 전에 사이가 크게 틀어진 자기 형제가 그 대상이다—그보다 더 일반적인 성질도 있다. 마치 밥의 내면에서 평생 그 울화가 끓었던 것처럼 응어리진 느낌이 있다.

대체로 밥은 자신에게 그런 울화가 있다는 사실을 부정하려고 한다. 밥은 남과 맞서길 좋아하는 성격이 못 되고, 다른 많은 사람들처럼 화났을 때 그다지 편하게 느끼지 못하므로, 밥이 할 수 있는 최선의 방법은 최대한 그 감정을 피하는 것이다. 예를 들어, 밥은 문제의 형제에게 거의 연락하지 않고 남에게도 그 형제 이야기를 거의 하지 않는다. 누군가 그 주제를 꺼내면, 밥은 용감하게 초연함을 가장한다. "난 열 받지 않았어." 밥은 몹시 열 받은 목소리로 딱딱하게, 방어적으로 말한다. "우리 사이의 일은 이미 벌어졌으니까 어쩔 수 없지. 지난 일이야. 난 다 잊었어."

밥은 전혀 극복하지 못한 게 분명하다. 하지만 만약 내가 밥을 구슬려서 울화를 실토하게끔 만들더라도, 그는 그 감정을 어떻게 해야 좋을지 모를 것이다. 그는 그 감정을 표현하는 것이 아무짝에도 쓸모없다고 여긴다. 설령 자신이 형제와 고래고래 소리 지르면서 싸우더라도 둘의 관계가 달라지지도, 자신의 감정이 누그러지지도 않을 것이라고 여긴다. 밥은 분노라는 철창에 갇혀 있다. 그는 그 감정을 직접적으로 다룰 마음이 없지만, 그렇다고 해서 그 감정을 떠나보내지도 못한다.

분노라는 철창은 우리에게 아주 낯익은 장소다. 많은 사람들이 그 속에서 산다. 얼마 전에 내가 아는 여성이 내게 자신이 부모에 대해서 얼마나 많은 화를 품고 사는지 말해준 적이 있었다. 들어보니 부모가 유달리 고약한 사람들이긴 했다. 이 여성은 오랫동안 심리치료를 받았다. 그러면서 과거의 어두운 영역들을 구석구석 되짚었고, 어린 시절에 느꼈던 공포와 실망을 다시 꺼내어 헤집었는데, 그럼에도 불구하고 아직도 어머니와 통화할 때면 매번 혈압이 솟구친다고 했다. 그 순간적인 분노가 너무 오래되고 원초적인 것이라서 마치 자신의 디엔에이에 새겨진 것처럼 느껴진다고 했다. "이 울화를 어떻게 하죠?" 그가 내게 묻듯이 고민했다. "이걸 평생 끌고 다녀야 할까요? 아니면 어느 시점이 되면 이게 저절로 사라질까요?"

내가 그 답을 안다면 좋으련만. 한때 나는 울화가 유한한 것이라고 착각했다. 울화란 감정의 천연자원과도 같아서 심리치료로 캐낼 수 있는 것이라고—결국에는 정복할 수 있는 것이라고—믿었다. 만약 내가 적절한 상담사를 만난다면, 그래서 억눌렸던 화를 오랫동안 충분히 발산한다면, 어둡고 성난 마음의 영역들에 구석구석 빛을 비춘다면, 그러면 내게 주어진 울화의 총량을 다 써버리고 마침내 자유로워질 수 있으리라고 생각했다. 화를 넘어서고 평정을 얻을 수 있으리라고 생각했다. 지금도 나는 심리치료가 화를 줄이는 데 도움이 된다고 믿는다. 최소한 그 감정을 어느 정도 받아들이고 용서할 수 있는 수준으로 누르는 데 도움이 된다고 믿는다. 하지만 분노가 유한한 것이라거나 하물며 정복할 수 있는 것이라는 생각은 버린 지 오래다. 내가(그리고 많은 사람들이) 울화의 주된 출처를(부모나 형제자매를) 잘 다룰 순 있겠지만, 동굴에서 사는 사람이 아니고서야 살다 보면 이따금 우리의 분노를 자극하는 사람들을 만나기 마련이다. 화는 사랑이나 욕구나 애정과 마찬가지로 인간사라는 복잡한 스튜의 한 부분이다. 해롭게 느껴질 수도 있는 재료이지만 레시피에서 아예 빼버릴 수는 없다.

물론, 이런 지혜의 씨앗을 품고 있다고 해도 현실적으로 썩 유용하지는 않다. 나도 화를 다루는 데는 젬병이다. 아마 질투를 제외하고는 분노야말로 내가 인간의 다른 어떤 감정들보다 불편하게 느끼는 감정이고, 그래서 보통은 나도 밥처럼 그 감정과 담을 쌓으려고 갖은 애를 쓴다. 만약 누가 나를 화나게 만들면, 나는 몇 시간 혹은 며칠이 지난 뒤에야 내가 화났다는 사실을 알아차리곤 한다. 분노가 덮쳤을 때(혹은 쌓였을 때) 내 주된 대응책은 굴절과 우회다. 나는 슈퍼마켓 계산 줄에서 낯선 사람에게 씩씩거리거나, 프라이버시가 보장된 내 집에서 문을 쾅쾅 닫거나, 앙심에 차서 험담을 잔뜩 늘어놓거나 한다. 나는 사람들과 직접 부딪치는 것보다는 울분을 품는 것을 훨씬 더 잘하고, 극히 드물게 누군가에게 정말로 화났을 때는 온몸이 반응할 정도로 심하게 불편해한다. 몸이 부들부들 떨리고, 목소리도 떨리고, 그러다가 보통은 울기 시작한다.(웩.)

내가 생각할 때 가장 중요한 요령은, 분노를 표현하는 것과 참는 것의 상대적 비용을 저울질함으로써 언제 싸울지를 잘 고르는 것이다. 자칫하면 양쪽 모두가 큰 대가를 치를 수도 있기 때문이다. 약 일주일 전, 친구 하나가 내게 자기 개를 산책시켜 달라고 부탁했다. 정말 무해한 부탁으로 들리지만, 나는 사실 엄청나게 화가 났다. 친구가 댄 이유가 거슬렸다. 친구는 파트너가 독감에 걸린 탓에 전날 자신이 하루에 두 번 개를 데리고 나갔다며, 하지만 자신도 학교 숙제를 하느라 바쁘기 때문에 이튿날까지 두 번이나 개를 데리고 나가기가 너무 부담스럽다고 말했다. 나는 친구의 말을 듣고 서서 생각했다. 잠깐, 나는 매일 하루에 두 번씩 개를 산책시키는데, 그리고 늘 마감에 쫓기는데, 이 요구는 우스꽝스럽거니와 내게 모욕적인 거 아니야? 하지만 나는 친구에게 불만을 삼키고 네 개를 스스로 산책시키라고 말하는 대신 내가 불만을 삼켰다. 아침 6시 30분에 친구의 개를 데리러 가서 프레시 폰드 저수지를 성실하게 산책시킨 뒤 도로 주인에게 데려다주었다. 그러고는 그 주 내내 깔아뭉개진 기분, 이용당한 기분을 떨치지 못했다. 한마디로 화를 떨치지 못했다.

내가 화를 냈어야 했을까? 친구가 부탁했을 때 그 자리에서 발끈함으로써 그 주 내내 속으로 투덜거릴 일이 없게 만들어야 했을까? 내가 열 받는 경우에 종종 그렇듯이, 이 경우에도 사실은 잘 모르겠다. 만약 그 감정을 표현했더라도, 거기에는 또 응분의 대가가 따랐을 것이다. 명백한 대가도(내 거절에 친구가 내게 화를 냈을지도 모른다) 은밀한 대가도(그동안 나는 남을 잘 돕고 잘 맞춰주는 사람이라는 이미지를 쌓아왔는데, 좋든 나쁘든 그 이미지가 손상되었을 수도 있다) 있었을 것이다. 결국에는 내가 신경을 곤두세우지 않는 편이 더 쉬워 보였다. 그 대신 떳떳하게 분개하는 편이 쉬워 보였고, 그 상태는 비교적 짧게 끝났다.

이보다 더 중요한 관계에서는 우리가 대가와 이득을 좀 더 분명하게 헤아릴 수 있는 듯하다. 하지만 그렇다고 해서 행동을 취하기가 더 쉬운 것은 결코 아니다. 내 경우를 생각해보면, 절친한 친구들이나 가족들에게 치민 화를 그냥 삭인 채 내 화를 돋운 사건을 마음속에서 오랜 원망의 칸에 분류하여 간직한 적이 많았다. 그런 원망은 내면에서 곪았고, 그리하여 불신과 막연한 악의로 관계에 미묘한 악영향을 끼쳤다. 밥의 경우도 생각해본다. 밥은 만약 자신이 형제에게 직설적으로 화낸다면 관계가 완전히 끝장날 거라고 혼자 속으로만 걱정하지만, 밥이 지금까지 지켜온 침묵도 비록 조용한 방식일지언정 덜 파괴적이진 않은 방식으로 이미 관계를 좀먹었다. 처치되지 않고 드러나지 않은 밥의 상처는 간신히 봉합되었을 뿐 치유된 것은 아니다.

화를 터뜨리는 편이 언제나 효과적이라는 말은 아니다. 화를 내면 반드시 문제가 해결된다거나 상처가 낫는다는 말은 아니다. 그러지 않아도 나쁜 상황이 열을 내면 더 나빠지는 경우도 있다. 그래서 나는 싸움을 잘 고르는 것 못지않게 대상을 잘 고르는 것도 중요하다고 생각한다. 나와 정신적으로 치고받을 의향과 능력이 있는 사람은 누구이고 그렇지 못한 사람은 누구인가? 화내는 것이 효과가 있으려면―어느 쪽에게든 생산적이거나 유익하려면―관련된 두 사람이 기본적으로 서로 신뢰해야 한다. 두 사람 모두 괴로운 시기를 견뎌보겠다고 생각할 만큼 그 관계를 중시해야 한다. 이상한 일이지만, 분노라는 동전의 뒷면은 친밀함일 때가 많다. 분노를 표현하는 것이 겁나면서도 때로 가치 있는 일인 것은 그 때문이리라.

그러니, 비록 싫은 감정이기는 해도 나는 분노에 찬성표를 던지겠다. 열띤 언쟁과 눈물과 분해서 이를 가는 상황에 찬성표를 던지겠다. 내가 그 일에 영 젬병이긴 하지만, 그래도 나는 그것이 갈고닦을 가치가 있는 기술이라고 믿는다.

자, 다 들었으면 그만 좀 꺼져.

(1999년)

여성의 외모를 평가하는 말들

내 친구 제인은 치마를 입지 않는다. 치마를 입으면 자신의 "볼링 챔피언 종아리"가 드러난다는 이유로. 제인의 동료 중 한 명은 칼라가 달린 셔츠를 입지 않는다고 한다. 그러면 자신의 "머리와 얼굴이 거대해 보인다"는 이유로. 나로 말하자면, 아침에 머리를 손질할 때 각별히 주의해야 한다. 머리카락이 최소한의 볼륨도 없이 너무 착 늘어지면, 그날은 "물개 머리"로 집을 나서야 한다.

여자들은 신체적으로 완벽하지 못한 면에 대해서 왜 이렇게 까다로울까? 왜 우리는 작은 문제를 과장해서 어마어마하게 부풀릴까? 엉덩이가 거대하다느니, 다리가 나무 둥치 같다느니, 코가 인간 아닌 다른 동물종을 묘사할 때나 쓰는 줄 알았던 표현을 동원해야 할 만큼 큼직하다느니. 목, 무릎, 어깨, 배, 허벅지, 눈. 여성의 비평을 피할 수 있을 만큼 작거나 하찮은 신체 부위란 없다. 그리고 우리는 완벽하지 않다고 느끼는 부위를 발견할라치면 그것을 특수한 현미경으로 조사하여 엄청나게 크게 확대시킨다.

"나는 사진으로 내 코를 보는 게 싫어. 꼭 페니스 같아." 내 친구 중 한 명의 자매는 정확히 이렇게 말했다고 한다.

뭐라고요? 페니스? 여자들이 자신을 보는 시각에는 최소한의 균형 감각조차 없는 걸까?

그러게, 없다.

나는 어릴 때 내 코가 어마어마하게 크다고 믿었다. 내 코가 거대하다고, 내 머리통만큼 크다고 해도 과장이 아니라고 믿었다. 어릴 때 오랫동안 앞머리를 길렀는데, 마음 한구석에는 늘 앞머리를 윗입술까지 길러서 코 가리개로 쓰고 싶다는 바람이 있었다. 하지만 그러면 코가 늘어진 머리카락을 뚫고 튀어나와서 그 거대함이 더 강조되기만 할 거라고 생각했다. 내 코가 정말 거대한가? 그렇진 않다. 살짝 큰 편에 가까운지는 몰라도 상당히 평범한 코다. 하지만 그 사실은 중요하지 않다. 어릴 때 오빠와 언니가 내게 코가 크다고 놀리곤 했고, 어쩐지 그 말이 내 가슴에 박혔다. 거대한 코. 지금까지 본 것 중에서 제일 큰 코. 나는 20년 가까운 세월과 몇 시간인지 헤아릴 수 없을 만큼 오랜 시간의 심리치료를 겪고서야 내 코를 그나마 실제에 가까운 표현으로 바라볼 수 있게 되었다.

"내가 턱이 그렇잖아." 친구 수전은 내게 말한다. "내 턱이 싫어. 뚝 뜯어냈으면 좋겠어." 수전은 내가 제 턱을 살펴볼 수 있도록 그 거슬리는 턱을 치켜들어서 고개를 오른쪽으로 돌렸다가 왼쪽으로 돌렸다가 해 보인다. 내 눈에는 아무것도 안 보인다. 그냥 턱인걸. "모르겠어?" 수전은 내가 거짓말한다고 생각한다. 턱을 내 쪽으로 더 쑥 내민다. "보여? 완전히 휘어졌잖아. 웃으면 아래쪽이 이렇게 휜다고. 알겠지? 뭐가 튀어나온 것 같지 않아?"

미안하지만 내 눈에는 휘어진 데도, 튀어나온 데두 보이지 않는다. 수전의 턱에는 아무 이상이 없다. 하지만 수전은 내 말을 전혀 믿지 않는다. "흉측해." 이렇게 말하는 수전의 어조가 어찌나 단호한지, 나는 한마디도 더 보태지 못한다. 사건 종결.

물론, 여성의 몸에서도 다른 부분보다 더 자주 우리의 깐깐한 현미경 아래에 놓이는 부분이 두 군데 있다. 거대한 엉덩이와 끔찍한 머리카락이다.

"내 엉덩이는 너무 커 보여." "나는 엉덩이가 커." "이 청바지 입으니까 내 엉덩이가 커 보여?" "나는 내 엉덩이가 싫어." 만약 내가 이런 말을 들을 때마다 1달러씩 모았다면, 오늘 이후로 하루도 더 일하지 않아도 되었을 것이다. 머리카락은? 머리카락이야 늘 부풀고, 꼬불꼬불해지고, 뒤집어지고, 별의별 바람직하지 못한 방향으로 뻗치고, 만에 하나 위에서 못되게 굴지 않는다면 힘없는 넝마처럼 아래로 처진다. "난 헤어스타일 걱정에 에너지를 얼마나 많이 쓰는지, 딴 일을 뭐라도 할 수 있다는 게 기적이야." 이것은 내 친구 케이트의 말인데, 사실 케이트는 흐트러진 헤어스타일을 보인 적이 평생 한 번도 없다. 케이트는 또 "이동하는 육체적 결점" 파에 속한다. 페니스를 닮은 코나 휘고 튀어나온 턱 같은 단 한 가지 적대적 신체 부위에 시달리는 것이 아니라 그보다 더 사소한 문제들이 때때로 하나씩 나타나서 번갈아 케이트를 괴롭힌다는 뜻이다. "어느 날은 다리가 문제고, 그다음 날은 엉덩이가 문제고." 케이트는 이렇게 말하고는 잠시 멈췄다가 이어 말했다. "하지만 머리카락은 대체로 늘 문제야." 슬프지만 체념한 듯한 목소리였다.

여자들이 자기 엉덩이와 머리카락에 집착한다는 사실은 물론 뉴스거리도 되지 못한다. 다만 내가 놀라는 점은 우리가 그런 부위나 여타 신체 부위를 깎아내리는 정도가 지나치다는 것, 남들은 사소한 흠으로 여길 만한 것을 우리는 생물학적 흉물로, 이상으로, 돌연변이나 다름없는 것으로 철저히 믿는다는 것이다. **볼링 챔피언 종아리? 여보세요, 대체 어떻게 그런 생각을 하게 된 거죠?**

내가 이 기회를 빌려서 패션 산업의 횡포를 규탄할 수도 있을 것이다. 미디어가 일관되게 왜곡된 데다가 달성 불가능한 미의 이미지를 공급함으로써 여자들의 집단 자존감을 해치고 있다는 사실을 규탄할 수 있을 것이다. 하지만 지금은 그런 이야기는 하지 않겠다. 사실 나는 여자들이 자신의 신체적 결점을 묘사하는 방식이 웃기다고―괴상해서 웃긴 게 아니라 아하하 하고 웃을 만하다는 말이다―생각한다. 더 중요한 점으로, 나는 그런 묘사가 중요한 역할을 수행한다고 생각한다.

잘 들어보면, 우리가 결점을 과장하는 방식은 미디어가 완벽을 과장하는 방식을 쏙 빼닮았다는 걸 알 수 있다. 우리는 '흉측하다' '역겹다'처럼 센 단어들을 쓰는데, 이것은 패션 잡지에 나오는 단어들, 가령 '근사하다' '관능적이다' 같은 말들의 정반대에 해당한다. 우리는 또 그런 말을 하면서 웃는다. 내가 친구 캐런에게 자기 몸에서 가장 싫은 부분이 어디냐고 묻자, 캐런은 이렇게 대답했다. "그야 당연히 팔뚝 살이지. 팔뚝 살이 너무 많이 늘어져 있어서, 가끔은 센 바람에 이게 펄럭이다가 누굴 칠 것 같다니까." 우리는 둘 다 깔깔 웃었다. 내 생각에, 우리가 이렇게 과장하는 것은 비록 무의식적 행동일지라도 이처럼 시시콜콜한 데까지 신경 쓰는 짓이 우스운 일이라는 사실을, 외모에 대한 집착이 우스꽝스러울 수 있다는 사실을, 그리고 우리도 마음속으로는 알듯이 아름다움의 이상이란 실은 쓸데없는 것이란 사실을 자기 자신에게 또한 서로에게 상기시키기 위해서다.

신체적 결점이 실제로 있는 것이든 우리 생각일 뿐이든, 그것에 대해서 우리가 느끼는 감정이 가짜라거나 쓰라리지 않다는 말은 아니다. 내가 겪어봐서 아는데, 자기 코가 코끼리 코만 하다고 믿는 열두 살짜리 아이로 살아가는 것은 절대 재미난 일이 못 된다. 나는 또 이런 과장이 고통의 더 깊은 근원을 알려줄 수 있다고 생각한다. 내가 머리카락이나 피부나 몸무게를 지나치게 의식하는 날, 나는 그 불편함이 사실은 좀 더 복잡한 현상이라는 것, 그것은 외적인 면이 아니라 내적인 면에서 스스로 매력적이지 않다고 (초라하다고, 흠 있다고, 나쁘다고) 느끼는 감정과 관련된다는 것, 내가 문제를 밖에서부터 바로잡고자 소망한다는 것을 알고 있다. 여자들이 특히 자주 품는 그 소망의 논리는 이렇다. 내 머리카락이나 피부가 완벽해진다면 좋을 텐데, 그러면 내 나머지 부분들도 다 그럴 텐데.

과장은 이 점에서도 도움이 된다. 우리는 결점을 말도 안 되게 부풀려 말함으로써 그것이 주는 압박을 좀 덜 수 있다. 자기 자신을 비웃을 수 있고, 우리를 너무나 지치게 만드는 우리 문화의 아름다움 숭배도 비웃을 수 있다.

요전 날, 위험한 팔뚝 살의 소유자 캐런과 커피를 마셨다. 내가 물었다. "팔뚝 살은 어때?"

캐런은 창밖으로 하늘을 올려다본 뒤 말했다. "음, 오늘은 공기가 잠잠하네. 바람이 세지 않아. 오늘은 안전하겠는걸." 우리는 함께 키득거렸다.

(1996년)

바비도 현실을 산다

바야흐로 6월, 결혼식 철이다. 수많은 젊은 여성들이 평생 품어왔던 판타지가 실현될 참이라는 얘기다.

그런데, 정말 그럴까?

웨딩 마치는—흰 드레스, 길게 끌리는 옷자락, 나란히 선 예쁜 들러리들—여자아이들이 판타지라는 걸 품을 나이가 되자마자 꿈꾸기 시작하는 환상이라는 것이 사람들의 생각이다. 웨딩 산업은 그런 정서를 부추기고(웨딩 잡지에는 "매혹적인" "공주에게 알맞은" 같은 단어들이 난무한다), 텔레비전이 신부를 보여주는 방식도 마찬가지다.(가령, 시트콤 〈프렌즈〉의 시즌 4 최종회에서 모니카는 로스에게 그의 약혼자의 완벽주의를 설명하면서 이렇게 외친다. "에밀리는 다섯 살 때부터 이날을 꿈꿔왔다고!") 남자아이들은 영웅주의와 힘을 꿈꾸고(월드 시리즈에서 만루 홈런을 치는 것), 여자아이들은 아름다움과 로맨스를 꿈꾼다(결혼식). 그렇게 단순하다는 것이다.

어떤 사람들에게는 정말 그렇게 단순한 일일지도 모른다. 어려서든 커서든 여자들에게 결혼식 판타지가 없다면 마텔사는 신부

바비 인형을 더 이상 팔지 않을 것이고, '결혼 선물 목록 등록'이라는 단어는 학계와 차량 등록소에서만 쓰일 것이고, 파일린스 백화점의 웨딩드레스 세일이라 불리는 연례 쟁탈전에 아무도 참가하지 않을 것이다. 그런데 프로이트주의자라면 냉큼 지적하겠지만 환상이란 복잡한 현상이고, 나는 웨딩드레스에 대한 환상은 많은 여성들이 어릴 때 실제로 품었던 희망과 두려움보다는 여성에 대한 문화적 환상과(여자는 순결하고, 가족 중심적이고, 야망이 작다는 환상) 더 많이 관련된다고 생각한다. 나? 나는 어릴 때 결혼식을 꿈꾼 적이 없었다. 결혼식이라는 걸 상상해본 기억조차 없다. 내가 열다섯 명의 여자 친구들과 지인들에게 여론조사를 해본 결과(비과학적이라는 것은 인정한다), 결혼식 판타지를 갖고 있었다고 대답한 사람은 겨우 두 명뿐이었다.

이것은 세대의 문제인지도 모른다. 우리 세대는 여자아이들이 자신에게도 선택지가 있다는 사실, 결혼 외에도 많은 가능성이 열려 있다는 사실을 깨닫기 시작한 세대였다. 하지만 결혼식 환상이 드문 것으로 나타난 이 결과에서 우리는 실제 여자아이들이 품는 판타지에 대해서도 뭔가를 배울 수 있을지 모른다. 우리의(적어도 우리 중 일부나마) 어린 영혼들이 순결한 신부라는 여성의 이미지에 저항했다는 점, 그리고 우리의 상상력이 아름다움과 로맨스의 영역 너머 멀리까지 우리를 데려갈 수 있었다는 점을.

내가 아는 여자들은 육체적 힘, 지적 능력, 탈출에 대한 판타지를 품었다. 내 비공식 여론조사에서 세 명의 응답자는 카우걸이 되기를 꿈꿨다고 답했고, 네 명은 슈퍼 히어로·범죄를 소탕하는 사람을, 한 명은 정찰병을, 세 명은 올림픽 선수를, 다섯 명은 로큰롤 가수를 꿈꿨다고 답했다. 결혼식 판타지는 "절대 절대" 없었다고 대답한 화가 재닛은 그 대신 수학자가 되는 꿈을 생생하게 품었다고 한다. 그 꿈에서 재닛은 흰 실험복을 입고 큼직한 뿔테 안경을 쓰고 분필을 들고 칠판 앞을 오락가락하다가 이따금 멈춰 서서 뭔지 모를 기호를 칠판에 휘갈기고는 한 발 물러나서 자신이 쓴 것을 감상했다고 한다. 바비는 수학을 한다.

누구보다 얌전하고 착한 여자아이들의 영혼을 갈라보면, 십중팔구 그 속에는 여자는 화내서는 안 된다고 배운 얌전하고 성난 여자아이가 들어 있을 것이다. 우리는 물론 성난 판타지도 품는다. 프로이트가 함께 점심을 먹고 싶어 했을 만한 여자들을 소개하자면 다음과 같다.

엘렌(35세)의 살인 판타지: "우리 엄마가 나를 죽이려고 한다고 망상했던 시기가 오래 있었어요. 그리고 오히려 내가 엄마를 죽이고, 가정부도 죽이고, 오빠들도 죽이는 걸 꿈꾸면서 정교하게 계획을 세웠죠."

호프(39세)의 순교자 느낌이 가미된 살인 판타지: "전쟁에 관한 판타지를 많이 품었어요. 베트남전이 미국 본토로 확장되었는데 내가 유일하게 살아남는 생존자가 되는 거예요. 아니면 찰스 맨슨이 우리 집에 침입해 들어왔는데 내가 (칼에 찔려서 피투성이가 된 채로) 용케 기어가서 가족을 구해달라고 구조 요청을 하는 거예요.(그다음에 물론 나는 죽죠.)"

잰(29세)의 순교자 느낌이 가미된 종말 판타지: "핵전쟁 판타지를 많이 품었어요. 온 가족이 지하실에 숨고, 핵폭탄이 떨어지고, 그 상황에서 내가 용기와 극기로 모두를 놀라게 하는 거예요. 내 몫의 음식을 여동생에게 준다거나, 감동적인 연설로 모두가 넋을 잃고 듣게 한다거나. 그러고는 물론 내가 맨 먼저 죽죠. 내가 마지막으로 보는 장면은 모두가 나를 옹기종기 둘러싸고 우는 모습이에요."

그러니까 바비는 수학을 하고, 살인을 하고, 아수라장도 만든다. 그리고 나는 이런 여자들이 마음에 든다. 한편 내가 꿈꿨던 지적 판타지는 어땠는가 하면, 스톡홀름으로 날아가서 노벨상을 받은 뒤 금의환향하는 것이다.(바비는 스웨덴에 간다.) 내가 꿈꿨던 죽음과 순교자 판타지는 어땠는가 하면, 불치병으로 죽어가는 내가 병상에 누워 있고 그 주위에 방문객들이 눈물을 글썽이며 서 있고 그 자리에서 내가 그동안 내게 잘못했던 사람들을 모두 용서해주는 것이다.(바비는 암에도 걸린다.)

커서 항우울제를 복용하게 될 음울한 여자아이들의 세대라서 그렇다고? 꼭 그렇지만은 않다. 이런 판타지들에서 가장 자주 공통적으로 나타나는 주제는(살인·종말 판타지에서도 드러난다) 마음과 마음이 이어지는 순간이다. 이를테면, 어떤 완벽한 남성상을 체현한 존재가(그는 이름 없고 얼굴 없는 연인 혹은 폴 매카트니 둘 중 하나로 등장하는 경향이 있다) 당신이 얼마나 특별한 존재인지 깨닫고는 당신에게 사랑한다고 고백하고, 당신 없이는 못 산다고 말하고, 기타 등등을 하는 어느 꿈같은 밤. 성적 판타지도 높은 순위에 올랐다. 응답자 중 여섯 명은 자신이 방문을 닫아두고 화장을 치덕치덕

해보거나, 거울을 들여다보거나, 돌돌 만 양말을 옷에 집어넣어서 가슴을 만들어보거나, 성욕과 성적 매력에 대해서 몽상하거나 했다고 말했다.

결혼식을 꿈꾸면서 자란 여자아이들은 모두 아름다움과 로맨스에 집착하는 여자로 자라고, 결혼식에 콧방귀 뀐 여자아이들은 모두 섹스와 폭력에 집착하는 여자로 자라고 하는 식으로 편이 갈린다는 말은 아니다. 꿈을 하나만 품는 사람은 없고, 가장 열렬한 로맨티스트도 그보다 좀 더 복잡하고 야심 찬 측면을 함께 갖고 있기 마련이다. "나는 둘 다를 원했어요." 왕년의 신부 지망자였던 애니는 이렇게 말했다. "동화처럼 마차를 탄 결혼식을 꿈꿨지만, 그렇게 식을 올리고 나서는 아프리카의 외딴 마을로 날아가서 어떤 이국적인 부족을 구하는 꿈도 꿨어요."

내가 흥미롭게 느끼는 지점은, 문화적으로 지지받는 판타지와 실제 판타지 사이에 간격이 있다는 것이다. 새하얀 웨딩드레스의 판타지에도 실제로는 어둡고 복잡한 실들이 엮여 들어가 있다는 점이다. 평범한 꿈이든 특이한 꿈이든, 여자아이들이 실제로 품는 꿈은 신부가 되고 싶은 꿈보다 훨씬 더 풍성하다. 또한 여성이 현실에서 겪는 체험과 훨씬 더 비슷하다. 그런 꿈은 우리가 자신에게 바라는 바를 반영하고(강해지고 싶다, 똑똑해지고 싶다, 아름다워지고 싶다), 우리의 실제 모습을 반영한다.(가족에 대한 혼란한 감정, 분노와 섹슈얼리티, 세상을 안전하지 않은 장소로 느끼는 기분.) 그런 꿈은 우리의 은밀한 야망, 연결감에 대한 갈망, 우울의 씨앗을 보여준다. 그런 꿈은 여성으로 자라는 것이 어떤 것인지 보여준다.

내가 겨우 열다섯 명의 의견을 가지고 지나치게 일반화한다는 것은 인정하지만, 아무튼 이제 우리가 결혼식 판타지를 없앨 때가 된 것 같다. 가족의 죽음과 로큰롤 판타지를 동시에 품었다는 엘렌은 이렇게 말했다. "결혼식 판타지는 사람들이 자신을 축제의 주인공으로 세우는 이야기일 뿐이야. 유사 왕족 행사에서 자신을 드높이는 거지. 여자아이들이 다섯 살 때부터 그런 꿈을 품는다는 건 정말 별로야. '날 봐, 날 숭배해' 하는 행사를 정교하게 꿈꾸는 마음이라니, 웩."

나는 동의한다. 결혼식 판타지에는 좀 시대착오적이고 자기현시적인 면이 있다. 그리고 그날 하루를 여성의 인생에서 최절정에 오른 날로 못 박는다는 것은 좀 슬픈 일이다. 그러니 우리가 그 판타지를 없애버렸으면 좋겠다. 만약 여러분의 주변에 여자아이가 있다면, 그 아이에게 장난감 기타와 작은 앰프 세트를 사주라. 작고 흰 실험 가운을 사주라. 자그마한 방공호를 만들어주라. 바비는 현실을 사니까.

(1998년)

내 인생을 바꾼 두갈래근

인간의 팔을 보라. 아름다움과 역설이 내재되어 있는 그 기관을. 길고 가는 뼈의 선은—노뼈, 자뼈—봉긋하게 부푼 두갈래근과 어깨와 대비된다. 우아한 길이가 힘찬 근육과 대비된다. 팔의 움직임은 다양하고 유연하고 모순적이다. 팔은 굽고, 뻗고, 부풀고, 쪼그라들고, 흔들고, 들어 올리고, 껴안고, 주먹을 날린다. 팔은 또 이야기를 들려준다.

내 팔은 변형과 승리의 이야기를 들려준다. 가끔은 내면의 변화가 사람의 몸으로 드러난다는 사실을 알려준다. 내 팔은 강한 팔이다. 나는 체구가 아담하지만—키는 162센티미터이고 골격도 가늘다—팔씨름 대회에서 남자들을 때려 눕히는 것으로 유명한데, 이 사실은 내게 크나큰 즐거움이다. 한번은 내 몸무게와 똑같은 무게를 벤치프레스로 들어 올렸는데, 그때는 꼭 내가 여전사가 된 것 같았다. 내 친구 하나는 반농담으로 나를 "라 브루티타" 즉 "작은 짐승"이라고 부른다. 거시적인 관점에서 보자면 이 따위야 별 대단한 성취가 못 되겠지만, 내게는 큰 성취다. 내 팔은 내가 세상에 존재하는 방식을 구현한 것, 내가 어렵게 얻은 자신감과 독립성을 구현한 것이며, 이것은 육체의 문제인 것 못지않게 내 개인의 문제다. 팔은 내가 내 몸에서 아무런 거리낌 없이 기쁘게 여기는 유일한 부위다.

물론, 이것은 이 자체로 승리의 선언이다. 여성이 자신의 몸과 맺는 관계는(그리고 내가 내 몸과 과거에 맺었던 관계는) 폭풍우와 싸움과 가차 없는 자기 검열일 때가 너무 많으니까 말이다. 15년 전에 나는 두갈래근과 세갈래근을 구별할 줄 몰랐고, 광배근이라는 말은 들어본 적도 없었으며, 내 육체적 자아 감각은─팔도 포함하여─거의 병적일 만큼 부정적이었다. 솔직히 말하자면, 실제로 병적으로 부정적이었다. 20대 초에 나는 어렸고, 혼란스러웠고, 두려웠고, 화가 나 있었다. 그래서 어리고, 혼란스럽고, 두렵고, 화가 난 많은 젊은 여성이 하는 일을 했는데, 그것은 바로 섭식장애를 발달시키는 일이었다. 내 경우는 거식증이었다. 불행히도 거식증은 효과적인 기법이다. 적어도 일시적으로는. 감정이 살과 함께 깎여나가고, 무언가를─무엇이든 좋으니 무언가라도─통제하고자 하는 욕구는 굶는 것으로 집중되며, 식욕을 부정하는 능력, 영양 섭취라는 가장 기본적인 욕구를 초월하는 능력은 내가 힘을 갖고 있다는 몹시 유혹적인 환상을 안긴다. 몸무게가 제일 적게 나갔을 때─38킬로그램이었다─나는 깡말랐고, 굴뚝새처럼 가냘팠고, 윤곽선에 지나지 않는 몸이었지만, 그럼에도 망상에 사로잡힌 내 정신의 일부는 스스로 최고로 강하고 의지가 굳다고 느꼈으며, 지금도 나는 이런 뒤틀린 논리가 내가 내 팔을 바라보는 시선에 어떻게 영향을 미쳤던지를 똑똑히 기억한다. 내 팔을 가만히 바라보고 있으면—
뼈가 앙상하고, 살갗 아래 핏줄이 다 보이고, 작은 손가락뼈들까지
도 하나하나 또렷하게 드러났다—그 모습에 내 마음은 어두운 기
쁨으로, 무언가를 잘 장악하고 있다는 왜곡된 감각으로 차올랐다.

그 느낌은 물론 현실과 괴리된 거짓 감각이었다. 그것은 내 영
혼의 상태가 아니라 내 육체의 상태와 관련된 느낌이었고, 자기 수
용이 아니라 자기혐오에 뿌리를 내린 느낌이었다. 그리고 결국 그
느낌이 내게 주는 쥐꼬리만 한 자부심에 의지하여 산다는 것은 크
래커로 연명하는 것만큼이나 지속적이지 못한 일이었다. 그래서
무수한 절망과 숱한 심리치료와 많은 중단과 재시도 끝에, 나는 다
시 먹기 시작했다. 내 몸과 함께 더 오래 살아갈 수 있는 관계를 구
축하기 위해서 조금씩 조금씩 나아가기 시작했다.

그 노력에서 열쇠가 되어준 것이 내 팔이었고, 이 말은 문자 그
대로의 뜻이다. 1985년, 나는 매사추세츠주 케임브리지의 찰스강
에서 조정을 배우면서 신나는 가을을 보냈다. 조정은 만만한 운동
이 아니다. 배 한 척을 온전히 조종한다는 것은 거대한 뜨개질바
늘 위에서 똑바로 서 있으려고 애쓰는 것이나 마찬가지다. 배는 보
통 길이가 8미터에 폭은 30센티미터도 안 된다. 길이가 2.7미터인
두 자루의 노는 균형을 도울 수도 있고 해칠 수도 있다. 조정은 꼭
물에서 외줄 타기를 하는 것 같은 스포츠로, 엄청난 정확성과 두둑
한 배짱을 둘 다 요구한다. 나는 오랫동안 둘 다 끔찍하게 부족했
고, 배를 띄워나갈 때마다 매번 흔들거리고 근들거려서 거의 뒤집
힐 뻔했다. 하지만 처음부터 나는 또한 그 기예를 익히고 말겠다는

결의에 차 있었다. 노 젓기의 심미적 아름다움에—그 대칭성, 물이 배에 부딪히면서 내는 규칙적인 쉬익쉬익 소리, 힘과 우아함의 결합—완전히 매료되었고, 첫 번째 계절에는 마치 사랑에 달뜬 10대처럼 안절부절못했다. 그리고 그때 나는 내 몸매 말고도 무언가 다스릴 것을 발견했다는 사실, 어쩌면 나를 바꿀지도 모르는 무언가를 발견했다는 사실을 깨닫고 있었다.

그리고 정말로 그랬다. 나는 노를 젓고 또 저었다. 비바람 부는 날에도 젓고 잔잔한 날에도 저었으며, 용을 써가면서도 어떻게든 간신히 강을 오르고 또 내렸다. 참을성이 늘었고, 그다음에는 (그보다 더 천천히) 자신감이 늘었으며, 그다음에는 (마침내) 기술도 좀 늘었다.

그러는 동안 나는 또 강하고 유능한 팔을 길러냈다. 시간이 흐르자 내 아래팔은 단단한 근육질이 되었다. 위팔은 탄탄해졌고, 그다음에는 근육이 뚜렷이 드러났다. 어깨는 둥글어졌고, 강해졌다. 사실 노 젓기는 다리 운동이라고들 하지만—노를 젓는 힘은 주로 넙다리와 엉덩이의 큰 근육들에서 나온다—내 눈에 더 잘 띄는 데다가 많은 면에서 내게 더 중요한 것은 상체의 변화였다. 하나하나의 변화가 내 육체적 힘을 알리는 신호였고, 그 육체적 힘은 내 내면의 힘과 비례하는 동시에 내면의 힘을 새로이 감지하도록 북돋는 연료였다. 그 첫해 여름, 나는 회사에서 걸핏하면 화장실로 살짝 들어가서 남몰래 거울 앞에서 두갈래근으로 알통을 만들어보았다. 근육이라니! 세상에 근육이라니! 그 작은 스릴은 내가 한때 스스로를 쇠약하게 만들면서 느꼈던 스릴과는 전혀 달랐다. 자기를 보살피는 것과 자기를 망가뜨리는 것이 다른 만큼 달랐고, 선뜻 내주는 것과 참으며 억제하는 것이 다른 만큼 달랐다.

여느 많은 여성들처럼, 그때까지 내가 육체적 변형에 기울인 노력은 주로 아름다움과 날씬함을 추구하는 데 맞춰져 있었다. 내 곧은 머리카락을 물결치게 만들기 위해서 파마를 했고, 피부를 곱게 만들기 위해서 로션이며 물약이며 발랐고, 체중을 통제하기 위해서 기진맥진해지는 운동 처방을(조깅, 스텝 에어로빅) 따랐다. 거식증조차도, 비록 역설적이고 뒤틀린 방식이기는 해도 조금쯤은 이런 노력에서 비롯한 행위였다. 거식증은 우리를 둘러싼 미의 이상이 왜곡된 현상이고, 여성은 이 세상에서 아주 좁디좁은 공간만을 차지해야 한다는 명령에 일면 굴복하는 행위이면서도 다른 한편 저항하는 행위이기도 한 그로테스크한 과장 행동이다.

하지만 내 팔은, 근육질의 강한 내 팔은 이런 패러다임에서 면제된 부위, 운 좋게도 면역이 있는 부위였다. 팔이 여성의 몸에서 대부분의 다른 부위에 비해 자기 수용의 측면에서 조금이나마 더 여지를 주는 부위라는 사실은 아마 많은 여성에게 공통된 일일 것이다. 세갈래근 수술을 받으려고 성형외과를 찾아가는 사람은 없고, 탈의실에서 자신의 못생긴 아래팔을 한탄하거나 팔꿈치를 불평하는 소리는 좀처럼 들리지 않는다. 팔은 (최소한 아직까지는) 우리 몸에서 가장 덜 검열되는 부위이고, 가장 덜 성애화된 부위이며, 그 덕분에 우리는 팔을 사랑하기가 가령 엉덩이나 허벅지를 사랑하기보다 약간 더 쉽다.

하지만 여기에는 이미지에서 벗어난 단순한 안도감 외에 또 다른 것들도 작용한다. 오늘 아침 일찍 나는 강에 배를 띄우고, 청명한 8월 말 하늘 아래 강을 거슬러 오르며, 배의 리듬에, 수면에 부딪혀 반짝이는 햇빛에, 노가 물을 가르는 느낌에 넋을 잃고 몰입했다. 나는 스스로 강하고 유능하다고 느꼈고, 내 몸이 내가 가르친 대로 움직인다고 느꼈다. 그리고 계속 노를 저으면서 나는 내 팔을 생각했고, 힘과 아름다움의 관계를 생각했고, 내가 여성의 몸매와 체형을 규정하는 표준 방정식을 거스르는 데 이 스포츠가 얼마나 큰 도움을 주었는지를 생각했다. 평소 내 팔은 스웨터나 긴팔 옷에 싸여서 남들 눈에 띄지 않게 가려져 있다. 나는 팔을 내보이지 않고, 그럴 필요도 느끼지 않는다. 내가 내 팔에서 느끼는 만족은 전적으로 사적인 것이고, 이 점이 그 만족감을 특히 의미 있게 만들어준다. 몸매에 관한 외부의 명령이 아니라 나 자신의 열정과 어떤 일을 할 줄 아는 능력들에서 비롯한 미적 기쁨, 안에서 나와 밖으로 드러난 아름다움. 날개가 된 나의 팔, 이것이 바로 해방의 정의라고, 나는 믿는다.

(2000년)

명랑한 은둔자

초판 1쇄 발행　　　2020년 9월 4일
초판 17쇄 발행　　　2024년 1월 5일

지은이　　　　캐럴라인 냅
옮긴이　　　　김명남
책임편집　　　나희영
디자인　　　　고영선

펴낸곳　　　　(주)바다출판사
주소　　　　　서울시 마포구 성지1길 30 3층
전화　　　　　322-3675(편집), 322-3575(마케팅)
팩스　　　　　322-3858
E-mail　　　　badabooks@daum.net
홈페이지　　　www.badabooks.co.kr

번역 ⓒ 김명남

ISBN　　　　979-11-89932-67-1 03840